王月 著

永不凋谢

乃寅文化传媒工作室
策划出品

天津出版传媒集团
百花文艺出版社

图书在版编目（ＣＩＰ）数据

永不凋谢 / 王月著. -- 天津 : 百花文艺出版社，
2024.1
　　ISBN 978-7-5306-8214-2

　　Ⅰ.①永… Ⅱ.①王… Ⅲ.①长篇小说—中国—当代
Ⅳ.①I247.5

中国版本图书馆CIP数据核字(2022)第217816号

永不凋谢
YONG BU DIAOXIE

王月　著

出　版　人：薛印胜
责任编辑：赵　芳　　　　　　　　　**装帧设计：**丁莘苡
出版发行：百花文艺出版社
地址：天津市和平区西康路35号　　　　**邮编：**300051
电话传真：+86-22-23332651（发行部）
　　　　　　+86-22-23332656（总编室）
　　　　　　+86-22-23332478（邮购部）
网址：http://www.baihuawenyi.com
印刷：山东临沂新华印刷物流集团有限责任公司
开本：880毫米×1230毫米　1/32
字数：270千字
印张：12
版次：2024年1月第1版
印次：2024年1月第1次印刷
定价：69.80元

如有印装质量问题，请与山东临沂新华印刷物流集团有限
责任公司联系调换
地址：山东省临沂市高新技术产业开发区新华路1号
　电话：（0539）2925886　　　　　　　　邮编：276017

作家是可以培养的

潘晓彦　孟斌斌

2012年9月24日，经过一年多精心筹备后，牡丹江师范学院"乃寅写作班"正式成立。从那时起，写作班的学员们锲而不舍地在文学的天地里耕耘，取得了骄人的成绩。苏河的《戈壁泪》、于丹的《马图腾》、贺晓的《开往明天的火车》、乔力的《我们一起毕业》、杜昌艳的《寻梦伊甸园》和陈星宇的《鸽子，飞吧》、王月的《流泪的松树》、宋紫怡的《厚爱》，两批共八部长篇小说，先后于2013年10月和2014年6月由东方出版社和中国文史出版社出版。至2018年，学员的第三批作品——王月的《永不凋谢》、黄志明的《奇异姻缘》、余玲玲的《大浪滔天》已列入出版计划。如今，《大浪滔天》已由黑龙江人民出版社印行，而《永不凋谢》即将由百花文艺出版社付梓。

借《永不凋谢》出版之机，我们向写作班全体师生表示热烈祝贺：我们甘苦与共，砥砺同行，换来了今日的累累硕果。

1936年，创意写作教学自美国艾奥瓦大学起步。近九十年来，作为一个学科和专业，创意写作在世界范围落地生根，发展壮大。创意写作专业的学生们毕业后，或在各大学该专业任教，或专职创作，后者中又有不少以驻校作家等方式参与反哺学科，如此薪火相传，培养出越来越多的作家，催生出越来越多的作品，从而有力地推动了文学和文化进一步走向繁荣。它以斐然的成果向世人证明：作家也是可以培养的。

创意写作学科的兴盛有其深刻背景。二十世纪末期，经济、文化快速发展，催生了创意经济，这使世界前列各国格外重视文化创意。文化创意将知识的原创性和变化性融入具有丰富内涵的文化之中，使其与经济结合，发挥出产业功能。随着文化创意产业跨媒介、跨时空、跨业态等趋势日益明确，与创造力密切相关的写作教育必然要在内容和形式方面自觉变革，以满足新要求、承担新使命。

二十一世纪初，创意写作作为一个新而热的专业，在中国众多高等学府扎下根来。二十年过去，其价值和意义也充分地展现出来。除培养了一批作家和众多多元化应用型人才，为创意文化产业贡献了一支生力军外，创意写作还在引导学生热爱生活、深入思考，培养其健康积极的价值观念、豁达乐观的诗性情怀，澄净校园、谐美社会方面发挥了重要作用。

创意写作教学普遍采用工作室形式，教学内容包括激发创作热情、传授创作经验和塑造创作个性等，最终由导师组织学生进行创作并展开研讨，将教学成果落实为具一定水准的文学文本。

"乃寅写作班"由著名作家、我们的功勋校友韩乃寅教授领衔执教。

写作班筹备期,韩乃寅教授带领我们制订培养方案时,充分借鉴了兄弟院校的先进经验。我们一面巩固传统写作教学这个基础,一面对教学内容进行大幅度调整,力求多元化学习内容和实践时空,打造出适合自身实际情况的一套方式方法。

在此基础上,在写作班初期,我们边探索边调整,很快就收获了一些行之有效的方法。总结经验,主要有以下几个方面:

一是不间断邀请知名作家讲座,传授创作经验。我们举办的这类讲座有"五个一工程奖"、"《亚洲周刊》全球华人十大小说"奖得主韩乃寅的《写作改变了我的命运》、《长篇小说创作》等;"鲁迅文学奖诗歌奖"得主李琦的《文学与人生》;"全国优秀报告文学奖"得主、"茅盾文学奖"评委贾宏图的《读书与人生》、《纪实性文学作品创作》等;编剧赵光远的《谈影视创作》;作家李汉平、唐飚以长篇小说创作为核心的《文学与人性》、《文学与社会》;作家吕清温的《小说立意的多层次解读》,等等。这些讲座在学员们中间引发热烈反响,他们的创作热情被点燃,被激发起来。

二是积极组织多样化的采风和社会实践活动。2012年11月,我们组织学员们探访著名作家莫言的故乡高密,让他们感受作家成长环境、了解作家创作历程,并要求记下体悟和总结收获。2013年8月,我们举办了"乃寅写作班北大荒夏令营",该活动由黑龙江省作家协会发起,由韩乃寅教授和在校写作班负责人潘晓彦教授、任课教师吴桂荣教授带队,学员们对友谊农场、雁窝岛做了考察。该活动还邀请到《北方文学》主编佟堃参加,学员们就此创作的一组短篇小说和散文后来就刊于《北方文学》2013年第

9期。2018年5月，我们又组织了赴绥阳林业局采风活动，由韩乃寅教授和写作班教师孟斌斌、连国义副教授带队，并邀《北方文学》资深编辑付德芳、《大森林文学》主编王珊、"乃寅创意写作教学基地"黑龙江省农业经济职业学院副教授佟永波及其学生等同行。学员们此行收获颇丰，创作出近二十篇相关小说、散文等，后来均获发表。事实证明，这类活动对学员们开阔眼界、激发灵感十分有益。

三是持续组织学员们观看中国作家协会和中央电视台制作的著名作家谈创作节目，让他们体会到文学创作乃是人生历练，是一个不断充实、升华的过程。我们将这项活动纳入正式的教学内容，定期举办，最终收到了良好的效果。

四是适当引入跨校进修。在我们的支持和帮助下，写作班的四名学员于2014年9月考取了北京电影学院第十四届编剧班，他们在编剧班完成的与写作密切相关的十门课程，我们以学分形式计入其本科学位成绩。这是我们在丰富教学内容和拓宽教学渠道方面一个开创性的，同时也是相当大胆的举措。

五是坚定不移地以写作实训为教学中心和重心。在这方面，韩乃寅教授堪称表率，他的工作方法和态度迄今对我们都有示范作用。韩乃寅教授真正做到了针对学员不同特点施教，从精读剖析直到创作提纲——包括情节设置、人物关系设定、人物性格塑造和修辞手法运用等，为每个人都给出了细致的指导意见。我们为韩乃寅教授的认真负责深深感动。要知道，除面授期，韩乃寅教授不与我们在同一座城市。"双城"期间，他以短信和通话的方式帮学员们解决创作中的困难。七年来，这些"两地书"累积至近万封，可见心血之巨。因材施教效果奇佳，学员们进步迅速。

这一时期，随教学实践深入和教学模式成熟，我们的管理机制也在完善。师资方面，由初期的两人增至八人，八人中除韩乃寅教授外，有在校任课教师六名，皆为文学博士，另一位兼职教师是鸡西市作协主席、著名儿童文学作家田成章教授。由此，我们拥有了一支由"双师"和"复合型"教师组成且在学缘构成上合理的教学团队。

2015年，我们开始实施独立的人才培养方案。核心教材是芝加哥大学的《成为作家》、《小说写作教程》、《开始写吧》等，其余教材有自编的《创意写作与立体式教学》等，还有韩乃寅教授编写的一部非常有特色的励志教材《〈习近平的七年知青岁月〉读书笔记》。

写作班从这一时期开始，向外，与"中文在线"等网络平台合作，积极推介学员作品；向内，创办了内刊《作家摇篮》、微信公众号"文苑新苗"，为教师交流教学经验、学生交流创作体会提供了园地。此外，学院学报还为写作班设立了专栏，每期都登载学员部分优秀作品及教师相关评论。

也是从这一时期开始，写作班做出新的尝试，包括凡已出版长篇小说的学员可免写毕业论文、有机会获得省级作家协会会员资格推荐、就业方面有优先录用机会等规定。这是进一步鼓励学员创作的针对性重要举措。

就这样，从成立至今，写作班培养出了一批有思想、有文采的写作人才。除前面提及的十一部长篇小说外，学员们还在《诗刊》、《鹿鸣》、《牡丹江晨报》等报刊发表诗歌、散文和短篇小说等作品数十篇。

不单学员们创作有所成就，教师们也在教学方面成果丰硕：

写作班夺得了2017年度"黑龙江省高等教育优秀教学成果"一等奖。2017年8月,韩乃寅等六位教师主讲的《创意写作与立体式教学》进入全球大型慕课平台"智慧树"。迄今为止,教师们共在《中国教育报》、《写作》、《继续教育研究》等刊发表教改论文十余篇。教学相长,教师们的创作也屡见硕果,出版有长篇小说两部、诗文集一部,发表各类短篇约十篇。

"乃寅写作班"得到了社会各界的认可。新华网、《中国教育报》、黑龙江省电视台等媒体都对它进行了报道。学员们的长篇小说在全国各大书店上架后,销售良好并获读者好评。2014年7月,大连大学文学院的老师们专门来写作班交流、调研。2016年11月,任课教师孟斌斌和黄大军副教授撰写的论文《作家"高校造"的教学研究与实践》获中共黑龙江省委宣传部部长张效廉批示。2017年6月,写作班任课教师参加"中国作协会员深入学习贯彻习近平总书记文艺工作座谈会重要讲话精神黑龙江省培训班",其间,韩乃寅教授结合创意写作教学做了主题发言,引发热烈反响。黑龙江省社会科学院文学研究所副所长郭淑梅撰写了《关于我省高校培养应用型人才的对策建议——以牡丹江师范学院"乃寅写作班"为例》一文,刊于中共黑龙江省委宣传部主办的《决策参考》2017年第18期。2018年6月13日,"黑龙江省作家协会-牡丹江师范学院大学生文学创作中心"正式揭牌,同时举行的还有省内四所高校"乃寅写作班实训基地"协议签署仪式……

"乃寅"这个亲切的名字,对于我们写作班,具有不可磨灭的意义。

曾任黑龙江省作家协会副主席的韩乃寅教授是我们的校友，我们的校园就是他作家生涯的起点。他执着坚韧地走过了几十年的创作岁月，留下了千余万字的作品，包括长篇小说《远离太阳的地方》《高天厚土》《破天荒》（获中宣部第十届"五个一工程奖"）、《龙抬头》《七七级》（入选《亚洲周刊》2012全球华人十大小说"）、《塞北雁飞》等。他的这些长篇小说有六部改编为电视剧，其中，《龙抬头》《破天荒》和《爱在冰雪纷飞时》（据《远离太阳的地方》改编）都在央视一套和八套黄金时段播出。韩乃寅教授的文学成就载入了《中国新时期小说主潮》（人民文学出版社）等高等教育教材和多部地域文学研究专著。

应该说，正是韩乃寅教授回报母校的渴念成就了我们的"乃寅写作班"。

然而，正当写作班满怀信心向下一个目标前进时，2018年11月28日，竟传来韩乃寅教授离世的噩耗，这令我们无比震惊且痛心！就在离世前几个小时，韩乃寅教授还在为学员作品出版事宜操劳！

韩乃寅教授为写作班付出了满腔心血。整整七年，我们习惯了聆听他话语的充实，习惯了为了相见的告别和为了重晤的等待。直到现在，我们都不愿也不敢相信，激情满怀、活力四射的韩乃寅教授竟与我们永别了！

曾经，韩乃寅教授让我们深切地感到，"乃寅写作班"是我们共同的理想，值得全力以赴的追求。此刻，我们更坚信，我们会在他开辟的道路上步伐坚定地走下去！我们以此作为回报他的付出的最佳方式！

我们深深感谢韩乃寅教授,感谢他曾在繁忙的创作与社会兼职之余,无私地为写作班投入海量时间和巨大精力;特别感谢韩乃寅教授家人对他的支持,那些支持有很多都转化成了推动写作班前进的动力;感谢东方出版社原副总编辑彭明哲、中国文史出版社编辑室主任马合省、百花文艺出版社老编辑曾永辰和总编室主任魏青;感谢给予写作班肯定和鼓励的中国作家协会、黑龙江省作家协会、牡丹江市作家协会,以及有关部门和领导;感谢张抗抗、迟子建、李琦、贾宏图等作家,他们为写作班热情题词、亲临讲座、不厌其烦指点及一次又一次提供帮助;感谢对《作家摇篮》创刊工作给予大力支持的黑龙江省和牡丹江市新闻出版管理部门;感谢提供宣传渠道和展示平台的各媒体单位;感谢慷慨赞助学员作品出版的黑龙江省北大荒完达山乳业股份有限公司;感谢学校领导及相关部门的扶持;感谢付出辛勤劳动的各位任课老师及同事;也感谢响应我们教育理念的学员们。

作为在牡丹江师范学院开启创意写作教学的人,我们与"乃寅写作班"结下了割舍不断的情缘,与韩乃寅教授结下了真挚深厚的友谊,与任课教师结下了战友之谊,与学员结下了亲人之情——这些都是不可多得的人生收获。

我们珍惜过往,珍重未来,希望后来的学员能秉承令我们深感荣耀的传统走下去,希望"乃寅写作班"成为我校人才培养的特色和亮点,一个闪光的标记。我们也借此机会向母校牡丹江师范学院送上祝福:春华秋实,祝愿在未来的日子里,她能培养出更多成就斐然的作家!

第一章

大諲譔步履缓慢，却每一步都踏得铿锵有声。他走得昂首挺胸，踌躇满志。但若仔细端详，从他眉心眼尾的褶皱间，似又能窥见几分愁苦。

行至王座前，大諲譔转身，一挥双袖，坐了下去，双手紧紧攥住扶手。

大諲譔扫视座下群臣，忽地，脸上绽出少有的笑容。只听他朗声道："孤承继大位，于今正满一年，一年来，为保我渤海国太平，孤可谓宵衣旰食，殚精竭虑。今晨接报，朱温废了李柷，篡唐称帝，国号大梁。自今起，我渤海国已非什么人的藩属，不必再纳贡称臣。各位爱卿，成就一番伟业的时机到了！"

大諲譔话音刚落，群臣纷纷出列跪下，伏地山呼道："天佑我渤海！天佑我圣王！"

"父王，"群臣中一人忽挺直腰背，声音洪亮地说道，"儿臣有事要奏。"

大諲譔眉头微蹙："大容利，你有何事？"

大容利乃大王子，大諲譔与皇后的长子，年十六。大諲譔命他朝日听议事，迄今半年有余。

"禀父王，我渤海国既不为藩属，父王便不再是父王，"大容利的声音透着喜悦，"而是父皇，是我渤海国的皇帝！"

大諲撰眉心一展，微笑颔首道："说得有理！若非你提醒，孤还真就忘了。"

大諲撰对群臣道："既非藩属，为国体计，便须体面些。自今起，孤便自称朕。"

大容利便即叩首，口中高呼："父皇！"

群臣亦叩首："吾皇万岁，万万岁！"

大諲撰敛住笑容，用威严的声音道："众卿平身……"

待群臣起身归列，大諲撰的目光落在其中一人身上："上官泓……"

"臣在。"义部①侍中上官泓应声出列。

"朕既称帝，其他亦须进格，一应比照唐礼，就着你去办。舆服什么的朕都不操心，只是这宫室嘛，你有何想法？"

"回陛下，"上官泓毕恭毕敬回道，"自当加高加阔，与唐等高等尊……"

大諲撰摆摆手打断他："那些当办则办，朕是问你有没有什么新奇的主意。"

"这……"上官泓沉吟起来。

上官泓心想：皇上这话的意思，就是不满足于扩建宫室了。是了，耳目之玩、声技之巧，还有那绝色妇人，谁人不爱，何况奄有天下之帝王！皇上新称帝，正在兴头上，必要变着法子庆贺一番才

---

① 渤海国设宣诏、中台、政堂三省及忠、仁、义、智、礼、信六部，其中六部分别相当于唐之吏、户、礼、兵、刑、工。

觉尽意。只是我渤海国内连着几个荒年，正是紧着腰带过活之际；外与黑水部、契丹摩擦不断，又是亟待厉兵秣马之时，此时靡费铺张，不要说国库没这许多银钱，就是有，朝中自视清正爱民的那几位也定是要阻拦的。此时皇上让我出主意，不是把我放在火上烤吗？！可我若是不出这个主意，可就扫了皇上的兴致。皇上即位以来，对我颇多重用，如此一来，信任必大打折扣。却该如何是好？

上官泓想着，不由抬眼去瞧大谞谖，却见大谞谖正盯着自己。大谞谖身体略向前倾，左手食指和中指轻叩扶手，面露期待。

上官泓赶紧低下头去。

知已不容犹豫，上官泓心一横，高声道："我海东盛国，得皇天慈佑，山川雄奇，土沃物丰，比之中原，原不稍逊。不过，中原有一物，确是我渤海国所无，便是那纳天地万象于方寸的园林。臣以为，宫中东西二园，十余年来不曾修缮，正宜借机翻新。东园广植奇花异木，或就仿照洛阳神都苑，引种各色牡丹；西园塞以南北鸣禽。再以假山、回廊、曲池、水榭点缀。陛下日有万几之冗，心诚劳矣，得此二园，鸟语悦耳，花香颐神，物诱气随，外适内和，体宁心恬。况陛下精研诗书，酷爱丹青，而园林之境，与诗画无异，亦可显我渤海国之文章郁郁！"

"甚好，甚好！"大谞谖双目放光，不住点头，"如此东园就改称御园，西园嘛，就叫鸟园好了。"

上官泓稍松一口气。

"不过……"大谞谖双眉一挑，又道，"如今入秋在即，草木转眼就要凋零，又该如何是好？"

上官泓听了，错愕万分：皇上难道是要御园今秋建成，百花今冬开放？！御园赶一赶，或许能在深秋竣工，让百花在冬日开放可就难了！我上官泓非神仙，皇上也非武后啊！皇上怎就这般性急，等不得来春呢？！

此时此刻，上官泓深悔自己方才的一番言语，额前颈后不由沁出汗来。

就在上官泓苦思的当儿，他听到身后起了一片嘤嘤嗡嗡之声，知是其他朝臣在低声议论。不用想，那些人无非是在说他上官泓急于邀宠，夸下海口，不想搬起石头砸了自己的脚。

上官泓出身寒微，苦读入仕，在朝中原无根基，也无依傍，因此初时只在刑狱司做个小小的狱丞。所幸他为人玲珑，工于心计，尤善揣摩官长心思，着意加以笼络，终于在第四年头上得着一个机会，补了义部的缺。踏进义部大门，上官泓更其用力，抓住一切可用之机塑造精明强干的形象，得先王属意，爬上了侍中之位。于大讏谖，上官泓也早留心多年，知其刚毅其外，欲炽其内，性猜忌无恩、恣睢自用，因此大讏谖即位后，便时时曲意逢迎。大讏谖也对上官泓十分满意，引为左膀右臂。朝士皆谓上官泓媚上取宠、叨窃富贵，上官泓却觉着自己能有今日，凭的是一副天赐好头脑，注定因此见妒于人，旁人越是讥讽，他越是自视甚高。

此时听着周遭窃窃私语，上官泓反被激起斗志。他略一思索，道："此事也未见得多难。臣读史书，尝记汉有冬葵温韭，近如大唐，亦有不时之花，皆加温以致之。草木所谓天时，无非一个温字，实人力可逮也。臣思忖，御园中可造一暖阁，密闭若蚕室，置花圃其中，日夜加温，再广罗天下擅此道之匠人精心培植，定能令百花在隆冬盛放。"

上官泓说完，嘤嘤嗡嗡之声渐止。群臣皆望着大讏谖。

只见大讏谖一脸嘉许，颔首道："广知今古，上官泓，你才学了得！"

"陛下谬赞。"垂着头的上官泓，嘴角露出一丝得意的笑。

"此事便由你擘画主理，信部协办，务令早就！"

大谞谟刚要开启下一个议题，一须发花白者出列，高声道："臣有奏！"

大谞谟看清那人，脸色陡然一沉。他直起前倾的上半身，靠到椅背上，随即抬起左手，用食指和中指指尖抵住了太阳穴。

"秦方，你说吧。"大谞谟眯着双眼，懒洋洋道。

三朝老臣、信部侍中秦方正是上官泓忌惮的"那几位"之一，也是令大谞谟颇为头疼之人。

对于先王留给自己的这些股肱之臣，起初大谞谟是敬重的，且很是容让。那时，他也自觉比照青史上的帝王典范，谦虚谨慎，戒骄戒躁，努力做个礼贤下士的明君。然而，不过几月，他就明白了所谓君臣之道的真相：事事照老臣们要求，自己便不是君，而是唯唯诺诺的学童；样样听老臣们规劝，自己便不是主，而是当牛做马的仆人。倒是自己一手提拔的新人，在他们面前，他大谞谟才真正能恣意伸展，活得像个帝王的模样。也是到了这时，大谞谟方明白先王当年的怒、怨和不甘从何而来。

就譬如这秦方。大谞谟自己幼时学业受过秦方指点，待到大容利发蒙，先王做主，让秦方当了大容利业师。有这层原因，大谞谟与秦方关系本是亲厚的。然而，大谞谟即位后，秦方没少犯颜直谏，常常弄得大谞谟又羞又恼。初时，大谞谟想，或许就是仗着亲厚，秦方才倚老卖老起来。因此，他便刻意与秦方疏远着些，秦方每有奏，皆不就允，或延议或驳回，十居三四。哪想秦方毫不收敛。几次当廷为赋役之类争得面红耳赤之后，大谞谟没了耐心。他明白秦方是要做直臣做到底了。君臣二人于是越走越远。也正因如此，今天秦方"有奏"二字一出口，要说些什么，怎么说法，大谞谟心中洞若观火。

"陛下，臣以为岁荒不止，民饥待赈，外敌环伺，武备未修，此刻实在不宜大兴宫室。"

"秦方，你言重了吧，不过就是扩一扩，再修两个园子，哪里说得上大兴。正如上官泓所说，宫中无所营造，已逾十年，哪儿哪儿都是旧的，修修不为过。"大谞谟闭着眼，揉着太阳穴说道。

"陛下，臣只是觉得眼下尤其不宜。须知殚费财力，无异资益寇仇啊。"

"那好，秦方，你说何时修得，便何时修。一年？两年？朕听你的。"

大谞谟不再掩饰不快，他这两句形同诘问的话，立时让殿中安静下来，静得掉根针都能听得清清楚楚。群臣有的偷瞧大谞谟，有的看着秦方，有的则垂着头一动不动。

秦方抬起头，望了望大谞谟。大谞谟保持着靠坐的姿势，未曾抬一下眼皮。

秦方低下头去，将拱着的双手又举高一些，说道："臣尝闻：'奢者祸之基，淫者祸之本。'人君当以政治为先，声色为戒。请陛下远谗佞，务修德，罢营造，理国政……"

"秦大人所奏非矣！"上官泓听得"谗佞"二字，知是说自己，不由恼怒，出言打断。

大谞谟却抬起左手往下一按，制止了上官泓。

"秦方，朕既称帝，扩建宫室，也是依礼而为，并不为过，你何出此逆耳之言？近来，朕无论想做点什么，你都百般阻拦，莫非专以忤朕意为快事？"

秦方花白的须发抖动了一下。

"陛下！"秦方举头望向大谞谟。他面色通红，嘴唇微抖，眼中闪光，似有泪意，显然十分激动。看见这一幕的人都明白，这位老臣、直臣被大谞谖的话深深刺痛了。

"陛下可还记得魏徵《十渐不克终疏》？"秦方声音颤抖地说道，"犹记昔年陛下阅毕，对微臣说，愿倾尽所有，换一魏徵！今日，陛下却说微臣以忤圣意为快事……微臣此时心情，正是'冀千虑一得，衮职有补，则死日生年，甘从斧钺'！"

《十渐不克终疏》乃魏徵上唐太宗疏，极言居安思危之理。秦方所说"甘从斧钺"云云，正是引用疏中之言，剖白心迹。

秦方所言俱是实情，魏徵疏文鞭辟入里，大谞谖一时无法反驳，只得不作声。

秦方顿一顿，又道："疏云：'受命之初，皆遵之以成治；稍安之后，多反之而败俗。其故何哉？岂不以居万乘之尊，有四海之富，出言而莫己逆，所为而人必从，公道溺于私情，礼节亏于嗜欲故也……'"见大谞谖无语，秦方道是大谞谖记起疏文，又或是忆及旧情，有了悔意，索性诵起疏中名句。

"停！"大谞谖手一挥，厉声喝止。只见他双眉重重拧起，已是十二分的不耐烦。

秦方停下，惊愕地望着大谞谖。

可仅仅片刻，大谞谖就面上一松，笑了两声。只听他缓缓说道："秦方身为信部侍中，却不喜营造，原是朕错用了！秦方，你确是个好老师。你既爱圣贤之言，还是去胄子监①任职吧。传朕旨意：秦方迁胄子监，信部侍中由上官泓暂领！"

大谞谖此言一出，殿中嘤嘤嗡嗡之声又起。

"事出仓促，望陛下暂收成命，深思熟虑，再行定夺！"

"秦大人爱民心切，情急失言，还望陛下体恤！"

---

① 渤海国官署，相当于唐之国子监。

"忠言逆耳，驳议致憎，陛下不可不察！"

与秦方笃厚的几位老臣纷纷出列为其求情。

秦方则一撩袍襟跪下，仰脸道："为臣者，位不足惜，恩不忍负，是故有阙必规，有违必谏。还请陛下毋一意孤行！"

随即又有十数人陆续加入老臣行列，为秦方求情，大容利亦在其中。

"父皇息怒！秦侍中他……"大容利刚开口，便见大谞谋一双鹰目阴沉沉落在自己身上，只得将后面的话咽了下去，一时进退无措，垂头拱手立在当地。

大谞谋打断众人："看来，你们对朕的处置很是不满啊。那这样吧，秦方胄子监也不用去了，停职，回家反省去吧！"

"这……"为秦方求情之人面面相觑。

大谞谋不容他们再置喙，道："朕便不信这世间无兼美之事。仁部顾文华，巡视灾情，措置赈济；将军大鑫茂，整饬武备，募兵扩军；义部上官泓，博征巧匠，入禁营造。此三宗并举！朕意已决，汝等毋复多言。"

"臣遵旨！"上官泓应道。

老将军大鑫茂迟疑一下，也道："臣遵旨！"

仁部侍中顾文华却没有就应，而是一副左右为难的样子。也难怪，这三宗说是三部分头去办，各宗所需银钱却都须仁部拨发，想到国库虚空，顾文华怎能不为难？！

"怎么，顾文华，你也有本要奏？"大谞谋沉着脸问道。

"臣……无本。"顾文华无奈道，"臣遵旨。"

大谞谋脸色稍霁，扫视群臣："眼下还有件当紧之事。黑水部与我渤海国同族，却不同心。去岁英义可汗来访，些微龃龉，怀愤在心，竟向大唐诬我不臣。如今大唐亡了，他们越发有恃无恐，屡屡衅边。单黑水部，原也不值一惧，只是契丹从旁窥伺，虎视眈眈。朕恐一旦与黑水部相伐，反为契丹渔利，又或他二人联手作乱，更令人头疼。思索再三，唯有将娉婷嫁与英义可汗为妃，两边中先靖一边，方为上策。待安抚住黑水部，契丹那边再做打算。所幸娉婷如今已成年，说起来也算不上反复两端。"

大谭谋所谓"龃龉"，是说那英义可汗上次到访，见王后养女娉婷郡主貌美，欲行求娶，被大谭谋和王后以郡主尚未成年为由婉拒，愤而离去一事。

"陛下，臣有奏！"将军大鑫茂复出列道。

"大鑫茂，你有何事要奏？"

但听大鑫茂铿锵有力地说道："陛下，微臣尝闻：'汉家青史上，计拙是和亲。社稷依明主，安危托妇人。'臣以为，和亲示弱于人，且贻后患！今年以来，黑水部数遣兵入寇，狼子野心，昭然若揭。今日即便愿结秦晋之好，他日未必不背盟负约。因此，臣愿领兵与黑水靺鞨一战，以靖边疆！"

大谭谋哭笑不得。他暗自感叹：这便是我大谭谋称帝之日！修园子有人阻，嫁女儿有人拦。这一个个的，全然不把朕放在眼里！

大鑫茂请战，出乎大谭谋意料，大鑫茂引那四句诗，更令大谭谋颜面扫地。不过，"渤海战神"大鑫茂非文官秦方可比，他军功卓著，在军中一呼百应，不能得罪。

不得已，大谭谋温言道："大鑫茂，爱卿，朕何尝不懂你的心！只是这兴兵讨伐嘛，眼下恐非良机。待我渤海国兵强马壮，占得先机，朕一定让你杀个痛快！此时安抚为上，安抚为上……"

大鑫茂还欲再谏，大谭谋一摆手，制止道："哎，朕已说得很明白了，这事就这么定了。"随即看向上官泓："上官泓……"

"臣在。"

"朕不日即携郡主前往黑水部和亲，你随行，一应事宜，务必尽快安排妥当！"

"臣遵旨。"

"既如此，便散了吧。"大谩谟冷哼一声，一拂袖，自往御书房而去。宫人紧紧跟上。

此时秦方兀自在殿中跪着。四五老臣围拢去，有人伸手将其搀起，彼此却都不知说些什么好，只是摇头叹息。

皇后寝宫珍珠门，一身玫红宫装的少女直奔进来，耳畔一对西瓜红碧玺坠子随着她的脚步上下翻飞，噼啪乱响。

正是娉婷郡主。

娉婷气喘吁吁进得大殿，却见偌大殿中只一名低头打扫的宫女。她上前扳住宫女肩膀，用力将宫女扯转身，喝道："母后呢？母后呢？"

宫女惊见郡主，慌忙躬身下拜："给郡主请……""啪——"话未说完，脸上就结结实实挨了一记耳光。

只听娉婷吼道："你聋了吗？！我说母——后——呢——"

宫女脸上热辣辣地疼，却不敢抬手去摸。"在偏殿，皇后娘娘在偏殿……"她垂着头，极力掩饰眼中不断打转的泪水，哆嗦着道，"郡主息怒，郡主息怒……"

"回头再收拾你！"娉婷恶狠狠丢下一句，拧身出殿。

片刻之后，院中响起号哭之声，一路往偏殿去了："母后……母后为娉婷做主，娉婷不要去黑水鞑鞡……"

娉婷郡主所至之处，宫人如鸟雀惊起，纷纷避让。转眼间，她就跑上偏殿台阶，伸手去推那两扇紧闭的殿门，不想斜刺里闪出一人，双臂一伸，将她拦在门前。是皇后的贴身侍女平儿，珍珠门管事。

"郡主，可不敢擅闯！皇后娘娘在里面为国祈福，一大早就进去了，特意吩咐除非皇上来，旁的人都不许搅扰。"平儿将门堵得严严实实，脸上却笑嘻嘻的，"郡主且回宫去歇着，皇后娘娘出来，奴婢叫人去请郡主过来。"

"我算旁的人吗？！"娉婷连连跺脚，"你去向母后禀报，就说本郡主有要紧事求见！"

"郡主说笑！给奴婢十个胆子，奴婢也不敢在这当口儿进去啊！"平儿拉过娉婷的双手，低声哄道，"郡主听话，暂且回去等着，待奴婢得空禀过皇后娘娘，皇后娘娘准了，奴婢立刻请郡主过来。再说了，郡主这头发乱了，胭脂也花了，这副模样，可怎么去见皇后娘娘，快先回宫拾掇拾掇吧……"

娉婷一把甩掉平儿的手："不行，就要现在！本郡主要现在见母后！你不给禀报，本郡主自己进去，怪不到你头上！闪开！"说着将平儿一推，就要再闯。

平儿猝不及防，差点跌倒，待她站稳，那张脸也沉了下来。

珍珠门的管事姑姑，在后宫宫人中间，乃是数一数二的人物，平日其他各宫主仆不说供着，也都是客客气气的，轻易不敢得罪，更不要说这平儿原是皇后的陪嫁，皇后这么多年来待如姊妹的贴心之人。平儿对娉婷，因看着她长大，素来也是当小辈疼的，跟着皇后宠溺于她，不过今日她这一顿不管不顾的浑闹，到底让平儿脸上挂不住了，心头一阵火起。

平儿扯牢娉婷一只胳膊，正色道："奴婢也是奉皇后娘娘之命在这儿守着的，郡主执意要闯，那奴婢只能得罪了……"随即转头向院中喊道："你们还愣在那儿干什么，还不拦着！"

管事姑姑发话，宫人们不敢不听，当下便有六七名宫女围上来。但宫女们却不敢碰这位以蛮横跋扈著称的郡主，怕日后遭她报复，只并排站在殿门前，挡住去路。

"本郡主倒要看看，你们哪个敢拦！"娉婷瞪圆了眼睛，倒竖了眉毛，怒道，"误了本郡主大事，仔细你们的命！"说着，就向宫女们中间挤去。

宫女们原本紧挨在一起，此刻不得不攀起手臂抵挡冲击，而平儿则从后面扯着娉婷手臂不放。娉婷前进不得，情急之下，只管胡乱撕扯，口里还不住叫骂。有的宫女被她揪了头发，有的宫女被她抓了脸皮，殿门前一时叫声连连，乱作一团。

正难解难分，殿门后传来一个女声："让她进来吧。"

众人立时停下不动。宫女们去看平儿，见平儿点点头，这才松口气，闪开一条路。娉婷则甩甩头发，冷哼一声，推开殿门，昂头走进去。

"退下吧，把门关上。"那女声又吩咐道。

平儿上前将殿门关好，转身对宫女们道："都散了吧，散了。"

待宫女们散去，平儿理理头发，拍拍衣裳，恨声道："这个小祖宗，可是越来越不像话了……"

随着殿门合上，殿内变得昏暗。头发凌乱、满脸泪痕的娉婷从缭绕的烟雾中分辨出一个熟悉的背影，那人此时正对着佛像跪在一只蒲团上。娉婷悲从中来，哽咽道："母后……"

皇后此时双手合十，双目微闭，兀自喃喃着经文。不过，其实她根本不知道自己在念些什么。

昨晚，大谞谟专门来了趟珍珠门，将两件事说与她听，一是她将做皇后，二是娉婷要去和亲。当着大谞谟的面，她表现得亦喜亦忧，喜的自然是大谞谟称帝，忧的则是娉婷远嫁。她问大谞谟和亲一事可还有转圜，又或者能不能换个人选。她说养了娉婷这许多年，实在舍不得她离开身边。大谞谟说，皇室中人只有娉婷身份最合，况且，她是英义可汗曾看中了的，不是她，恐怕达不到目的，搞不好还会惹恼对方，所以这事就这么定了。她心知此事已无挽回余地，也就不再提。

娉婷和亲，皇后说的是心里话。娉婷是表姐独女，而她与表姐自幼便十分要好。娉婷三岁时表姐就死了，其父续娶，她怜娉婷孤单无依，索性接进宫中抚养。她与大谞谟只育有大容利一子，没有女儿，便将娉婷当亲生女儿养，百般疼爱，千般宠溺。娉婷幼时就生得粉雕玉琢，及长，愈发出落得明艳动人，性子却已被惯坏了，任性、跋扈不说，行事还颇狠辣，这一点，让她都每每心惊。然而，就是这么个刁蛮、放肆的少女，偏偏很得大谞谟欢心，大谞谟干脆将她收为义女，赐封郡主，又亲自起了"娉婷"作为封号。如今，娉婷远嫁，她身边要冷清了，连带大谞谟的关注也会少上那么几分，她自然很是舍不得。

真正令她心烦意乱的是大谞谟称帝一事。因为按照惯例，称帝也就意味着立储近了。然而，作为嫡长子，她的大容利显然不令大谞谟满意。大谞谟至今丝毫没有属意大容利的表示，且大容利今年已满十六，大谞谟也未让他开府，浑似将立储一事忘得一干二净。看来，大容利能否承继大统，根本是个未知数。而大谞谟即位这一年以来，又纳了不少妃嫔，来珍珠门的时候日稀，她日夜悬心，不知这后位还能坐多久……

这两件事一并到来，委实令她心乱如麻，以至大谞谟走后，她坐立不安，好不容易躺到了床上，也难以成眠。她知娉婷必会来哭闹，而自己实无力应对，因此便早早起来，借口祈福，将自己关进了偏殿，希望能躲一时清净。

“母后……”娉婷又唤一声，随即扑通跪倒在地，向皇后膝行而去。

“娉婷不要去黑水靺鞨，您帮娉婷去跟父皇说，娉婷不去，娉婷就留在您身边，哪儿也不去，好不好……”

皇后叹口气，放下双手，转过身来。她捧起娉婷的脸，细细端详着，为她拭去眼泪。娉婷闻到她身上熟悉的味道，索性钻进她怀里，痛痛快快地哭了起来。

“母后，那英义可汗就是个老色鬼……当初，是他非要用那双色眯眯的眼睛黏着我，我觉得恶心，才命人去挖他的眼睛，我哪知道他动不得！如今我去嫁给他，等于羊入虎口，定活不成了……”娉婷边哭边说，“母后，母后，您不忍心看我送死的，对吧？您去劝父皇，让他收回成命吧！我去找他，他不肯见我……”

皇后抚着娉婷的背：“傻孩子，那英义可汗也是一方雄主，怎会跟你这小姑娘一般见识呢……”

娉婷一怔，停止了抽泣。她缓缓自皇后怀中挣出，呆呆地看着皇后。

空气凝固了一般，四下静得可怕。佛前的供香无知无觉地燃着，吐出袅袅的烟线。

猛然间，娉婷对皇后磕了一个头。接着，她开始不停地磕，咚咚有声，额头瞬间红肿起来。

“娉婷，快别这样！起来说……”皇后抓住娉婷双肩，不许她再磕，“母后躲着你，也是不知怎么面对你。母后会不替你说话吗？父皇会不怜惜你吗？这都是没有办法的事。”

娉婷连连摇头：“我不信，怎么会没有办法？！倘若父皇母后不想娉婷去，娉婷就不用去！一定有办法的，一定有办法的……求母后再帮娉婷想想办法……母亲去得早，母后是娉婷唯一的亲人了，就让我留在您身边吧……"

娉婷的话让皇后的心重重疼了一下，她张了张嘴，似乎要说点什么。

娉婷的一双泪眼望着她，充满了期待。

"到了黑水靺鞨，不能再任性了，否则，要吃亏的……"皇后艰难地说道。

娉婷眼中的亮光熄灭了。

她崩溃地大叫："我不明白，我真不明白，难道渤海国真到了要靠和亲、要靠弱女子来维持的地步吗？！不觉得羞愧吗？！"

"快不要这样说！"皇后慌忙去捂娉婷的嘴，"这话让你父皇知道，可不得了！"

娉婷挣开皇后的手，站了起来，继续叫嚷道："听到就听到！让父皇杀了我，也好过嫁给那个又丑又胖的老头子，也好过被扔到那个鸟不拉屎的地方！"

皇后见娉婷越说越不像话，略略正色，耐心劝道："娉婷，不能这么说。自古以来，宗室的女儿就是这样的命，锦衣玉食养大，需要时，再不舍，也要为大义牺牲。大唐如何？大唐盛世，也出了十几二十位和亲公主。唉，母后也确是没料到有这么一天，这番道理，该早点讲给你听……"

"什么狗屁大义！什么狗屁道理！我这辈子算是完了……"娉婷披头散发，脸色灰败，声音嘶哑，"母后，您知道吗，我喜欢的人是上官泓，我想嫁的人是他……"

皇后脸色一变："娉婷，你身为郡主，怎不知矜持！还有，和亲之事已定，你若真喜欢上官泓，不想连累他遭殃，就莫再提。你心里也要早断了这个念头，省得受苦！"

"母后……"娉婷再一次给皇后跪下，"母后，您真忍心娉婷一生不幸吗？您那么疼娉婷，求求您，您帮帮我，帮帮我……"

皇后咬咬牙，闭上了眼睛："你……回宫去吧，静一静，将母后说的好好思量一下。"不等娉婷再说话，向殿外喊："来人，扶郡主回宫。"

娉婷被宫人搀扶着回到自己宫中。一路上，她失魂落魄，傀儡一般任人摆布。

平儿依皇后吩咐跟着过来，看着娉婷的侍女将她扶进里间，在桌前坐好，便招手叫侍女们出去，自己顺手将两扇殿门掩了。

平儿压低声音对侍女们道："皇后娘娘说了，看好郡主，不要让她再出去，也不要有事。总之，都仔细着些……"

平儿走后不久，一直呆坐的娉婷猛然站了起来，一伸手，将桌上的茶壶、茶杯都推到了地上。接着，她环顾四周，够到什么算什么，一边尖叫，一边将屋内摆设不管不顾地砸起来。

听着殿内乱响，哭喊阵阵，门外守着的侍女们面面相觑，不知所措。

正慌乱间，一扇殿门被猛地拉开，一只花瓶从里面丢出来，摔碎在门前台阶上。与此同时，阶下立着的一名宫女"啊——"的一声叫，捂住了右脸。大家循声望去，只见那宫女捂着脸的五指间有血淌出来，原来是被飞溅起来的碎瓷片划伤了脸。

门内的娉婷听到了，猛地转身，面向洞开的殿门喝道："刚才是谁在叫？"

被划伤脸的宫女战战兢兢道："是……是奴婢……主子，不妨事的，奴婢这就去收拾一下。"说着转身要走。

"慢着！"娉婷招手道，"你进来，本郡主给你瞧瞧。"

娉婷郡主何曾如此好心！宫女心知进去准定没好事，嗫嚅道：

"郡主，不妨事的，奴婢自己擦擦就好……"

"叫你进来你就进来！"娉婷厉声道。

不得已，宫女战战兢兢迈进殿门。果然，她还没站稳，就被娉婷一把扯了过去。

"你看本郡主笑话，对吗？"娉婷换上一副恶狠狠的表情，逼视着宫女。

宫女腿一软，跌跪在地："奴婢不敢，奴婢怎敢看郡主笑话！奴婢只是……只是……"

娉婷单手扣住宫女下巴，让她仰脸面对自己："那你叫那么响，是给谁听呢？！"

宫女愈发惊恐，叩头不止，哀求道："郡主饶命！奴婢不是故意的，郡主饶命……"

宫女连叩了十数个头，未闻娉婷出声，忍不住抬眼去看。这一看不打紧，看出了大事。本来娉婷环顾四周，想找件趁手的给宫女来两下，现下四目相对，宫女一双泪眼不知怎么就刺痛了娉婷。

"哭什么哭！你哭给谁看呢？！你以为你哭我就会可怜你？！"娉婷怒道，"来人！她这双眼让本郡主看了不痛快，你们去给我把它们挖出来！"

等了片刻，不见有人上前，娉婷怒极，吼道："都没听见是吧，还是谁想替她出一双眼睛？！"

终于有两名太监犹犹豫豫挪进来，扯住了宫女的手臂，将她往外拖去。

正在这时，一个声音自院中传来："郡主，大喜的日子，不动气为好。"

娉婷听到这个声音，心中狂喜。她抬头去看，院中立着的一人果真就是上官泓，那个自己朝思暮想之人。

上官泓大踏步走入殿中，身后两名太监跟上，手中俱各端着红漆托盘，托盘上覆四方大红织锦，鼓鼓囊囊，不知装了何物。

上官泓上前施礼："微臣奉陛下之命，给郡主送喜服来。"顿了顿，又道："宫女原不过就是使唤之人，不合郡主心意，换就是了，不值得动气。"

此时再看娉婷，仿若换了个人，怒色全无不说，眼波流转，无尽委屈："这个贱婢，知本郡主要走，就怠慢得很。"她转向宫女："上官大人为你说情，本郡主就饶过你，不可再有下次。"说着，嘴角微翘，又去瞥上官泓。

"奴婢再不敢了！谢郡主饶恕！谢上官大人！"宫女连叩好几个头，忙不迭退出殿外。

上官泓微微一笑，回身将托盘上的织锦各掀开一半："请郡主过目。"

娉婷扫了一眼，见两只托盘分别盛着一件蹙金绣大红喜服和一顶镶珍珠金丝凤冠。

"郡主可还满意？"

娉婷却吩咐宫人："你们都退下吧，本郡主有几句话跟上官大人说。"

待宫人们都退下，娉婷走到上官泓面前，嗔道："你怎么现在才来？"虽是埋怨，语调里怨只三分，痴倒有七分。

"这……"上官泓略一沉吟，道，"这喜服是皇后娘娘早给郡主备下的，凤冠嘛，陛下命微臣在府库中着力搜求，非千金不取，来郡主这里之前，微臣已给陛下呈过两件，都被陛下打回，这是第三件，陛下点了头方才送过来。算起来，微臣在府库中倒有整整十二个时辰，是以来晚了，还请郡主宽宥。"

"这里只你我二人，你就不要装傻了。"娉婷上前抓住上官泓一只手臂，"我问你，父皇要我去和亲，你为何不劝阻？我嫁去黑水鞑靼，以后再见不到你，你也见不到我，怎么办？上官泓，你说呀，我们可怎么办？"

上官泓不动声色，抱手一拱，不着痕迹地挣脱了娉婷。他微微躬身，道："郡主倾城之姿，将来必定宠冠六宫。"

"你……"娉婷脸色瞬间变得苍白，嘴唇也哆嗦起来。

上官泓的话，使娉婷最后的希望也落了空。父皇、母后都拒绝了自己，自己就只有上官泓可以指望，指望他想想办法把自己留下，又或留不下，安慰一番、依依惜别也行，不枉自己爱恋了他这许多年。娉婷从未想过，上官泓对自己竟如此无情。她就仿佛是树上落下的花瓣一般，被他轻轻一挥衣袖就拂走了。

"你明知我心意，却一直装懵懂！"娉婷抖抖地指着上官泓道，"你对我无意，为何不早说？！让我痴心错付这么久……你说你喜欢温柔的女子，我待你还不温柔？你做错事被父皇训斥，我不但替你求情，还巴巴去安慰你。你想吃什么，我亲自下厨做了送去……不光无情，而且无义！我待你这么好，而今我一去不回，你袖手旁观也就罢了，竟一句像样的话都没有……上官泓，你没良心！"

听到此处，上官泓一揖到地，道："郡主大恩，微臣铭记于心。"

这句话让娉婷自心底腾起一股怒火。"好一个落花有意，流水无情。"她冷哼一声，又道，"这世上还不曾有一个人我对他那般好，而他又对我这般不好。上官泓，咱俩还没完……我发誓，咱俩不会完，你等着吧！"

上官泓嘴角微动，似笑非笑："既无他事，微臣告退。"他退了几步，一个转身，出门去了。

娉婷踉跄着走到门旁，攥紧了门框。她看着上官泓的背影，用只有自己能听到的声音说着："回来！上官泓，你给我回来，听见没有？！"

　　天边渐渐升起青白的曙光，晨雾随风涌动，漫过飞檐和琉璃瓦顶。

　　突然，一声尖叫打破了清晨的静谧："不得了了，出人命了！"紧接着，人声嘈杂，脚步杂沓，宫人和侍卫匆匆往东湖跑去。

　　少顷，大总管福如意小跑进殿，顾不上行礼，颤声道："陛下，东湖出人命了，死了个宫女……"

　　大谞谟将手中的笔重重放在笔搁上："那么多宫人，还有那么多侍卫，竟然搞到出人命的地步，都是饭桶吗？！"

　　福如意赶紧跪倒："奴才无能。"

　　大谞谟不耐烦道："怎不就去处置？你在宫中这许多年，该怎么办难道还要朕教？"

　　"陛下有所不知，不是奴才不去处置，而是这……"福如意抬头看着大谞谟，欲言又止。

　　大谞谟双眉一挑："而是什么？"

　　"陛下，这宫女不是意外，她……她死状奇惨，奴才不敢就处置了，故来禀明陛下。"

　　大谞谟眉心重重拧在了一起："知道是哪个宫的吗？"

　　福如意放低声音："回陛下，是……是郡主宫中的……"他看看大谞谟，又低下头去，小心翼翼道："奴才着人问过了，回说昨日那宫女冲撞了郡主，郡主一气之下，命人挖去她双眼，不过，后来又没事了……"

　　"哦？"

大谞谍站起身，往窗前踱了几步。

大谞谍心下已明白了八九分。他让人去娉婷宫中宣旨，之后就对她避而不见，娉婷去求皇后未果，这他也是知道的。以娉婷的性子，可想而知，她现在极为恼怒。死个宫女并没什么打紧，不过，自己再不出面，这丫头会闯出怎样的祸事来，还真难以预料。

"走吧，去看看到底怎么回事。"大谞谍对福如意道。

东湖一角，一群宫人围起一个大圈，三五成群，窃窃私语。

福如意斥道："都站在这儿干什么，还不回去当差！"

无关宫人见大谞谍到了，赶紧回避，片刻间，除了两名侍卫、一名御医，散了个干净。

大谞谍走向湖边横陈的尸体。

只见一名宫女仿佛一只坏掉的布偶，姿态怪异地躺着。远远看去，她的脸血肉模糊，已是十分可怖，走近细看，更令人胆寒，原来她一双眼睛不翼而飞，只留下两个血窟窿在那里。宫女身上也异常凄惨，衣服被割成布条，刀刀到肉，布缝间可见一道道深深的淌着血的伤口。

太医禀道："陛下，这宫女四肢筋脉全被挑断了。"

"那伤口中又是些什么？"大谞谍问御医。

福如意探头去看，惊道："伤口中怎会有这许多蚂蚁？"

"回陛下，她的伤口中被人淋了蜜汁，是以引来蚂蚁等虫豸。据臣推断，蜜汁是人还活着的时候就浇上去了，是以……"御医迟疑一下，看一眼大谞谍，继续道，"是以死前十分痛苦。"

"甚是可恶！"大谞谍怒道，"简直胡闹！"

饶是大谞谍自己有千百种惩治人的手段，娉婷的花样仍大大出乎他的意料。大谞谍心想：不想这丫头竟如此狠毒！送去黑水鞑鞋也好，留她在身边，将来不定惹出什么祸端。

"咦，今日这里怎这般热闹？"身后响起一个脆生生的声音，众人转头去看，正是娉婷。

娉婷作盛装打扮，杏脸桃腮，红唇娇俏，笑靥盈盈，手中一柄猫戏蝶图案的纳纱绣宫扇，天真烂漫的少女模样。她身后跟着的两名侍女神情却颇古怪，皆埋头盯着脚尖，不肯斜视的样子。

"父皇……"娉婷上前抱住大谭谡一只胳膊，娇声道，"这几日娉婷一直找不见父皇，父皇答应带娉婷去秋猎的，可是忘了？"随即她突然发出"哎呀"一声，一只手遮了双眼，一只手抖抖地指着地上的尸体，颤声道："那是什么？父皇，好可怕……"

大谭谡冷哼一声，道："你宫里的人，一晚过去，就不认得了吗？"

"她这个样子，娉婷怎么还能认得？！"娉婷一脸委屈。接着，她换上惊恐的神色，睁大眼睛，问大谭谡："父皇，究竟发生了什么事？"

大谭谡定定地看着她："娉婷，该收心了！从前你诸多胡闹，有你母后回护，朕都不曾责罚于你。日后你一人在外，须得好自为之。"说完，不再看她，吩咐福如意道："赶紧叫人收了，好生安葬。"然后一拂袖，走了。

"父皇……"娉婷追了几步停下来，恨恨地跺了跺脚。

第二章

大谭谟端坐龙椅之上，朗声道："朕即日携娉婷郡主前往黑水部，与结秦晋，安边睦邻。朕回銮前，皇长子大容利暂行监国，尔等须恪尽职守，悉心辅佐，不令有失。"

群臣齐声应道："谨遵圣旨！"

大容利又惊又喜。他抬头仰望大谭谟，双目放光："请父皇放心，儿臣定不辱命！"

大谭谟登上御辇，向黑水靺鞨进发。銮驾旌旗招展，蜿蜒里余。官道两旁，官员恭送，百姓争睹，人声鼎沸，好不热闹。

大谭谟命人支起车帘，让百姓得瞻天颜，间或挥手示意。

看到大谭谟挥手，官员们带头高呼"吾皇万岁"，百姓跟从，呼声此起彼伏，一浪高过一浪。

此情此景，令大谭谟倍感愉悦。

傍晚，銮驾在一座官驿驻跸。官驿周围禁军严密布防，禁止闲人靠近。

入夜后，官驿安静下来，只偶有口令声和马嘶声响起。

烛光下，大谭谟入神地看着桌上一幅画。画中一株古树，树下一名女童，总角之龄，水红衣衫，绿色绣裙，娇俏可人。

"父皇，您怎就舍得娉婷远嫁呢？"

大谭谟循声看去，只见门外立着泪眼婆娑的娉婷，她身后是一脸无奈的福如意。

"福如意，你退下吧。"说着，大谭谟小心翼翼将画卷起。

大谭谟重新抬起头，已恢复了帝王威仪。他背起手，正色道："娉婷，朕知你来意，但此事已无转圜余地。自来和亲，都是结盟，国之大计，不容儿戏。父皇思之再三才做决定，你母后呢，你想说的她都替你说过了。此事是父皇母后为国割爱，你尽孝报国，情固难舍，义不容辞。"顿了顿，安慰道："父皇又怎会不为你考虑周详？一是你终有一天要嫁人，英义可汗一方雄主，算是门当户对。二是以我渤海国力，断不会让你在黑水部被欺负了去。"

娉婷急急道："可是娉婷不愿意啊，娉婷不喜欢那英义可汗！父皇，朝中那么多达官显贵，他们也有女儿，您再收一个，让她去和亲，这样我就能承欢您和母后膝下了啊。"

"你想得太过简单！倘英义可汗未曾对你一见倾心，另选他人，未尝不可。事到如今，送去的若非你，反生祸端。"

娉婷声音颤抖："可是……可是，父皇，难道在您眼中，娉婷就只是一枚棋子吗？"

大谭谟耐心耗尽，转了头不再看她："毋复多言，回去吧。"

娉婷咬了咬嘴唇，愤然转身，夺门而出，连礼都没行。

娉婷一翻身从床上坐起，向门外喊道："来人！"

一名侍女应声而入。

娉婷边整理衣衫边道:"去,把上官泓给本郡主叫来!"

"郡主,眼下已近子时,上官大人怕是早已歇下了吧……"

"歇下了就叫起来!"

"这要是让皇上知道了……"

"没人多嘴,皇上岂会知道?!"娉婷转身瞪着侍女,"可是皮痒?还不快去?!"

侍女只得匆匆去了。

娉婷这边把铜镜支起,重新梳妆,口中嘟囔:"本郡主都在和亲路上了,还顾得上这许多?!"

梳妆毕,娉婷对镜照照,自觉满意。顿了顿,她从妆台最下面一层屉子里取出一只荷包,打开后,将里面的粉末尽数倒入窗下几案上的熏香炉中。接着,她推门吩咐其他侍女:"赶紧去备些酒菜来!等上官泓进来,你们就把门从外面锁上,本郡主不发话,不许开门!"

上官泓进得门来,见娉婷斜坐桌旁,桌中央烛火高烧,将她那张精心修饰过的脸映得格外明艳。烛火下围着菜肴,四荤四素,尽皆精致。又有一只酒壶摆在桌侧,两只酒盏一边一只,相对放置。

上官泓难以察觉地微微一笑。他暗想:这娉婷郡主素来行事乖张,看情形,怕是要放手一搏。可她这一番心思又怎能瞒得过我上官泓?退一步讲,就算我着了她的道,又能如何?今夜我与她发生点什么,皇上就不送她去和亲了吗?不会的!皇上绝不会为此收回成命,必定是盛怒过后,瞒天过海,绑也要把她绑到黑水靺鞨去!丫头到底稚嫩,可怜枉费心机!只是,不知她会使怎样的手段……

与此同时,娉婷一双眼睛直勾勾盯住上官泓。

上官泓,这个她爱慕的男人,年轻有为,一表人才。他有一张任哪个女人看了都会心动的脸,修眉俊目,隆鼻朱唇。他还有一副任哪个女人看了都会脸红的好身材,修长且健美。书卷气和英气在他身上结合得恰到好处,这使他在人群中格外醒目出众,也让自己一见倾心。

娉婷要上官泓坐下说话,上官泓倒也不推辞,一撩袍襟,坐在了对面,脊背却挺得笔直。

娉婷也不兜圈子:"上官大人,本郡主请你来,是要你再仔细思量一下:郡主与朝臣之女,哪个于你更有助益?确实,论官位,你已不低,可要是论根基嘛,你就仿佛那浮萍一般。在朝中,无所依傍,官位是不稳的,更谈不上长享富贵。你说,我说得对吗?"

上官泓微笑道:"郡主所言极是。不过,世人皆知,我渤海国只一位郡主,而她如今已在和亲的路上。"

娉婷起身,绕到上官泓身后,将两只手轻轻搭在他的双肩之上:"在路上没错,可还不算嫁出去了,因此,你还有机会,就在今夜……"

"郡主抬爱。"上官泓站起身,面对娉婷,"诚如郡主所言,微臣出身低贱,蒙陛下垂爱,忝居高位,已是万幸,再不敢作攀龙附凤之想。"说着,一个揖便作了下去。

此时,屋内一股甜香氤氲开来。上官泓鼻翼翕动,只觉异香扑鼻,不可名状。他心旌一阵摇荡。

是了,这便是她的手段!

上官泓自任义部侍中,宫内香料、秘药之属没少经手,有些甚至就是他亲自搜罗了来献给大谞谞的,因此,他很快分辨出这是后宫才有的一种秘香,床笫之间助兴用的。他不由暗笑:这味香虽千金难觅,药性却温和,不至令人神志全失。于是,他反倒放松下来,静观娉婷表演。

娉婷见上官泓盯着自己，以为秘香起效，心下得意：上官泓，不管你有无非分之想，今夜，这非分之事你是行定了！

娉婷对自己的容貌极为自信。因为貌美，她在父皇母后跟前要风得风，要雨得雨；因为貌美，无数男子追着她，恨不得把心掏出来捧给她；也是因为貌美，那英义可汗爱而不得，竟与渤海国生隙！美貌加上秘香，她就不信上官泓不拜倒在她的石榴裙下！她哪里知道，她的心思，上官泓已洞若观火。

娉婷一步步走向上官泓，直到与他贴身而立："一直以来，我只看得见两种人，一种是漂亮的人，一种是聪明的人。上官泓，难得啊，这两样，你都占了。今夜，于你是一个机会，你可以直上青云。当然了，于我也是一个机会，我不用去那荒僻之地，跟恶心的老头子在一起……"说着，她把一只手掌贴在上官泓胸前，轻轻摩挲："渤海国最美的女人就在你面前，任你予取予求，告诉我，你真就这么无动于衷吗？"

接着，娉婷把脸埋在上官泓的肩头，像是倾诉，也像自言自语："你知道吗，上官泓，我害怕，我真的好害怕。我从小失去母亲，父亲对我不闻不问，后来进了宫，父皇母后待我很好，我以为他们是真心疼我，不想……不想最后他们还是不要我了。上官泓，我现在只有你，知道吗，只有你……你会看着我孤零零地被扔到蛮荒之地去吗，你会吗？"说着，她紧紧抱住上官泓。

娉婷这番话原意在感动上官泓，但说着说着，感动了自己。说到身世，她悲从中来，不由落泪，一落泪便收不住，直哭了个涕泗滂沱，最后人软绵绵地靠在上官泓怀中，动弹不得。

上官泓心下感慨：眼前这梨花带雨的少女，真比那不可一世的郡主惹人怜多了，亏得我明了这是个圈套，也亏得是我上官泓，换了别个，恐怕早遭不住，依从了她。

娉婷继续道："迄今为止，我只爱过一个人，那便是你，我想跟你在一起……不用怕，今夜之后，覆水难收，父皇只能成全我们……你感觉到我对你的心意了吗？你就圆了我的梦吧……"

听了这话，上官泓差点笑出声来：真是幼稚到极点！

上官泓叹口气，温言道："郡主，恕微臣爱莫能助。再者，微臣这里有一劝：秘香是好东西没错，但不能这样随便就用。"

娉婷身子一僵，后退几步，呆呆看着他，道："你早知道了，是吗？"

上官泓微笑道："是，郡主。"

一瞬间，娉婷的信念动摇了。她遭遇了有生以来最大的挫败。从前，她想达到目的，怕死的就用刑，不怕死的就利诱，对男人，利诱不成还有色诱，最后一着是苦苦哀求。她还从未失过手。只要对方是人，有人的弱点，她就会获胜。可眼下，她手段用尽，这个男人竟未被撼动分毫。

娉婷忽然笑了，笑得花枝乱颤，笑得不能自己："那么多男人，我独独喜欢你，我也很想知道自己到底为何这样痴……不过，现下没必要计较这个了。上官泓，今夜，无论如何你是出不去了！明日一早，郡主清白已失，不甘受辱，企图自尽，即便不愿，你还能怎样……"说着，她便去褪自己的衣衫。

"且慢。"上官泓按住她的手臂，"郡主可曾想过，此时此刻，或许陛下就在找微臣，找不到，自然会追查微臣行踪。微臣的意思，是这天下还没有陛下查问不出来的事，找不到的人……"

娉婷嗤之以鼻："上官泓，你当我三岁小儿，吓就能吓住了？"说完，右手一扬，将一侧雪白的香肩袒露出来。

就在此时，门外脚步声大作。"给朕把门打开！"是大谮谮在厉声呵斥。

娉婷一怔，随即反应过来，赶紧将衣衫胡乱一裹，又想到须得把熏香炉熄了，便向几案扑去，可未及够到，门便被推开，福如意先进来，后面跟着面色铁青的大谞谞。

大谞谞扫视一下屋内，随即将目光定在娉婷和上官泓身上。他指着二人道："成何体统！看看你们，成何体统！"

娉婷刚要开口，上官泓却似脚下一软，跌坐在了地上，还扯了她衣衫一把，险些将她也拽倒。

大谞谞怒不可遏："上官泓！"

只见上官泓双手撑地，慢慢悠悠、摇摇晃晃站起来，向大谞谞行礼道："陛下……微臣参见……陛下……"竟是一副酩酊之态。

娉婷好生诧异：方才还好好的，一时半刻，就迷糊成了这样？

"酒……酒甚好，郡主与我……与我把酒言欢……"上官泓口齿不清地说着，双眼迷离，不住摇晃，眼看又要倾倒。

大谞谞眯了双眼，思索一下，随即怒目圆睁，转向娉婷："你做的好事！真真不知廉耻！"

"去，叫人把上官泓送回去！"大谞谞对福如意道。

福如意赶紧唤了两名侍卫进来，将上官泓扶了出去。

娉婷看着上官泓的背影消失在夜色中，登时醒悟：他这是在告诉父皇，我对他使了手段啊！

"父皇，娉婷没有，娉婷只是……"娉婷急欲分辩。

"你还敢狡辩！"大谞谞咆哮道，"这样不堪的东西，你也敢用？！"他环顾左右，瞥见几案上那只熏香炉，上前一步，掀翻在地，仍不解气，又抬腿去踹桌子。

福如意抢先一步拦下："陛下息怒！"

大谞谞瞪着福如意，福如意低声道："陛下，夜已深了……"

大谞谞立时会意这是在提醒他莫把动静闹大，引人猜测、议论。他顿了顿，吩咐福如意："传旨下去，今夜之事，不许议论，不许外传，违者斩！"

大谞谇复又转向娉婷，强压怒火，低声喝道："再敢胡闹，休怪朕无情！"说罢，拂袖而去。福如意小跑着跟上。

屋内剩了娉婷一人。她颓然跌坐到床上，怔了一会儿，伏下身去，恨恨地哭起来。

黑水靺鞨的初秋，无限晴好，丝丝云缕把天空装点得宛如和田美玉一般。远处是仿若淡墨扫就的山峦，身侧不是草色青青的牧场，便是波光粼粼的河湖，银鸥翩飞，白鹳起落，一路走来，满目都是令人心旷神怡的美景。

大谞谇的銮驾在日光西斜之前赶到了城下，而英义可汗率黑水各部首领早在那里等候多时了。

大谞谇走下御辇，与英义可汗把臂言欢，随即二人并肩向城门走去。他们身后，双方人马汇成一队，缓缓相随。

娉婷紧跟在大谞谇身后。英义可汗一见她便双目放光，不时回头，又将视线黏在了她身上。

娉婷强忍嫌恶，打量英义可汗。只见他穿一件簇新水蓝绸袍，裹出便便巨腹，举手投足，全身肥肉跟着乱颤，绸袍随之翻卷出潋滟波光，几欲晃瞎人眼。一张胖脸上笑容油腻，细小的眼缝中精光乱转。实在是看不下去，娉婷翻个白眼，别转了头。

英义可汗略显尴尬。大谞谇察觉他神色有异，顺着他的目光看去，见娉婷一脸鄙夷，毫不掩饰。

"娉婷，不得无礼！"大谞谇呵斥道。

娉婷无奈，低下头去，边走边用靴尖去踢路边的野草、地上的石子，以示不服。

英义可汗连忙道："哎，不怪郡主，不怪郡主，原是本汗冒犯了。"又笑道："一年不见，郡主越发动人了……"

大谞谟数日前遣使告知英义可汗行程，但于和亲只字未提，只说巡幸北疆，顺道拜访，是以英义可汗不知娉婷同行，一见之下，颇为意外。当下他心念一动：难不成这大谞谟是给本汗送女儿来了？他本就对娉婷念念不忘，此念一起，便不停息，又不便直问，颇感煎熬。煎熬了一阵，又想：管他是不是！大谞谟肯来，便是示好，也是示弱，索性接风宴上，我再求上一求，今时不比往日，大谞谟对我颇多忌惮，许就准了。不准也没关系，有朝一日与契丹联手，杀去龙泉府，还愁到不了手？

英义可汗安排大谞谟等下榻于王宫内一处馆阁。

英义可汗对大谞谟道："圣王一路劳顿，先歇上一歇。今晚，本汗为圣王接风，咱们好好地喝上一喝、乐上一乐！"临别又道："本汗新得了个厨子，极擅大唐菜色，今晚就由他一展身手。"

英义可汗前脚刚走，大谞谟便把脸一沉。他心中很是不快：这英义可汗明知我大谞谟称帝，一路上仍以"圣王"相称，必是有意为之！今晚我便将娉婷许你，当上你的岳丈，看你又待如何！

入夜，大殿里灯火通明，人声鼎沸。

这殿中地上铺着杂金线的白色毛毯，梁上挂着垂彩络的多角宫灯，八对顶天立地的铜柱，每柱旁设一一人高的雕花盘丝银烛台，顶端孩童手臂粗的红烛高烧。烛中该是掺了香料，一股温煦醉人的香气随轻烟四处飘散。

首席设于正中，大谞谟和娉婷居左，英义可汗和正妻可敦居右。以下一左一右对坐着上官泓等渤海国官员和黑水各部首领及其夫人。

大谭谟环顾一番，赞道："这殿中的布置妙得很，富丽中透着奇巧。"

英义可汗面露得色："大唐的好东西可不能浪费。"

大谭谟面上微笑，心下鄙夷：原是打劫来的贼赃！

两列侍女捧着菜肴款款而至。每上一道菜，便有人高声报出名目及做法：

"九凤朝天。湖虾去尾，置小宰羊上，加红腐清蒸。"

"雪玉红盏。雪莲、藕、草菇、鸡脯制丸，牡丹为盏。"

"黄龙吐翠……"

"凤凰涅槃……"

…………

顷刻之间，众人面前案上便摆满了酒馔。

英义可汗将酒杯高高举起："圣王驾临，不胜荣幸，本汗先干为敬！"说罢，将杯中之酒一饮而尽。

黑水各部首领及其夫人随之举杯。

大谭谟笑道："可汗豪爽！"也将一杯酒喝了个涓滴不剩。

鞨鞨人饮酒如饮水，酒过三巡，宴会才算正式开始。

英义可汗看一眼身旁侍从，侍从会意，击掌两声，一队舞姬应声入殿，伴着乐声翩翩起舞，腰肢柔软，舞步轻盈。

舞蹈正酣，殿门外飘来一位身穿雪白的长袖曲裾舞衣的女子。远远望去，那女子肤若凝脂，长发乌黑，额上一块蓝宝石，配上飘飘白衣，格外秀雅清逸。更妙的是烛火映衬下，女子的脸庞散发淡淡光彩，如春夜引人遐思的月亮一般。

待女子走近，大谭谟暗暗吃惊。只见她一双漆眸中波光流转，与额上蓝宝石相映生辉，说不出的明艳照人。

女子行至英义可汗和大谞谞面前，盈盈一拜："采莲来晚了，还请可汗和贵客海涵。"

她的嗓音婉转中带着一丝丝沙哑，以一种难描难画的美妙，钻进了大谞谞的心。

大谞谞竟微微地醉了。足足半刻，身旁的英义可汗说了些什么，他只见对方嘴唇开合，一个字都没听到耳中。他在回味那嗓音，为形容它的美妙寻觅字句。不知过了多久，他终于找到了贴切的比喻：那嗓音就是初春最旖旎的水，又冷又暖，又甜又涩。

大谞谞再去看采莲。她的举止神态也美得出奇。你看她一颦一笑，那样从容自然，没有一丝一毫诱惑的意味，可就是把人的魂魄给勾走了。就像她的身材，明明不够丰满，却没有一处不恰到好处，与你的心寸寸贴合，无一丝缝隙。

大谞谞见过的美丽女子无数，却没有哪一个能像采莲一样，清纯、妖娆集于一身，浑然天成。

大谞谞心中一阵躁动，恨不能上前一把将她拉入怀中。

此时，采莲移步大殿中央。采莲起舞了。她旋转着，衣袂飞扬，如同仙子一般。

大谞谞清醒了些。他眯起双眼：左不过是个舞姬，一会儿便向英义可汗要了她。送来一个漂亮女儿，换个舞姬回去，也不为过！打定了主意，他放松下来。

一曲舞罢，采莲嫣然一笑，向首席走来。大谞谞狂喜：原来这佳人就是英义可汗献与我的，真是得来全不费工夫！

却见采莲迈步向右，身子一转，坐到了可敦身边。

大谞谞错愕不已：她竟是英义可汗的女人！那粗鄙之人怎配拥有这样的绝色佳人！

只听可敦赞道："莲夫人舞技世间无双哪。"

"采莲可是特为圣王准备的这支舞。说来她也好久没舞过了，本汗还是借圣王的光，才一饱眼福。"英义可汗话里有掩饰不住的得意。

此时，大谞谟无比失落。他暗暗深吸一口气，极力压制着不快，饶是如此，笑容还是扭曲了。

一旁，上官泓一直观察着大谞谟的神色，将他一番心潮起伏悉数看在眼中。上官泓明白，该自己出场了。

上官泓起身，向英义可汗道："陛下为可汗备了三件礼物，就此呈上。"说罢，向侍立身后的随从招一招手："来人，献礼！"

两名随从各捧一只沉甸甸的大匣，至大殿中央站定。众人安静下来，目光集中到两只匣子上。

第一只匣子是富丽堂皇的锦匣。上官泓打开匣盖，从里面捧出一只金孔雀。这金孔雀冠翎和羽毛都用细如毛发的金丝制成，此时微微颤动，几可乱真；孔雀眼是两颗绿莹莹的翡翠，烛光下异常耀目；作开屏状的孔雀尾则错落有致地嵌着五色宝石，在金丝映衬下彩虹般绚丽。金孔雀巧夺天工，英义可汗微笑颔首，黑水各部首领连声赞叹。

上官泓将金孔雀放回锦匣，走向第二只匣子。第二只匣子用金丝楠木制成，雕镂着繁复的花纹。上官泓自匣中取出两只一模一样的天地盖圆盒，也是金丝楠木制成，看形制像是棋笥。上官泓一手一只，拈起圆盖，里面果真就是围棋子。黑子用墨玉琢成，白子用白玉磨制，无论墨玉、白玉，皆莹润无比，内中隐然有光，却含而不露，如云似雾，一看便知是极品和田玉。英义可汗端详一番，赞道："真是难得的美玉，难为玉工寻了这许多，粒粒无瑕。不过……"

上官泓朗声接道："可汗说得对，岂能缺了棋盘。"随即示意另一随从上前，将棋笥交过，自己则探手木匣内，只听咔嗒一声，显是拨动了某种机括，木匣四壁徐徐向下展开，直至摊平。上官泓又在匣底拨弄一下，匣底竟伸出四片与四壁等大的木盘。接着，他将匣底轻轻往上一托，木盘瞬间与四壁接合，成一整张棋盘，严丝合缝，竟看不出一丝一毫拼接痕迹。上官泓向众人展示棋盘，只见上面乌金丝嵌出整齐的棋格，发散着微光，说不出的富丽气象。

英义可汗拊掌笑道："正是，这制匣匠人的聪明才智，价值更胜玉石、楠木百倍。圣王真好眼光！"

英义可汗转向黑水各部首领："近来我们靺鞨人也约略识得弈棋之趣，只是所见多玛瑙子，粗陋得多。本汗也跟你们说过，弈棋最能怡情养性，你们却不思上进，总觉不如饮酒纵马痛快。现在好了，圣王赠此宝物，你们却没人能与本汗对弈，当真辜负了圣王雅意！"又向大谞谍道："本汗略通棋艺，可若想寻个棋友，却是难了。可惜，可惜！"

上官泓笑道："可汗无须烦恼，此事陛下也已想到，第三件礼物便与棋友有关。只是这大礼匣子盛不得，而且无价，微臣是不敢说的，还须陛下亲自揭晓。"

英义可汗双眉一挑，饶有兴致地望向大谞谍。

大谞谍微微一笑，低声对英义可汗道："娉婷虽然刁蛮，琴棋书画却是自小就谙熟了的。此番她就不回去了，陪在可汗身边，闲暇时堪为棋史，如何？"

英义可汗先是怔住，随即回过味儿来，咧开一张大嘴，笑个不停，显然喜不自胜。

大谞谍压住心底嫌恶，坐端正些，高声向众人道："朕愿将娉婷郡主嫁与可汗，以示渤海国与黑水靺鞨结永世之好。此后，两国互不攻伐，戮力同心。"

黑水各部首领都很意外。一年前英义可汗求娶婷婷郡主不成，他们都是知道的，鉴于英义可汗深以为耻，他们也就绝口不提。不承想渤海国如今竟回心转意了，竟还十分主动。思及当年婷婷不但一口回绝，还欲挖去英义可汗双眼，他们纷纷转头去看婷婷。

昨夜婷婷痛定思痛，知道这英义可汗自己是非嫁不可，便已决心豁出去，一方面成全父皇，一方面不要上官泓看轻了自己。此时，她落落大方地站起来："可汗为何不说话，难道觉得婷婷配不起？可汗莫要小看婷婷，婷婷现如今已是大人了。"

英义可汗大喜过望。不管这刁蛮郡主心中到底作如何想，她这两句话将当年拒婚解释成自己年纪小不懂事，彻底为他挽回了颜面，另一方面，也表明此事并非大谞谍强迫，而是自己愿意，给足了双方面子。看她言语行事毫不扭捏，英义可汗更觉她娇憨可爱，又添几分欢喜。

英义可汗大笑几声，道："郡主倾国之姿，本汗求之不得，焉有不愿之理！"

英义可汗当即封婷婷为夫人。他站起身，双手举杯，向大谞谍道："陛下美意，本汗感激不尽！这杯酒敬陛下，愿黑水靺鞨与渤海国自此亲如一家，世代和睦！"说罢一饮而尽。

大谞谍将面前酒杯向英义可汗举了一举，也一饮而尽。

两人相视大笑。

众人纷纷起身，高举酒杯，齐声道："亲如一家，世代和睦！"

宴会就此进入高潮。伴着轻歌曼舞，宾主觥筹交错，相谈甚欢，笑声阵阵。

直到月明星稀，宴会才毕。

大谞谍、英义可汗和婷婷先一步离席。

婷婷向大谞谍和英义可汗福了一福，也不说话，转身就走。经过侍立一旁的上官泓面前，满含深意地看了他一眼。上官泓垂下眼睛，只当没看见。

这边英义可汗却不送大谞谦前往馆阁，而是赶紧向他告辞，说要送娉婷夫人回新居，好好地替她安排一番。他走出两步又回转来，向大谞谦道："请陛下好生休息，养足精神，明早本汗陪陛下到新修的园子里尽情地游上一游。"随即转身，紧走两步，跟上娉婷等人的脚步。

英义可汗今日可谓志得意满。想当初渤海国强势拒婚，现如今主动交好，兜兜转转，娉婷这可人儿到底还是归了自己，不枉这一年来自己的苦心经营。

大谞谦目送英义可汗的背影，唇边扯起一丝冷笑。他对上官泓道："你来说说，今日之事该怎么形容？"

上官泓想了一想，答道："好似沐猴而冠。"

大谞谦不禁笑出声来："猴子恐怕并不贴切。有心给你改上一改，一时却也想不出更好的来。也罢，就沐猴而冠吧。"

上官泓的话多少让大谞谦心里松快了些，仿佛将憋着的一口气出了一点。他挥挥衣袖，向馆阁踱去。上官泓紧紧跟上。

夜阑人静。深蓝的天幕水洗过一般，没有一丝云雾，显得又高又远，一轮又大又圆的月亮悬在中天，宫殿、假山、树木和花草在地上拖出浓黑的影子。同一个夜晚，有人做着甜梦，也有人辗转难眠。

翌日一早，英义可汗便来请大谞谦去游园。

他引大谞谦等人走出馆阁，来到王宫甬道上。只见黑水各部首领已在等候，却俱各牵着马，俨然一列马队。这马队前方，又有侍从牵着几匹金辔锦鞍的骏马在等待。

大谞谍不解："可汗，这是……"

英义可汗笑道："本汗带陛下去的园子有点大，王宫盛不下，设在了城外，所以须骑马前往，一会儿还要乘船。"

大谞谍点头。

于是众人上马，英义可汗与大谞谍并辔而行。

一行人出得宫门，行不数里，来至一条河边，只见一艘装饰一新的大游船候在那里。

英义可汗与大谞谍携手登船。待随行众人都上船站稳，船便启航。行不多时，两岸房舍为葱茏草木取代，想是已驶出王城。

又行数里，河面豁然开朗。此时游船逐浪而行，眼前烟波浩渺，两岸则渐变为宫苑景象，绿树掩映着玲珑亭台和巍峨楼阁，仙境一般。

大谞谍赞叹："真宝地也。"

英义可汗颇为自豪："我们鞑鞈人生于白山黑水之间，园子也须开阔些，否则，总让人觉得不够称心快意，所以本汗就选了这水草丰美之地，因势赋形。实话实说，这园子也太大了些，花了整整两年才建成。"

大谞谍点点头："确有气势，让朕想到了《上林赋》所咏的上林苑。"

"要说山水，陛下也见得多了，不稀罕。本汗这园子有一别致去处，咱们便是往那里去。"

"不知是怎样的别致？"大谞谍兴致勃勃地问。

"是一座花园。说起这花园的缘起，还请陛下莫要笑话：男人骑马打猎，喝酒吃肉，便觉心满意足，女人嘛，就喜欢花呀草呀，宫里那么多女人，也要有个去处能解闷消火，省得无事生非，纠缠不清……"

大谭谡以两声笑敷衍英义可汗。其实他心中又咸又酸，因为说起女人，他便想起了采莲。

说话间，游船在一处栈桥靠岸。英义可汗引大谭谡下船，过栈桥，来至一间凉亭。

刚在凉亭中站定，大谭谡便听得一阵清脆的鸟鸣，只觉天地陡然清静了下来。凉亭前方是一座小拱桥，桥下流水潺湲，落花浮沉。隔水望去，但见对岸有丘有池，曲径起伏，佳木茏葱，奇花闪灼。

大谭谡忍不住赞叹："桃源秘境不过如此！"

众人过桥，分花拂柳，沿曲径前行。一路上又见许多异草，姿容曼妙，清香袭人。而在清新的草香之中，夹杂着丝丝缕缕的浓香，愈往前走，愈是馥郁。

又行了数十步，走在最前面的大谭谡站住了，与此同时，身后众人发出一片惊叹之声。

一座牡丹园赫然出现在眼前。

园子半亩有余，深碧叶子组成的海洋上，浮动着各色牡丹，清风拂过，花、叶、枝动情般轻颤，露珠滚动，反射点点金光，而花香更浓于酒香，熏人欲醉……

大谭谡往前走了几步，置身花丛，环顾四周，目光变得迷离恍惚："这……"

"陛下，这是大唐国色啊。"英义可汗边说边走近他，与他并肩而立，"牡丹花期原在春老时节，眼前这些在早秋盛放的，本汗命人培育了整整五年。本汗想着，百花应时而放，不算稀奇，能让有真国色之称的牡丹在秋天盛开，才叫稀罕，便特意到中原搜罗了有名花师并珍异品种，辟园栽植，精心培育。此外，本汗还命他们选种育新，这里面就有一二独步天下的。您看……"

英义可汗兀自说着，大谞谍却早已充耳不闻，他的目光从一朵恋恋不舍地移向另一朵，又焦灼贪婪地去捕捉下一朵，只恨自己没能多生几双眼睛。这满园牡丹，除了广受喜爱的红、紫、浅红，诗人独好的白，还有少见的黄，更有难得一见的同株异色和同朵间色！

大谞谍爱花，花中最爱牡丹，首要一个原因，就是他觉得只有花中之王才配得上人中之王。他万万没想到，自己平生见到的最大、最美的牡丹园竟然在这里，在黑水靺鞨！

"陛下，陛下……"英义可汗轻拍大谞谍右肩。

大谞谍回过神来，发现自己正躬着身凑在一朵间色牡丹前，赶紧挺起胸背起手，讪讪道："朕竟忘情了……"

英义可汗大笑，道："本汗亦然，本汗亦然！本汗有时就想，人这一生，常有美酒、美人和美景在侧，才算不白来。"

此时，随行众人也都走入花丛中，兴致勃勃地观赏着，交口称赞着。

大谞谍等人在牡丹园停留良久，继续前行，又观赏了鸟园、鱼池等景致，时近晌午，才登船返程。一路之上，众人谈笑风生，都觉不虚此行，十分尽兴，唯独大谞谍甚少言语。他独立船头，一副心事重重的模样。

大谞谍的脑海中，牡丹园的风光，还有采莲的身影挥之不去，他的心底，有一种难以遏制的冲动，想把这些都据为己有。他尽量不去看英义可汗，如今，那张脸在他看来，越发的丑陋和滑稽了。

大谞谍的胸中满是嫉妒和不甘。

英义可汗热情挽留，大谞谍还是只停留了一天，便执意回銮。

御辇中，大谞谍闭着双目，斜倚在紫檀木榻上。

帘珠玲玲。大诨諜双目微睁，吩咐侍从："叫上官泓过来。"

上官泓来了，行礼之后，在侧随行。

大诨諜道："记得那牡丹园吧，须更胜一筹。"

"微臣一定竭尽所能。"

"他让牡丹在秋天盛开，朕要让它们在冬天绽放！鸟语花香之天国务必按时造好！"

"请陛下放心！"嘴上应着，上官泓的脚步沉重起来。

大诨諜合上双眼，轻轻挥手，示意他退下。

第三章

对于上官泓，秋是个特别的季节。这与他的狱丞生涯有关：秋后乃是处决犯人的时节。那时，秋天最难熬。死囚每日都离死亡更近一步，每日都更其绝望。不少死囚熬不到秋决，或病死，或自戕，先没了。狱丞、狱卒也得熬，他们日复一日听着牢房里传出的哀号，眼巴巴盼着秋后。

这个秋天，上官泓重温了那种煎熬。不，应该说，他比从前更觉难挨。他甚至有提前迎来暮年之感，时时觉得前路迷茫，无限悲凉。这一切都是拜自己为迎合大谵谖而编织的"鸟语花香之天国"迷梦所赐。

自黑水靺鞨归来后，上官泓整日马不停蹄地奔忙。鸟好办，那些被命令在冬天盛开的花几乎要了他的命。惜花阁接近竣工，他找的花匠却都说，几种或许可以，百花盛开绝难做到。他们边重复"请恕小人无能"，边拼命磕头，有一位甚至自缢以谢罪……

如今，那些花成了上官泓最大的梦魇。

一晃就到了北雁南飞的晚秋。

上官泓漫无目的地走在熙熙攘攘的朱雀大街上。他好几日没怎么睡过觉了，眼中布满了血丝。几乎找遍了能找的匠人，此时此刻，他不知还能做些什么。

女人们三三两两从上官泓身边走过。

"龙泉女手艺神了，剪什么像什么。"

"可不是。一次我男人醉酒，一打眼瞧见墙上的舞狮，认成了真的，吓得酒醒了一大半。"

"说是流彩堂排上队了，咱们得快点，晚了可就订不上了。"

…………

上官泓身躯一震：剪纸，怎么就没想到剪纸呢！

上京龙泉府，上自达官显贵，下至贩夫走卒，都知有位龙姓女子剪纸技艺高超。据说，她剪的花放到花丛中，会让人忍不住去摘；她剪的雄狮让狗害怕，猸猸不已……坊间有个传说，说是有位致仕的老太尉，思念过世多年的夫人，茶饭不进，以致病倒。家人便央龙泉女剪一张夫人的小像。这小像全凭家人口述，按夫人年轻时的样子剪出，不但还原了夫人的样貌，居然神采也不差分毫。老太尉看到剪纸，霎时泪如泉涌，喃喃念出夫人闺名。有了安慰，老太尉病便好了。他觉得这是老天感念自己情深，借剪纸人之手成全，便去拜谢龙姓女子，亲题"龙泉府第一剪"以表谢忱。如今，刻着那题字的匾额就悬在龙姓女子的店堂之中。这段佳话传开，"龙泉府第一剪"名噪上京，顾客络绎不绝，有人远道专程前来，也有人为此一掷千金。人们都称龙姓女子为"龙泉女"，她的本名反倒湮没不闻。

对于龙泉女，上官泓只知其名，从未有缘一见。

上官泓决定去找龙泉女。他隐隐有个预感：此人能解他的燃眉之急。

上官泓唤了跟在身后的小厮，追着女人们向流彩堂赶去。

秋风几乎扫尽枯叶的时节，流彩堂前一株柳树却绿意盈盈，柳叶随风轻摆，宛若女子纤腰。上官泓走到树下才发觉，这些柳叶原是彩锦剪成，缠绕在枯枝上，不由暗暗称奇。

流彩堂内人头攒动，几乎都是女人，她们团团围住大堂中央一张桌子，抢着说话。人圈外面，一个年轻后生竭力维持着秩序。

上官泓环顾四周，只见墙上贴着各色剪纸，有年节用的，有喜庆用的，有装饰用的，人物、动物、器物、房舍、草木，无不栩栩如生。

上官泓急于瞧一眼人圈里面的人，可别说是脸了，连衣角都被挡得严严实实，一丝不露。

一位中年妇人奋力挤进人墙，大声道："龙泉女，我女儿下月十六出嫁，我要订《鱼儿扑莲》和《麒麟送子》，还有……"其他女人的抗议马上将她的声音淹没。

"先来后到，你这算什么？！"

"我可是大清早就在这里等着了！"

"我女儿这个月就嫁，比你还急！"

…………

一个女声打断她们："大家听我说，都听我说……这位大婶，女儿出嫁，先恭喜您。要说《鱼儿扑莲》和《麒麟送子》呢，也有很多样式，您得为女儿仔细挑挑。您看，泉哥那里选样，您且去挑好了，再来交定金。这几位确实在您前头等了好久呢。"一番话说得不疾不徐，温柔且耐心，让人听得无比熨帖。

年轻后生赶紧接过去："大婶，样子在我这里，您且来看。"

那中年妇人讪讪挤出人圈，跟着泉哥到一边挑样子去了。

上官泓等了半刻，觉得天黑也不见得能轮到自己，遂带小厮离开。他打算天黑再来。

送走最后一位顾客，关了大门，龙泉女揉揉太阳穴，叹口气，道：“又有的忙了。”

泉哥递去一杯茶：“今天东平府的人也来过。雁儿，你名声太响，要不咱不叫‘第一剪’了，干脆叫‘神剪’吧。”

龙泉女笑道：“少来，你改叫‘大才子’吧。我可是按你画的花样剪的。”

“别忘了还有你的嫁妆。好好剪，咱俩很快就用得上了。”泉哥戏谑道。

龙泉女一推泉哥：“谁和你用得上。”

泉哥趁机捉了她的手：“咱们也攒了一些钱的，过了年就成婚吧。要不就多接些富商显贵的活儿，赚得更多。”

龙泉女嗔道：“钱哪有赚够的一天。别忘了爹怎么教的：君子为腹不为目。”

泉哥笑道：“是，是，以前爹是先生，如今你是先生。”

流彩堂原是一所学堂。学堂的先生名龙恒远，长安人士，曾就读于太学，二十年前来到龙泉府，用毕生积蓄买下这座宅子，办起了学堂。龙恒远才学出众，书也教得好，学堂很快就声名远扬，学生甚众，不乏远道慕名而来者。

落脚龙泉府时，龙恒远岁数已不小，却无妻无子，孑然一身。

有人说龙恒远在长安有一位心上人，被皇亲国戚夺去为妾，不久郁郁而终，是以他心灰意冷，离开了长安。

给龙恒远说媒之人一度踏破门槛。可漂亮姑娘也好，富有寡妇也罢，龙恒远一概回绝。时间一长，说媒之人也就不再上门。二十年过去，龙恒远依旧独身。街坊邻居有视他为怪人的，也有猜测他有隐疾的。

不过，龙恒远不再孑然一身。他先后收养了一子一女，取名泉哥和雁妹，将他们抚养成人。

龙恒远对泉哥和雁妹视若己出，关爱备至。泉哥和雁妹青梅竹马，及长，都有以对方为偶的愿望。大约是经历了与心上人的生离死别，龙恒远对养子养女的感情并不阻拦，不止一次说要为他们主婚。

然而，还没等到泉哥行冠礼，龙恒远就死了。

这事说来有些令人不可思议。他那样的一个"圣人"，居然是死在了歌舞坊中。

事情要从今春说起。其时，有个名叫孙大财的富商子弟入了流彩堂。人如其名，孙大财一身纨绔子弟习气，于花天酒地之道精通得很。要不是为其父逼迫，他才不会入流彩堂求学。

孙大财一大爱好是流连歌舞坊，有一天竟让平康坊的歌女女扮男装陪他上学。

看见歌女珠玉，龙恒远怔住了。

孙大财嬉皮笑脸道："师父，这是舍弟，来向您请教学问。"

任谁都看得出珠玉是女扮男装，学生们以为一贯严肃的龙恒远会把珠玉连同孙大财撵出去，龙泉女和泉哥也这么想。

龙恒远却收回目光，若无其事地讲起课来。

这珠玉刚满十六，精琴棋，爱诗书。她心性高傲，厌恶纨绔子弟，见到儒雅的龙恒远，就有些喜欢。一堂课下来，龙恒远的博学更令她倾心。

散了学，珠玉走到龙恒远面前，深施一礼："多谢师父给珠玉留了颜面。"

没等龙恒远说话，珠玉又道："早听闻师父是长安来的学问大家，是以求着孙公子带我来看看。百闻不如一见，受教了。"

此时，孙大财早在门外，见珠玉没跟上，便大声唤她。

珠玉低声匆匆道："小女子珠玉，流落平康坊。"说完，又施一礼，走了。

龙恒远自始至终没说一句话。

珠玉一双顾盼生辉的眼睛印进了龙恒远的心里。那双眼睛像极了他的心上人，那个与他阴阳相隔二十年的女子。更巧的是他的心上人名字里也有个"玉"字，叫做婷玉。龙恒远觉得是婷玉来找他了。数个辗转难眠的夜晚之后，他把伦理道德说教扔到了一边，去了平康坊。

这一去竟不可收。两人情根深种，从此，龙恒远无心教学，珠玉则除了他避不见客。

赎身远没想象中那么简单。妈妈要五锭金子，要知道，五锭金子能买下龙泉府一幢豪宅。纵是如此，龙恒远毫不犹豫地答应了。

龙恒远走进珠玉的房间。珠玉并未迎上去，反倒后退一步，忧戚地看着他，不作声。

龙恒远上前抱住珠玉："已跟妈妈说好，明日一早，我回去取了钱交给她，你就跟我回家。"

珠玉不敢相信："妈妈这就答应了？她要多少银两？"

"五锭金子。"龙恒远淡淡道。

珠玉泪水扑簌簌落下。活了十六年，她第一次感到如此温暖，她的爱人如同一棵大树，可以倚靠。

"那可是五锭金子。"珠玉挣脱龙恒远怀抱，边哭边捶他的胸口，庆幸此生得遇良人，也发泄多年来受辱的怨恨。

龙恒远再次将珠玉抱紧："哭什么，明天你就回家了。"

"我以为此生走不出这平康坊了，直到遇见你……我怕自己不值得你这样，怕别人瞧不起我，因我而瞧不起你……"

龙恒远柔声道："这些我都不怕。我怕的是你要跟我过苦日子，怕我比你年长太多，会先走一步，没人照顾你……"

珠玉用颤抖的唇吻上龙恒远脸颊，又移向他的唇……

倘若人生在此定格，该有多好！

第二天，珠玉早早醒了，轻手轻脚下床，在妆台前仔细梳妆。她要跟龙恒远携手走出平康坊，跟他回家。

辰时三刻，龙恒远仍未有醒来的意思。

珠玉走近床榻，推了推他："起来了。"

龙恒远一动不动。珠玉又叫两声，不见龙恒远有所反应，不祥之感袭上心头。她试了下他的鼻息，随即后退两步，跌坐在地。怔了一会儿，她撕心裂肺地哭喊："恒远，醒醒，你醒醒……"

龙恒远再也没醒过来。

听到珠玉的哭声，妈妈带着两个小厮赶来。她自己先试了下龙恒远的鼻息，又让小厮查看。小厮看过，摇了摇头。

妈妈顿足道："真是触霉头！赶紧抬到后院，让他家人过来收走。"又呵斥珠玉："鬼哭狼嚎什么？！"

珠玉张开双臂，拦在小厮面前："你们谁也不许碰他！"

妈妈一挥手："别管她，抬走！"

珠玉一把扯下颈上金坠，厉声道："再往前一步，我便吞了！"

妈妈脸色一变，赔笑道："珠玉，妈妈知你心里难受，可也不能就一直停在屋里呀。"

"出去，你们出去！"

妈妈只得道："那一会儿我再过来。珠玉啊，你可别想不开，凭你的容貌，不愁找不到有钱人替你赎身。"说完，悻悻转身，带小厮离开。

短短几个时辰，珠玉从极度的幸福坠入极度的绝望。她坐在床边，静静看着龙恒远，看着这个她此生唯一的爱人。她曾无数次幻想他们一起吟诗作赋，抚育一儿半女，可现在，一切都不再可能。

珠玉笑了："你最爱整洁，怎能穿着中衣就走。"

珠玉为龙恒远理好中衣，穿上外裳，又拿过帕子，替他擦脸。

做完这一切，珠玉把瓷杯摔在地上。一声脆响，利刃般划破空气。她拾起一片碎瓷，上了床榻，躺在龙恒远身侧，在他颊上轻轻一吻，随后蜷缩在他的臂弯里，用瓷片在自己脖子上用力一抹。

意识慢慢消散，珠玉喃喃道："恒远，我来找你了……"

为让龙恒远走得宁静，龙泉女和泉哥给了妈妈一笔钱，堵住她的嘴。

龙泉女和泉哥选了一个好地方，含泪将龙恒远与珠玉合葬。

龙恒远走了，学堂倒了。

泉哥叹口气："昨夜我梦见爹了，他拿着本书在念，可学堂里只有咱俩。爹还是放不下学堂吧，可惜，没能保住他的心血……"

龙泉女握住泉哥的手："别太内疚，爹爱学堂，但更想咱俩好好活下去。"

正在此时，敲门声响起。

"谁呀？"泉哥去开门。

门外站着上官泓。泉哥记起来了："公子可是白天来过的？不好意思，小店已打烊，公子可明日趁早过来。"

上官泓道："我不是来买剪纸的，是来商议一件事，也算是大买卖吧，若谈成了，保你们这辈子衣食无忧。"说着，他绕过泉哥，踏进门来。

龙泉女将上官泓的话听在了耳中。她迎上前去："敢问公子，那若是谈不成呢？"

不卑不亢的反问令上官泓微微诧异。他仔细打量面前女子，只见她身形瘦弱，粉面上双眸如水，丹唇如蔻，眉峰却棱角分明，隐有英气。

上官泓不由在心里赞道：好一个冷美人！

上官泓挺直脊背，一字一顿道："在下上官泓。不知这个名字能否作保？"

泉哥一惊：还以为只是富家公子，不想竟是朝中大员。他忙请上官泓坐下，为他斟茶。

龙泉女却不动声色，只静静看上官泓啜茶。

上官泓啜过两口，笑道："原以为商贾重利，如今看来，未必。耳闻不如目睹，这'龙泉府第一剪'，并非浪得虚名。"

龙泉女道："大人抬爱。区区末技，不足挂齿。"

"那本官便直入主题。今圣要在今冬看到百花盛开，重任委于本官。如今，御园惜花阁已竣工，可入冬在即，花期无多，花匠难保万全。本官前来，系请姑娘入宫，寄望姑娘能剪出一个春天。"

泉哥恍然大悟：怪不得说是大买卖！历来民间匠人都以进宫为幸，因为出宫后，手艺的价值就翻倍了。

龙泉女思索片刻，道："大人为圣上分忧，令人感佩。不过，小女子能力有限，难当大任。"

泉哥方才眼睛都亮了，听龙泉女推辞，急道："要说剪纸，流彩堂在龙泉府确是一顶一。"边说边给龙泉女使眼色。

上官泓道："姑娘过谦。除了姑娘，本官想不出还能找谁。这酬金嘛，定会令姑娘满意。"

龙泉女不理泉哥，对上官泓道："小女子年纪轻，见识短，不懂宫规，若是犯错，牵连家人不说，许还会牵连大人。何况以剪纸充真花，事涉欺君，小女子万万不敢。"

"圣上没说一定要真花。圣上责成本官办理，本官自当承担一切责任。入宫是皇恩，许多人求之不得，姑娘怎么倒推三阻四。"上官泓不耐烦起来，脸一沉，道，"你们……可是想抗旨？！"

龙泉女欲再说，却被泉哥截过："为圣上分忧，实是草民莫大荣幸。"

"那就好。"上官泓站起身，"姑娘早做准备，不日本官即派人接你入宫。"

直到此时，泉哥才意会到入宫的只龙泉女一人，急道："大人，那小人呢？"

上官泓并不理会泉哥，转身就走。

龙泉女狠狠瞪泉哥一眼，向上官泓道："大人留步！"

上官泓停步转身。

"小女子愿入宫，但有两件事大人务必应允。"

上官泓又气又笑：竟然还有条件？

"第一件，大人须多容些时日，因为小女子要准备花样和用具，带入宫中，主顾的预订亦须交付。第二件，家兄须与我一同入宫。剪纸出自我手不错，花样却皆家兄所绘，剪艺与花样相辅相成，缺一不可。"

入情入理。上官泓点头道："好。"

待上官泓离开，龙泉女立即转头怒视泉哥。

泉哥不解："怎么，入宫不好吗？咱俩下半辈子都不用愁了。"

龙泉女正色道："光想着钱，就不想想其中的凶险！"

"能有什么凶险？多少人都盼着入宫呢。雁儿，你是不是有点杞人忧天……"

龙泉女火起:"我杞人忧天?我看是你目光短浅!欺君罔上的罪你担得起吗?!"

"那不是有义部侍中上官泓吗?剪纸而已,又不是当妃子。"龙哥嘟囔道。

龙泉女抄起面前茶杯向泉哥砸过去:"我当妃子?你居然说得出这种话!"

泉哥将茶杯接住,放回桌上。自知失言,他讪讪道:"我随口一说。是我不对,别生气了。"

龙泉女又瞪他一眼,重重坐到桌前椅上:"我还不是想跟你安稳过日子!你忘了爹说过,宫外只觉宫里新鲜,其实凶险着呢。"

泉哥上前,将龙泉女揽入怀中,哄道:"好了,是我的错。我就是想多赚点钱,风风光光娶你。别生气了,好不好?"

只要泉哥认错,龙泉女的气很快就消了。

早上,睡梦中的泉哥被脸上一阵奇痒弄醒,他努力睁开一只眼,发现龙泉女正对他捂着嘴笑。

泉哥翻身坐起,去呵龙泉女的痒。

龙泉女边躲边笑:"你说陪我上街的,还不快起床?!"

龙泉女和泉哥洗漱完毕,出了流彩堂。

朱雀大街上人来人往,叫卖声不绝于耳。

"卖糖人喽,卖糖人喽,现做的糖人。"

"山野菜,新鲜的山野菜!"

"正宗的响水大米,煮饭能香一条街。"

…………

走不多远，两人就到了古玩麇集之地。

朱雀大街最出名的货品就是古玩，有不少有名的字号，小摊则数不胜数，还有小摊也没有的小贩，货品揣在身上，追着来往行人兜售。富人偏爱逛店铺，一般人就在小摊前看看热闹。当地人都知，这里的古玩鱼龙混杂，真假参半。市井盛传的悲喜剧，什么几文钱买到珍品，什么为赝品荡尽家财，都出自这里。近年来，这里的古玩业尤其兴盛，与兵乱频仍、皇家秘藏流落民间不无关系。

两人边走边看。突然，一只手攥住了泉哥的胳膊："客官……"

泉哥讶异地扭头，见一张堆满笑容的脸凑在眼前："小哥，姑娘这么漂亮，给她买只玉镯吧。"

泉哥摇摇头，想挣开继续往前走，那人却不松手："小哥，这女人的心思嘛，摇头就是点头，不要就是要，不如问问姑娘，她要还是不要……"

泉哥略一犹豫，冲走在前面的龙泉女喊道："雁儿，要不要买只玉镯？"

阳光下，龙泉女转身，笑着摇摇头。

那人咧嘴笑道："你看，我说得不错吧。"

泉哥拉过龙泉女："看看，看上咱就买。"

龙泉女看看泉哥，再看看满脸堆笑的那人，心下明了，笑道："这可是你说的，那我就不客气了。"

龙泉女将那人的货摊扫视一番，指着角落里一只木匣问道："那里面是什么？"

摊贩赞道："姑娘有眼力！"探身取过木匣，递到龙泉女手上。

龙泉女感到匣子沉甸甸的，细细一看，竟是红木制成，包浆下天然纹路隐约可辨，显是有年头了。

启开木匣，龙泉女低低地"呀"了一声。里面卧着一对晶莹剔透的同心玉佩，一块为鸳，一块为鸯。那鸳和鸯的眼睛栩栩如生，活了一般。

摊贩道："前几日刚收的，还没焐热乎就让您瞧上了。上等的和田玉不说，鸳鸯寓意白头偕老，配二位太合适啦。"

泉哥看过玉佩，见龙泉女脸上甚是欢喜，便道："那我们要了。多少钱？"

摊贩伸出两根手指。

泉哥取出二两银子，摊贩却道："小哥，是二十两。"

泉哥虽惊讶，并不犹豫，正待再取银子，被龙泉女拽住："太贵了，我们不要了。"说着，把木匣丢还摊贩。

泉哥道："喜欢就要着吧。"

龙泉女顿足道："我说不要就不要，你买下我也不要！"说完，转身就走。

泉哥只得去追，这厢摊贩喊道："姑娘等等，价钱好商量，好歹给我开个张！"

龙泉女回身："十两，不卖我们就走，前面有的是。"

"得，回来吧，我卖，我卖！"摊贩无奈道，"您可真会讲价。"

龙泉女嘴角漾着笑意走回来，接过木匣。

泉哥将十两银子交与摊贩，摊贩嘴里兀自嘟囔着："可是吃亏了，权当开张吧。"

龙泉女收好木匣，与泉哥继续往前走。不觉到了朱雀大街尽头，摊位没了，人也稀了。

泉哥停下脚步："方才你不是嫌贵，是讲价？"

"榆木脑袋！"龙泉女哭笑不得，"这许久，才明白？"

泉哥憨笑，见左右无人注意，凑过去轻吻了下龙泉女面颊。

两人相视而笑。

龙泉女和泉哥携着手，一直走到了兴隆寺。

兴隆寺隐于南山，俗称"南大庙"。青瓦白墙掩映在墨绿的松林中，为泥土的清香和山溪的潺潺环绕，与喧嚣的尘世隔离开来。

唐以来佛教传入渤海国，不知何年何月起了这座庙。龙泉府有不少信徒，初一、十五都要到这里拜上一拜。当朝太后也笃信佛法，就选在这里清修。

庙门外右侧立有一块碑，碑下龟趺，由一整块玄武岩雕成。龟龙鬃披颈，龙足踏地，昂首裂眦，负重之态呼之欲出。

龙泉女摸了摸石龟的头，踏进庙门。泉哥略一犹豫，也摩挲一下，跟了进去。龙泉府人都说这石龟祥瑞，摸一摸能沾福泽。

两人请了香，往三圣殿上香。

三圣殿供奉着大石佛。这是一尊九尺释迦牟尼坐像，趺坐于三尺莲花石座上，低眉合目，神态庄严。

龙泉女和泉哥在蒲团上跪下，双手合十，闭目祝祷。

龙泉女喃喃道："弟子雁儿求佛祖保佑，一佑父亲长居乐土，二佑雁儿和泉哥在宫中平安，三佑雁儿与泉哥白首不相离。"她虔诚地念了三遍，起身把香插入香炉，又取出碎银放入功德箱。

泉哥只一个愿望，就是龙泉女的第三个愿望。

两人出了殿门，闻得一丝诱人的茶香，好奇之下，循着茶香绕到后院。但见一位须眉雪白的老和尚端坐松下青石板上，面前一只小火炉，炉上一口小锅。老和尚一身半旧缁衣，用一把破蒲扇轻扇着炉火。眼见小锅中的水沸腾起来，水汽袅袅，又随山风飘散。

老和尚见有人来，起身施礼。龙泉女和泉哥赶紧还礼。

老和尚道："相见即是有缘，施主既来了，不妨稍坐，尝尝老衲的茶。"

龙泉女再施一礼："弟子有事请教，还望大师指点。"

"施主但说无妨。"

龙泉女便把入宫之事讲给老和尚听，说自己恐怕消受不起这"幸运"，请大师指点一二。

老和尚沉思片刻，道："人有欲，则有苦；人无欲，则无功。施主不为利心动，已是有了慧根。至于施主所说之事，一切皆由缘起，缘聚缘散自有时，以平常心对待即可。"

"平常心……平常心……"龙泉女似有所悟，却又不甚明了。

老和尚又道："我再送施主八个字：顺其自然，从心所欲。"

龙泉女双手合十："多谢大师！还请问大师法号。"

"贫僧静一。"

龙泉女和泉哥拜别静一和尚，出了兴隆寺。

泉哥道："既然都决定入宫了，想那么多做什么。"

龙泉女扑哧一笑："如你所言，我还真是杞人忧天。入了宫会怎样，现下我想破脑袋也想不出。"

"想不出就别想。雁儿，你向来谨慎，不会出错的。再说，出错又如何，灭九族也不过咱们两个，横竖你我不分开就是了。"

龙泉女握住泉哥的手："你说得对，谁也不能把咱们分开。"

第四章

今年冬天来得格外早，十月中旬一个夜晚，大雪忽至。雪花轻柔地飘着，落在屋顶上，落在犹有稻香的黑土上。

清晨，龙泉女被孩子们"下雪了"的喊声吵醒。她披衣下床，推开窗。天灰蒙蒙的，屋顶和地上却一片莹白。

她关好窗，重新钻回被窝。

身旁，泉哥嘴角微翘，睡得正香。龙泉女伸出冰凉的手指碰了碰他的脸颊，见没醒，又把手探向他的颈窝。泉哥闭着眼用手胡乱抓了一通，却什么也没抓到。他慢悠悠将眼睁开，看见龙泉女一张笑脸，伸臂搂住她："再睡一会儿吧，昨日忙了一整天。"

龙泉女将脸埋进泉哥胸口，在亲切熟悉的气息中再次睡去。

"开门！快开门！"喊声伴着拍门声响起，甚是粗暴。

泉哥皱着眉下了床，胡乱将棉衣裹在身上，一溜小跑去开门。

门外站着几个穿官服的人。为首一个矮胖子，穿藏蓝袍衫，戴同色幞头，幞头下一张满是横肉的脸。矮胖子招呼也不打，不耐烦地对泉哥道："御园总管黄大！现在就带你们入宫，快点，快点！"

泉哥道："原来是黄总管！您稍等，我们收拾收拾就走。"

"每个都收拾收拾，这差事就没法干了！快点！"

泉哥心道：宫里来的果然不一样，够凶。他赔着笑，将黄大及其随从请进厢房，让了座，上了茶，自己赶紧去告诉龙泉女。

泉哥和龙泉女急匆匆一阵收拾。好在早有准备，半刻工夫也就停当。

待两人走到厢房门口，只见门内黄大歪在椅上，一条腿横在另一把椅上，正对随从训话："跟着我好好干，大爷我保你们在御园吃香喝辣……"扫到门外两人，黄大合上眼睛，装模作样地咳了一声。

泉哥躬身道："黄总管，我们收拾停当，可以入宫了。"

黄大却阴阳怪气道："听你说这话，不知道的还以为你要入宫当管事呢。等了这许久，我可连个'谢'字都没听到。"

泉哥耿直，道："不就一句话吗？谢谢了，黄总管。"

黄大登时恼怒：没好处不说，自己一个堂堂总管，竟被个毛头小子反唇相讥。他肥胖的身子瞬时变灵活，把腿一放，改为正坐，沉着脸道："你懂不懂……"

"规矩"二字还未出口，被一个悦耳的声音打断："黄总管久等。咱们初来乍到，还请海涵。"

黄大循声看去，只见一个窈窕的身影立在门口，由于逆着光，面容看不大真切。他站起身，往前走了两步，上下打量龙泉女，最后把目光停在龙泉女脸上，似乎咽了下口水。

黄大的脸转晴，道："你就是龙泉女？"

龙泉女行礼："是。"

黄大点点头，不再多话，对随从挥下手："回宫！"

车轮在雪地上碾出吱吱呀呀的声音。

马车外，雪霁云开。阳光下，天地间，莹莹白雪反射着耀眼的光芒。千树万树披着树挂，好似盛放的梨花。

马车里，除龙泉女外，都是男子。

男匠人们见一名年轻女子与他们一同入宫，都感惊讶。得知她便是大名鼎鼎的"龙泉府第一剪"，大家兴奋起来，纷纷夸赞她的手艺。这些男匠人也都是各行各业的行家里手，其中不乏有名气的。他们包括花匠、木匠、石匠、泥瓦匠、雕工，等等。

自上了马车，泉哥一直不说话，一副生人勿近的样子。

龙泉女发觉泉哥老板着脸，用胳膊肘轻轻碰碰他："哥，你怎么了？"

龙泉女与泉哥约定好，为免麻烦，入宫后二人就以兄妹相称。

泉哥摇了摇头。

龙泉女索性抱住泉哥的胳膊，撒娇道："哥，怎么不理我，快说句话，难道下雪冻傻了？"

车上的人都笑了。花匠老张道："要是冻傻了，你就再剪个能说话的好哥哥。"

泉哥脸色缓和了些。他低声对龙泉女道："一想到黄大看你的眼神，我就生气。他不怀好意。"

龙泉女瞪他一眼，意思是都说凶险了，你还不信。她随即握住泉哥的手："你且宽心，总管而已，料他也不能一手遮天。"叹口气，又道："人不入宫原也不是咱们说了算的，如今只得走一步看一步，像静一大师说的，顺其自然吧。"

不知行了多久，马车拐进一座门洞。黄大命车里面的人把门窗用帘子掩严了，不许乱瞧。大家但听得轮声由吱吱呀呀变作咔嗒咔嗒，像是驶在石板路上。龙泉女好奇，用手指将帘子撑开细细一条缝，偷偷观瞧，只见沿途高墙壁立，天似乎都缩成了一线。没什么好瞧的。

不一会儿，传来黄大叫声："下车！快下车！"

众人下了车，环顾四周。

这里是一座青砖铺地的场院，东西是两条窄长的深巷，南侧是高高的宫墙。方才马车该是从两条深巷中的一条经过。目光转向北面，众人皆一时失神。

晴空下，只见一大片楼台殿阁，高低错落，连绵起伏，一眼望不到头。这些建筑与龙泉府街衢间的商铺、民宅迥然不同，要高阔许多，气势逼人，且多飞檐翘角。红墙碧瓦衬着五彩斗拱，更兼此时檐上、墙头白雪反射点点银光，让人眼花缭乱，不能直视。

众人定定心神，举目再望，视线都被远处一座宫殿吸引过去。那是一座巨大的重檐庑殿，在一片建筑中最是巍峨。隔着红墙，能望见它檐下硕大的重重斗拱和两人合抱粗的立柱。这座宫殿不似其他宫殿外墙涂红，而是通体作乌木色，装饰也较为简素，只正脊东西两端盘踞的一对大型鸱尾涂了金。或许因为那铅云般沉重的重檐，也或许因为那暮色般阴郁的色调，它给人强烈的压抑感，让人感觉透不过气来。

众人一动不动，默不作声地望着。

"别愣着了，往御园走吧。"黄大不耐烦的声音再次响起，"真是一群没见过世面的，呆呆傻傻，掉了魂似的……"

众人紧跟在黄大身后，小心翼翼向高墙深巷中走去。

曲曲折折走了许久，晕头转向、不辨南北之际，众人发现自己来到了一座云墙围绕的阔大的园子里。

园中以石子路为垄，将土地划分为整齐的棋盘格，每格植不同树苗，有果树，亦有花树。因越冬在即，根部都细心培过沙土或积雪，有的还裹了草帘。有工匠在石子路上匆匆往来，俱各肩扛手提镐锹耙锄等。

园子中央矗立一座楼阁，簇新匾额高悬，上书"惜花阁"三个金色大字。

黄大道："这里就是御园了，你们就在这儿干活儿。"又指点着惜花阁道："喏，看见了吗，惜花阁，花匠平时在那里面。你们现在就可以进去看看。仔细点，行李放门口，可不敢压了花苗。"

众人放下行李，向惜花阁走去。龙泉女和泉哥好奇，便也跟了过去。

惜花阁大门挂一对厚厚的暖帘，一掀开，一团热气裹着浓浓的腥味扑了出来，颇为呛人。

龙泉女捂住口鼻："什么味道……"

泉哥抽了抽鼻子："这味道怪熟悉的，好像……是牛粪！"

龙泉女松开手，也嗅了嗅："还真是！我们幼时在田里烤苞谷，就是用这东西生的火。可这里怎么会有牛粪呢？"

走在前面的老张回身道："不奇怪，牛粪是好花肥。但不知为何放在这阁中。"

惜花阁的暖帘后迎面一道纸墙。众人围着纸墙走了半圈，找到一个进口。至此方才看明白，原来并非纸墙，而是方木搭建的一座巨大的方形有顶棚子，端端正正坐落在阁中。纵横的方木之间又衬了小方木，纸就是糊在这些小方木格外面。棚门内是一块硕大的苗圃，土砖为垄，也分作棋盘格，格内泥土中植着各色花苗。

众人小心翼翼踩着土砖走进苗圃。老张俯身取了一撮土放在掌中，搓了搓，又凑近鼻尖："是碎牛粪，还有硫黄。"

这棚中比之棚外夹道又热许多。

龙泉女额头沁汗，用袖子揩揩："这里面可真热，却又看不到火炉，怪了。"

老张四下打量，末了以手去探脚下土砖："是了，这里面有火！"随即现出兴奋的神色："我知道了，是催花术，不承想今日见到了！"

老张为大家解说：所谓催花术，就是能令花早开或逆时而开的方法，古已有之。为在冬季培植葱韭菜菇，汉时宫中建造密闭的屋庑，昼夜燃火加温；大唐则将花草置于土窖中，土窖四周燃火加温，故隆冬也能令牡丹绽放。这惜花阁融合了前代数种做法：造纸棚增加密闭性以固温；土砖砌火道以增温；土壤中加热性肥料牛粪、硫黄等。

"到底是皇家，民间花圃可没这个能力，人力物力耗费太大。"老张感叹道，"上官大人最初找到我时，我还想，冬天令牡丹开放，又不是武则天，绝没可能的事，现在看，不但可能，且有把握。上官大人下了很大功夫啊。"

龙泉女不解："为在冬天吃上菜菇，也还罢了；为在冬天看到花开，也太靡费了吧！春夏秋冬各有应时花卉可赏，不也很好？"

"这是皇宫，就是要天上星星月亮也摘得，就是要嫦娥来歌舞也请得。少见多怪！"黄大搭腔道。他不知何时进来了。

龙泉女向泉哥吐吐舌头。

黄大催促："走啦，走啦，都利索点，一会儿还要干活儿呢。以后有的是工夫看。"

众人拎起行李，黄大带队继续往里走。惜花阁身后东北角，围墙上有座月亮门，穿过月亮门，就到了后院。

"你们就住这里。"

后院已住了一些工匠，他们在院中走来走去，各自忙着活计。

龙泉女和泉哥四下观瞧，竟瞧见了一个熟人——上官泓。此时，上官泓正坐在院中一张石桌前，喝着茶。

黄大让众人放下行李，站成一排，自己走到上官泓面前行礼："上官大人，您这么早就到了。小的按您吩咐，把人都带到了。那就是龙泉女和她哥……"说着用手指指龙泉女和泉哥。

上官泓瞧二人一眼，点点头："他们两个是剪纸的，不必安排重活儿。"

上官泓起身，在众人面前走了两个来回。"你们在这里，归黄总管调遣管理。本官会时不时过来看看。"又对黄大道："这些人你要教好了，管细了。"

黄大连连点头哈腰："上官大人放心，一定，一定。"

上官泓一走，黄大又换上颐指气使的神气。他点指着众人道："先说清楚啊，你们只能在这后院里活动，吃喝拉撒都在这儿，有事出院须得跟我请示。这儿可是皇宫，不是我吓唬你们，不守规矩，掉脑袋可太容易了！都听明白了吗？"

众人赶紧点头。

"这是男舍，男的住这儿。"黄大一指西厢房，"男的进去，行李放好，出来干活儿。赶紧的，别磨蹭。"

龙泉女与泉哥对视一眼。

泉哥向黄大道："黄总管，那我妹妹住哪儿？"

"女的住后面的独屋，一会儿跟我过去。"

泉哥走到男舍门前，回过身，赔笑道："黄总管，我妹妹年纪小，我放完行李去帮她收拾收拾。"

黄大眉毛一挑："脑子不好使是吧？刚说完守规矩，这就忘啦？

年纪小，这么大年纪，两三个孩子该都有了，有什么干不了？！"

黄大的话不三不四，泉哥听得心里犯堵，正要反驳，龙泉女做个手势制止他。

龙泉女道："黄总管，我哥性子直，不会说话，您别生气，我来跟他说。"于是对泉哥道："哥，你放心，我自己能收拾。你快放了行李去干活儿吧，一会儿我也过来。"

泉哥犹豫一下，进男舍去了。

黄大冷哼一声，对龙泉女道："你，跟我走。"

黄大带龙泉女绕到正房后面，那里有一间独栋小屋。

"进去吧。"黄大摆摆头。

龙泉女推开房门走进去。屋内十分简陋，四壁空空，靠北墙是一条炕，南窗下一张小桌，桌上摆着油灯和一把粗瓷茶壶、一只粗瓷茶杯。

此时，门"吱呀"一声响，龙泉女吓了一跳，转身一看，黄大跟进来，还关了门。

知他不安好心，龙泉女忙道："黄总管，您辛苦。我拾掇拾掇就去院里……"

黄大却换了一副暧昧的神色，笑道："不急，不急。没旁的人，你就也唤我'哥'好了。你年纪小，我对你不会像对他们，能照顾就照顾。"说着就靠了过来。

黄大初见龙泉女就垂涎欲滴，只是宫中确实规矩严，兄妹二人又是上官泓亲招的人，他不敢随便来。不过，黄大觉得，龙泉女既在他手下干活儿，也算是他这个总管的人，御园门一关，还不是任自己揉捏。再说了，没见过市面的民间女子，威逼利诱一下，还不是手到擒来？

龙泉女不看他，背过身去收拾床铺，又拿了抹布擦拭桌子，口中道："黄总管，我马上就好，您先去忙吧。"

对龙泉女的逐客令，黄大假装不闻。他十笑两声，道："缺什么尽管跟哥说，在这后院里，哥起码是个管事的。"

龙泉女面上波澜不惊："那谢谢黄总管，劳您费心。"只是不看他，继续忙碌。

待了半刻，黄大见无机可乘，悻悻走了。

过了几日，龙泉女习惯了御园中的生活。她和泉哥除了一些杂事，便是一个描样，一个剪纸，日子似乎就这样持续下去了。

然而，黄大并不按上官泓的吩咐不给他俩派重活儿，而是开始支使泉哥做杂事，且专挑脏的、累的，专挑两人在一起的时候。

众人都看出了黄大心思。因为无论是谁，只要多跟龙泉女说几句话，就都变成黄大的眼中钉肉中刺，被横挑鼻子竖挑眼。

众人敢怒不敢言，除了泉哥。有那么两三次，泉哥顶撞了黄大。两人变得剑拔弩张起来，常常一言不合就怒目相视。龙泉女只要发觉，就赶紧将泉哥拉走。

哪里都有见风使舵的人，匠人中也有那么三两个。这几人有意讨好黄大，故意当黄大的面唤龙泉女"小嫂子"，边唤边挤眉弄眼。黄大听了，自是兴奋，口中说着"别浑叫"，眼角眉梢却带着笑。

龙泉女很是难堪。她不知该如何应对，因为这种情形，若表现得恼怒，那些人会说你开不得玩笑，而若置之不理，他们又觉得你默认。最后，因不愿与人起纠纷，她选择充耳不闻。

泉哥却气愤异常，呵斥那几人道："瞎说什么，莫坏了我妹妹名声！"

那几人却又嬉皮笑脸道："哟，这话说的，莫非黄总管配不起你妹妹？"

黄大听了，脸色一沉。

泉哥道："什么配不配的！我妹妹还未嫁人，再说这等浑话，休怪我不客气！"

黄大脸色更难看了。

泉哥原不时去龙泉女屋里，黄大不悦。后来泉哥每从龙泉女那里回来，就被黄大支使去刷马桶。明知黄大故意，却因总管有权派活儿，泉哥也无可奈何。

龙泉女看泉哥郁郁不乐，甚是后悔入宫。

龙泉女想说与上官泓听，但上官泓只偶尔来御园看看，问过剪纸即走，鲜少能与他单独说上句话。

既要构思剪纸，又要提防黄大，还要操心泉哥，龙泉女感到疲惫不堪。

后院中，泉哥正在锯木。原木很粗，质地又硬，泉哥锯得满头大汗，一不留神，衣襟钩在锯齿上，撕开个长长的口子。

龙泉女留意到了。她走过去，拍掉泉哥身上的木屑，嗔道："小心点，衣服破了不打紧，伤到了就不好了。回头到我屋里，我给你补一补。"

泉哥满不在乎："一点口子，不用补。"

"不补会越扯越大。"龙泉女用手量下口子，记下尺寸，"听我的，晚饭后去我那里，记得啊。"

泉哥点点头。

不想此情此景，又被黄大看在了眼里。

晚饭后，龙泉女久等泉哥不至，便去男舍寻他。

而当晚，黄大灌了一肚子黄汤。他借着酒劲儿，将众人狠狠敲打一番，命他们待在屋里，不许出去。他就是要龙泉女给泉哥补不成衣服，说不成体已话。这正是泉哥没去找龙泉女的原因。

撒完气，黄大出了男舍。他站在院中想了想，犹不肯甘休，便摇摇晃晃向龙泉女的独屋去了。

龙泉女与黄大走了个背道而驰，正好错开。

这是龙泉女第一次踏入男舍。

男舍是一间长条屋子，沿南窗设了通铺。通铺中间，众人围在一起玩骰子。泉哥一个人伏在一角的小桌上，就着一盏如豆油灯，绘着剪纸图样。

龙泉女推门进去时，正赶上有人喊泉哥玩骰子："泉哥，白天干了一天活儿，不累吗，晚上还像个书生似的画来画去。赶紧过来耍耍！"

泉哥并不抬头："不画手就生了。还是你们玩吧。"

龙泉女笑吟吟向泉哥走去。

泉哥察觉，诧异道："你怎么过来这里，小心黄大看到。"

"你不到我屋里去，我就过来给你补。"龙泉女在泉哥身旁另一张凳子上坐下。

见龙泉女来了，好事者开始贫嘴。

"哟，小嫂子来了。黄总管没去你那儿吗？他方才可是喝了老酒走的。"

"黄总管见了龙泉女，好比狗见了骨头。"

"嘴臭惹祸，把黄总管比成狗，他知道饶不了你！"

龙泉女也不恼："哥哥们快别打趣了，黄总管是有家室的人。"

"宫外有家室，宫内没有呀。"

泉哥把手中的笔重重往桌上一拍。屋里立时安静了。

很快，众人又玩起了骰子。

龙泉女让泉哥脱下破了的外衫，取出带来的针线，开始缝补。

其他人不再骚扰他俩，他俩也对吆喝声充耳不闻。龙泉女补衣，泉哥描样，两人说着闲话，仿佛回到了流彩堂。

龙泉女的独屋房门紧闭，黑着灯。黄大敲了敲门，无人应。他疑心龙泉女就在屋里躲着，又使劲儿拍了拍。还是无人应。

黄大扒着门缝看了看，又贴耳过去听了听，确定龙泉女不在里面。"浪到哪里去了，茅厕吗？"他骂骂咧咧道。

黄大不甘心就走，在门前坐下，决心等上一等。"今天必要跟她说个清楚，在我这里，就要守我的规矩！"

补完衣服，又说几句话，龙泉女便要回屋。

泉哥起身："我送你回去。"

老张听到了，提醒道："黄大今天特意说了，晚上谁都不许踏出屋门。莫要惹他，他要是看见，骂一个时辰都是短的。"

龙泉女对泉哥道："你别出去了，几步就到，放心吧。"

"要送。不知黄大在哪儿，才更要送。"泉哥披上外衫，"送到了我才放心。"

老张摇摇头。

出得男舍，龙泉女和泉哥都松了一口气。

头顶上夜空高远，明月朗照，世界显得静谧而安详。在这深宫之中，只有此时此刻，他们才是属于自己的。

两人在院中走了几步，泉哥环顾四周，确定无人，握住了龙泉女的手。

龙泉女心中一暖。

"不让你送,你偏要送,万一被黄大瞧见⋯⋯"龙泉女小声嘀咕道。

"黄大灌饱了黄汤,不知在哪儿耍酒疯呢,我可不想你碰见这个醉鬼,少不得一番纠缠。"泉哥轻抚龙泉女脸庞,"黄大要是敢欺负你⋯⋯"

"不过是些嘴上的便宜罢了。"

黄大确实常去缠龙泉女,因了这个,龙泉女不得不每晚早早闩好房门。黄大不得其门而入,就在门外说些浑话。若时辰尚早,龙泉女不得不隔门敷衍几句。时辰稍晚,她便装睡。她也想跟泉哥念叨念叨,可想到泉哥性子冲动,也就闭口不提,反要让他宽心,安慰几句。

"就是嘴上的便宜也不能让他占了去!"泉哥想到黄大龌龊的嘴脸,愤恨不已,手不觉用力。

"啊——"龙泉女蹙起眉头。

泉哥赶忙松开:"攥疼了吧?雁儿,我⋯⋯我实在是气不过。"

"你这冲动的性子真得改一改。这里不比流彩堂,须得一切小心。忍一忍,忍一忍咱们就回去了⋯⋯"龙泉女谆谆地嘱咐着。

两人手拉手走到龙泉女屋前,在一棵树下停了下来。到底是舍不得分开,两人不由紧紧相拥。

"早知宫里这样,真不该答应上官泓。我想流彩堂了⋯⋯"龙泉女真情流露,落下泪来。

泉哥感到龙泉女肩膀耸动,知她哭了,便轻抚她的背:"别哭,别哭,终有一天,咱们会离开这里。"

龙泉女却哭得更厉害了。

黄汤发力,黄大靠着墙迷糊着了。他做了个梦,梦里一个女子在门后娇滴滴唤他过去。"来了,来了……"黄大就要进门,身后却传来另一个女子的啜泣声,门后那女子听到,擦着他的鼻尖将门关了。

黄大怒道:"哪儿来的女鬼,坏老子好事?!"一怒之下,竟醒了。

黄大迷迷糊糊看见一对男女在树影里相拥而立。一开始他以为看错了,揉揉眼睛再看,竟是龙泉女和泉哥。

龙泉女和泉哥听见骂声已分开。两人四下看,只见屋门口一团黑影蠕动,像是一个人在那里倒着。仔细一看,竟是黄大!

真是怕什么来什么。

龙泉女抹去眼泪,低声催促泉哥:"你快回去!"

泉哥却拉起龙泉女向屋门走去:"他已然看到,我还着什么急。大半夜堵着你的房门,不安好心。我送你进去,看你关好门再走。现在走了,我才是不放心。"

黄大已摇摇晃晃站了起来。他心头堵了一口恶气,首先是因为看到两人举止亲昵,其次是因为泉哥无视他的警告,当他的话是放屁!

龙泉女先开口:"黄总管,您这是去哪儿啊?"她唯恐黄大为难泉哥,解释道:"我方才去给我哥补衣服,不想待得晚了,我怕黑,就强拉他送我回来。黄总管,您别介意。"

黄大似笑非笑地看着两人。

泉哥知龙泉女是在说软话,压制着愤怒道:"黄总管,您这是喝多了吧。走,我扶您回去。"说完,伸手去扶黄大。

黄大甩脱泉哥的手,嘴里发出"啧啧"之声,摇摇晃晃绕着两人转圈。"刚才我可是什么都看到了。在我面前装贞洁烈女,扭头就在这儿跟人搂搂抱抱。"

泉哥要骂黄大，龙泉女拽拽他的袖子，示意他莫开口。

龙泉女道："黄总管，您误会了，方才是我想家，忍不住落泪，我哥才拍着我的背安慰。您醉了，早点回去歇息吧。"

"我黄大管着这座御园，能看上你，那是你的荣幸，你不要敬酒不吃吃罚酒。"说着，黄大竟一口酒气喷到龙泉女脸上，"闻闻，酒味儿大吗？"

泉哥见状，捏了拳头就要挥出，被龙泉女死死拽住。他见龙泉女拼命跟自己摇头，松了拳。

龙泉女向黄大道："黄总管，算起来上官大人也该过来看看了，若是明早他来了，您酒还没醒，那可就不好了。"

黄大不依不饶："我靠门睡了一会儿，身上凉，你给暖暖。"

泉哥再也按捺不住，喝道："放尊重些！"

黄大转向泉哥，恶声恶气道："我告诉你，你跟我横，弄不死你！弄死你就跟碾死一只蚂蚁一样。你给老子起开！"随即上前拉扯龙泉女："跟老子装，哥哥搂着妹妹……"

龙泉女急道："你莫要乱说！"

泉哥再也忍不了了，额上青筋暴起，一拳就打在黄大脸上。黄大本就站不稳，被这一拳打得"咕咚"一声栽在地上。

黄大发出一连串的"哎哟"，随即骂道："居然敢打我，反了天了，反了天了，看我不弄死你！"

泉哥只骑在黄大身上，劈头盖脸打去。龙泉女去拉泉哥，他却吼道："打就打了，就不惯着他！这下三烂该打！你快回房闩上门，今晚你什么也没看见，什么也不知道！"

泉哥的拳头一刻不停，黄大的叫声也一刻不停："救命！要出人命了！救命啊……"

匠人们纷纷自屋中出来，循声跑来。

泉哥骑住黄大，推龙泉女："快回屋里去，快！不要把你牵连进来！"

"不要，黄大反咬你一口怎么办？"

"做什么人证？！他们都听黄大的。再说，要是把你也抓了，就再没人证了。走啊，快走，别在这儿添乱！"

泉哥说得有道理。龙泉女狠狠心，转身跑进屋，把门闩上。

"咋样也别出来！"泉哥冲屋里低声喊。接着，他铆足劲儿，对着黄大的脸就是一拳，一下把黄大的脸砸得歪到了一边。黄大哭了出来。

落子无悔。泉哥想得很清楚，动了手，他就要打得这恶人一辈子后悔。

匠人们此时已走近，看出挨打的是黄大，都放缓了脚步，装看不清。

"谁在那里打架啊，你看得清吗？"

"到底是谁啊，晚上不睡觉在这里闹事。"

"先别过去，看清了再去。"

匠人们平日里受黄大欺压，如今见他挨打，都暗暗高兴，恨不得泉哥不停。

黄大不再高声叫喊，而是不断告饶："好汉饶命，别打了，别打了……"

老张上前拽住泉哥胳膊："不能再打了，再打会出人命的！"

泉哥本来打得兴起，两眼通红，但看到老张恳切的目光，心一软，松了拳头。

有人拉起泉哥，有人把黄大从地上扶了起来。

黄大缓过劲儿来，人也清醒了，声嘶力竭道："把他给我绑到柱子上，拿鞭子狠狠地抽！"

终于，平日逢迎黄大的几个人扭住了泉哥，把他拖走了。

龙泉女一直扒着门缝往外瞧，她见泉哥被拖走，又听黄大让人鞭打他，急得直跺脚。但她明白自己出去于事无补，根本阻止不了，只得狠狠咬住嘴唇，拼命想办法。

第五章

　　黄大边上药，边龇牙咧嘴喊疼。他还不住地问："抽那个小畜生了吗？给我用鞭子使劲抽！"

　　怕黄大的人上手，老张主动上前领了命。

　　老张拿着鞭子走到柱子前，低声对被绑着的泉哥道："小兄弟，我来还能轻点，你忍着点，对不住了啊。"

　　泉哥道："张大哥，我不怪你，你是在帮我。"

　　老张一鞭子抽过去，"啪"的一声，泉哥衣服上就现出一道口子，口子处裸露出的皮肤上则是一道血印。

　　泉哥倒吸一口凉气。

　　老张又低声道："好歹叫两声，黄大听舒坦了，才能是我。他一换人，那可就糟了。"

　　泉哥却执拗道："不叫，好像求饶一般。张大哥，你打吧，我能忍。"

　　老张急道："少受罪要紧，就让他以为是求饶好了。"

　　"我其实是怕妹妹听到担心。"

　　听泉哥如此说，老张只得不再劝。他犹豫一下，一闭眼，一鞭抽下去。

鞭声在院中回荡，众人听着，觉得一下下都像是抽在自己身上，清晰地感到了疼痛。可自始至终，泉哥不出一声。

不一会儿，泉哥就被打得皮开肉绽。他死死咬住嘴唇，嘴唇被咬破了，鲜血直淌。

众人默默看着，无不心惊。

鞭刑是残酷的刑罚，饶是老张高举轻落，一鞭叠一鞭，还是将泉哥打了个体无完肤。

最开始，泉哥是觉得火辣辣地疼。接着，一鞭的疼还没走，下一鞭就到了，疼痛此起彼伏，疼得他恨不能在地上打滚儿。渐渐地，疼消失了，麻取而代之，浑身发麻，鞭子抽到哪里他都分辨不清了。再后来，泉哥的意识开始飘忽，离开了身体，鞭声变成了幼时不听话挨手板的声音，而嘴唇滴下的血变成了幼时淋过的雨滴。恍惚间，泉哥回到了流彩堂，那里有奔跑欢笑的雁儿，有板着脸背着手的父亲，还有好闻的饭香……

终于，泉哥昏了过去。

鞭声停了。老张垂手站着，他此时已是眼含泪水。他佩服泉哥敢于反抗黄大，佩服泉哥忍痛一声不吭，是个响当当的汉子。

其余匠人也静静站着、看着，心中莫不同老张一样想法，对泉哥既同情又佩服。

老张进了屋，对歪在床上的黄大道："黄总管，他……那小子昏过去了。"

黄大恨恨道："继续打，死了算我的！"

"为给您出气，我已下了狠手。现下人已半死，可不敢再打了，再打就真死了。"老张看一眼黄大，"要真死了，上官大人那里恐怕无法交代，况且，打他这事，上官大人也不知情。"

黄大忌惮上官泓，虽不甘心，只能点头："先这么着吧。"

老张又道："那人呢？要不要松了绑，抬进屋里？"

黄大道："管他，就让他在院子里挂着吧！"

龙泉女一直在门后谛听，每一记鞭声都抽在她心里，直到把她的心抽得血肉模糊。她一直在哭，却也一直在想办法。

眼下，鞭声停了，院中几乎听不到动静。这比听着鞭声更让龙泉女发疯。

泉哥怎么样了？他还活着吗？

又过了片刻，龙泉女实在按捺不住，蹑手蹑脚地开了门。她确定没人走动，发足向前院奔去。

此时已是后半夜，月光洒在院中空地上，角落的阴影中有个孤零零的人影，脑袋垂着，一动不动。

龙泉女奔过去，捧起那人的脸。正是泉哥。

龙泉女轻轻摇晃泉哥，小声道："醒醒，快醒醒……"

泉哥没有反应。

龙泉女感到手上沾了什么，就着月光一看，自己两手都是血。她腿一软，险些坐在地上。

龙泉女赶紧将耳朵贴在泉哥胸前。她听到了心跳，松了一口气，眼泪却涌出来。她紧紧抱住泉哥，压抑着抽泣，低声道："你还活着，吓死我了！都怪我，是我害了你！"

泉哥突然咳了一声，但人还没醒。龙泉女在院中石桌上摸索到一只空碗，从井中打了点水，倒入碗中，将水喂给泉哥。

冷水入腹，泉哥恢复了意识。他感到全身火烧火燎地疼，疼中又带点麻酥酥的痒，像是无数只蚂蚁在爬，很是难受。

泉哥强撑着睁开眼睛："雁儿，是你吗？"他的声音嘶哑异常，自己听了都感觉出自陌生人之口。

"是我。你感觉怎么样？"龙泉女又惊又喜，"还要不要水？"

泉哥轻轻摇了摇头："你怎么来了？"

"我怎能不来？！"龙泉女的泪就快决堤，"我怕你死了……你要是死了，我绝不独活！"

"说什么傻话！我不会那么轻易便死的。"

"是我害了你……"

"跟你无关，是我早想揍他。"

"很疼吧？"

"没你想得那么疼，真的。"泉哥勉强挤出笑容。

"现在怎么办？你得治伤，不能一直绑在这里，会送命的！"龙泉女跺着脚道，"我给你解开。"说着就去解绳子。

"不要，不要……你背着黄大放我下来，他明天知道，更要暴跳如雷。先这样吧，等天亮再说。"

龙泉女觉得泉哥说得有道理，松开手："那……我给你清洗伤口，你等一下。"

龙泉女去将碗添满井水，又找来块软布。她将软布浸过水，对泉哥道："你且忍一下。"说着，咬咬牙，小心翼翼将软布覆在泉哥的伤口上。

月亮西移，最终将月光投到这对苦命人身上，像是要抚平他们的伤痛。

将近天亮，泉哥催促龙泉女回屋。

龙泉女道："一早我便去找上官泓，他一定能帮咱们。你坚持住，等着我。"

泉哥点点头："千万小心。"

黄大一瘸一拐地走出屋门。他左颊和额头各一片青紫，右眼圈乌黑。

众人将黄大的狼狈样看在眼里，想笑却又不敢，纷纷低下头，装出干活儿的样子。

黄大让人搀着他走到院子中央。他面对柱子上的泉哥，骂道："小兔崽子，敢跟爷爷我动手，不给你点颜色瞧瞧，不知道马王爷三只眼！"

泉哥垂着头，一动不动。

黄大又让人搀着他走到泉哥跟前，亲自动手，给了泉哥的脸一巴掌："装死是吧，爷爷我能让你活转来！"

泉哥睁眼看看黄大，又把眼合上。

黄大转向众人："对你们也是个警醒，得罪我，这就是下场！"

"黄大总管好威风！"门口传来妇人的声音。

众人转头去看。原来是给御园送饭的孙姑姑到了。

孙姑姑让宫内大厨房的太监将盛饭菜的提篮放到院中石桌上，自己踱到黄大跟前，端详着他青肿的脸。

"一天没见，黄总管的脸怎么成这样了？倒像是染缸里打过滚儿似的。"孙姑姑笑道。

黄大没好气地道："孙姑姑，不过就是让您送个饭，没让您管这院里的事。"

孙姑姑又踱到柱子跟前看泉哥。"啧啧，这一身的伤！"她皱眉道，"知道的晓得这儿是御园，不知道的还以为是刑狱司呢。"

其实孙姑姑与黄大并无冤仇，就是看不惯他媚上欺下，因此有机会就讥讽他，倒不是个冷心冷肠的人。

孙姑姑是宫里的老人，黄大虽不买她的账，却也不敢得罪。他绷着脸道："我是这里的管事，有人犯浑，自然要惩戒。饭已送到，孙姑姑赶紧回吧。"

"谁想多待，血腥气这么重。"孙姑姑转向匠人们，"你们快吃，收了碗筷，我自然就走。"

众人便围到石桌前取饭。这时，谁也没留意，有个身影悄悄从开了的院门闪了出去。

那人正是龙泉女。

龙泉女担心泉哥再遭毒打，抑或不得救治丢了性命，决定不等上官泓来便去找他。

散了朝，刚出殿门，上官泓就被福如意截住了。福如意请他过紫宸殿去，说陛下有事与他商议。

上官泓一怔："不是御书房吗？"

福如意微笑道："是紫宸殿。现下陛下在殿中等着了。"

跟着福如意往紫宸殿去，上官泓暗暗得意：紫宸殿议事，是近臣才有的待遇，陛下这是把我上官泓当自己人了。

唐制，紫宸殿为皇宫正寝，皇帝起居之处，亦在此召对、问策。大臣得入紫宸殿朝奏、议事的，称"入阁"，是极其荣耀之事。

到得紫宸殿门前，福如意对上官泓笑道："上官大人，请吧。"说着做了个请的手势。

上官泓理理朝服，昂起头，走了进去。

大诨谍端坐阔大的红木案后，面前摊着一幅画卷。

上官泓行礼，道："微臣参见陛下。"

"免礼吧。"大诨谍挥挥手，"爱卿，过来瞧瞧这画。"

上官泓直起身，走到大诨谍身侧。

大谞谍面前是一幅牡丹长卷。画上牡丹少说二三十株，花朵则层层叠叠，无可计数，有盛放的，有含苞的，还有半开的，颜色、姿态各异。细看之下，这些花株品种各不相同，而花蕊、花瓣、花萼及枝叶都绘得极为精细，各尽其妙。

上官泓赞道："好一幅斗艳图！可是出自宫中画苑？"

"正是。朕让画师们改了又改，三月方成。"

"陛下治国有方，对丹青也极有见地。白乐天《牡丹芳》尽入此画中。诗云：'牡丹芳，牡丹芳，黄金蕊绽红玉房。千片赤英霞烂烂，百枝绛点灯煌煌。照地初开锦绣段，当风不结兰麝囊。仙人琪树白无色，王母桃花小不香……'"

大谞谍做个手势打断他，笑道："爱卿，如此爱掉书袋，可是想进翰林院哪？"

上官泓躬身："陛下说笑。"

大谞谍正色道："朕叫你来，其实是想问御园如何了。"

"回陛下，微臣日思夜想，想出了一个法子。"

"什么法子，说来听听。"

"陛下，恕微臣斗胆，微臣觉得此刻说出来，早了些，还请容微臣卖个关子。再过些时日，微臣定请陛下去游园。"

大谞谍点头。

上官泓又道："微臣还想向陛下借此画一用。"

"准了。"大谞谍显然心情愉悦，"上官泓，这事办好了，朕会好好赏赐你。"

"微臣不求赏赐，但求陛下满意。"

出得后院，龙泉女逢人便问朝堂怎么走，可御园里的人多是匠人，哪里知道朝堂在哪儿。她只得继续往前寻觅，便走出了御园地界。

御园连着深巷，此时深巷中却不见人影。龙泉女急于找到上官泓，越走越远，最后偏离了深巷，来到了完全陌生的地方。

龙泉女终于望见个扫地的宫女，连忙跑过去："请问姐姐，上朝的地方在哪儿？"

宫女抬起头，警惕地看着龙泉女，反问："你有什么事？"

"我是御园的匠人，有急事找上官大人，劳烦姐姐指路。"

"往那边走。"宫女往前一指。

龙泉女连忙道谢："谢谢姐姐！"

龙泉女并不知道，宫人们自入宫伊始，受的教导都是做好自己的事，其余的看不见也听不见，因此大多不管旁人的闲事。那宫女为她指的路，根本就不是往前朝去的路。

皇后端坐于珍珠门大殿正中的座位上。她梳着高髻，脸上脂粉厚重，唇色绛红，上身着黄色窄袖短衫，肩披红帛，下身一条花鸟纹丝绸长裙，雍容华贵，不怒自威。

皇后左右依品级坐着贤贵妃、德妃、熙妃、环嫔、云嫔、姝美人、钰美人等。

呷过几口茶，皇后微笑道："本宫这里每日就是你们这些熟面孔来来去去，瞧着都腻。该为皇上选妃了，一是为绵延皇嗣计，二是咱们也好多几个人做伴，热闹些。妹妹们想想，有好主意、好人选就说出来。"

左边首位贤贵妃，一身玫瑰紫华服，一头璀璨的点翠，一副水滴状珍珠耳坠，打扮得格外明艳。贤贵妃貌美，宠冠六宫，遗憾的是迄今无所出。无子是她最大的心病，选妃位列第二。听了皇后的话，她在心里冷哼一声：皇后表现得雍容大度，实则满腹心机。皇嗣稀薄？她算计没了的皇嗣不知有多少！

贤贵妃懒洋洋开了口："皇上继位不久，忙着收拾烂摊子，哪有闲情选妃。更何况眼下又修宫殿又建园子的，开销本就不小，选妃可是靡费之事，也不宜。皇后娘娘，您觉得臣妾说得在理不？"

贤贵妃这话有点针锋相对的意思，其他嫔妃听了，都不敢作声，倒是德妃甘当和事佬："要说选妃哪，确实也该选了，皇后娘娘说得对，臣妾赞成。不过，按贵妃娘娘说的，往后推推，臣妾觉得也好。"

德妃原本也不是好相与的，不过自从她生下二皇子，就改了性，一变而为和稀泥的好手。

皇后一笑，不再提选妃之事。她让侍女拿了些点心出来，给在座的嫔妃品尝。

"皇后娘娘的心意臣妾领了，臣妾这几日胃疼，点心就不吃了。"也不等皇后开口，贤贵妃先行起身行礼，"若皇后娘娘没有旁的吩咐，臣妾告退。"

环嫔、姝美人也跟着起身："皇后娘娘，臣妾也告退了。"

皇后不以为意，微笑点头。

贤贵妃转身后翻了个大大的白眼，扶着侍女手臂走了出去。

珍珠门外，环嫔和姝美人紧走几步，追上贤贵妃。

环嫔道："贵妃娘娘，您别往心里去。不就是生孩子吗，是个女人就会。"

贤贵妃闻听此言，一巴掌招呼过去："你什么意思？！是说本宫生不出还是怎么的？"

这一巴掌把环嫔的眼泪打了出来。她硬生生将泪水憋回去，赔不是道："贵妃娘娘息怒，臣妾笨嘴拙舌，失言了。"

姝美人道："贵妃娘娘，皇后是忌妒您得宠，故意激您呢，您心里清楚，就不要为这种事生气上火。"转头又安慰环嫔："姐姐，你别怪贵妃娘娘，贵妃娘娘正在气头上。"

"我怎会怪娘娘呢，只怪我自己不会说话。"环嫔强忍委屈道。

贤贵妃则冷冷一笑："等着瞧吧，总有一天，我让她好看。"

按扫地宫女指的方向走，龙泉女不单没找见朝堂，反而迷了路。她心急如焚，又连着问了好几个过路宫人，可无论宫女还是太监，见她并非宫人打扮，都不敢告诉她，只摇头说不知。

龙泉女绕来绕去，到了珍珠门前。她见这里殿宇巍峨，戒备森严，以为便是朝堂了。

龙泉女在来来往往的人中焦急地搜寻上官鸿的身影，直到珍珠门内走出来三位由宫人陪侍的盛装女子，她才醒悟自己找错了地方。

龙泉女沮丧地垂下头，转身离开。

贤贵妃、环嫔和姝美人正悻悻地在珍珠门外甬道上走着，蓦然看见一个民女装束的窈窕背影，皆是一怔，面面相觑。

贤贵妃喝道："前面之人，给我站住。"

龙泉女闻声停步，环顾四周，最后确定是在叫自己。

"你，给本宫过来。"贤贵妃又道。

龙泉女犹豫一下，硬着头皮走过去，跪倒在地："奴婢……奴婢参见三位娘娘。"

贤贵妃听到这完全不合规矩的问安，扑哧笑了。她叫住龙泉女，本出于好奇，现下则生出取乐的念头，于是摆出贵妃的架子，厉声道："竟敢在珍珠门前闲逛，穿得不伦不类，说话做事也没规没矩，你是什么人哪，从实招来！"

龙泉女赶忙解释："这位娘娘恕罪。奴婢是御园匠人，有急事找上官大人，走错了路，岔到了这里。"

"御园匠人就不学规矩吗，敢擅闯珍珠门！"环嫔方才挨了贤贵妃一巴掌，正有火没处撒，便撒到了龙泉女身上。

"娘娘恕罪！娘娘恕罪！奴婢真的不知这里不可以来，也真的是走错了路。"龙泉女连叩数个头。她知自己惹上麻烦，想着诚恳认错，让这三位赶紧放自己走。

贤贵妃听她声音婉转好听，愈发好奇和不想轻易放过，便道："抬起头来，让本宫看看你长什么样。"

龙泉女犹豫一下，缓缓仰起脸来。

一看之下，三人均是又惊又妒。贤贵妃尤甚：这女子五官之精致与自己不相上下，更有几分恬静、散淡的气质，给人脱俗出尘的感觉。

环嫔抢先道："贵妃娘娘，这小贱人可不能留！说是在这儿找上官泓，等皇上亦未可知。"

龙泉女大吃一惊：走错了路而已，怎么就成了勾引皇上的小贱人了？

龙泉女见贤贵妃双眉紧蹙，一副既嫌恶又忌妒的表情，明白自己真是摊上了大麻烦。她继续叩头："娘娘饶命！娘娘饶命！奴婢对天发誓，奴婢真是来寻上官大人的。与奴婢一同入宫的哥哥被黄总管捆起来打，性命不保，奴婢想求助于上官大人，心急如火，误打误撞，才冒冒失失地闯到了这里……"

环嫔已给贤贵妃提了醒，此时，她杀机已动，冷哼一声："休怪本宫无情，是你自己不守规矩，命又不好。本宫想你也不知珍珠门严禁喧哗吵闹，不过，那可是先王之命，无人能违，因此，本宫也护你不得！下辈子，记得托生个好人家。"说着，转向身旁一名中年太监："郑鸿盛，把这小贱人拖走，交付刑狱司，乱棍打死。"

贤贵妃所说珍珠门严禁喧哗，确是宫规。它与先王时一段旧事有关。当时先王后有孕，有名宫女不知怎的疯魔了，跑来珍珠门外，说要向先王后索命。先王后胎气本就不稳，听见叫嚷，还非要自己出来看看，结果被那宫女一头撞在了肚子上，龙胎没了。先王震怒，诛了那宫女九族，又下旨珍珠门外严禁喧哗。先王后痛失龙胎，郁郁寡欢，身体也落下病根，不几年就崩了。待到大谞谋即位，把珍珠门严禁喧哗作为先王圣旨和历史教训一并继承了下来，命阖宫谨守。如今贤贵妃欲为龙泉女安个罪名，便把这条宫规拎了出来。

听到"乱棍打死"，龙泉女极为震惊。一惊之后，她反倒不怕了，只剩气愤。

龙泉女站起身，逼视着贤贵妃："怎能不分青红皂白，草菅人命？！王法何在，天理何在？"

龙泉女的举动出乎贤贵妃意料，也激起了她的好胜之心。她狠狠捏住龙泉女下巴："此时此地，本宫就是王法，本宫就是天理！贵妃驾前失仪已属死罪，何况在珍珠门喧哗。本宫不过顺天理、遵王法，送你一程。"说罢催促郑鸿盛："还愣着做什么？！"

"奴才遵旨。"

郑鸿盛让两名小太监扭住龙泉女，把她拖离了珍珠门。

第六章

郑鸿盛带领太监押着龙泉女来到刑狱司大门前，一名约莫五旬的官员闻声出迎。这官员长得尖嘴猴腮，一对三角眼，下巴上几绺稀疏的胡须。

官员满脸堆笑："郑总管，什么风把您吹来了？"

郑鸿盛也不客套："我能赶上好风？吹我来的不是邪风就是妖风！侯大人，这个不长眼的贱婢，方才在珍珠门外喧哗，冲撞了贵妃娘娘，惊扰了皇后娘娘。我来传贵妃娘娘口谕，将她交付刑狱司，乱棍打死。"

"侯大人，奴婢是去找上官大人的，奴婢没喧哗，奴婢冤枉！"龙泉女大声分辩道。

侯大人笑了："本官奉旨办差，贵妃娘娘口谕只说杖毙，又没让审问，是以你跟本官说这些没用。"

郑鸿盛也笑："侯大人，您瞧见了吧，死到临头还嘴硬呢。宫里几时见过这种人物，邪门吧？"他转向龙泉女："照你这么说，是贵妃娘娘冤枉你了。告诉你吧，主子是不可能冤枉奴才的，即便你觉得冤，你也该死。"

"侯大人，人交给您了，我向贵妃娘娘复命去了。"郑鸿盛说完，转身便走。

侯大人喊道："郑总管，您不看着用刑了？"

郑鸿盛摆摆手，脚下不停："送人过来已是晦气，鲜血淋漓的，就不看了，怕不得好梦。"

侯大人早命狱卒将龙泉女接过押着，此时让将她拖入刑房。

刑房方方正正，无窗，四壁固定着铁链，铁链末端连着镣铐。靠墙放着棍棒和一些龙泉女从未见过的器具，想来都是刑具。刑房正中有张似床非床、似凳非凳的台子，两端也固定着带镣铐的铁链。虽不见郑鸿盛说的鲜血淋漓，空气中却真似飘荡着血腥气。

不知哪里传来一声长长的哀吟，含着痛苦和无尽的哀怨。

饶是龙泉女比旁的女子都胆大些，此刻也已吓得浑身颤抖。她额上、背上全是冷汗，心扑扑乱跳，脚绵软无力，就要站立不住。她还那么年轻，今日之前，从没设想过死这件事，没想过死会是何种感受。

侯大人命令狱卒："去，把她绑在凳上。"

狱卒立刻动手，反剪了龙泉女双手，把她往刑凳拖过去。

"放开我，放开我……"龙泉女挣扎着。

侯大人捻着胡须，在旁看着。他摇摇头，"啧啧"两声，道："可惜这张脸了，若不死，将来或有出头之日。只是到了这里，认罪或讨饶都来不及了，没得救了。"似颇有几分惋惜。

"没得救了"几个字听到龙泉女耳中，给她提了醒：有人或许能救她。

龙泉女停止挣扎，向狱卒道："放手，我自己过去。"说完，真往刑凳挪去。

狱卒见龙泉女这般，不由放手。

龙泉女走到刑凳前坐下。

侯大人笑道："这么快就想通了，可见人也聪明。"

"想通了。你说我没得救了，告诉你，我还真有得救，也就是现下那人不在这里，你也不会让我去找他。不过，等我死了，你也离死不远了。因此呢，你才是没得救了。"

侯大人大笑："一派胡言，一派胡言！你就装疯卖傻吧，本官不上当。来人，上……"

"我是天子的人。"

侯大人一惊："你说什么？"

"我说我是天子的人！"

侯大人顿一下，抬手指着龙泉女："休要胡乱攀扯！本官告诉你，冲撞了贵妃娘娘，死你一人，玷污圣誉，你一人不够，那是要株九族的。"

龙泉女道："死都死了，株不株九族，我怎知道？倒是侯大人你，打死了我，你一定活不成。"

"笑话，本官是奉贵妃娘娘口谕办事，为何活不成？！"

龙泉女轻蔑一笑："侯大人你也老大不小，这种事都想不明白。那是因为贵妃娘娘想我死，但皇上不想啊。至于为什么，你自己方才都说出来了，你说我若不死，或有出头之日。"

侯大人有所领悟："你是说皇上若是知道贵妃娘娘要你死，定会阻拦？"

"侯大人你冒失了，说得这么明白，不怕被不相干的人听了去？这样，"龙泉女看看两名狱卒，"你让他们回避，我明明白白说与你听。"

侯大人略一沉吟，道："也罢，这里本官不发话，任何人都休想出去，就听你说说委曲，谅你也翻不出天去。"他对狱卒道："你们且去外面候着，莫走远，随时听我召唤。"

狱卒退出刑房。

"你说吧。本官先言明，若敢有一丝一毫欺瞒，本官即禀明皇上，到时你九族不保，可不要怪本官。"

龙泉女道："我是御园匠人，由义部侍中上官泓选拔入宫。机缘凑巧，得皇上宠爱。皇上已许我位分，只待与皇后商议后册封。不想此事为贵妃娘娘知晓，她便着人引我至珍珠门，定我个冲撞之罪，将我送来刑狱司，借侯大人你之手将我除去。"

龙泉女这是在赌了。也是她聪明过人，侯大人几句话就被她发现软肋，因此她决心赌上一赌。她赌这宫里借刀杀人之事常有，赌侯大人不甘为刀受牵连，赌侯大人会向上官泓打听而后动，赌上官泓需要她，绝不想让她就死。

龙泉女赌对了。侯大人听完她的话，开始踱着步思索起来。

要知道这朝中和宫中之人都是见风使舵惯了的，保命和升迁靠的都是揣测上意，正因日日夜夜殚精竭虑揣测上意，难免想过头，把自己绕进去。

侯大人停下脚步，看着龙泉女道："让你死的又不是本官，皇上杀本官，从何说起？"

龙泉女微微一笑："皇上宠爱贵妃娘娘，即便事后得知是她主使，也不会将她怎样。侯大人你没法跟贵妃娘娘比，倘若皇上非得杀个人才能把这口气出了，那只能是你。我想呢，皇上大约也不会说是因为我，八成随便找个借口吧。退一步说，皇上没气到杀人的程度，那也得贬官甚至下狱才能泻火。你爱信不信。"

侯大人自然也不想贬官或下狱，至少眼下在他看来，这两者跟杀头一样可怕。他喃喃道："不能抗旨，也不能遵旨，那本官该怎么办？本官去求贵妃娘娘收回成谕？那荒唐呀。再说，本官也不敢……"

"唯今之计便是侯大人你替我去找上官大人，他招我入宫，必不愿我死，他会竭尽全力扭转此事，既保住我，也洗脱你。相信此时此刻他就在寻我。当然，你也可以不信，用命试一试。"说完，龙泉女闭上眼睛，做出养神的样子。

侯大人见龙泉女镇定自若，对她的怀疑去了一大半："本官就按你说的行事。事若成，还望姑娘记得本官，日后多多提携。"

"只要我成为妃嫔，日后必能帮上你，也定不忘救命之恩。"

侯大人下了决心。他向门外喊道："来人，将人犯暂行关押。"

上官泓携牡丹长卷往御园来，到得后院门口，正待进去，就听见斥骂声。

"小兔崽子，敢跟爷爷我动手！"

是黄大。上官泓微微蹙眉。这黄大为人粗鄙，好仗势欺人，若非眼下无他人可用，上官泓早换掉他了。

只听黄大又提高嗓门叫道："小兔崽子，你昨天不是挺来劲吗，现在倒装起哑巴来了。告诉你，御园爷爷我说了算，整不死你！"

上官泓听不下去，踏进后院，冷冷道："御园是为圣上办差的地方，不是要威风的地方。"

众人一齐扭头来看。

黄大见是上官泓，忙堆起笑脸，可那张脸青肿得厉害，这一笑可把他疼得不轻，不由"哎哟"一声。

上官泓见黄大一副丑样，更是嫌恶，斥道："御园总管把自己搞成这副模样，成何体统！"

黄大脸上现出万分委屈，一瘸一拐挪到上官泓面前："上官大人，小人这副模样，全是拜他所赐！"说着一指泉哥。

上官泓这才看见被绑在柱上的泉哥。泉哥衣衫撕裂，鞭痕累累，神情愤恨不平。

"你们为何事相殴啊？"

黄大抢先道："小人也是莫名其妙。小人昨夜在院中散步，好端端的，就被这小子扑上来打。小人以为黑灯影儿里认错人了，直跟他喊是我是我，不想他听了下手更狠。要不是有人听到出来阻拦，小人命就没了。上官大人，您来得正好，请为小人做主！"

上官泓转向泉哥："你怎么说？"

泉哥闷声道："他该打。"

"倒是个有骨气的。"上官泓轻笑。

上官泓对黄大道："他打了你，你已打了回去，还让本官做什么主？"

黄大急道："上官大人，小人是无故被打，若不惩罚他，小人还怎么管匠人？"

泉哥向地上唾一口，道："颠倒黑白！"

上官泓问泉哥："何为黑，何为白？"

泉哥很想原原本本说出来，终觉于龙泉女清誉有损，便只道："昨夜我送妹妹回屋，见黄大在她屋子周围乱转。"

黄大嚷嚷："上官大人，您听听，您听听！后院又不是他家的，还不许人走动了？！"

上官泓已明白了八九分。

"打成这个样子，还如何画花样？！"上官泓瞪黄大一眼。他对匠人们道："给他松绑，再找个人过来看看。"

黄大道："上官大人，他……这……"

匠人们赶紧上前给泉哥松绑。泉哥站立不稳，倒在了地上。

上官泓正色对黄大道："他打你不对，可你也不该用私刑，人打坏了，耽误大事，皇上怪罪下来，你担待得起吗？！黄大罚俸一个月！"

上官泓搜寻龙泉女的身影："把龙泉女叫来照料她哥哥。"

老张禀报："上官大人，龙泉女不知去哪里了，方才就找过了，后院和御园都不见人影。"

"什么？"上官泓一惊。

泉哥从地上爬起来，跌跌撞撞冲向黄大，揪住他的衣领："一定是你，你又干了什么？"

黄大奋力挣扎："我哪里见过她了，关我什么事？！"

上官泓脸色铁青："把他们拉开！"

说话间，黄大一拳抡到泉哥头上，泉哥昏了过去。

"把他抬进屋里救治。"上官泓厉声道，"再去找龙泉女！"

众人抬泉哥的抬泉哥，找龙泉女的找龙泉女，只剩黄大在院中呆立。

龙泉女坐在牢房的角落里。牢房里又阴又湿，一扇小铁窗透进些微光亮。她将指甲用力揿进手臂里，迫使自己保持清醒：上官泓定会来找我，他一定会来。

忽觉脚面上有东西在爬，龙泉女低头去看，见是一只肥硕的蟑螂。她"啊"一声跳起来，向蟑螂踩去。

狱卒过来，探头看看，笑道："蟑螂就受不了啦？到晚上，老鼠就都出来了。"

龙泉女索性不坐了。她在牢房中来回走着，焦急地等待。

"上官大人，御园找遍了，找不到，人应该不在园中。"老张禀报上官泓。

"一个大活人，就这么不见了？！"上官泓将手上茶杯往桌上重重一蹾。

老张道："她该是趁孙姑姑送饭时出去了。小人想，她是……是去找大人您了。"

上官泓双眉紧蹙。他吩咐匠人们看好泉哥，匆匆出了后院。

上官泓找了几个人打问今日宫中可有事发生，得知有名奴婢在珍珠门冲撞了贤贵妃，被贤贵妃送去刑狱司打死。

上官泓惊出了一身冷汗。他即刻往刑狱司赶去，暗暗祈祷还来得及。

龙泉女一死，"鸟语花香之天国"功亏一篑，他上官泓的好日子也就到头了。

将龙泉女收监后，侯大人并未去找上官泓。他左思右想，决定拖到明早。过了今日，若上官泓没找过来，皇上也没问自己要人，说明这龙泉女在上官泓或皇上心中没什么分量，或她不过就是编造以求保命，明早问她，露出马脚，即刻行刑。他也想到郑鸿盛或许会来问个结果，不过那也得是明早了，到时，就为这一晚的迁延随便找个借口。

虽做了决定，侯大人心里到底不踏实。他坐在桌前，望着刑狱司大门发呆。

正在此时，门口人影一晃，有人大步向他走来。他眨眨眼，看清来人正是上官泓。

上官泓真的来了。侯大人心里一松，大石落地。

"上官大人，有失远迎。"侯大人面露笑容，行礼道。

上官泓道："人还在吗？"

"在，在。"侯大人连连点头，"正关着呢，就等您来领。"此时，他对龙泉女再无怀疑。

"等着本官来领，这是她跟您说的？"

"是。那姑娘很是聪明。上官大人，您可有皇上口谕？得了口谕，下官即刻放人。"

上官泓心思敏捷，脑中飞快转了几转，道："暂未得皇上口谕。找不到人，获知有这么回事，皇上命本官火速赶来，看人还在不在。在或不在是两样方法。若直接传旨，人已不在，牵连必广。本官这就去向皇上请旨，但要先看一眼，确保无误。"

上官泓对龙泉女如何应对的侯大人有一番猜测，但也不能完全肯定，是以将话说得似是而非。他不敢假传圣旨，先稳住侯大人再说。

侯大人道："如此甚好，甚是稳妥。"

"上官大人，这边请。"侯大人引上官泓往牢房去，"大人放心，下官一根汗毛都没敢动。"

听见侯大人说话，龙泉女一阵欣喜。她冲到铁栏前。

片刻之后，上官泓出现在铁栏那边。龙泉女心中激动，面上却不动声色："上官大人，奴婢能出去了？"

上官泓惊讶：如此淡定，此女不一般。

上官泓上下打量龙泉女："没伤到吧？"

"未曾受伤。有劳上官大人。"

"那好，本官这就去请旨，你且暂候。"上官泓也不多言，转身离开。

侯大人将上官泓送至门外，一路不停表功，要他在皇上面前替自己美言几句。

上官泓三言两语打发了侯大人，便匆匆赶路。

走出数十步，上官泓停了下来：这事到底该怎样办？后宫之事，皇后做主，按说此刻自己该去求皇后，可皇后行的是韬光养晦之道，从不与贤贵妃争锋，只会将贤贵妃请去，劝说一番。然而，贤贵妃倚仗皇上恩宠，素来骄横，未必卖皇后这个人情。此外，贤贵妃若知是自己去求的皇后，龙泉女又是自己招进宫的，必定怨恨自己以致结仇。罢了，还是去求皇上吧。

上官泓遂往御书房去。

大谞谋知上官泓去而复返，料他有急事，便让福如意传进来。

上官泓进来，在大谞谋面前跪下叩头："陛下，微臣有罪。"

大谞谋一怔："去而复返，须臾之间，怎就有罪了？"

"微臣说过，要给陛下惊喜，如今，惊喜没了。请陛下治微臣欺君之罪。"

大谞谋脸色一沉："究竟发生何事？"

"陛下，为御园事，微臣在民间搜罗了一些身怀绝技的匠人，招入宫中。匠人中有名女子，与其兄一同入宫。昨日，女子的哥哥与御园总管起了争执，被打得半死，她急于求微臣说情，私自出了御园，不想迷路，走到珍珠门，无意中冲撞了贤贵妃，贤贵妃命人将她遣送刑狱司，乱棍打死。"

大谞谋挥挥手："哎，这等小事，你去把她带出来不就行了。"

"微臣不敢私下行事，因为……"

"不要吞吞吐吐，直说。"

"微臣不敢违拗贵妃娘娘，微臣也不敢令陛下失望。"

大谞谋轻笑："传朕口谕，放了那奴婢。"

"微臣领旨。"

事情有了转机，龙泉女靠墙坐下，静待上官泓消息。许是心里松快了些，她一下为疲惫席卷，竟迷迷糊糊睡去。

睡梦中，龙泉女听到有人说话，有人在笑，还有人在哭。

"圣王召幸嫔妾了，哈哈……"

"圣王不喜欢嫔妾吗？难道嫔妾不美吗？"

"都是贱人害嫔妾变成这副模样，都是那个贱人！"

…………

龙泉女一下子醒了。她感到恐惧。坊间传闻，刑狱司里含冤而死之人不计其数，阴气很重。

"咣——咣——"似是狱卒在用棍棒敲击铁栏。有人喝道："疯婆子，再乱叫就打死你！"

声音往这边来了。龙泉女站了起来。

果真是狱卒。那人经过，见龙泉女不安地站着，笑道："害怕了？都是些前朝的宫人，改朝换代了，可她们还关在这儿，不死不活的。都还做着美梦呢……"说着，晃晃悠悠过去了。

蓦地，龙泉女发现对面牢房铁栏后有一双眼睛，正死死地盯着这里。龙泉女努力分辨，看清那双眼睛属于一个蓬头垢面的老妇，她一双瘦骨嶙峋的手攥着铁栏，一副要扑过来拼命的样子。

龙泉女不由打个冷战。

上官泓赶回刑狱司，接出龙泉女。

回御园路上，龙泉女对上官泓千恩万谢。上官泓则将御园、珍珠门并刑狱司的事情仔细问过。

上官泓对龙泉女说，回到御园，她须与黄大当面对质，到时直言即可。

御园后院里，匠人们或蹲或立。龙泉女扶着泉哥与黄大面对面站着。

上官泓绷着脸："现下人齐了，把昨夜之事说个明白。"

黄大一指泉哥："昨夜小人莫名其妙被他打。"

上官泓看着泉哥："事到如今，孰是孰非必要分明，你照实说，莫再隐瞒。"

"是黄大出言不逊在先！"泉哥道。他瞪着黄大："昨夜你都说过什么，你敢再重复一遍吗？"

"昨夜被你一顿乱打，说了什么哪还记得。你别想污蔑我，反正我不记得。"

"你！"泉哥气结。他转向上官泓："上官大人，黄大对我妹妹说的那些，我实在说不出口。"

龙泉女接过："我哥说不出口，我说。昨夜黄大醉酒，去堵我的门，我哥想扶他回去，他赖着不走，还调戏我，我哥一时气急，便动了手。后来的事大家都看到了。"她到底觉得屈辱，说着便红了眼眶。

黄大跳脚叫道："若非你平日勾引，我岂能去堵着你的门？！"他转向上官泓："上官大人，他们不提，小人还不好意思说呢。小人昨夜之所以骂他们，是因为看见他们抱在一起，这可是乱伦！他们两个装正经，您可莫被骗了！"

黄大此话一出，众人面面相觑。

龙泉女冷笑道："这便是狗急跳墙吧。上官大人，昨夜民女思家，忍不住哭泣，我哥抚背安慰，被黄大瞧在眼里，竟成了淫秽之事。还请大人还民女清白。"她又转向黄大："黄总管，饮酒乃宫中大忌，何况你喝得烂醉如泥。还有，未禀明上官大人，你就把我哥打了一顿，差点把人打死，你这是擅动私刑。光这两点，你已理亏太多！"

黄大语塞。

龙泉女又道："上官大人，黄大骄横霸道，不顺他意，他便百般刁难，若他继续当总管，我兄妹永无宁日。请大人成全，放我兄妹出宫吧。"

龙泉女说出了匠人们的心声，他们不再隐忍：

"上官大人，龙泉女说的都是实情，黄大一直欺压我们。"

"上官大人，请惩处黄大！"

"黄大稍不顺意，对我们非打即骂，这样的人当总管，我们也办不好差！"

"上官大人为我们做主！"

黄大气得脸都歪了："你们这些贱民！"

上官泓对黄大道："你都听到了，是你自己犯了众怒。"他转向御园小吏，高声道："来人，送黄大去刑狱司，打六十大板，逐出宫去！"

黄大瘫倒在地：六十大板哪，就算不死，准定也残疾了。

众人欣喜道："上官大人明断！"

上官泓又道："黄大行事张狂，早知道，本官早处置了他。现下御园缺个总管，泉哥为人有担当，就由他暂代吧。"

众人听了，欢呼起来。

没想到会是这样的结果。龙泉女和泉哥相视一笑。

第七章

"娘娘，那贱婢，她……她被放了。"郑鸿盛躬着身，哭丧着脸道。

"你说什么？！"贤贵妃将手中的碗往桌上一蹾。因用力过猛，汤汤水水洒出来一大半，还溅了些到她的衣袖上。

一旁宫女赶紧上前收拾。郑鸿盛则腿一软，跪倒在地，不住叩头："娘娘息怒，是奴才办事不力，奴才该死！"

"这点事都办不好，确实该死！"贤贵妃用帕子擦擦手，揉作一团，往桌上一丢，"到底怎么回事，说！"

郑鸿盛哆哆嗦嗦道："方才奴才去刑狱司验看尸首，侯大人却说，昨日上官大人带着皇上的口谕，把人给带走了。"

"上官泓？"贤贵妃一怔，"上官泓管这等闲事做什么？"

"是上官泓没错。"郑鸿盛抬起头来，"要是旁的人，奴才就去要了，定要出来即刻弄死，断不敢让娘娘生气。可这上官泓，奴才……奴才不敢哪。"

贤贵妃在桌上用力一拍："上官泓这是吃错药了吗，跟本宫作对！"又问郑鸿盛："你方才说上官泓得了皇上口谕，是真的吗？

皇上怎么知道的？"

"侯大人是这么跟奴才说的。奴才也不知皇上怎么就知道了，还传了口谕，让那贱婢捡了条命。都怪奴才大意，昨日就该看着打死，就不会节外生枝了。"

贤贵妃犹豫再三，终是按捺不住，站起身来："本宫不信，本宫不信皇上护着那贱婢。本宫这就去找皇上！"

贤贵妃拧身便走，走了两步又停下，转身指着郑鸿盛："你在这里给本宫跪着，不许起来，待本宫问过皇上，再找你算账。你要是敢骗本宫，本宫回来揭了你的皮！"

"奴才不敢骗娘娘！奴才怎敢骗娘娘……"郑鸿盛冲着贤贵妃的背影哭道。

御书房里，大谞谟擎着一只青瓷盏，对着日光细细观瞧。

这是一件带托盏，通体施青釉，呈浅湖绿色。它由一只直口深腹的碗和一只翻口圈足的托组成，碗的外壁、托的翻口和圈足都饰有浮雕莲纹。

大谞谟手指轻轻划过盏身。青釉厚薄适中，观之明彻如冰，抚之温润如玉，端的是青瓷中的珍品。

大谞谟将盏放回桌上，推远一点。

日光斜斜地照着，青瓷盏辉光流泻，恰似一朵欲开还闭的莲，丰腴华美，又脉脉含情。

大谞谟又眯着眼睛看了一会儿，满足地叹口气，道："好，收了吧。"

"是。"福如意将旁边一只敞着盖的箧盒挪近些，依次捧起碗和托，小心翼翼塞入锦垫之间，"这盏陛下看了足足一炷香的工夫，老奴就不懂了，左不过是个涂了青色的泥胎，非金非玉，哪里就这么好看了。"

大谞谟笑道："说得不错，确是泥胎。只是那青色极为难得，叫做'千峰翠色'。这种青瓷，只越州才产。所谓'九秋风露越窑开，夺目千峰翠色来'……"

正说着，门外传来急匆匆的脚步声，伴着环儿佩儿叮咚乱响，似乎还杂着阵阵娇喘，一团风似的卷到了跟前。

大谞谟与福如意对视一眼。

福如意赶紧出迎："贵妃娘娘来了。娘娘莫急，待老奴……"

贤贵妃充耳不闻，三步并作两步跨过门槛，向大谞谟扑去："陛下！陛下为臣妾做主……"

贤贵妃扑在大谞谟膝头，抬起俏脸，一双杏眼圆睁，两条柳眉紧锁。

大谞谟向福如意挥挥手："退下吧。"

福如意退到门外。

"是谁把朕的爱妃气成这样啊？"大谞谟抬起贤贵妃的下巴，笑着问道。

贤贵妃眉毛一挑："陛下，是个胆大包天之人，丝毫不把陛下封的贵妃放在眼里！"

"爱妃，你每次来找朕为你做主，都像是受了天大的委屈，待说出来，又都是些鸡毛蒜皮的小事。先说好，这次若还是这种事，朕绝不为你出头，免得其他妃嫔整日埋怨朕，说朕把你宠得无法无天。"大谞谟点着贤贵妃鼻子道。

贤贵妃眼珠转了转，双膝并拢跪正了，叩头道："陛下，臣妾要告御状！臣妾向陛下状告陛下，陛下封了臣妾贵妃，又任人拿臣妾取乐。"

大谞谟一怔，随即放声大笑。他伸手将贤贵妃拉起来，往怀里一带，让她在自己膝上坐好，"说吧，看朕能否给你评出个理来。"

在宫中，贤贵妃任性胡闹是出了名的，可大谔谔就是喜欢纵着她，一半是因她确实生得美，另一半是因她喜怒形于色，从不掩饰。在大谔谔看来，贤贵妃这是真性情，也是真爱自己，比其他妃嫔的扭扭捏捏、谨小慎微可爱、有趣得多。

"昨日，臣妾从珍珠门出来，不知哪里来的一个贱婢，横冲直撞的，把臣妾吓得一阵心悸。臣妾训斥她，她一直顶嘴，而且连礼都不行。臣妾就命人将她送去了刑狱司，让将她乱棍打死，可是……"贤贵妃哭起来，哭得梨花带雨，"今日臣妾让郑鸿盛去问，那贱婢竟被人接走了。如今……如今臣妾没了脸了，成了大笑话……"

大谔谔记起来了，昨日上官泓来请旨，要从刑狱司带出一名御园匠人，恐怕就是这件事了。

"是朕下的口谕。上官泓说他留着那匠人有大用处。"

"陛下，您让臣妾脸往哪儿放啊。臣妾是贵妃，连个奴婢都处置不得，让其他嫔妃知道了，她们会说陛下不是真心宠爱臣妾。臣妾不依，臣妾不依嘛……"

大谔谔道："爱妃，朕已答应上官泓了，君无戏言。"

"陛下焉知上官泓不是在哄陛下？一个匠人，有什么稀罕，臣妾就不信，什么样的匠人，上官泓找不来另一个。再说了，君无戏言，君无戏言说的就是陛下能下旨，想收也能收嘛。"

"爱妃，这不好吧。你这是难为朕了。"

贤贵妃定定地看着大谔谔："陛下果真不是真心宠爱臣妾，在陛下心中，臣妾还比不上一个匠人……"说着，大颗大颗的泪珠落下来。

"算了，陛下这么不在乎臣妾，臣妾也不求了。"贤贵妃挣脱大谭谭的怀抱，站起身来，"臣妾告退。"她擦擦眼泪，踉踉跄跄地转身，往门外走去。

大谭谭拉住贤贵妃一只手臂，把她扯回怀里圈住。他向门外道："福如意，你着人往御园去，将冲撞贤贵妃之人送刑狱司，即刻杖毙。"

只听福如意应道："是，老奴即刻去办。"

贤贵妃破涕为笑，双臂环住大谭谭，将脸贴在他胸前："还是陛下对臣妾好。"

大谭谭将贤贵妃的脸抬起，为她拭去泪痕。

上官泓从惜花阁出来，转到后院。

上官泓对惜花阁中的进展颇为满意。别的不说，那几株异色牡丹经精心培育，日益茁壮，有的枝上花苞隐现，算算时间，按期盛放稳了。他心情愉快，来看看龙泉女的剪纸怎样了。

后院中央摆了一张大木桌，龙泉女坐在桌前专注地剪纸，手边是各色纸张和形制不一的刀剪，另一边，泉哥伏案描着花样。桌子中央摆着一只锦盒，剪好的剪纸都放在那里面。

上官泓走近，龙泉女和泉哥见了赶忙起身："上官大人来了。"

上官泓示意他们坐下继续，自己则将锦盒打开，验看剪纸。

最上面一件是一朵黄牡丹，共有十数层，尚未组合，但已能看出模样，当真是饱满娇艳，形神具备。上官泓又往下翻看几件，俱都栩栩如生。

上官泓满意地将锦盒盖好，放回原位，在桌前坐下，看龙泉女剪纸。

龙泉女一双手如穿花蝴蝶般灵巧，翻飞着，旋转着。上官泓目光上移，看到她的侧脸，皮肤白皙，鼻梁挺秀，睫毛如扇……他心中微微摇荡，目光变得炽热起来。

脚步声响起，紧接着院门便被推开，一名太监引着两名带刀侍卫走了进来。

太监在院中站定："陛下口谕，龙泉女冲撞贤贵妃，解送刑狱司杖毙。"

众人齐齐望向龙泉女。

龙泉女手一抖，右手剪刀戳破了剪纸，将左手划出一道口子，血滴落在桌面上。她放下剪刀，缓缓地站起来。

太监道："你就是龙泉女？那走吧。"说完，示意侍卫上前。

两名侍卫一人一边，扭住了龙泉女的手臂。

"不，你们不能带走她！"泉哥冲了过去，扯开侍卫的手，挡在龙泉女面前，"她不是有意冲撞贵妃娘娘，她只是不懂宫中规矩。你们怎能这么随便就杀人？！"他不管不顾了，此时，他只一个念头，就是不能让人伤害雁儿："此事由我而起，你们带我走，把我打死吧！"

太监皱眉："就凭你这句话，打死你两次都有余！起开，莫耽误我们办差。"

泉哥抵死不让，与两名侍卫扭在一起，终究一人难敌四手，被按在地下。

太监道："年轻人，抗旨是要杀头的，知道吗？得，现下你后悔也来不及了，我们只好连你一并拿到刑狱司。你想替她死，那是不能够，陪她死倒是可以。"说罢，向侍卫挥挥手："两人都带走。"

"放了我哥，我跟你们走。"龙泉女突然开口道。她走向太监和侍卫："这位公公，两位官爷，皇上要杖毙的人是我，跟我哥无关，我哥得罪几位，还请几位体恤，他是我的亲人，换做你们的亲人，你们也是不忍的，对不对？我哥的事，还请您几位就当没发生过，我龙泉女做鬼也要报答几位，来生做牛做马接着还。我跟您几位走，您几位就放过我哥吧。求求您了！”

龙泉女一番话说得众人无不动容。

太监沉默片刻，看看侍卫："那就走吧。"

侍卫松开泉哥，走向龙泉女。

龙泉女对泉哥道："哥，我走了，你要好好的，等冬天一过，就回流彩堂吧。"说着，凄然一笑。

龙泉女摇摇晃晃迈开步子，脚下似重逾千金，一步一回头地向院门走去。

泉哥追上去："雁儿，你别去，你不能去啊。"他被匠人们拉回来死死按住。挣脱不得，他哭了起来："都怪我，都怪我要你入宫，都怪我跟黄大打架，是我连累你，都怪我，都怪我！"

"且慢。"上官泓自桌前起身，径直走到院门前，拦住太监和侍卫们。

见是上官泓，太监行礼道："上官大人。这……"

上官泓看着龙泉女："龙泉女，你可想活命？"

不待龙泉女回答，泉哥喊道："上官大人，您救救雁儿，拿我的命换她！"

上官泓瞥一眼泉哥，又问龙泉女："你可想活命？"

龙泉女道："想活，但若用我哥换，我不换。"

上官泓点点头。他转向太监："这位公公，本官随你们一同去，但不是去刑狱司，而是去面见皇上。"

太监和侍卫面面相觑。太监犹豫一下，道："那好，咱家就和大人您一起去向皇上复命。"

上官泓和龙泉女一前一后慢慢走着，太监和侍卫们跟在他们身后。

上官泓既然敢带龙泉女面见大谛谟，自是心中方略已定，只是这次的法子不免令他心情复杂。

上官泓的本能反应是一定要保下龙泉女的命，因为这与自己的前程息息相关。他想到，杖毙龙泉女的圣旨必是贤贵妃去求的，且不说她怎么求的，看来她是轻易不肯甘休，这便足证龙泉女的判断是对的，也就是说，龙泉女令她感到了莫大威胁，非要除之而后安。这宫中还从未见过让贤贵妃妒忌得发狂的女人，这反而说明，皇上八成无法抗拒龙泉女的美貌。一旦龙泉女被皇上看上，不但能保她命，还能保下"鸟语花香之天国"，岂非两全？

但上官泓随即意识到，这等于是自己把龙泉女献给了皇上。

上官泓明白，自己对龙泉女也是喜欢的。龙泉女美丽、聪慧、脱俗，一个男人，很难不喜欢这样的女子。他不愿将龙泉女拱手送人，哪怕那个人是皇上。然而，不把龙泉女送给皇上，便要眼睁睁看着她死，与此同时，"鸟语花香之天国"也成泡影，岂非两失？

上官泓边走边想，试图想出一个更好的两全之策。然而，别无他法。

一抬头，御书房已近在咫尺。上官泓想到，还须给龙泉女提个醒，让她有所准备。于是，他放慢脚步，待与龙泉女并肩，轻声道："龙泉女，这次你得自己救自己。记住，性命比什么都重要。还有，本官日后还须仰仗你。"

龙泉女闻言一惊，脚下一滞，上官泓却已加快步伐，与她拉开距离。身后太监则一阵催促："快点，走快点。"

龙泉女只得快步跟上。

福如意见上官泓带着人来了，颇觉为难。他不知御书房中进展到哪一步了，当禀还是不当禀。他迎上去："上官大人来了。"随即将上官泓拉到一边，低声道："大人来得有点不巧，贵妃娘娘也在里面呢。要不大人先回去，等陛下发话了，老奴再禀报。"

上官泓会意。他对福如意道："福公公不用为难，下官在院中等着就是。事有紧急，还是早点禀明陛下为好。"

福如意点点头。他指指龙泉女："大人带着的这又是何人，一会儿老奴一并禀告陛下。"

上官泓也压低声音："便是那冲撞了贵妃娘娘的奴婢。"

福如意道："陛下不是传旨……"随即醒悟："大人这可是求情来了？"

"不瞒公公，正是此女。"

"那贵妃娘娘……"

"无碍，公公且放心。"

福如意点点头。

福如意又看看龙泉女，心里暗道：是个美人。可怎么觉得有点脸熟呢？

突然，福如意想起龙泉女像谁了。她像的便是大谭谭念念不忘的那个人！

正在此时，御书房中传出大谭谭的声音："福如意。"

福如意回过神来，赶紧招呼宫女们进去。

贤贵妃坐在大谭谭腿上，举着粒葡萄，娇滴滴道："陛下，臣妾喂您。"

"爱妃用手吗？"

贤贵妃含嗔瞪大谭谭一眼，将葡萄放在唇间噙着，缓缓靠近他的脸。

"陛下，上官大人求见。"福如意在门外禀道。

贤贵妃登时不悦，将葡萄从口中取下，丢回盘中。

大谞谟也微微蹙眉："他可说来做什么了吗？"

"上官大人带了名奴婢来，说要给贵妃娘娘赔罪。"

贤贵妃脸色一变，看看大谞谟。不等大谞谟发话，她抢先道："让上官泓回去吧，陛下没空。你告诉他，有心赔罪，便按陛下口谕，将那奴婢杖毙。"

"慢着，让他进来吧。"

贤贵妃噘嘴道："陛下……"

"朕有话问上官泓。"大谞谟起身整理衣服，"还有，朕没发话，你就替朕下旨，下次不许！"

贤贵妃拉长了脸。

大谞谟之所以叫上官泓进来，是因为感到好奇：上官泓为这匠人求情，是第二次了。她对御园就这么重要吗？朕倒要看看，她是何等人物。

上官泓带龙泉女进门，此时，大谞谟已端坐案后，贤贵妃坐在他身侧。

上官泓行礼道："微臣参见陛下，参见贵妃娘娘。"

龙泉女有些手足无措，犹豫一下，跪倒在地。

大谞谟对上官泓道："起来说话。"

大谞谟看看龙泉女。龙泉女低着头，他看不到她的脸，只觉这女子身形甚是窈窕。

上官泓道："陛下，贵妃娘娘，此女名叫龙泉女，是微臣从民间寻来的匠人，在御园当差。她不谙宫规，不小心冲撞了娘娘，今日微臣特地带她来向娘娘赔罪。"

龙泉女叩头："奴婢知错，请陛下、贵妃娘娘开恩。"

上官泓方才那句"日后仰仗"，龙泉女听出了其中含义，为之震惊。可眼下无他法可想，生死关头，只能顺着上官泓的意思先把命保下来，再做计议。

贤贵妃冷笑一声："匠人？什么匠人值得上官大人几次三番向陛下求情，怕不是那么简单吧。"

上官泓心道：要的正是你这句话。

"事到如今，微臣再不敢隐瞒。陛下，贵妃娘娘，龙泉女在龙泉府开剪纸店，唤作流彩堂。宫中之人或许不知，民间却无人不晓，渤海国剪纸，龙泉女是一等一的高手，号称'龙泉府第一剪'。她剪的花栩栩如生，能招蜂引蝶。陛下命微臣造'鸟语花香之天国'，微臣殚精竭虑，广罗匠人，命他们在惜花阁育花，务使如期开放。不过，短期之内，能育出的品种犹有不足。微臣深恐辜负圣意，便特意去寻了这龙泉女来，命她剪刻各类花卉，尤其是牡丹，以襄胜景。微臣承诺陛下之期将至，不想龙泉女私出御园获罪。今日，微臣斗胆为龙泉女求情，她出自民间，不谙宫规，冲撞了娘娘，绝非有心。还请娘娘为大局着想，宽宥则个，御园事毕，再行责罚。"

大谞谟点点头，对上官泓道："这'鸟语花香之天国'确也是难为了你。"随即饶有兴致地向龙泉女道："龙泉女，你抬起头来，让朕看看'龙泉府第一剪'是怎样的人物。"

龙泉女犹豫一下，缓缓将脸抬起。

大谞谟首先看见一双黑白分明、澄澈如水的眼眸，暗暗吃惊。再仔细打量，只见她不施粉黛，五官秀丽，面色略显苍白，鼻翼微微泛红，眼中犹有泪痕，这副泪容与贤贵妃的梨花带雨相比，娇柔不足，英气有余。他深吸一口气：这女子的气质与宫中妃嫔全都不同，仿若山花，清冷、恬淡，只静静地不说不动，便韵致无穷。

大谲谀凝视着龙泉女，默不作声。

贤贵妃视线在大谲谀和龙泉女之间来回移动，颇为紧张。

上官泓则屏息凝神，看着大谲谀。

一时之间，空气似乎也停止了流动。

良久，大谲谀道："龙泉女，你年纪轻轻，果如上官泓说的剪得那么好？"

龙泉女道："奴婢不敢在陛下面前夸口，不过，奴婢的剪纸店生意一直很好。"

龙泉女虽仰着脸，却不敢看大谲谀，只盯着那双镶着金边的黑色靴子。她拿不准这个掌握她生死的人是否相信她的话，便又补了一句："若陛下恩准，奴婢可当场剪来。"

突然，贤贵妃扑哧一笑："不想竟是个剪纸的。既如此，本宫就不怪罪了，别让旁人说本宫小肚鸡肠。"说完，她转向大谲谀："陛下，她会剪纸，又是个标致的人，臣妾看着喜欢，您让她住到臣妾宫里去吧，闲来无事，教臣妾剪剪纸，陪臣妾说说话，省得臣妾闷得慌。"

贤贵妃见大谲谀看龙泉女的眼神，已知不妙：糟糕，看来这龙泉女皇上是要定了。不过，自己若放手不管，龙泉女一旦得宠，凭着与自己这番过节，必成敌人，那就不如先要到自己宫中，相机而动，除去也不一定。

大谲谀并不理会贤贵妃，而是双眼不离龙泉女："也好，你便在这里剪给朕看。"

福如意道："陛下，老奴去准备。"

大谲谀收回目光，转向上官泓，轻咳一声。

上官泓会意："陛下，微臣还有一事要奏，不过……"

大谲谀对贤贵妃道："你先回吧。"

贤贵妃只得道:"陛下,臣妾这就告退了。"她起身往门外走,经过上官泓身边,狠狠地剜了他一眼。

上官泓只当没看见。

贤贵妃出得御书房,露出怒火中烧的模样。

"娘娘,娘娘……"郑鸿盛探头探脑地凑过来,压低声音道,"那贱婢……"

"你给本宫闭嘴!"贤贵妃怒气冲冲地走着。

郑鸿盛知贤贵妃没得手,小跑着跟在后面,献计道:"娘娘,娘娘,您别生气,奴才还有办法。今夜,奴才带几个人,趁着夜黑风高……"

贤贵妃转身给郑鸿盛一记耳光:"夜黑风高,昨晚你干什么去了?!夜黑风高!"

郑鸿盛被打了个趔趄,眼冒金星无数。顿了顿,他追上去:"娘娘消消气,是奴才不好,奴才办事不利,奴才这就回去给娘娘跪着去……"

福如意将托盘放到桌上,托盘里盛着纸张和刀剪。他四下看看,又亲自为龙泉女搬来一只绣墩。

龙泉女道:"请陛下示下,奴婢剪些什么?"

"花草之类你剪惯了的,想必手到擒来。"大诨诨想一想,道,"这样,朕出个难一点的题目:就为朕剪个小像吧。"

"是。"龙泉女在绣墩上坐下,拿起剪刀。她犹豫一下:"陛下,剪小像,不得不冒犯天颜,请恕奴婢斗胆……"说着,抬起眼,小心翼翼去看大诨诨的脸。

甫一对上大诨诨目光,龙泉女就好似被蜇了一下,身子一抖。

因为大谭谖的目光带着毫不掩饰的占有欲。

龙泉女这一抖，却令大谭谖愉快和欣喜：少女在男人的注视下发抖，这是天真和娇羞的表现，可爱极了。

龙泉女稳住心神，硬着头皮仔细端详这位高高在上的帝王。

大谭谖有一张乍看年轻的脸。但年轻是保养得宜的结果，而非长得英俊。相反，这张脸最大的特点是两道深深的法令纹，那法令纹让他显得狠戾而阴郁。

大谭谖有一双乍看锐利的眼。但锐利是因为欲望炽烈，而非智慧使然。

再看大谭谖的身材。渤海国男子自小习骑射，多身姿挺拔，身形矫健，而壮年的大谭谖却早早发福了。

剪人像讲究传神，要传神就须把特点突出出来，无论优点或缺点。龙泉女极为为难：剪得像便不美，剪得美便不像，不美或不像，皇上更喜欢哪种？不合皇上心意，他会不会就杀了我啊？

龙泉女闭上眼睛，凝神思索。

大谭谖见龙泉女闭目蹙眉，知她在打腹稿，微微一笑，不去扰她，转向上官泓："你这次带回来的越窑青瓷确是珍品。大唐另有四座名窑，曰邢窑、长沙窑、巩县窑、鲁山窑，都找过了吗？"

"回陛下，这四座名窑皆有所获，不日奉上。前几日有消息传回，说是长沙窑有位大师，以青釉褐绿彩闻名，纹饰则尤擅绘画和诗词，已定下三件，为花纹壶、鸟纹壶和鹭纹壶。"

"办得好。想要什么奖赏，说吧。"

"陛下所赐，皆是天恩。"

"如此，朕便赐你块良田吧。"

…………

龙泉女闭着眼，将君臣对话悉数听在耳中，她敏锐地觉察到大谞谍物欲很盛，且自视甚高。凭她的经验，自视甚高之人听不得逆耳之言，尤其讨厌别人指出自己的缺点。

龙泉女睁开眼：看来，这小像不能剪得太像。她一咬牙，拿起剪刀。

龙泉女剪得极快，行云流水，一气呵成。

然后便是揭纸。单宣纸和竹纸质地轻薄，又经闷潮和上色，极易粘连。龙泉女先轻柔地捻搓，使纸张略微分离，再拈住最上一张的边角慢慢揭起，一边揭一边吹，借风力使之完好无损地脱开。

龙泉女双手捧着小像递给福如意，福如意接过，小心放在托盘内，呈给大谞谍。

大谞谍拈起小像。只见小像上男人鼻梁高挺，眼神深邃，神情坚毅，不怒自威。而龙袍上的龙纹、云纹及褶皱，精细到不差分毫的地步。

龙泉女颇为紧张：小像美化和简化了大谞谍的相貌，又刻意突出衣饰细节，用以分散对相貌的注意力。

大谞谍端详了半晌，带着疑惑将小像递给上官泓："爱卿，你以为如何，可像朕？"

上官泓双手接过，看了看，笑道："微臣以为，惟妙惟肖。"

大谞谍龙心大悦，吩咐福如意："将小像裱了，就挂在这御书房中吧。"

福如意小心翼翼接过小像，放回托盘。

龙泉女大松一口气。

大谞谍看着龙泉女，欲念在胸中增长，直到压服了他的理智。

"今日，你就陪朕用晚膳吧。"

龙泉女万分错愕。她猛地抬头，直接撞上大谞谍炽热的目光。她慌了，连忙跪倒叩头："奴婢不敢！奴婢不懂规矩，怕冲撞了陛下。"

龙泉女连叩数个头，未听到大谭谩回应。她不敢再去看他，便用眼神拼命向上官泓求救，只差摇头。上官泓却看她一眼便移开目光，向大谭谩行礼道："陛下，微臣告退。"浑似不解她的意思。

大谭谩点点头。

龙泉女眼睁睁看着上官泓消失在门外。

大谭谩吩咐福如意："带她下去休息。至于晚膳，就设在飞霜殿吧。"

福如意道："是。"随即转身，向龙泉女做了个"请"的手势。

第八章

　　龙泉女后来时常在梦中重回那个晚上。那个充满宿命意味的夜晚，她似一只孤立无援的小舟，被命运的洪流裹挟向前，在波涛中沉浮，在漩涡中打转。太多的挣扎，太多的无力，太多的绝望……

　　龙泉女被几名嬷嬷拉拉扯扯剥掉衣衫，摁进了大浴桶中。抹了一把脸上的水，她看看手掌上沾的、水面上漂的玫瑰花瓣，才惊觉陪皇上用膳的真实含义，脑中一阵轰鸣。

　　龙泉女躲闪不过，用力挣扎："不用，不用了，我自己来……"

　　为首的嬷嬷按住龙泉女双肩："这是规矩，姑娘莫害羞。"

　　其余嬷嬷一边为龙泉女擦拭身体，一边七嘴八舌地说着。

　　"姑娘这么漂亮，一定能得皇上宠爱。"

　　"看您面相，绝对是个有福之人，说不定今天就怀上龙种呢。"

　　"姑娘以后可要多多提携我们。"

　　龙泉女一下子站起来："皇上只说让我陪着用膳，你们别乱说！我要出去，让我出去！"

嬷嬷们赶紧将她拉住。为首的嬷嬷变了脸色："姑娘也不小了，这么天真！皇上是说用膳，可却安排在寝宫，意思还不明显吗？姑娘可别身在福中不知福，别人想求还求不来呢。再说了，我们也是奉命行事，姑娘不要为难我们！"顿了一下，声色俱厉道："抗旨不遵，株连九族，姑娘可想清楚了？！"

又是株连九族！龙泉女的手脚陡然变得无力，任由嬷嬷们将她摁回浴桶。因为她想到了泉哥。她的泪珠顺着脸颊、脖颈悄无声息地滑落，没入热气氤氲的水中。

铜镜里，女子肤如凝脂，唇若丹霞，眉似远山，清丽无双，可惜，一双剪水秋瞳没了光彩。

为首的嬷嬷满脸堆笑，端详着镜中的龙泉女："姑娘真美！这样貌足以与贵妃娘娘媲美了。"

外面起了一阵嘈杂，龙泉女被嬷嬷们搀出门去。

只见门口一顶小轿，一角各站一名小太监，靠前又有一名，向龙泉女恭恭敬敬行礼道："主子，我叫六儿，奉命来接您的。"他随即在轿门前跪下，双手双膝着地："请主子上轿。"

龙泉女一怔。

不见动静，六儿扭头看看，见龙泉女神情茫然，笑道："怪奴才没说明白。主子踩着奴才后背上轿。"

龙泉女把六儿拉起来："我是从民间来的，苦命之人何须践踏苦命之人。"说完，自己登上小轿。

六儿只得上前放好轿帘，命人起轿。心道：这位姑娘脸上没有笑模样，倒是个良善之人。

跟来的宫女们在殿门前停下脚步，列队肃立，龙泉女一人迈过门槛，进入殿中。

顶上雕梁画栋，脚下莲纹陶砖。红木案几光可鉴人，上面晶莹剔透的青瓷瓶中插着梅枝，梅枝上是淡红、粉白的花朵。空气中暗香浮动。风掀起纱幔一角，隐约可见里间一张乌漆大床，挂着金红交错的锦帐。

龙泉女伫立在空无一人的殿中。

门外脚步声响起，龙泉女连忙回身跪下。她垂着头，双眼盯着地面。

"姑娘快请起，皇上还在御书房呢，怕姑娘等久了，特命老奴前来说一声。"

来人原是福如意。

龙泉女起身道："有劳福公公。"

福如意笑容可掬："姑娘知道了，老奴便先告退。老奴还要去御膳房……"

"福公公留步！"

福如意转身看着龙泉女。龙泉女欲言又止。

福如意历侍两朝，阅人无数，多少猜到龙泉女要说什么。他不动声色，保持着笑容："姑娘，有事尽管吩咐。"

龙泉女跪下："福公公，我有事相求。"

福如意忙不迭去扶："姑娘使不得，快起来！"

龙泉女不肯起身，哽咽道："福公公，方才听嬷嬷们说，皇上叫我来，不只是用膳。我是御园匠人，是来剪纸的，上官大人说园成便让我和哥哥回家。我早有婚约，皇上大恩无福消受，也不敢欺瞒皇上。求您帮我说与皇上知道，让我回御园去吧！"说着便叩头下去："福公公，求求您了……"

"这可折煞老奴了，姑娘快起来！"

福如意使出全身力气去拉龙泉女，龙泉女执意不起，他只得也跪下来，与她面对面。

福如意长叹一声，道："老奴也看出姑娘不慕富贵，可是，老奴想帮也帮不上啊。姑娘想啊，老奴就是个奴才，皇上怎么说，老奴就怎么做，老奴怎么能让皇上听老奴的呢？再说了，皇上面前话可不能随便说，惹恼了皇上，老奴挨板子不打紧，坏了姑娘性命，可就枉费了今日上官大人一番周旋。"

福如意讲得很在理，龙泉女一时无话可说。她感到绝望，颓然坐到地上，眼中的光亮都熄了，喃喃道："福公公，我如今一个人在这不知什么殿里，出出不去，叫叫不应，无人商量，无人可求，真的是不知怎么办好了。我的亲事，乃是爹爹的遗愿，我怎可违背，我又如何面对我那未婚夫婿……"

这样的龙泉女令福如意心生怜悯。他犹豫一下，压低声音道："老奴不能替姑娘去跟皇上说，不过，老奴有几句话，姑娘倒可以听听。一是这性命是最要紧的，没了性命什么都没了。二是姑娘实在不愿呢，也可以据实禀明皇上，只是不能一上来就说。眼前皇上只说让姑娘陪着用膳，姑娘若上来便说有婚约，皇上必定生气，宫里的话，那叫妄测圣意，不送命也要挨顿板子。因此呢，皇上不说，姑娘别说，皇上若说，姑娘再说。皇上心善，听了姑娘的话，不为难姑娘也说不定。"

福如意的话让龙泉女看到了一线希望，她的眸子重又亮了起来："谢谢公公！您是个好人，我若能脱身，定好好报答您。"说着，端端正正给福如意叩了一个头。

福如意将龙泉女扶起来："那姑娘就在这儿好好地等皇上来，老奴先去御膳房了。"

福如意出了殿门，边走边摇头，心道：罪过，罪过。原也是没法子的事，其余的，就看这位姑娘的造化了吧。他方才的话有一半是安慰龙泉女的，看皇上的神情便知，她今夜八成是走不脱了。

"快吃饭吧，又热过一次了。"老张把一碗饭和一碗菜放在院中石桌上，对泉哥喊道。

泉哥正立在后院门口，一脚门里一脚门外地向外张望着。

"先放着，我吃不下。"泉哥扭头看着老张，神色焦急，"人不回来，也没消息，你说，能找谁打听一下吗？"

老张摇摇头："现下该是除了上官大人，谁也不知道吧。还是等她自己回来或上官大人来吧。"

泉哥揪着头发蹲到地上："当初就是上官大人要我们来，早知宫里是这种活法，死也不来。"

老张走到泉哥身边蹲下，拍拍他的肩膀："来不来哪是咱们能决定的。官府挑了你，就等于抓了你，这还不明白？好的话，待上几个月，办完了差，就可以回家了。"

"可雁儿这不是摊上事了吗。要是真被……"

"我觉得不能。上官大人能帮你们一次，就能帮你们第二次，若无把握，他也就不会跟着去了，这大约是官场常情。再说，你妹妹人很机灵，据你说，上次她被押去刑狱司，若她不自救，上官大人也赶不及救她，我想，眼下她十有八九是平安的。"

老张一番分析给了泉哥安慰，可他到底心里不踏实："我还是想去打听打听，早些知道消息，早些心安。"

"千万不要！"老张阻止道，"忘了你妹妹上次是怎么进的刑狱司？深宫深宫，就跟海一样深，既识不得路，也认不得人。若她回来了，你又进去了，不是前功尽弃吗？！你现在能做的，就是吃饭，干活儿，等着。"

在老张开解下，泉哥终于起身向石桌走去，端起碗，勉强把饭吃下肚去。

飞霜殿外传来福如意的声音："陛下驾到。"

龙泉女赶紧跪下："奴婢叩见陛下。"

一双精致的乌皮六合靴闯进龙泉女的视野，一双男人的大手将她扶了起来。

大谞谟此时已将龙袍换成常服锦袍。他颇为随意地道："坐吧。"说着，自己在桌前坐下。

龙泉女犹豫一下，小心翼翼坐在大谞谟对面。

大谞谟的目光停在龙泉女身上，让她很不自在，不知该看哪里，只得垂下头去盯着桌布。

就听大谞谟笑了两声，道："不必拘谨，用膳而已。"

龙泉女听大谞谟如此说，略松口气：或许真就只是用膳，自己想多了。她抬起头，尽量让自己放松。

福如意击掌两声，道："传膳。"

两名年长的太监应声走入殿中，身后跟着一列小太监，每人手捧一只红漆食盒。年长的太监自食盒中取出菜肴，摆在桌上，福如意则拿一根银针逐一试过。

龙泉女进宫将近半月，已略能分辨品级，她估计那两名年长的太监是御膳房的管事，而福如意的举动，她判断就是自己在民间听说的试毒。

管事太监上菜的同时报出菜名，大多是龙泉女闻所未闻，也根本猜不出是什么的，转眼间，桌上摆了三十余样，有菜也有汤，用富丽堂皇的盘、盆、盅盛着，令人眼花缭乱。

龙泉女暗想：这顿饭够普通百姓一家人吃上一个月。连年岁荒，至今龙泉府四野还有不少饥无食、寒无衣的流民，皇上若去看了，面前这些定难以下咽。

大谞谞接过福如意递上的银筷，指点着一道菜肴："这个吧。"福如意赶紧搛了一些放入他面前的描金瓷碟中。

大谞谞将菜送入口中，示意龙泉女："用膳吧。"

龙泉女为难坏了。她猜到自己搛菜不合礼数，又觉自己不能像大谞谞那样支使福如意，当真是吃也不是，不吃也不是。

龙泉女犹豫一下，摸起银筷，片刻之后又放下了。

"怎么？"大谞谞微微挑眉。

龙泉女心一横："奴婢不会吃"。

大谞谞笑了，笑声很是爽朗："福如意，你来安排。"

福如意会意，从殿外将方才来过的年长太监之一叫了进来。

"姑娘，想吃什么，只管吩咐他来搛就是。"福如意微笑着对龙泉女道。

"也不必吩咐了，朕吃什么，就给她也搛什么。"大谞谞道。

"谢陛下。奴婢还真不知该怎么称呼它们。"

大谞谞又是朗笑一声。见惯了战战兢兢和唯唯诺诺，龙泉女的直率让他觉得十分有趣。

年长的太监搛了一些菜放入龙泉女的碟中。福如意道："这是浑羊殁忽，陛下最爱……"

大谞谞用手势制止福如意。他把银筷放下，接道："浑羊殁忽前隋已有，唐人以为珍食。据人数取仔鹅，去毛及五脏，酿以肉及糯米饭，五味调和。又取羊一口，剥皮并去肠胃，置鹅于羊中，全熟之。吃时仅取鹅，羊则弃之……"

龙泉女十分惊讶："今日竟用了两只鹅？羊真的扔了吗？"

龙泉女的话又引来大谭谟一阵大笑。

"朕还不至于那么奢靡，羊自然有人吃，放心。"

福如意一直面带笑容听着。其实他十分诧异：贴身伺候数十年，还没见过皇上自己给人讲解菜肴制法的。这是上心了啊！

审时度势，福如意为大谭谟盛了一碗汤放在面前，就势附在大谭谟耳边道："陛下，老奴这便去取酒来。"

大谭谟点点头。

福如意退至门口，用眼神示意殿内的太监和侍女跟自己走。

龙泉女很快就发现殿内只剩自己和大谭谟，殿门也掩上了，立时由局促变为如坐针毡。大谭谟偏偏不断发问，问她家在哪里，家中还有什么人，读过什么书，兴致勃勃的样子。她不敢不答，只得强打精神，勉力应对。

又忍耐了一会儿，龙泉女决定结束这场令她精疲力竭的谈话，是以在答完大谭谟一问后迅速起身，叩拜道："奴婢谢陛下恩典。如此新奇美味的佳肴，奴婢还是有生以来第一次尝到。天色已晚，还请陛下准奴婢回去。"

"怎么，你不喜欢与朕说话？"说话间，大谭谟脸色已沉下来。

"不，不……奴婢……"龙泉女不知该如何措辞。顿了顿，她咬牙道："奴婢只是深感惶恐。"

龙泉女说完便沉默了。

殿内一片沉寂。

恰在此时，殿门被推开，福如意端着一只托盘进来了。

福如意将托盘放在桌上："陛下，龙膏酒。"随即转向龙泉女："姑娘，陛下忙了一天，这龙膏酒最是养生，你陪陛下饮几杯，解解乏。"

"陛下，奴婢……"龙泉女想说自己不会饮酒，却见福如意连连向自己使眼色，只得将话咽下去。她立起身，犹豫着走向托盘。

托盘上一只金壶，两只白玉杯。龙泉女拿起酒壶，将酒斟入其中一只杯中。只见酒液幽黑，在白玉衬托下，呈现纯漆般的光泽。酒气入鼻，是一股沁人心脾的异香。她跪呈大谭谟，大谭谟微笑着接过。

福如意又向龙泉女使眼色，示意她陪饮。龙泉女无奈，起身斟了第二杯，捧在手上。

"这龙膏酒据说是乌弋山离国献于唐宪宗的，共八坛。宪宗视为奇珍，藏金瓶中，上覆黄帕，专用于私宴贵客异人，饮时必用这白玉盏……"大谭谟缓缓转动酒杯，观赏龙膏酒流动的姿态，突然一挑双眉，"今日朕以龙膏酒和白玉盏私宴'龙泉府第一剪'，美酒配佳人，不知是否也将传为佳话。"说罢，一饮而尽。

大谭谟将空杯放在桌上，目光灼灼地看着龙泉女。

龙泉女听出大谭谟言外之意，一股凉意席卷全身，腿发颤，手发软。在大谭谟注视下，她不得不将白玉盏高高举起："奴婢……奴婢敬陛下。"也一饮而尽。

酒液辛辣，流过喉咙，不会饮酒的龙泉女猝不及防，被呛得咳了起来，直咳得泪水盈眶，两颊微红。

这情形看在大谭谟眼里，却是佳人眼波流转，娇腮欲晕。

大谭谟道："朕倒忘了问了，你多大年纪？"

"回陛下，十六了。"

"哦，"大谭谟微微一笑，"正是瓜字初分碧玉年。"

龙膏酒酒力很猛，一杯落肚，只片刻工夫，龙泉女便觉头晕，身形不稳，微微摇晃起来。

这情形看在大谭谟眼里，却又是佳人千娇百媚，婉约娉婷。

"你这个年纪，在民间，也该嫁人生子了吧。"大谞谋似是随口一说，言外之意却很明显。

龙泉女意识到危险渐渐逼近，紧张起来。她转念一想：该来的总会来，怕也没用。他既提及婚嫁，正好说个明白。便道："是。爹爹已为我订下婚约，可惜他人已仙逝，不能看着我成婚了。算起来，冬天一过，返家之后，婚期也就到了。"

大谞谋眯起眼睛："可曾见过你那未婚夫婿？"

"见过。"

"与朕相比，若何？"

"陛下九五之尊，平民百姓岂可相比。"

"难不成朕就只有这九五之尊的身份吗？"

"奴婢不是这个意思。奴婢的意思是陛下气宇轩昂，丰神俊朗，身份又尊贵无匹，能与陛下相比的只有天上的神仙。"

大谞谋一顿，笑道："确是读过些书的，难得还很聪慧伶俐。"他站起身，缓缓踱到龙泉女面前，看着她道："那你就留在宫中，做朕的女人吧。"

龙泉女立即跪伏在地："陛下恕罪，奴婢不敢违背爹爹遗愿。"

大谞谋怒了。他不曾想到，身为皇帝，想要一个女人，还是一个民间女子，竟会如此困难。他给予她超乎寻常的恩宠，一再迁就容让于她，她竟然还百般推托。他的颜面碎了一地，他的耐心也荡然无存。

"怎么，你不愿意？"

"奴婢不能违背爹爹遗愿。再说，奴婢也不配。"龙泉女垂着头，语气中却无畏缩之意。事到如今，她也不怕了，已准备好承受雷霆之怒。

大谞谋在踱步，龙泉女一动不动，一声不吭。

突然，大谞谞走到龙泉女面前，将她拦腰抱起，怒道："朕倒要看看，你是如何的不配！"说着，不顾龙泉女奋力挣扎，抱着她向屏风后的床榻走去。

"陛下，不要！陛下，放手！"龙泉女使出全身力气去掰大谞谞的手臂，却不能撼动分毫。

大谞谞将龙泉女丢在床榻之上，跟着俯下身去。龙泉女立刻翻身坐起，向后缩去。

嬷嬷们给龙泉女换上的衣服本就轻薄，这么一折腾，几不蔽体。她一侧肩膀裸露于外，头发也已散开。

此情此景更令大谞谞压不住欲火："朕就不信治不服你这野丫头！"说着，他伸手去剥龙泉女的衣服。

龙泉女拼命躲避着大谞谞的手。拉扯之间，大谞谞撕开了她的胸襟。

龙泉女惊呼一声，将胸紧紧抱住，大谞谞却趁机攥住她双腕，将她整个人牢牢压在床榻之上。

龙泉女挣了又挣，直至脱力，只得喘着气瞪着身上的男人。大谞谞也瞪着她。

大谞谞目光下移，停在龙泉女光洁的脖颈上。突然，他将嘴贴上去，重重地一咬。

龙泉女疼得叫出声来。她攒足一口气，开始双腿乱踢，想踢走这个可恶又可怕的男人，一边叫道："放开，你放开我！"

大谞谞紧紧按住龙泉女，笑道："别说，你这野劲儿挺招朕喜欢，难得。"

听了这话，龙泉女深感屈辱，对大谞谞生出了刻骨恨意。她趁他不备，猛地抬腿向他蹬去。

龙泉女这一脚被大谞谞敏捷地躲开。他再俯身时，反用一条腿压住了她的双腿。

大谭误盯着龙泉女裸露的双腿，戏谑道："你这是在引诱朕。"于是俯身撕咬她的双唇。

龙泉女张嘴便狠狠咬了大谭误一口。大谭误怒极，反手给了她一个耳光，直打得她侧过脸去。

龙泉女倔强地把脸转过来，直直地瞪着大谭误。此时，她的颊上犹有泪痕，眼中却不再有泪光。

龙泉女一字一顿道："堂堂帝王，如此行径，与禽兽何异？！"

大谭误一把扯去龙泉女仅剩的片缕，冷笑道："那朕就让你见识一下禽兽的模样！"

飞霜殿紧闭的大门后面，隐约有女子的哭喊声。福如意侧耳听了一会儿，摇摇头，叹口气。

突然起了一阵风，带着刺骨的寒意掠过庭院。福如意不由缩了缩脖子，把手揣得更深些。他向夜空看去。不知何时，月亮已不见了，依稀可见厚厚的铅云沉沉地压下来。

片刻之后，落下了第一片雪。

大谭误感到满意，怒气荡然无存。他揽过龙泉女，轻抚着她道："朕会好好待你，荣华富贵，享之不尽。"

龙泉女双目紧闭，不吭一声。

不一会儿，大谭误的手停止动作，起了微微的鼾声。

龙泉女猛地睁开眼睛。

她屏息凝神，听着耳边的鼾声，确定大谭误睡得沉了，裹上已被撕成条缕的衣服，轻手轻脚下了床。

龙泉女走到殿门前，从门缝向外窥视。只见纷纷扬扬的雪花中，沿着院墙，七八支松明燃得正旺，把个偌大的院子照得白昼一般，死角也无一个。两对带刀侍卫在院中来回巡视。院门又有一对侍卫把守。而门外近前左侧，有一名太监立着，看那略微伛偻的背影，正是福如意。

龙泉女咬紧嘴唇，转回身，在殿中转来转去，借着将熄的烛光寻觅着。

她瞥见桌上那对白玉盏，走过去拿起一只，踌躇一下又放下，拈起了旁边的一支银筷。这银筷的下端较寻常筷子更为细窄，略似锥尖。

龙泉女将银筷紧握在手中，缓缓向大谭谡靠过去。

她盯着这个让自己无比憎恶的男人闭着的双眼，片刻之后，目光下移，停在他脖颈上细微起伏之处。

龙泉女知道，自己只有一次机会。

她想象着银筷刺入脖颈之后血如泉涌的景象，感到了快意。

一刺得手，需要毫不迟疑地拔出，反手刺向自己脖颈。

龙泉女全力握紧银筷，高高地举起了手……

大睁双眼熬到天色微明，泉哥再也按捺不住。他不再犹豫，匆匆穿衣开门，快步向御园大门走去。

雪仍在落着，地上积了半尺多高。泉哥深一脚浅一脚地走着，渐渐地，跑了起来。他向遇见的每个宫人打听，打听上官泓在哪里，见没见过龙泉女。

走出御园没多远，泉哥就打听到上官泓昨日早早离宫回府了，而龙泉女，甚至没人知道有这个女子。

泉哥心里越来越慌。

也不知走了多久，泉哥见前面有个提食盒的小太监，手中红漆食盒描龙绘凤，华贵非常。他意识到这小太监能出入宫中禁地，便追上去拉住。

泉哥向小太监细细描述龙泉女的样貌，客气地问他有没有见过。这小太监倒是个好脾气的，也热心，笑嘻嘻问他："你说的那位姑娘是不是长得挺好看，瘦瘦的，这么高？"说着，用手比画了一下。

"对，对，就这么高。"泉哥十分惊喜，连连点头，"你知道她现下在哪儿吗？"

"她现下在哪儿我不知道，不过，我知道她昨晚在飞霜殿陪皇上用膳。"

"陪皇上用膳？"泉哥大吃一惊。可他转念一想：这是好事啊，岂非是说雁儿她还活着！

泉哥急急向小太监道："飞霜殿在哪儿？"

小太监抬手一指，正要接着说，泉哥已发足奔去。

"哎，别跑啊，话还没说完呢！"小太监顿足道，"那可是皇上的寝宫，你去那里找人，不是送脑袋去了？！"

然而，泉哥已然跑得很远了。

离飞霜殿院门还有数十步，泉哥就被一名侍卫揪住了。因为他一直试图挣脱，几名侍卫一拥而上，将他压在雪地上。

"何人如此大胆，擅闯皇上寝宫？！"有人怒喝道。

泉哥上半身被人死死按住，脸颊和肩膀都埋在刺骨的雪里。动弹不得，他便不再挣扎，口中叫道："我来找人，找我妹妹，她叫龙泉女……"

只听那声音道："什么龙泉女，什么哥哥妹妹，这人浑说什么，听不懂。拉他起来。"

泉哥被拉起来，两名侍卫一边一个，扭住他的肩臂。

问泉哥话的是一个侍卫首领模样的人，他捻着胡须上下打量泉哥："穿得不伦不类，说得莫名其妙。说清楚，你是什么人，来这里干什么？"

泉哥晃晃脑袋，试图抖落头脸上沾着的雪："我是御园匠人，来飞霜殿找我妹妹，她叫龙泉女，是来剪纸的。"

"龙泉女？没听过。御园匠人来飞霜殿找剪纸的妹妹，这说的什么胡话！你知道飞霜殿是什么地方吗？"

"不知道。但有人告诉我，我妹妹昨晚在这里陪皇上用膳。"

"胡说八道！这人别是疯了吧。"侍卫首领笑道，随即换上一副严厉的表情，"我看你就是刺客！到底什么人，从实招来，否则押你到刑狱司，不怕撬不开你的嘴！"

这时，旁边有一名侍卫似乎想到什么，凑到侍卫首领耳边嘀咕了几句，侍卫首领脸色一变。

侍卫首领向那名侍卫道："那赶紧把福公公请出来瞧瞧。"

侍卫奔入飞霜殿院门内去了，不多时，便引着福如意向这边走来。

福如意走到泉哥近前："你是龙泉女的哥哥？"

"是，我是她哥哥。"泉哥点头道，"她整晚没回御园，我实在放心不下，听人说她在这里，便来寻她。"

福如意沉吟一下，对扭着泉哥的两名侍卫道："放开他吧。"

侍卫放开泉哥，福如意向泉哥做个手势，示意借一步说话。

福如意引泉哥走出十来步，方才站定。

"敢问这位公公，我妹妹她人现下在哪里，是否平安？"泉哥赶紧问道。

福如意笑眯眯地道："平安，平安。不止平安，还大喜了呢。

令妹就在这飞霜殿中，尚未起身。"

"尚未起身？您是说……她睡在这里？"泉哥不敢相信自己的耳朵。

福如意回头看看侍卫们，将声音放低："昨夜令妹蒙皇上宠幸，不出意外，今日就会封为妃嫔。你且回御园等消息吧，这里非召不入，千万莫要来了。"

"宠幸……妃嫔……"泉哥喃喃道，随即腿一软，就往地上跌去，亏得福如意手疾眼快，扶住了他。

"是啊，要当妃嫔了，多好的事啊。"福如意见泉哥双眼发直，只道他没听懂，便耐下心为他解释，"你也跟着沾光，成了皇亲国戚了。"

"宠幸……妃嫔……"泉哥兀自重复着。

"老奴不能多待，皇上就要起身了。你好好回御园去，莫要再来这里，擅闯皇上寝宫是大罪，皇亲国戚也不能免。走了，走了啊。"福如意谆谆嘱咐一番，又替泉哥转了个身，轻推一把。

福如意的话如晴天霹雳一般，将泉哥击晕了。

半晌，泉哥缓缓抬起脚，跌跌撞撞向御园走去。他眼神呆滞，面如土灰，任谁看了，都不会怀疑这是具行尸走肉。

就在最后时刻，龙泉女的手无力地垂下了。

理智告诉她，自己并没有一击制胜的把握，而倘若不能杀死大谭课，其后果便是自己和泉哥白白送掉性命，恐怕死前还要备受折磨。

想到泉哥，龙泉女觉得自己的心被人硬生生地扯做了两半。

泉哥他还什么都不知道，自己一夜未归，他一定急死了。泉哥是她的爱人，也是她在这个世上唯一的亲人，难道就让他稀里糊涂地跟着她送命？不，她做不到。

她还想到了爹爹。她和泉哥都是孤儿，若非爹爹收养，他俩恐怕早就冻饿而死了。爹爹含辛茹苦把他们拉扯大，教他们读书明理，就这么死了，见到爹爹，该如何解释呢？

这么想着，龙泉女缓缓地坐下，背靠床沿，抱起膝盖，仰头望着昏黑的殿顶。

她觉得这座宫殿犹如一口深井，把自己困在了井底，与泉哥分离，与人世隔绝。

她想给自己和泉哥找到一条路，双双逃离这深井，去到任谁也找不到他俩的地方。她拼命地想，把头都想疼了，却没有想出那条路在哪儿。她感到无助和绝望。

她想哭，可此刻眼里偏偏没有一丁点潮意。

她想先睡一会儿再接着想，可心中的焦灼一刻不停地燃烧，烧得她根本合不上眼。

时间流逝，烛火吐出最后一缕烟，彻底熄灭了，微白的天色从窗棂后露出来。

突然，大谞谟翻了个身。

龙泉女轻轻起身，探头去看。还好，他并没醒。但是很快，他就要醒了。

就在此时，龙泉女做了个决定：无论怎样，自己要先跟泉哥见上一面，把这一夜讲给他听，听听他的心意，哪怕他俩随后就一起赴死。

她轻手轻脚上了床，在大谞谟身边躺下，片刻之后又爬起来，咬破手指，将血滴在了身下的被衾上。

龙泉女重新躺好，合上了眼睛，就如同大谞谟睡去前那样。

天已然放亮，殿外偶有脚步声、说话声响起，是宫人们在为新的一天做准备。

谁也不知道龙泉女在这个大雪纷飞的夜晚想了些什么，又经历了怎样的煎熬和挣扎。

泉哥失魂落魄地走回御园。

他没有进后院，而是靠着院墙坐下，双手抱膝，将头深深地埋了进去。

第九章

身侧有了动静。龙泉女闭目装睡，耳朵却在紧张地谛听。

突然，龙泉女感觉脸前热气吹拂。她睁开眼，正对上大谞谀的脸和灼灼目光。

强压住尖叫的念头，龙泉女裹紧被子坐起身，警惕地看着面前的男人。

大谞谀很是愉悦。他笑了几声，揽过龙泉女："你脸红了。朕还以为你不会害羞呢。"

龙泉女木然地由他抱住。她知道自己并没有多害羞，脸红只是出于愤怒。

福如意领着宫女们进来，两名宫女各捧金盆，另两名各端托盘。龙泉女扫一眼托盘，见上面分别是龙袍和一套崭新的淡蓝色女子宫装。

宫女们先服侍大谞谀穿衣、洗漱，然后向龙泉女走来。

不待宫女说话，龙泉女抢先取过宫装，道："不用你们，我自己来。"

大谞谀转头看看龙泉女，笑道："由她吧。初来乍到，不惯人伺候。"说着，往外间踱去。

福如意还在为大谭谟整理腰带，龙泉女已穿戴并梳妆完毕。她走向大谭谟，行礼道："陛下，奴婢先告退了。"

福如意先笑了："姑娘告退到哪儿去啊。按规矩，侍寝之后要等陛下封赏，接着还要去珍珠门向皇后请安的。"

大谭谟也笑："不必急着走，离早朝尚有一刻，你陪朕聊聊天，用完早膳再走不迟。"又对福如意道："传朕旨意，龙泉女封为才人，赐住景平堂。"略一沉吟，又道："还有，即日起，景平堂就改称流彩堂。"

"是。"福如意看看龙泉女，"陛下，这流彩堂可有什么讲头？"

"昨晚，龙才人说她在龙泉府的剪纸铺子叫流彩堂，你不是也听到了？"

"奴才迟钝。"福如意笑容满面，"奴才服侍陛下这么多年，还从没见陛下对哪位娘娘这么上心。"

福如意让宫女们将染了落红的被衾收好，随即传膳。

龙泉女与大谭谟面对面用早膳。她哪里吃得下去，但想到不吃又须多废话，只得选几样放进口中，嚼几下勉强咽下去，真个是嚼蜡一般。

"在想什么？"大谭谟问道。

龙泉女放下筷子，迟疑一下，道："奴婢在想昨夜还命悬一线，今晨却高升了。"奉迎的话实在说不出口，却也不想触怒他，似乎只有这样说才既不显得顺从，又不至于得罪。

大谭谟大笑起来。笑够了，他略略正色，道："你可是嫌朕不够体贴？"

龙泉女面无表情地道："奴婢不敢。"

"这般脾气，倒比爱撒娇的更招人疼爱。"大谭谟说着起身，走到龙泉女身边，轻抚她颈侧的垂发。

抚了两下，大诨谞道："朕万人之上，却还不曾有过画眉之乐。今日，朕便要试上一试。来人，取螺子黛来！"说着，他拉龙泉女到妆台前，强按她在绣墩上坐下。

听到"体贴"、"疼爱"、"画眉之乐"这些字眼，龙泉女嫌恶得微微颤抖：昨夜之事，分明就是这个男人强迫自己，现下经他一说，倒好似成了你情我愿。亏他还说得如此冠冕堂皇，当真是恬不知耻到了极点！

但见大诨谞挽了袖子，举着样东西就往自己脸上来，龙泉女索性闭上眼睛，随他去。

大诨谞画了好一会儿。龙泉女感到那东西不止画了眉，还在颊上蹭来蹭去。

听到宫女们低低的笑声，龙泉女睁开眼睛。不知何时，面前菱花镜变做两面，成夹角状映着她的脸。她见镜中的自己左颊上一只小鸟，右颊上一朵牡丹。

龙泉女肌肤胜雪，眉目分明，这样一画，倒是别具风情。

"如何？"大诨谞问龙泉女，语气里是十分的得意。

没等龙泉女回答，宫女们称赞起来。

"真好看！"

"陛下画得真好！"

"奴婢还从未见过这么别致的妆！"

"美人嘛，怎么画都美。"大诨谞端详着镜中的龙泉女，"你觉得如何？"

龙泉女低下头："这个样子，奴婢如何见人。"

大诨谞笑道："哎，天生丽质，哪里就见不得人了？！还有，自今日起，你须自称臣妾，不可再自称奴婢。"

"陛下，时辰到了。"福如意在旁提醒道。

大谭谡理一理衣袖："走吧。"

"臣妾恭送陛下。"龙泉女起身下拜。

大谭谡再看一眼龙泉女，得意一笑，大步流星走了出去。

殿内陷入沉寂。

龙泉女抬起头来。院中，大谭谡和福如意等已不见踪影，但闻一阵清脆的鸟鸣。她循声望去，见一棵树上挂只金笼，笼内一只不知什么鸟扑棱着翅膀。

龙泉女环顾四周。方才还欢声笑语的宫女都肃立两旁，面无表情，没有灵魂的人偶一般。

"我要洗脸。"龙泉女对宫女们道。

"龙才人，不可，不可。"一名较年长的宫女急急摆手道，"须得禀明皇上，皇上允准，方可洗掉。"

龙泉女的眼泪终于不可遏制地涌了出来，冲刷着那对她而言是耻辱印记的小鸟和牡丹。

"不是要去给皇后娘娘请安吗，这样子如何去得？！"龙泉女气愤道，"现下妆已花了，是我哭花的，怨不得你们。我要洗脸！"

那宫女看龙泉女一眼，默默地去取了一盆水来。

龙泉女用力地洗着脸。待到揩拭干净，眼泪已被她尽数咽到肚子里，面上无喜无嗔，云淡风轻。

贤贵妃宫里比平日安静许多。宫人们尽管忙碌如常，却尽量不发出声响，能打手势、使眼色就不说话，走路都恨不得踮着脚。

自昨日傍晚回宫，贤贵妃便看谁都不顺眼，接连斥责了几名宫人，搞得众人都战战兢兢。直到晚膳后，宫人间传开一则消息，说是皇上召了一名不知从哪里来的女子在飞霜殿陪着用膳，还在那里宿下了，众人才恍然大悟：自家主子原是打翻了醋坛子。

大谞谡宿在了飞霜殿，贤贵妃自是有人告知消息的。要知道，各宫没有不在大谞谡身边有眼线的，况且是贤贵妃这样的宠妃。

贤贵妃的怒火终于在沐浴时彻底爆发。说是水太烫，她命备水的两名侍女去院中跪一个时辰。于是，众人都格外小心起来。

许是心中不快，贤贵妃今早懒懒的，晚起了半个时辰。众人小心翼翼伺候着，唯恐又触怒她。

贤贵妃心中十分气恼，尤其是确知大谞谡召幸龙泉女之后，尽管她见大谞谡看龙泉女的眼神，已知这一结局无可避免。最令她气闷的一点，是自己好一番折腾，不但没除掉龙泉女，反为对方爬上龙床助了一臂之力。

木已成舟，悔之晚矣。可贤贵妃还另有一桩烦心事，那就是自己做的这件蠢事估计已传扬开去，此时此刻就在珍珠门那些女人嘴上说着亦未可知。一想到她们向自己投来满含揶揄的目光，她就要发疯。可她又不能不去，不去的话，她们定又会说她气得起不来床了。

贤贵妃端详着镜中的自己。那是一位正当盛期的美艳少妇，有着恰到好处的成熟风韵。

"取新制的百花香蜜过来。"贤贵妃吩咐侍女。

一直以来，贤贵妃有两样驻颜利器：清晨取自花芯的清露，滤去杂质后烹茶或调制养颜药饮，可保肌肤白皙；数十种高山花粉与蜂蜜炼制的香蜜，香气清雅怡人不说，可保肌肤细腻。正因驻颜有术，她才能多年葆有盛宠。

今日，贤贵妃打算多用百花香蜜，香粉并胭脂都减半，好显得年轻些。她选了桃花妆，搭配简单清爽的高髻。

梳妆毕，贤贵妃反复审视镜中的自己，始终觉得哪里不满意。

是了！是眼睛。镜中这双凤眼尽管风情万种，却不及龙泉女那双剪水秋瞳动人！

贤贵妃懊丧至极。她安慰自己：纵是绝色美人，也有个倦的时候。随即又想：即便图个新鲜，也要有数月吧，也就是说，自己可能一连数月都圣眷不隆……

为种种念头折磨着，贤贵妃心中忽上忽下。她突然就恨恨地拍了下妆台，这一拍把侍女吓得手一抖，手中的胭脂盒落到地上，摔了个粉碎。

贤贵妃登时变了脸色。

"奴婢该死，娘娘恕罪……"侍女忙跪下去，将碎瓷片拢成一堆，伸手去捧。

"先别急着收拾。"

侍女仰头望着镜中的贤贵妃。

"给本宫找不痛快……"贤贵妃缓缓回过头来，一字一顿道，"跪上去！"

侍女明白过来，磕头如捣蒜："娘娘恕罪，娘娘恕罪，奴婢下次不敢了！"

贤贵妃喝道："本宫让你跪上去！"

侍女畏畏缩缩向碎瓷片膝行过去，一咬牙，跪在了上面。她马上脸色大变，额角也沁出汗来。她死死咬住嘴唇，不让自己发出一丁点声音。贤贵妃宫里的宫人都知结束折磨的捷径是不作声地忍受，否则贤贵妃消不了气，换个花样，还不知要遭什么罪。

"呀，奴婢才不在一会儿，这是怎么了？"贤贵妃的贴身侍女琉璃进来了，狠狠瞪跪着的侍女一眼，"笨手笨脚，惹娘娘生气！"

琉璃随即走到贤贵妃身后，替她轻轻揉捏肩膀，压低声音道：

"娘娘消消气，一会儿去珍珠门，莫给她们瞧了笑话去。"

贤贵妃闭上了眼睛。

琉璃边替贤贵妃揉肩膀，边提高声音道："娘娘，您在这宫里可是独一无二的。这么多年了，皇上可曾冷落过娘娘？再说了，皇上就娘娘一个表妹，野花再香，能有娘娘您贴心吗？"

确实，美貌之外，贤贵妃犹有优势，无人能及：她是太后的外甥女，皇上的亲表妹。她跟大谭谡，按民间的说法，是亲上加亲。

贤贵妃眉头稍展。琉璃知自己的话起了作用，接着道："娘娘，咱们妆好了，头也梳了，再加一两件让她们眼热的首饰，往那儿一坐，不动声色，任她们吃味儿去。"

"说的也是。"贤贵妃睁开眼，重又端详起镜中的自己来，"简单点，就宝相花玉梳背吧，上元节皇上赏的那对。"

福如意匆匆返回飞霜殿。他笑吟吟向龙泉女道："龙才人，流彩堂在收拾了。您移步前，先挑选跟过去伺候的宫人吧，人老奴带来了，外面候着呢。"

龙泉女点点头，跟着福如意来到殿门外的台阶上。

台阶下低头垂手立着二十来个宫人，有宫女，也有太监。福如意大声道："想去流彩堂伺候龙才人的都精神着点，让龙才人好好看看。"

宫人们小心翼翼抬眼看龙泉女。

龙泉女目光由左扫到右。前排左首一名小太监急了，低声叫道："娘娘，娘娘，是奴才，六儿……"

龙泉女觉小太监面熟，也不多想，指着他道："就他吧。"

六儿欢天喜地叩头："是奴才接娘娘去的飞霜殿。奴才早知娘娘不是一般人。"

龙泉女又选了两名面相和善的宫女，让她俩贴身伺候，余下的让福如意替她定了。

　　龙泉女跟着福如意等人来至景平堂院外。

　　龙泉女抬头看门楣上方匾额。福如意赶紧道："新匾额已在赶制，一两日便得。"

　　将龙泉女引入院中，福如意躬身道："龙才人，老奴还得赶回前朝，先告退。才人有任何难处或吩咐，派人告知老奴便是。"

　　龙泉女客客气气道："有劳福公公。公公慢走。"

　　福如意行个礼，匆匆而去。

　　龙泉女环顾院子。院子不大，栽着好几株梅树，倒也清雅。院中央一株枝干虬曲，已现花苞。

　　龙泉女此时只想独自待一会儿，也无心打量殿中摆设，径直进了里间。她吩咐两名贴身侍女："我歇一会儿，你们且退下，请安的时辰到了再来。"

　　宫人们退下后，龙泉女并未躺下，只在里间桌前坐着，思索如何才能见到泉哥。正想着，只听六儿隔门道："主子，皇后娘娘派人送贺礼来了。"

　　龙泉女道："你替我收下吧。"

　　"主子，您得出迎，还须跪接。"

　　龙泉女只得去到院中，按六儿说的做了。

　　龙泉女起身后，六儿替她介绍送贺礼的年长宫女："主子，这是皇后娘娘身边的平姑姑。"

　　龙泉女向平姑姑道谢，又亲自送她到院门口。

　　待平姑姑出了门，六儿道："主子，宫里不成文的规矩，要赏平姑姑些什么。想主子没备着，那就后补吧。"

龙泉女点点头。

皇后赏赐不薄，缎、绸各两匹，罗一匹，均为上等，此外，尚有鞑靼绣一匹。

龙泉女匆匆看过。

六儿见龙泉女面无喜色，忍不住道："主子，皇后娘娘送的可是厚礼。别的不说，这鞑靼绣可了不得，是咱们渤海国的国宝，过去是给大唐的贡品，娘娘们几年也得不着一件，稀罕着呢。"

龙泉女道："我听爹爹讲过，鞑靼绣虽是绣在较粗的柞蚕丝上，但色彩艳丽，且多明暗变幻，远看尤其好看，这与剪纸设色相通。还有，民间传说，天热时穿鞑靼绣制成的衣裳，遍体生凉，最能消暑，因里面加了龙涎香之故。"她用手指抚过鞑靼绣的表面："只是这么珍贵的鞑靼绣，谁忍心剪了做衣裳。收起来吧。"

今日珍珠门人来得格外齐整，连惯爱称病不到的几位也到了。皇后满面笑容，不断吩咐宫人将小厨房的点心多拿些出来。

"你们一个个的，是知皇上着人送点心来还是怎的，一大早来本宫这里打秋风，可见平日生病是假，怠懒是真。"

环嫔笑嘻嘻道："皇后娘娘不该怪我们的，要怪只能怪皇上，皇上心里没我们，想吃口新鲜的，不到娘娘您这里来抢，却又去哪里寻。"

皇后装出嗔怒的样子："你们莫哄本宫！上个月，本宫听说御膳房制了碧涧羹，想念那个滋味，着人去要点来，结果那奴才回禀说，皇上知环嫔娘娘爱吃，全送到她那里去了。"她转向环嫔："环嫔，你说，是也不是？那奴才还说，怕本宫怪他空手回来，见御膳房醋芹倒有一坛子，就抱回来了，问本宫要不要呈上来，气得本宫罚他在檐下跪了半个时辰！"

众人笑得花枝乱颤，环嫔更笑得喘不上气来。

半晌，环嫔抚着胸口道："哎呀，大家听听，不过一碗碧涧羹，皇后娘娘竟记了一个月。臣妾请皇后娘娘下旨给御膳房，但凡有胡芹，只准制碧涧羹，谁再制醋芹，娘娘便杀那人的头！还有，那些醋也叫他们泼了去，莫把这宫里搞得酸溜溜的……"

众人又一阵笑。

突然，皇后皱了皱眉，奇怪道："贤贵妃怎么没来？平日这个时候，她早到了。"

众人止住笑，齐向贤贵妃平日坐的椅子看去。

"贤贵妃不似你们怠懒，不来都是有事，且必定着人报与本宫知晓。"皇后看着众人，"你们没人知道吗？"

众人有的摇头，有的低首不语。环嫔与妹美人对视一眼，齐齐捧了茶杯喝茶。

"许是抱恙？"德妃道。

皇后看一眼平儿。平儿马上会意："奴婢这便着人去贤贵妃宫里问问。"

皇后却不肯放过环嫔和妹美人。"环嫔，妹美人，你们二人素与贤贵妃亲密，今日少不得去看看。"

环嫔犹豫一下，正要开口，被平儿打发去贤贵妃宫里的小太监进来了。"皇后娘娘，奴才方才往贵妃娘娘宫里去，瞅见贵妃娘娘正往这边来，说话就到。"

于是众人不说话了，喝茶的喝茶，吃点心的吃点心，不时瞟一眼门口。

片刻，贤贵妃由琉璃搀着进来了。

向皇后问安后，贤贵妃在上首的椅子上坐下。

皇后面带关切道："妹妹，可是身子不舒服？"

琉璃抢着道："回皇后娘娘，方才我们娘娘就要往珍珠门来了，有个奴婢粗手笨脚，把娘娘衣服打湿了，娘娘只得回去换过，是以来晚了。"

"可本宫瞧着，妹妹脸色比往日苍白些，可是着了寒气？"

贤贵妃道："回皇后娘娘，臣妾好得很，不过少用了点胭脂罢了。"语气里颇不耐烦。

"可是胭脂用完了？平儿，去把皇上新赏的那些都拿来。"皇后笑道，"皇上前日命人送来的。本宫瞧了瞧，不是作桃花妆的，就是作飞霞妆的，本宫嫌艳，就只留了一盒檀粉，其余让平儿拢了，正打算分给各位妹妹。如此，贤贵妃先挑吧。"

"劳皇后娘娘费心。不过，臣妾向来用自己宫里制的，外面的，用不惯。"贤贵妃也不看皇后，只转头去接琉璃手中的茶盏，顺便大大地翻了个白眼。

皇后并不恼，只吩咐平儿将胭脂端给其他人去挑。

"各位妹妹，咱们须得好好谢谢贤贵妃。"皇后又道。

琉璃向贤贵妃使眼色，贤贵妃皱了皱眉。

"皇后娘娘，何事要谢贵妃娘娘，还把我们也捎上了？"有人问道。

皇后笑盈盈道："各位妹妹有所不知，贤贵妃为皇上引荐了一位美人，今早已封为才人了。一会儿咱们就能见到。"

"引荐？"姝美人疑惑道。

贤贵妃将茶盏往侧几上重重一放，呵斥琉璃："这么烫？！"

姝美人赶紧识趣地闭了嘴。

皇后视若无睹，继续道："那日本宫提议选妃，贤贵妃以为不妥，本宫想想，也觉有理，便说迟些再议。不想贤贵妃嘴上说不妥，心里还是装着的，转天就为皇上引荐了一位美人。这样一来，皇嗣有了指望，还替府库省了一大笔开销，你们说，不该谢吗？"

皇后话里的讥讽之意傻子才听不出，众人有的掩口偷笑，有的促狭些，便向贤贵妃道谢，只环嫔和姝美人不作声。

贤贵妃脸色变了又变，琉璃一再使眼色，要她按捺。

正在这时，殿门外传来太监的声音："龙才人到。"

殿内顿时安静下来，除了贤贵妃，众人都扭头看着殿门。

龙泉女来至殿门前，先向里面扫一眼。她见正对面高座之上一位着明黄华服的中年妇人，下首相对坐着两列穿各色衣衫的女子，无不浓妆艳抹、珠光宝气，心知这便是所谓"六宫粉黛"了，想到自己如今与这些女子一样，是那个男人的姬妾，心底一阵厌恶。

略一犹豫，龙泉女提起裙脚，跨过门槛。她在众目睽睽之下行至皇后座前，伏地叩拜，道："臣妾见过皇后娘娘。皇后娘娘千岁千千岁。"

皇后微笑额首，用极为和蔼的声音道："龙才人快请起吧。"

龙泉女起身后，皇后身边一位侍女为她介绍在座众人。龙泉女识得正是送赏赐的平姑姑。

来前，六儿已将礼仪并其他规矩讲了，龙泉女各依礼数请安。

除贤贵妃冷着脸不搭理，其余人都夸龙泉女生得好。德妃最是热情，拉了她的手细细端详："人生得好，手也生得好，一看就是聪慧人。"

皇后笑道："德妃妹妹识人。龙才人原在龙泉府开着口碑第一的剪纸店，有'龙泉府第一剪'之称，是个响当当的人物，都说她的剪纸能以假乱真的。"

德妃也笑："贵妃娘娘识人，皇上是爱才的。"

众人原为龙泉女的清丽脱俗震惊，此时听说她来自民间，且出身商贾，知没什么背景，松口气之余，不免生出鄙夷。

皇后道："龙才人昨夜劳累，赶紧坐吧。"

贤贵妃耳听"昨夜劳累"四字，又忍不住翻个白眼。

龙泉女到末位坐了。

"龙才人，本宫送的靺鞨绣可喜欢？"皇后又道。

龙泉女只得又起身："皇后娘娘厚爱，臣妾喜欢得紧。"

"皇后娘娘偏心！"环嫔嘟起嘴，半真半假道，"臣妾原想这靺鞨绣皇上赏是难了，还巴巴等着皇后娘娘开恩，赐臣妾几尺。不想，龙才人才来就得了！"

龙泉女思忖一下，道："靺鞨绣贵重，原不该臣妾得的。不过，臣妾看那靺鞨绣，构图、设色与剪纸颇多相通，想是皇后娘娘有心点拨，且不欲臣妾进宫后就怠懒了，是告诉臣妾要精进呢。"

"果真玲珑剔透，难怪皇上喜欢得紧。"皇后赞道。顿了顿，她环顾众人："各位妹妹，难得今日人齐，又新来这么一位有灵气的妹妹，择日不如撞日，本宫这就着人安排午膳，大家一齐用了再回。本宫把话说在前头：除非皇上召，否则谁都不准走！"

这是龙泉女第二次见识宫中气派。

菜肴数不胜数，食材有沙鱼、鳇鱼、鹿舌、香蕈等，这些是她能听懂的，其余的，她连是哪几个字也想不出。盛器精光耀眼，材质金、银、玉、瓷，不一而足，形状也千奇百怪。有两只莹润无瑕的碧色小碗，皇后说是琉璃的。德妃大惊小怪一番，说琉璃乃张骞通西域时传入，是稀罕物件。两只琉璃碗放在贤贵妃面前一只，贤贵妃紧皱了双眉，说闻不得膻味，让赶紧移走，于是挪到了龙泉女这边。龙泉女探头看看，见里面只是盛了平常的奶皮，难得自己认识。

龙泉女来前听宫女说，皇后在宫中出了名的节俭，此时不由想：若这是节俭，不节俭得成什么样？当真是"朱门酒肉臭，路有冻死骨"。

从拈起银筷那刻起，龙泉女就把这顿饭与飞霜殿那顿饭联系到了一起。她一丝食欲也无，勉强吃了几口皇后指明要她试试的，就放下了筷子。渐渐地，其他人讲话也听不见，只盼快些结束，好想法子去见泉哥。

终于熬到散席，贤贵妃却说，这么就散了十分无趣，不如消遣一番。

皇后笑道："贤贵妃既这么说，想必已有了主意。"

"皇后娘娘，咱们投壶可好？就借后宫添新，好好乐上一乐。"

皇后点头："久不曾投壶了，如此甚好。"她转向龙泉女："龙才人可会投壶？"

龙泉女道："回皇后娘娘，臣妾不识。"

"那正好学学，以后少不得陪皇上玩。"贤贵妃道，神色中一丝得意。

贤贵妃并不真想投壶，只是想让龙泉女出丑。之所以选投壶，是料定龙泉女不会，而自己是投壶高手。

众人移步院中。

一名小太监端来一只亮闪闪的大铜壶，摆在空地中央。只见这壶形状有些奇特，长颈、大腹，壶口微敞。又一名小太监端上一只大托盘，盘中横放着十余支细而直的树枝，皆长约二尺，一头削尖，一头截平，留有皮和棘刺。

贤贵妃径自上前取了一根握在手里："臣妾自入宫，未见皇后娘娘投过壶，想来娘娘不大喜欢，那臣妾就先来了。"

皇后微微一笑:"谁不知贤贵妃是投壶翘楚?妹妹们,看她这跃跃欲试的模样!不过,投壶本宫幼时也是玩的,后来父母教导要多读书,正仪态,便不玩了。"

贤贵妃道:"皇后娘娘仪态端庄,投壶却要踢腿扭腰,便由臣妾等粗人献丑吧。"说着,摆好了姿势。

"且慢。"皇后阻拦道。她吩咐两名小太监:"把豆子都倒了。"又对贤贵妃道:"这样投中方显本事,妹妹,本宫说得可对?"

"倒就是了。"贤贵妃一脸不屑道。

两名小太监一人兜起前襟,一人举起大壶。壶中之物被悉数倾入前襟之中。

兜豆子的小太监从龙泉女面前蹒跚经过,她看清那些豆子原是红小豆。

德妃不知何时站到了龙泉女身边。此时,她伸出两根手指,在龙泉女手背上按了一按,道:"豆子原是为防投中的棘矢被弹出的,现在豆子没了,难度就大了。"

"原来如此。"龙泉女恍然大悟。

只见贤贵妃气定神闲,站在距铜壶约九尺的地方,左手挽住持棘矢的右手的袖摆,瞄一瞄壶口,平着投出了第一支。"当"的一声,棘矢稳稳落入壶中。

"好!"皇后率先喝彩。

一投中的,贤贵妃精神抖擞,一支接一支投出去,四支倒有三支投中。

德妃边瞄着贤贵妃投壶,边为龙泉女讲解投壶的规矩。大约是说投中一支为一算,以投中多寡定胜负,胜者有权罚负者饮酒。

"古礼,那是要轮流投的,抢先或连投都视为违规,后宫姐妹们玩,就不讲究了。况且……"德妃用袖子掩了口,压低声音,"贵妃娘娘性急好胜，也就由她了。"说完，笑了几声。

龙泉女边听边点头，末了低声回道："贵妃娘娘确也投得好。"

说话间贤贵妃已投完七支，仅失手一次。

贤贵妃拈起第八支，却并不面向铜壶，而是侧过身去。德妃对龙泉女道："快看，贵妃娘娘要背投。"

只见贤贵妃将棘矢用右手从左肩上方投出，矢头飞入壶口，矢杆在壶口略转两下，片刻之后，又是一声"当"，落入了壶中。

在一片赞叹声中，贤贵妃得意扬扬地走下场。琉璃忙不迭递上帕子，她接过去，微喘着拭去额上的汗。

其余人陆续上场。贤贵妃走去坐在皇后身侧的椅子上，惬意地呷了几口茶。她扫视人群，最后将目光停在龙泉女身上。龙泉女一身浅蓝宫装，在花团锦簇的人群中格外醒目，也显得格外瘦弱、单薄。

皇后赞道："妹妹投壶，真不逊男儿分毫。"顺着贤贵妃的目光，她看到了龙泉女，抿嘴一笑："妹妹莫要介怀，不过多个人伺候皇上罢了。龙才人出身平平，毫无根基，自是比选妃选进来的要简单得多。"

贤贵妃并不看皇后："臣妾有什么可介怀的？说到底，皇上是男人，男人都图个新鲜。况且，能宠多久，也不单脸蛋说了算，得看个人本事。"

皇后笑笑，不再说话。

两盏茶的工夫过去，众人投得差不多了。与贤贵妃相比，其余人多是凑个热闹，不讲身法，不求中率，不争胜负，一味取笑打闹，几轮下来，棘矢未中几支，倒是簪也歪了，妆也花了。

贤贵妃大声道："龙才人呢？龙才人还没投。"

众人停止嬉笑，都扭头去看龙泉女。

龙泉女赶紧推辞："臣妾不会。"

环嫔知贤贵妃欲让龙泉女出丑,在旁帮腔："我们姐妹也不会,不也都投了?龙才人不会不想与姐妹们同乐吧?"

龙泉女只得接过小太监递上的棘矢。

众人都退到场下看着。

棘矢一支接一支落了空,有几支连壶身都不曾碰到。场下传来低低的笑声,饶是龙泉女再不在意输赢,也不由涨红了脸。

投壶一局每人四支,方才贤贵妃连投两局,众人也便都一连两局。龙泉女投完八支,松了口气,正要下场,却听贤贵妃大声道:"来人,再给龙才人拿八支。"说完,她对龙泉女道:"龙才人,看你身法,确是不曾投过的。不会不打紧,可以学。日子长着呢,国宴家宴的,怎么也要像个样子,别给皇上丢脸。"

小太监又捧上八支棘矢。明知贤贵妃故意刁难,龙泉女却无由推拒,只得接过。

龙泉女稳稳心神,在脑中将贤贵妃身法快速过一遍,学着投出去。这次便好许多,棘矢已能平平地飞出去,也不再擦不到壶身,更有一支入了壶口,可惜被弹了出来。

转眼又只剩一支。龙泉女回想起德妃方才讲的话,其中一句是说这投壶是代替射礼的,也就是说,由射箭演变而来。她想:既如此,总与射箭有几分相似。她自然未操过正式的弓箭,不过,幼时却自制了小弓来打树上的果子。她眼前一亮:要让矢头进入壶口,用力须恰到好处,也即矢头接近壶口便不再向前,而是向下俯冲。

龙泉女拈起棘矢,令头尾平直,以方才八成的力道平稳掷出。只听"当"的一声,中了。

矢杆犹在壶中轻颤,院门口传来三声掌声。众人循声看去,却是大谭谞到了,赶忙行礼。

大谞谡边笑边向院中走来："朕还奇怪呢，偌大的后宫哪里都静悄悄没个人影儿，原来都在皇后这里。"

环嫔笑道："陛下都去寻谁了，说与我们姐妹听，不许隐瞒。"

大谞谡微笑不语。路过龙泉女身边，他对她道："朕看了半天，你只这最后一投手法是对的。"说着，向皇后走去。

龙泉女道："陛下见笑。"

不等大谞谡走近皇后，贤贵妃上前拉住他的衣袖，撒娇道："陛下可曾见臣妾投，臣妾投得好不好？"

大谞谡笑道："朕看到了，你最出色，不愧将门虎女。"

贤贵妃欢天喜地："臣妾这身汗没白出。"

皇后道："陛下才是一等一的投壶高手。臣妾有年头没见陛下投了，难得今日各位妹妹都在，陛下投一支给我们姐妹看看吧。"

立即有太监奉上棘矢。大谞谡笑着拈起一支，似是随意一掷，那棘矢便稳稳落入壶中。

众人或惊呼，或赞叹，或鼓掌，珍珠门立时一片欢腾。

大谞谡十分得意："朕还以为生疏了，不想准头还在。"

贤贵妃上前攀住大谞谡的胳膊："陛下这是想要赖掉臣妾该得的赏赐。臣妾便不要赏赐了，陛下陪臣妾回宫去喝桂圆莲子汤吧，好不好？"

大谞谡看看皇后，又看看其余人，笑道："也罢，朕也乏了，就去贤贵妃宫里歇上一歇。"

大谞谡同贤贵妃走了，其余人便也告退。

"今日姐妹们齐聚一堂，甚是畅快，可见，这样的宴饮须多些，方才热闹。"皇后望着众人，"不过，本宫要说说你们，贤贵妃那撒娇的本领，你们须学着点，否则，来本宫这里抱怨长夜难挨，本宫是不听的。"

众人散了，只龙泉女还站在原地。

皇后瞧见，道："龙才人可是还有话同本宫说？"

龙泉女走到皇后面前跪下："臣妾有事求皇后娘娘。臣妾与哥哥一同入宫，原住在御园之中。臣妾昨夜蒙皇上召幸，今早封为才人，哥哥还不知情。哥哥寻不到臣妾，此刻必定心急如焚。求皇后娘娘准臣妾前往御园，与哥哥话别。"

皇后点头道："本宫也有兄弟姐妹，这一别，日后相见便稀了。本宫准了，你快去快回吧。"

龙泉女叩头道："谢皇后娘娘体谅。"

出得珍珠门，龙泉女松了口气。她今日算是见识了什么叫做后宫。后宫里那么多女人围着一个男人转，除引这个男人注意，讨这个男人欢心，几乎没别的事可干。和气都是表面的，钩心斗角才是真。那些话，句句含心计，字字藏机锋。

但龙泉女顾不上多想这些。眼下第一要紧之事，是去见泉哥，去跟他讲这个大变故。

可她又该怎样开口呢？

龙泉女由六儿陪着，来至御园后院门前。随她赴珍珠门请安的两名贴身侍女已被她打发回景平堂了。

龙泉女停下脚步，迟疑着。

后院里传来说话声，匠人们正在议论她被封为才人的事。原来福如意已派人来说过了。

"真想不到，龙泉女这一去竟因祸得福了！"

"那姑娘福大命大，上次逃过一劫，这次直接飞上枝头变凤凰。吉人自有天佑，如今可是见到了。"

"泉哥，从今往后你就是皇亲国戚了，好日子在等着你呢。"

"泉哥，你怎么不说话？我们都替你高兴呢。"

"他呀，喜事来得太突然，怕是高兴得不知说什么好了！"

匠人们笑起来。

听到"泉哥"两个字，龙泉女感到自己的心又一次被撕裂，淌下血来。

龙泉女对六儿道："你在门口等吧。"

"主子，奴才还是陪您进去吧，里面尽是些粗男人。"

"都是熟悉的，况哥哥也在，无碍。"

说是这么说，龙泉女还是感到抬手推门的沉重和艰难。

六儿察觉龙泉女在犹豫，道："主子，要不您跟奴才说东西在哪儿，奴才进去取。"

龙泉女摇摇头，上前推开了那扇门。

龙泉女走进院中，匠人们齐齐扭头望着她，一时都不说话。

片刻后有人喊道："娘娘来了，是娘娘来了啊。"众人方才跟着喊起"娘娘"来。

匠人们将龙泉女团团围住。有人撩起衣襟欲跪，她制止道："可别，如此倒生分了。这里没旁的人，还如从前一般就好。"

于是匠人们便不跪拜，纷纷恭喜她。

"龙泉女啊，你是个有福之人，我们早就看出来了。"

"皇上什么样，给我们讲讲呗。"

"以后荣华富贵，别忘了我们啊。"

龙泉女想哭，但她只能笑："荣华富贵有什么好，像被关起来的鸟一样，不得自由。我宁愿像从前一样。"

龙泉女百感交集：面前这些人，自己本与他们一起干活儿，一起吃饭，相处融洽，有如父兄，一夜过去，就有了身份、地位的鸿沟，而自己与所爱之人也不能再朝夕相伴。

龙泉女寻找泉哥的身影，却见他在树下垂头坐着。

众人顺着龙泉女的目光看去，心道：是了，她这趟回来是要与哥哥说说话，以后再见可就难了。有人便喊道："泉哥，泉哥，还在那儿坐着干吗，快过来啊！"

泉哥抬头，与龙泉女四目相对。瞬时，两人的眼眶都红了。

"我去跟哥哥说说话。"说罢，龙泉女向泉哥走去。

泉哥仍旧坐着，龙泉女伸手拉他，他却不动。

一滴温热的水落在泉哥手背上。他抬起头，见龙泉女眼中含泪，无限哀伤。

泉哥起身。龙泉女看他一眼，转身往她的小屋走去。

泉哥跟上。

进了屋，龙泉女把门掩上。

两人再次四目相对。

"我……昨天……"龙泉女艰难地开口道，"昨天上官泓带我去了御书房……"

"不必说了，我能猜到是怎么一回事。"泉哥垂着头道，"是我没能耐。"

龙泉女一时语塞。顿了顿，她走近泉哥，拉起他的手："不是你没能耐……"

"以后你就好好地当……"

"好好地当妃子，好好地享受荣华富贵，你是想这么说，对吗？"龙泉女爆发了，眼泪如开闸的洪水倾泻而出，"你说你能猜到，你又知道什么？！你知道我想尽办法要逃回来吗？你知道他……他是怎么强迫我的吗？你知道我想与他同归于尽吗？"她捶着泉哥胸口："你不知道，你什么都不知道！"

泉哥任龙泉女捶打，他恨不得她能更用力一些。半晌，他不胜凄苦地道："我什么都不知道，除了知道我爱你。我爱你，可现在该怎么办，咱们还能有什么法子？"

龙泉女仰起脸，去找泉哥的眼睛。她看到那双眼睛拼命忍着不让泪水落下来。她踮起脚吻上去，颤抖地道："我也爱你，我也爱你……"

泉哥想推开龙泉女，龙泉女却将他抱得更紧，吻得更热烈。终于，他张开手臂，将她紧紧拥在怀里。

两人流着泪，忘情地吻着。

良久，泉哥停下来，用自己的额头抵着龙泉女的额头："雁儿，木已成舟，这个妃子你不当都不行了，你不当，他会杀了你的。你便回去吧。放心，这辈子我都不会娶旁人，我的心会一直守着你。"

"这就是你的决定？"龙泉女望着泉哥，摇着头，"可我爱的是你！从前的日子你忘了吗？咱们说过的话你忘了吗？你说过，你会陪着我，哪怕掉脑袋，不过就是一起死罢了。"

泉哥点点头："我没忘。我不怕死，但我忍受不了你死。知道你在飞霜殿，一开始我无法接受，我想去跟那个狗皇帝拼了。后来，我想了很久，我更无法接受你跟着我死。"

龙泉女扑进泉哥怀中，紧贴着他："我也不想你跟着我死。你知道吗，昨夜我想杀了他的，可又想到无论能否成功，都会让你稀里糊涂地跟着我一起死了。我一定要来亲口告诉你，亲口问问你，咱们该怎么办……"

泉哥捧起龙泉女的脸，让她看着自己："你看，你我都不能看着对方死……"顿一下，他接着道："雁儿，如今咱俩没路了。若告诉他们咱俩本是一对，他们会说咱俩有悖人伦，更不该活。整件事起因在我，是我蠢，非要进宫。我原想多赚点钱，找个谁都不认识咱俩的地方，去了兄妹的名义，好好过日子。是我想得太简单。进宫以来，我一直在做错事，连累你身处险境，连累你被那个狗皇帝胁迫，我不能再连累你送命，你明白吗，那样，我会更恨自己。所以，雁儿，你就回去吧，好好地活下去。"说着，他松开龙泉女，一步步向后退去。

泉哥深深地看一眼龙泉女："我走了。"说完，转身去推门。

龙泉女泪流满面："咱俩真不能再在一起了吗？"

泉哥顿了顿，把门推开，向外走去。

龙泉女怔怔地看着泉哥的背影。猛然间，她想起那对鸳鸯佩，颤抖着喊道："玉佩……咱俩的玉佩，我会一直留在身边……"

门在她面前关上了。

第十章

近来又落过几场小雪，好在天气还并不很冷。

龙泉女让六儿在流彩堂院中央那株梅树下放了桌椅，午间晴好之时，坐在那里剪纸，或是盯着梅枝发呆。

碧玉拿着披风走来，将龙泉女裹严实："怎么劝都不回屋，那还是披着点吧。"

龙泉女点点头。

碧玉走开，一路摇着头：梅树固然好看，可一天到晚盯着瞧，能瞧出什么来？

流彩堂的宫人们想不明白，龙泉女一步登天，竟然一点都不快活。

西厢内，晴儿和翠儿边擦拭桌椅边窃窃私语。

晴儿道："也不知皇上对咱们主子怎么想的，要说放在心上吧，那么长时间，总共只来了几次，要说不放在心上吧，隔三岔五，赏赐就没断过，越来越稀罕，越来越贵重。"

翠儿嘴一撇，冷笑道："都叫主子，这主子能跟那主子比吗？

她什么出身你又不是不知道，跟咱们一样，都是奴婢！你看贤贵妃，那才叫主子呢，'宠冠后宫'四个字都在脸上写着。"停一刻又道："要说姿色，这位确实跟贤贵妃不相上下，皇上没多宠，多半是因为她那畏畏缩缩的样子，一看就是小门小户出身，上不得台面……"

晴儿听到这儿已是惊恐万分，深悔自己提起话头儿："嘘，这话让人听去可不得了，会掉脑袋的！"

翠儿一脸不屑，将抹布掷向晴儿怀中："这儿就咱俩，有人知道，也是你告密。"

"怎么可能？！咱俩同乡，又说好了要当一辈子姐妹。"晴儿嘟着嘴道。

翠儿伸出一根手指戳一戳晴儿额头："你看着笨，心思深不深，我可不知道。"说着，转身向窗，望着梅树下的龙泉女道："怎么看都是个匠人，这不，又剪上纸了。她就是运气好，我要是得着机会……"

朝会大殿内群臣垂头肃立，鸦雀无声。

龙椅上，大谞谋一脸怒容。他双手紧攥着扶手，指关节泛出青白之色。

正对大谞谋跪着一人，须发花白，不是秦方又是谁？！

秦方颈背挺得笔直，默不作声。

君臣二人僵持快半刻了。

今日之事，起因还是上次那件。扩宫室并造新园，耗资甚巨，上官泓数催仁部火速拨发银钱，仁部官员却说国库存银无多，须再等等。久等不至，上官泓便奏明大谞谋，大谞谋叫了仁部侍中去问。顾文华说，国库确已见底，余下的是预留的三月军饷及加固江坝的款项，军饷延发是大事，恐起哗变，固堤则在冬汛来临前必须进行，已经在调集人力了。大谞谟大发雷霆。末了，上官泓建议增收赋税来解决，大谞谟当即准了，责成顾文华办理，但还要过廷议这道关。

说是廷议，不过走个程序，大家睁一眼闭一眼，没人吭声，也就过了，偏秦方又出来阻拦。

黑水鞘鞠归来半月，大谞谟召回秦方，将他官复原职。要说大谞谟也是被逼无奈，只因每遇朝日，便有人为秦方陈情。他本不欲理，奈何大鑫茂等老臣也陆续加入进来，渐感无力应付。上官泓又说义部事务繁杂，尤其御园事急，兼领信部，难以两顾，请求另觅人选。他知上官泓不愿树敌太广，可人选一时难觅，便一咬牙，将秦方复了职。他想，秦方有了教训，从此该谨言慎行，万没料到秦方竟如此不识相，甚至比从前还要强硬。

秦方罗列了十条不增赋税的理由，随即再次矛头直指上官泓，说臣子投帝王所好，增黎民之祸，当诛。上官泓自然要反驳，说君臣本为一体，臣便有经天纬地之才，不与君相谐，亦百无一用。两人唇枪舌剑，互不相让。大谞谟听着，面色越来越阴沉。

两人正争得不可开交，大谞谟突然笑了一声。秦方和上官泓停了下来，等大谞谟发话。

大谞谟道："你们的意思朕都听明白了，各有各的道理。秦方为民生着想，上官泓为国体思量。你们既争执不下，此事便交仁部吧。增多少，如何增法，仁部自有计较，总归既筹了钱，又不伤民便是。"

顾文华听大谞谟如此说，正暗暗叫苦，不想秦方又开口了："陛下，加赋税毒流黎庶，万万不可。陛下或许不知，历来加赋税，朝廷说一分，落到地方，便翻成二三分，官吏非名取索之故，而民无所告诉。民无所告诉而不思叛者，未之有也。陛下，民心者，国祚短长系之。"

秦方话音刚落，就听上官泓厉声诘问道："秦侍中，你这话，可是暗讽我渤海国国祚将不久长？"

上官泓这句话犹如一记惊雷，群臣震怖。

按理说，朝堂之上，廷议不决或同列面诋并不鲜见，争得激烈，口不择言也是有的，无人理会，也就过去了。但上官泓这话并非论理，而是揪住秦方话中大谞谋不爱听的、忌讳听的有意放大，有让秦方因言获罪之意。大谞谋绝非量宽之人，是以群臣莫不惊惧。

再看大谞谋，他脸上果然铅云啸聚，阴沉得可怕。

大谞谋盯着秦方："秦方，你倒是说说，你为何觉得我渤海国国祚不久长？"

秦方略一沉吟，一撩袍襟，面向大谞谋跪下，颈背却挺得笔直，朗声道："见诸史册，班班可考。"

秦方的毫不退让激怒了大谞谋，他怒视着秦方，双手不觉攥紧了扶手。

大谞谋终于打破沉默："好个见诸史册，班班可考！既如此，朕也助你载入史册，成就忠臣之名。"他扫视群臣："你们都来作证，今日秦方死谏，他死之后，朕定不加赋税，反会宽免。君无戏言！"

大谞谋此言一出，群臣大惊失色。

"如何啊，秦方？"大谞谋双眉一挑，看着秦方，"百姓定会牢记你的大恩大德，少不得还会为你修祠立庙。"

秦方此时微微颤抖，却非出于恐惧，而是心中震动。他想起魏徵曾为唐太宗解说忠臣、良臣之不同："良臣，稷、契、咎陶是也。

忠臣，龙逢、比干是也。良臣使身获美名，君受显号，子孙传世，福禄无疆。忠臣身受诛夷，君陷大恶，家国并丧，空有其名。"魏徵还对太宗说，愿陛下使臣为良臣，勿使臣为忠臣。思及此，他凄然一笑：看来自己终究无力当个良臣，此生唯尽忠而已。

秦方拂袖正冠，端端正正向大谞谋三叩首，道："微臣……这就去了。愿陛下龙体康健，愿我渤海国国泰民安！"说着，不由老泪纵横。

"父皇，请听儿臣一言。"大容利出列道，"父皇，我渤海国雄武四邻，父皇德惠天下，何言国祚不久长？秦侍中忧民心切，一时口不择言，冒犯天威，还请父皇宽恕。"

听政以来，大容利对大谞谋的性情愈发了解，知其心胸狭窄且刚愎自用，加上私下里听到的一些消息，他清楚大谞谋对秦方嫌隙已深，召回秦方，实属不得已。因此，今日秦方一站出来，他就替秦方捏了一把汗。大容利也知自己一个尚未开府的大皇子说话并无分量，况且母后再三叮嘱自己不要触怒大谞谋，因此一直在忍，然而，老师秦方的刚直不屈令他深深震动，让他再也忍不下去。

大容利的求情起到带动作用，群臣跟着呼啦啦跪下一片："请陛下宽恕秦侍中……"

大容利也便跪下："父皇，秦侍中忠心为国，无心冒犯，请父皇宽恕！"

大谞谋带着一副饶有兴致的表情，将地上跪着的人一个个看过去。良久，他冷哼一声，目光钉在大容利身上："大容利，你说秦方无心，他既无心，那就是朕有意怪罪了？大容利，你觉得朕是不明白秦方的心思，还是看不出你的想法？"

一股寒气蹿上大容利脊背。他忙叩首道："儿臣不敢欺瞒父皇！儿臣夙受秦侍中师恩，不敢说无私，然今日之事，秦侍中确乎出于一片忠心，故儿臣斗胆为他求情。还请父皇明鉴！"

大谞谍却不再看他，而是看着群臣，冷笑道："好啊，太好了！你们一个个都是贤臣，朕是昏君！你们心里定都盼着朕早点死，好让什么人给你们一个太平盛世，是也不是？！"

大谞谍话说到这个份儿上，闻者莫不悚惧。群臣知他此时怒极，只得纷纷道："请陛下息怒！"

大谞谍大声道："来人，把秦方带下去。他愿如何就死，你们都满足他！"

跪伏地上的群臣中，几位老臣和秦方的门生都已眼中沁泪。

大容利俯伏地上，定定地盯着青砖。父皇方才的话是把一直以来的心思挑明了，即将秦方与自己这个皇长子视为一党，不止秦方，朝中凡主立嫡立长者，恐都会被划入此党。他突然醒悟：父皇早已不把自己当儿子，而是当成觊觎皇位之人，是以对自己有意打压，是以屡屡欲剪除自己的"羽翼"。今日之事，表面上是自己为秦方求情遭牵连，根本说来，还是秦方为自己所累。

想到这里，大容利反倒生出勇气。他抬起头来望着大谞谍，恳切地道："父皇，是儿臣僭越，是儿臣忤逆。父皇尽管责罚儿臣，儿臣绝不敢怨。还请父皇看在儿臣面上，宽恕老师。"

大谞谍冷哼一声，道："大容利，你倒也不笨。君臣之路不通，想起父子之情了。你放心，秦方事毕，该你受的，一样都不会少。"

事情发展到如此地步，有一人忍不住了，那就是侍立在大谞谍身旁的福如意。福如意自然是不干政的，也不敢干政，然而，若牵涉到皇子，尤其是大皇子，他却也无法做到漠然处之。一是大皇子有事，前朝动荡不说，后廷必起波澜，严重时，皇亲国戚连同妃嫔、宫人都可能被牵连，说不定他福如意也无法独善其身。二是天家父子生恨、兄弟成仇，常源于争权，最惨烈的结果莫过于骨肉相残，被戮者固然凄惨，弑亲者亦难免遭反噬，寝食难安还算好的，若变得猜忌嗜杀，那可真就离国破家亡不远了。大谞谋之前，福如意侍奉先王，目睹了先王是如何将权力紧紧攥在手里，最后走到名副其实的孤家寡人的境地的。而大谞谋之暴躁狠戾，比之先王，有过之而无不及。福如意不想看人伦惨剧，也不想看他从小看到大的大谞谋落到那般田地。此刻，他吃不准大容利还会说什么，会不会再涉雷池，只盼立时拆解了眼下僵局。

福如意向御前侍卫们使个眼色，后者登时明白是将秦方带出去的意思，于是立刻有两人上前，一左一右各架了秦方一条手臂，就要将他拖出殿去。

"不用你们动手，"秦方挣脱侍卫，颤巍巍起身，"我自己走。"说罢，最后望一眼大谞谋，躬身后退几步，便欲转身。

"且慢！"又有一人出列道。

众人抬头望去，竟是上官泓。

大谞谋也感诧异。

但听上官泓朗声道："陛下，秦侍中身犯大不敬之罪，十恶之属，按律当诛。然而，陛下英名绝不该因此受累。此事缘起是秦侍中谏阻不成，恼羞成怒，口出妄言，朝堂之上有目共睹，愚民却不知委曲。即便知道，愚民又怎识国体为何？在他们看来，增税即为不仁，谏阻即为体恤。众口铄金，积毁销骨。秦侍中一死，愚民只会以为奸佞陷害忠良，皇帝昏聩无道。微臣得一奸臣之名不要紧，绝不能忍受陛下被诬为昏君。故而，微臣以为，秦侍中死不得。今日之事，是非已明，大可不必腥秽了朝堂。还请陛下从轻发落！"

上官泓说得振振有词，群臣听得心惊肉跳，心道：上官泓近年在朝中红得发紫，果真是有原因的。都说他能言善辩，今日观之，岂止能言善辩，简直就是巧舌如簧。更可怕的，是他已然摸透了皇

162

上的脾性。他先是抓住秦方一言之失，激起大谞谀的怒火，置秦方于万劫不复之地，现下又为大谞谀搭好下坡梯，好自己一并抽身退步，还顺便坐实秦方的过错并进一步离间大谞谀与秦方的关系，秦方日后翻身难矣。真个是拨生弄死，股掌之间。这样的人成为权臣，必将为祸朝廷！

秦方听上官泓一番话，知其用心险恶，气得险些喷出血来。他抬手指着上官泓，哆哆嗦嗦道："上官泓，你……你……"

龙椅上的人却无回应。群臣抬眼偷瞧，只见大谞谀双目微闭，指尖轻轻叩着扶手，正在思索，面色却已大为缓和。

"你这个佞臣！"秦方欲挣脱侍卫，上前与上官泓理论。

"好了，秦方，你就打住吧。"大谞谀双目一睁，打断秦方，接着右手一挥，"秦方免去义部侍中，去胄子监任职。朕也乏了，今日就到这里，散朝！"说完，径自起身，往后殿去了。

已至眉睫的一场血雨腥风，竟这样化为无形！

群臣从地上爬起来，方觉脚软，心兀自跳个不停。他们既为秦方唏嘘，感慨上官泓阴险，也颇自危，匆匆理了冠带，不敢多留，纷纷出宫去了。

上官泓则面有得色，气宇轩昂地出了殿门，往御园去了。

大容利放慢脚步走着。到得大殿门外，他在一侧立定，等待着。

过了一会儿，秦方由一名门生搀着，步履蹒跚地走来，迈门槛时还险些跌倒，显是身心俱疲。

秦方站稳身形，看到了大容利。

大容利红了眼眶。他忍住泪，躬身施礼道："老师……"

师生对视，一时无言。

良久，秦方对大容利缓缓点了点头，慢慢地向宫门走去。

大谞谖吩咐摆驾镜泊殿，福如意心里"咯噔"一下。他对身后的小太监耳语一番，小太监点头，匆匆去了。

镜泊殿在宫中是个特殊所在，平日除大谞谖及其贴身宫人、侍卫等，严禁出入。

镜泊殿的偏殿中养着大谞谖的爱物——一只海东青。

海东青为辽东特产，隼中最是矫健凶猛者，其飞极高，而善捕鸡、兔、狐和鹄。靺鞨人视海东青为神鸟，在其传说中，十万只神鹰才出一只海东青，故称之为"万鹰之神"，极为爱重。

大谞谖的海东青自非寻常可比。论毛色和爪色，这只海东青是上品：头羽纯白，身羽白地褐斑，更有一双纯白玉爪。然而，这样毛色、爪色的海东青，大谞谖的猎苑中不下十只，何以这只就养在禁中呢？

原来，一般海东青都是小而俊健的，出猎时，可架臂，可落肩，这只却身形奇大，身高三尺有余，翅展六尺以上。这就十分的吓人了。伺候它的宫人们确也都把它视为妖兽，但凡靠近，都紧紧提着一颗心，极力避免与之对视。

可以想见，这样大的海东青不是用来捕猎的，一般猎物也满足不了它的胃口。

事实是，镜泊殿的海东青吃活人。它之所以能长得如此巨大，也与这特殊的食谱密不可分。这是宫里一个很多人都知道的秘密，但人们嘴上从来不提。

大谞谖进了偏殿，福如意着人去刑狱司提的死囚也到了。听着惨绝人寰的哀号，大谞谖眸子里的怒火渐渐暗下去。

福如意轻轻走进正殿，小心翼翼地看看大谞谞。

福如意斟了一杯茶放在大谞谞手边："陛下消消气，别气坏了身子。"

"一个个都包藏祸心，连朕的亲生儿子也不例外！"大谞谞双手支膝，盯着几案，怒冲冲道。

"老奴记得，陛下还没继位时……"

大谞谞并不抬眼，但肩膀和手臂明显松弛下来。他取过茶杯："去御书房把画取来。"

"老奴这就去。"

大谞谞缓缓打开卷轴，水红衣衫绿罗裙的女孩显露出来。她静静地向大谞谞绽放着笑容。

画上这个名叫穗儿的女孩，永远停留在十岁。她已消失不见很多年了，但仍能安抚大谞谞的心。每当大谞谞心烦意乱或暴跳如雷，她都能令他平静下来。大谞谞离不开她，这幅画他一直放在身边，他在哪儿，她就在哪儿，甚至巡幸、秋狝也要带着。

看着看画的大谞谞，福如意在心底叹口气。他看着大谞谞长大，知道大谞谞及穗儿的过往，知道这个暴戾的男人也曾经历无助和绝望。

他想：与穗儿气质绝类的龙泉女，能否成为大谞谞的解药呢？

如往常一样，珍珠门大殿内烟气缭绕。那是安息香和甘松香调和制成的熏香。安息香芬芳，甘松香苦涩而清凉，混合起来，味道很是特别。

这种特别的味道是当朝皇后的标记。

"母后，儿臣……"大容利踌躇着，一时不知该如何陈述今日朝堂上发生的事。

皇后看着镜中的自己，缓缓将碧玉簪取下，放入妆奁："皇儿，你看母后是不是老多了，最上等的香粉都遮不住脸上的皱纹了。"

这话听得大容利心里颇为难受。他却说："母后一点也不老。"

皇后轻笑："那是在你心里。这宫里有谁不知，皇后已年老色衰，爱弛恩尽了。"

"您别这么说。"大容利垂下眼睛，盯着自己的脚尖。顿了一下，他接着道："今日之事，非儿臣有意忤逆，儿臣只是不忍看老师赴死。但在父皇看来，儿臣做什么都是错的，都是与他作对。或许父皇眼中只有大容跃，皇位也是要传给他的。"

"不许胡说！"皇后猛地转身，盯着大容利的双眼，"这话若是传到你父皇耳中，那才是无可挽回！"

皇后起身走向大容利，爱惜地抚摸他的脸庞，眼中泪光莹莹："皇儿，一晃你都这么高了，快赶上你父皇了。"

大容利不忍直视母亲的眼睛，垂头低声道："母后，儿臣知错了，儿臣不该那么冲动。"

"记住，万不可再说这样没分寸的话。母后不是怪你，而是为你担心。孩子，咱们无路可退了。一旦大容跃继位，咱们母子如何自处？"

"母后教诲，儿臣谨记。"

"你要记住，他是你的父皇，首先要当个好儿子，然后才是好臣子。"

大容利住永和宫。

永和宫仍属东西六宫范围。大容利已成年，却未被立为皇太子，甚至也未开府建牙。大谭谖绝口不提立嗣之事，而是以不舍天伦之乐为由，让他居留宫内。朝臣们大都清楚：大容利想要顺顺当当成为皇太子，难了。

一踏进永和宫院门，大容利便高声吩咐宫人备酒。

贴身太监苏旭忍不住提醒："主子，别饮了吧，皇上要是听说了，定会想与今日朝堂之事有关。"

"废话少说！本皇子在自己宫里喝点酒怎么了？！"

不一会儿，宫人就将酒菜摆上几案。

几杯下肚，大容利脸上泛起红晕，眼神也迷离起来。

苏旭跺脚道："主子，别喝了！您又不是不知道自己的酒量。奴才知您心里苦，可也不能就……"

"就破罐破摔是吧？"大容利说着将手中酒杯狠狠掷在地上，"本宫今天偏要听听这声音！"

"再取酒杯来！"大容利命令苏旭。

苏旭摇头。

"罢了，本宫岂能被这种小事难倒！"大容利举起酒壶，仰头张嘴，直接将酒倒入口中。

大容利摇摇晃晃站起来，一把揪住苏旭前襟："你看，本宫活得何其可悲！每天谨小慎微，察言观色，唯恐父皇不满意，到头来，做对了是应该的，做错了便是无能，动辄得咎！来，来……苏旭，你告诉本宫，今日之事，本宫到底哪里做错了？"

"主子，您这不是为难奴才吗，奴才哪懂朝堂上那些事。您就听奴才劝，不要再喝了！"苏旭说着，去夺大容利手中的酒壶。

大容利一把推开苏旭。酒壶中的酒泼洒出来，洒在大容利胸襟上，顺着胸襟往下淌。

"本宫是真不明白自己哪里错了。"大容利再次高举酒壶往口中倒酒，因站立不稳，倒有一大半倒进了领口。

大容利抹抹脖颈上和脸上的酒。"苏旭，你跟本宫这么多年，今日本宫就跟你说句掏心窝子的话：本宫或许不会当臣子，而今却连个儿子也不会当了。难怪人说，伴君如伴……"

苏旭也顾不得尊卑了，一手捂住大容利的嘴，一手夺下酒壶。他扭头对殿内的宫人吼道："你们都是死人吗？！没看见大皇子醉了，还不赶紧扶到榻上去！"

几名宫人急忙上前，帮着苏旭把大容利扶到里间，按在榻上。

苏旭三两下替大容利脱掉靴子，又扯过被子为他盖上，哄道："主子，明日一早还要上朝，歇了吧，免得起晚了。"

大容利安静下来，似睡非睡的样子。

苏旭和宫人们松口气，刚要退下，大容利却突然坐起来："给本宫拿酒来，看你们谁敢不听！"

苏旭哭笑不得："主子，祖宗……"

大容利却又直挺挺躺下去："睡可以，再喝两杯。"

苏旭还欲劝说，刚说出"主子"两个字就被大容利打断："听不懂本宫的话？！留一个服侍本宫喝酒，其余都退下！"

苏旭只好随便指了一名宫女，命她好生伺候大容利，带其余人退了出去。

出了殿门，苏旭对其余宫人道："今晚主子做的事、说的话，不许有半个字传到外面去！主子要是有事，咱们一个都跑不掉。听明白没有？"

众人诺诺。

殿内，宫女去解大容利的腰带，却被他一把攥住手腕，往外一扯："去，给本宫斟酒来！"

宫女顿了顿，取了酒壶和酒杯过来。

大容利又饮几杯，终于侧卧床上。他一手支头，双目微闭，似睡非睡。

"主子，主子……"宫女轻声呼唤。

大容利一动不动。

宫女只道大容利睡着了，坐到床沿上，静静地看着他。

宫女爱慕的目光在大容利脸上流连。

这宫女名白露。白露出身贫寒，遭际悲惨。母亲在她三岁时就染病死了，父亲酗酒成性，又好赌，一次输急了眼，竟把她充了赌资。父亲把她输掉后，她几次被转卖，后入了歌舞坊，从那里得了一个机缘，入宫为婢。白露半生流离，无依无靠，将入宫视为人生大幸，这意味着至少不用为饱暖操心了。

白露入宫不久就被分到了永和宫，她自是十分高兴：永和宫的主子是年轻的大皇子，在这里，要比伺候娘娘们有趣多了，也更有前途。

白露已是怀春的年纪，对英俊的男子没什么抵抗力。她对大容利几乎是一见倾心。此外，她也与众多年轻宫女一样，做着那个梦：得到哪位皇子宠幸，一夕改命。更何况，大皇子是这宫中前途无量之人。

在永和宫日久，白露目睹大容利人前意气风发，人后借酒浇愁，心境又有些许变化，自同情中别生出一股柔情来。

白露哪知深宫凶险，人心叵测，福祸逆转只在须臾之间。

此时，白露深情地望着大容利，缓缓褪下自己的衣衫，喃喃道："主子，奴婢对您倾慕已久，今夜就让奴婢陪您吧……"说着，伸手去解大容利的中衣。

大容利被惊动，双目微睁，依稀见一妙龄女子衣衫半褪，肤色白皙，粉唇嫣然，以为正在梦中。他眼神迷离，伸出手去，欲将这女子揽入怀中。谁知他手掌炽热，而女子身体清凉，这一摸，竟把自己惊醒了。

大容利猛地把手抽了回去，翻身坐起，目光不再迷离，神情转为警惕，厉声喝问："谁派你来的，是大容跃还是德妃？"

白露慌忙摆手："不是的，不是的，主子误会了……奴婢是自愿的！奴婢见主子愁烦，就想陪陪主子……"

大容利冷笑道："陪我？本宫看你就是细作！今夜爬上本宫的床，明早父皇就知本宫先纵酒，再荒淫，轻则斥责，重则严惩！你当真以为本宫看不透你们的诡计？！"

白露吓坏了，赶紧去床前跪下，连连叩头："无人指使奴婢，无人指使奴婢！奴婢真的就是倾心主子，一时糊涂……"

大容利阴沉着脸看着。

白露见状，膝行几步，抱住大容利双腿："主子，奴婢用性命发誓，奴婢绝无二心，绝不会背叛主子。奴婢……奴婢不过是想得到您的垂怜罢了。"

大容利复又冷笑："垂怜？这个时候，垂怜于你？"说着，他向殿外高喊："来人！"

苏旭应声而入。他见白露披头散发、衣衫不整地跪在地下，诧异道："主子，这是怎么了？"

"把她带下去，严加审问，务必问清她是谁派来的。"

"是。"苏旭也不再问了，把兀自哭喊求饶的白露拖了出去。

苏旭返回来，仔细看看大容利："主子，原来您没醉啊。"

大容利揉揉太阳穴，苦笑道："醉了，又被吵醒了。"

"她可是要谋害您？"

"谋害？她是要陷害本宫！先魅惑本宫，再告本宫一个酒后失德！"

苏旭道:"主子放心,奴才一定要她通通倒出来。"

大容利站起身:"这酒猛然醒了,一时睡不着,本宫出去走走,不用跟着。"

第十一章

时已近午夜，一路上宫人寥落。大容利信步走着，借着寒冷驱赶酒意。

突然，一个身影闯入大容利视线，远远在前方快步走着。

那人披件宽大的披风，显是不欲被人识破身份。不过，披风单薄了些，行走间难免贴在身上，勾勒出身体的曲线，再加上那人身材瘦小，怎么看都像是个窈窕的女子。

一瞬间，大容利还以为是在梦中，不由揉了揉眼睛。

窸窸窣窣的脚步声在空旷的寂静中被放大了数倍，在在提醒着大容利，那并非梦境。

大容利微微一笑。这个时辰不好好在屋里待着，若非与人私会偷情，便是替妃嫔做些见不得人的勾当。

大容利来了兴致，蹑手蹑脚跟了上去。

披风女子极为警惕，走走停停，不断四下观察。大容利身手敏捷，又熟悉地形，才没被她发觉。

披风女子正是龙泉女。她此时正往御园去，想瞧瞧泉哥。

龙泉女冒险前往御园，与上官泓的一个举动有关。两日前，上官泓暗中让人给她送去一幅白绢，白绢上绘着两幅图，第一幅是一个作妃嫔打扮的女子正与皇帝说话，两人举止亲密，第二幅是一名匠人在劳作。不用说，第一幅画的是龙泉女和大谇谇，第二幅画的是泉哥。

龙泉女觉得，上官泓送这幅白绢意在胁迫：提醒自己别忘了是怎么得到大谇谇宠幸的，以及泉哥还在他手上。

自与泉哥分别，龙泉女本就日夜为思念折磨，白绢顿时将思念变成时刻悬心，让她坐立不安。

日有所思，夜有所梦。前一晚，她梦见泉哥在御园被匠人们围着打，伤口纵横，浑身是血。今夜，她刚迷迷糊糊睡过去，就做了一个更可怕的梦：泉哥死了！她梦见泉哥无声无息地躺在地上，目犹未瞑，胸口赫然插着她剪纸用的剪刀！

龙泉女一声惊叫，自梦中醒来。她坐起来，心兀自通通乱跳，浑身颤抖不止。

龙泉女实在受不了了。

她下床穿衣，想了想，又翻出一件披风披上。

此时宫人们俱已各自回屋。龙泉女轻轻推开门。但见院中四下无人，院门半掩，宫人们的住处窗纸后烛光闪烁，人影晃动，想是正在收拾。

龙泉女关好房门，蹑手蹑脚走向院门，侧着身子从两扇院门间的缝隙蹭了出去。

她到了院外的夹道上。夹道上灯火暗淡，宫人寥落。她裹紧披风，向御园方向快步走去。

龙泉女只想远远看一眼泉哥，一眼就行。

龙泉女总觉身后有脚步声，可每次回过头去，都不见人影。

难道是紧张所致？

她见前方左手有一座假山，加快脚步，在经过假山前面时一个转身，躲入假山的凹处。

龙泉女屏住了呼吸。

半晌，只听见树枝为夜风摇动及枯叶落地的声音。

龙泉女慢慢从假山凹处移步出来。假山凹处伸手不见五指，她一脚踏到一块光滑的大青石，滑倒了。

龙泉女只觉脚腕处一阵剧痛，想要站起来，试了两试，竟没有成功，只得坐在那里揉捏痛处。

这时，只听一声咳嗽，一名男子从假山另一侧踱过来，站到了她的面前。

"你……你想干什么？"龙泉女睁大双眼，"你一直跟着我……深更半夜，你跟着我做什么？"

"这话恐怕该本宫来问吧。深更半夜，姑娘不好好歇着，鬼鬼祟祟跑到这里来干什么？"男子笑道。

龙泉女心中一惊。男子声音不似太监那般尖细，又自称"本宫"，且甚是从容，难道真是什么皇亲国戚？

"你若不鬼鬼祟祟，又怎么能跟我直到这里？"龙泉女梗着脖子道。

"牙尖嘴利！你还是招了吧，你是哪个宫的宫人，要去做什么？还是……本宫送你到刑狱司走一遭，你在那里说？"男子说着，一边转动着手上的戒指，一边斜睨着龙泉女。

龙泉女忍痛起身，气愤道："走夜路就有罪吗？看你样貌，非富即贵，怎能如此信口雌黄？！一没偷二没抢，我何罪之有，要送我去刑狱司？"说罢，一瘸一拐从阴影中走出来。

大容利看着女子从阴影中一步步走出来，在自己面前站定。

月光下，女子美丽的面容暴露无遗。这张脸不施粉黛，清雅绝俗，柔美中却又带点英气。她此刻秀眉微蹙，红唇紧抿，显是十分气愤。

大容利怔了一怔，又笑了一笑。他上下打量她："走夜路？怕是会情郎吧。"他突然不想轻易放过她。

龙泉女此时也看清了这个张狂无礼的年轻男子。他年纪与自己相仿，衣着十分考究，是皇亲国戚没错了。

要说一点不忌惮他，那是自己骗自己。倘若对方真叫了人来，或如他所说，拉自己到刑狱司去，今日断不能善了，毕竟自己已是大谭谟的嫔妃了，深夜孤身到这里来确实难以解释。龙泉女不怎么懂宫中那些规矩，却也听人讲过，皇帝的女人不能随便与其他男子来往。自己下狱或死了也就罢了，泉哥怎么办，牵连到他可如何是好？她心里一阵激烈斗争，面上却不动声色。

突然，龙泉女眼前一亮：只要能脱身，自己和泉哥就都安全了，除了不能承认自己是嫔妃，怎么说都行！

拿定了主意，龙泉女脖子一梗："你说对了！"

大容利又是一怔，心道：这女子不但貌美，性子也不一般。宫中何时出了这么个有意思的人物？

"会谁？你又是哪个宫的？"大容利饶有兴致地问道。

龙泉女强作镇定："我嘛，是珍珠门的人。"

"是吗？"大容利挑了挑眉。他可没有在珍珠门见过她。

龙泉女接着说："我把一切都告诉你，你能放过我吗？"

"那就要看你说的是不是真话了。"

龙泉女深吸一口气，道："我与大皇子有情，大皇子约我来此相会。"

大容利差点笑出声来。他绷着脸道："那为何在此，而不是去大皇子宫中？"

"这要问大皇子，我如何知道！"

大容利终于忍不住，大笑起来。

"你笑什么？"

大容利笑个不停。

龙泉女恼了："笑什么笑？！我看你是怕了！知道我会的人是大皇子，你怕了，所以用笑掩饰。"

大容利好不容易止了笑，换上一副严厉的表情："你自己说，你说的若是假话，该如何论处？"

"要杀要剐随便你！当然，是在找大皇子对质之后。"龙泉女横下心来。

大容利定定看着龙泉女，龙泉女瞪他一眼，别过脸去。

大容利觉得眼前女子恼怒的模样，比一见之下更美几分。侧面看去，月华下的她额头饱满，肤色莹润。披风勾勒出她瘦削的肩膀，衬托出她纤细的腰身。因为气愤或是紧张，她的胸脯正一上一下地起伏着，越发显得纤腰不盈一握。她的一头秀发，并未束起，而是随意披着，大约方才跌跤之故，有些凌乱，平添一分慵倦之美。

大容利背起双手，挺一挺胸膛："怪了，本宫怎不知自己与佳人有约哪！"

龙泉女闻言身体一僵，暗骂自己愚蠢。被当场拆穿，又不愿落荒而逃，她一时无法可想，只得僵硬地把头扭向一边。

大容利探身去看龙泉女的脸："怎么不说话了？说呀，本宫何时与你有的私情？"

龙泉女只闭紧了嘴，不看他。

突然，大容利伸手捏住龙泉女下巴，强行把她的脸扭过来，对着自己。

龙泉女吃痛，却不吭声，直视着大容利，两眼满是倔强。

"你在挑衅本宫？！"大容利又换上严厉的表情。

龙泉女心想：瞬间变脸作色，与大谫谀一般无二，果真是父子不错。

龙泉女犹豫一下，道："你既不知我何时与大皇子有了私情，只能证明一点……"

"证明什么？"

"你假冒大皇子！"龙泉女猛地把大容利的手拨开，向后退了两步，"我与大皇子不过情难自禁，假冒皇子可是死罪，孰重孰轻，你要想明白了。咱们今日就当没见过。"说完，转身就走。

大容利一把攥住龙泉女的胳膊，把她拉了一个趔趄。龙泉女扭头看他，只见他眼中射出危险的光芒。

"真是好胆识，知道不入虎穴焉得虎子的道理，本宫佩服！但你也要知道，本宫并非吃素的，休想蒙混过关。实话实说，本宫或许就放过你，否则，本宫这就陪你刑狱司走一遭。"

"你……"龙泉女气结。

大容利松开龙泉女，仰头望月，换了悠闲的语气："现下是丑时末，寅时一过天就亮，你剩下的时间不多了。"

龙泉女踌躇起来。

大容利不着急，干脆抱臂等着。

龙泉女沉吟良久，终于道："实话实说你就放过我吗？我怎么知道你会信守诺言？"

"你只能碰碰运气，不说，连运气也不要指望了。"

龙泉女见他这般有恃无恐，明白十有八九他真就是大皇子，即便不是大皇子，也是皇家的什么贵戚，所以根本不怕自己的威胁。她银牙一咬，说道："我是龙泉女，我要去御园看望哥哥。"

大容利心中一动：原来是她。

大容利听说过龙泉女：大谭谭的新宠，原是民女，一夕得幸，飞升才人。宫中这样的女人多了去了，莫名其妙得宠，人人妒羡，又莫名其妙失宠，无人问津，譬如朝露，转瞬即逝，算不得什么。只是这女子不像攀龙附凤之人，却不知怎么落入了父皇手中。

"看望哥哥，选在这时辰？"

"因我做了个噩梦，梦见哥哥死了。"

大容利失笑，轻轻摇头。

"我说了真话，你却不信，那又为什么非逼我说？信不信随你，我连着梦见哥哥身陷险境，今晚居然梦见他死了……"说着，龙泉女眼泛泪光。

大容利默默看了看她，终于点点头："暂且信你。可不过一个梦，也值得以身犯险？你就不怕父皇得知，龙颜震怒？"

"不，这不仅仅是个梦……"

大容利的问话碰触到龙泉女伤心处，她眼含泪花，将自己的身世及如何入宫、如何获宠向他娓娓道来，当然，这中间，她隐瞒了自己与泉哥的恋人关系。

大容利听完了龙泉女的讲述。

要说龙泉女的经历也没什么奇特，无非民女误入深宫，阴差阳错成为嫔妃的故事，当然，成为嫔妃非她所愿这一点有些与众不同，可事已至此，她又有何办法呢？倒是她与哥哥相依为命，彼此守护，让大容利有些动容。要知道在这宫里，莫说爱情，即便是亲情，也是稀罕物件。深深触动大容利的其实是故事中那个名字：

上官泓。

在大容利，这个故事里，只有上官泓这个权臣是他真正在意的。从他的身份、他的处境，他也不得不这么想。

略一思索，大容利道："本宫能救你哥哥。本宫作为大皇子，要个匠人来还不简单。"

"真的吗？"龙泉女感到惊喜。可她随即意识到这幸运未免来得太过容易，于是思索一下，郑重问道："大皇子能出手相助当然好，但不知有何条件，我做不做得来？"

大容利心道：怪不得上官泓要把她哥哥攥在手里，此女聪慧，是可用之人。于是，他也不转弯抹角："条件就是从今往后，你和你哥哥都站在本宫这边。"

龙泉女露出一丝苦笑："可我们不想卷入什么纷争，只想安安稳稳度日。"

"大多数人或许都想安稳度日，但只要有几个人不想，这安稳度日也便是痴想了。树欲静而风不止，这宫中之人都懂这个道理，所以必有所准备，必有所依傍，必要时杀伐决断，不容迟疑。"

龙泉女只觉一股寒意沁入四肢百骸，不由微微颤抖起来。

大容利见龙泉女眉头紧锁，继续开导："上官泓未来或可位极人臣，本宫却……本宫不说，你也该懂。说到你哥哥，他在上官泓手下，只能做个凶多吉少的棋子，时时被用来胁迫于你。他若跟了本宫，除了可保性命，本宫还可提拔他，让他有个更好的前程。"

龙泉女内心剧烈斗争：上官泓心思狡诈，行事狠辣，泉哥被他掌控，凶多吉少。至于投靠大皇子，有传言说大遆谍偏爱二皇子大容跃，若果真如此，意味着前路荆棘密布，危机四伏。

只听大容利又道："你与上官泓，是胁迫与被胁迫，你与本宫嘛，可以是合作。本宫保证，父皇那里，你做不到的事情本宫不会勉强。这样吧，本宫明日就要你哥哥过来，让他到永和宫当差，以后你可以随时去看他。"

龙泉女抬起头，仔细去看大容利。大容利也不闪躲，坦然与她对视。

龙泉女似乎在面前这张年轻的脸上发现了一点可以让自己信赖的东西，至少，他不像上官泓那般让她嫌恶，也不像大谲谋那般令她畏惧。

龙泉女缓缓点了点头。

大容利笑了，向她举起右掌："那么，君子一言……"

"驷马难追！"龙泉女与他击掌。

直至寅时，上官泓才放下手中的书，吹熄了烛火，宽衣上床。

连着两个晚上，他都等到天快亮才睡。他在等待御园那边的一个消息。

上官泓的心机远比龙泉女想得深沉得多。

把大谲谋身边的某个人牢牢地攥在手里，皇亲也罢，妃嫔也好，甚至是福如意那样的贴身太监，让他成为自己的一枚棋子，是上官泓梦寐以求的，数年来，他一直在寻觅合适的人选。奈何以他的背景和能力，想要收买这样一个人，并不容易。

上官泓在龙泉女身上看见了一线希望。他一开始便隐约觉得，大谲谋倘若看见她，很可能会将她留在身边。他无论如何都要将她带入宫中，这也是一个重要原因。

龙泉女果真没有辜负他的期许，那夜过后，留在了大谲谋身边，封了才人，眼下正是后宫最炙手可热的人物。

尽管自己在把龙泉女送上龙床的过程中功不可没，上官泓并没期待她的报答。他早就看出龙泉女无意攀龙附凤，况且以她的聪明，迟早会察觉自己在这件事中助纣为虐的行径，那时，她会恨极了自己。

恨又怎么样？上官泓不无得意地想，这世间最有趣的一件事就是，只要够聪明，仇人一样可以变作棋子，抓住这人的痛处就行了。龙泉女的痛处就是泉哥。

上官泓已然看出龙泉女与泉哥并非兄妹关系。于是，他想出了一条毒计：以那幅白绢诱使龙泉女前往御园私会泉哥，在他们缠绵之际，他在御园安插的人将他们当场捉住，他则以泉哥的性命相威胁，从此把龙泉女牢牢攥在自己手里，予取予求。

今夜，御园那边寂静无声，难免让上官泓觉得扫兴。不过，他有耐心，也有诱饵。

想到这里，上官泓翻了个身，闭上了眼睛。

大容利真的于次日将泉哥要到了永和宫。

大容利将消息传递给龙泉女，她顿觉心中百结松了一结，不由长舒一口气。

并不如何值得欣喜。与大容利结盟，不过是反制上官泓的无奈之举，好比挖肉补疮一般。龙泉女深知这一点。

尽管如此，龙泉女心情畅快了些。闲暇时，除了剪纸，她重拾起荒废已久的古琴。

龙泉女却不知道，夜遇后，大容利便对她念念不忘。龙泉女与大容利见惯的那些汲汲于邀宠的女子是那么不同，以至于他对她生出了别样的情愫。

明月如霜，好风如水。

流彩堂内烛火摇曳，熏香袅袅。

楠木屏风后一张大床，秋香色帐幔半掩。龙泉女枕着锦枕，似睡非睡。

听到脚步声，龙泉女翻身向里，嘟囔道："碧玉，不用守着了，去吧，有事我叫你。"

脚步声却不停，径向床前来了。

龙泉女惊觉那并非宫女软底鞋的窸窣，而是男子厚底靴的橐橐，慌忙睁开眼睛坐起。几乎与此同时，帐幔被撩起。她对上大谞谍的目光。

龙泉女连忙掀被下床："陛下……"

大谞谍却抓住龙泉女的手腕，不让她动："朕来看看你过得怎样，却原来比朕安逸多了。"

福如意跟过来，帮大谞谍脱了靴子，又替他正了正枕头，让他舒服地躺下。

大谞谍看着龙泉女，手在身侧床上拍了两下，示意她躺下来。

龙泉女正犹豫，却见大谞谍双眼望着帐顶，叹了一口气。

龙泉女试图抓住这个机会以逃避与大谞谍亲热。她用关切的口吻道："陛下眉头紧锁，可有烦心事？"

大谞谍拉过龙泉女一只手摩挲着，将朝堂上的事讲给她听。

龙泉女听了，心下感慨：这人当真昏聩，难怪上官泓那样的人能得志。

龙泉女道："臣妾不懂政事，说错了陛下莫怪。臣妾觉得，秦侍中太拥功自傲了些。陛下有好生之德，没杀他，换了别人，他不知死多少回了。"

大谞谍翻身抱住龙泉女，笑道："爱妃不懂政事，却很懂朕。"

龙泉女继续道："不过呢，秦侍中毕竟是老臣，说贬就贬，会不会让其他人觉得陛下严厉了些？朝堂上读书人多，而写书的那些人，多推崇从谏如流……"

龙泉女的手突然被攥痛。她抬眼去看，见大谞谞眼神凌厉地盯着自己。只听他缓缓道："爱妃是觉得朕做得不妥喽？"

龙泉女不动声色："臣妾不敢。臣妾只是觉得，陛下或许可以适当起用秦侍中的门生，让其他人说不出什么来。"

大谞谞顿了顿，用手指轻刮龙泉女的鼻子："朕看你一点不像民间来的，倒像是官宦人家饱读诗书的女儿。"

"臣妾是读过些书。"

大谞谞目光灼灼地看着龙泉女，一点点欺近："你不知朕有多惊喜，初见时还是只小野猫，如今成了朵解语花了。"

龙泉女避无可避，只得闭上眼睛。

去珍珠门请安的路上，龙泉女迎面撞见德妃的侍女红玉。

红玉向龙泉女行礼后道："我家娘娘落了东西，叫奴婢回去取，娘娘就在前边不远处等着，不如才人快走几步，与娘娘做个伴儿，同往珍珠门去。"

龙泉女略一犹豫，点头道："也好。"

龙泉女走了几十步，一转弯，果见德妃在前边停着，另一名侍女陪在她身边。

龙泉女走到德妃面前，恭恭敬敬请安。

"这么巧。"德妃很是惊喜。

像是初见时一样，德妃亲热地拉过龙泉女的双手，上下打量着她："依本宫看，妹妹不单人美手巧，脾气也是顶好的，不像那些个……"

龙泉女不想听闲话，微笑着打断道："娘娘谬赞。"

"要说妹妹进宫也有不少时日了，本宫也没能跟妹妹好好说说话。平日里光盯着大容跃读书，就占去本宫很多时间，珍珠门又是个不便说话的地方。这样，妹妹得空便去姐姐宫里坐坐，咱们说点体己话。还有，若有不便或不惯的，妹妹尽管同本宫说，本宫能帮就帮。"

"劳娘娘挂心。"

德妃捏捏龙泉女的衣服，皱起眉："妹妹爱素净也还罢了，怎么还这么单薄。"

"回娘娘，不打紧的，臣妾惯了的。"

德妃斜一眼碧玉，向龙泉女正色道："可见奴才们怠懒，没同妹妹说。妹妹，在宫中，穿衣打扮固然不宜太奢华，若是太简素随心，也会招是非。这里头的道理，回头本宫细细说与妹妹听。"她扭头对侍女道："皇上上次赏的那两匹上等软缎，等下回去找出来，给龙才人送过去。"

侍女道："是。"

龙泉女连忙阻拦："娘娘，臣妾受不起。"

德妃摆摆手："别同本宫客气，倒生分了。妹妹新来乍到，年纪又小，哪知宫中许多弯弯绕。本宫知妹妹没有家族撑腰，越是这样，越不能被人看轻了，否则，那些好欺负人的会找上门来。"

德妃这话，龙泉女有点懂，但又不全懂。她谦恭地道："臣妾在这里，确实有很多事不明白，谢娘娘指点。"

德妃点头微笑，亲昵地拉着龙泉女往珍珠门去。

嫔妃中，龙泉女最不反感德妃，只因德妃看着十分和善，不爱掂酸，也不爱争锋。她不知道，德妃原也并不如此，只是诞下了二皇子，二皇子又为大谞谞看重，觉得犯不着再去争宠，才转了性。

至于德妃对龙泉女关爱有加，一半是好奇，觉得还看不透她的心性，欲摸摸清楚，另一半却是因为不想多个敌人。

珍珠门跟平素一样无聊。一群花枝招展的女人齐聚一堂，边吃茶边斗嘴，看着彼此打趣，实则相互攻讦，空气里飘着一股子酸味。龙泉女一时昏昏欲睡，一时如坐针毡。

好不容易挨到皇后说乏了，与众人一齐告退出来，不想没走几步，又被平姑姑叫住，说皇后有话对她说。她只得又回至殿中。

其实皇后没什么要紧事，略表关怀而已，问住得、吃得惯不惯，可缺什么东西，让她别见外，有难处不要憋着不说。又叮嘱她用心侍候皇上，仔细饮食，把早日怀上龙裔作为第一要务。末了，赐了尊开过光的白瓷送子观音给她，才放她走。

龙泉女出得珍珠门，站了一站，只觉胸闷头疼。想到那送子观音捧回流彩堂，还得高高供起来，大谙谝瞧见，少不得调笑她一番，就倍觉厌烦。她摇摇头，加快脚步，想快些回去。

不想一转弯，就见三个盛装女人由太监陪着站在路边，正是贤贵妃和环嫔、姝美人。

算算时辰，她们原该早就走远，却怎么还在这儿盘桓？

那三人齐刷刷把头转过来盯着龙泉女，脸上一副皮笑肉不笑的表情。

龙泉女不由一阵紧张，脚下加快，硬着头皮走过去，打算行个礼就走。

还不等龙泉女走到跟前，姝美人抢上几步，一把捉住她的一只手，笑道："龙才人来了！我们姐妹要去逛鸟园，嫌人少不热闹，正合计着找谁好，妹妹就送上门来了。走吧，一道去。"

龙泉女感觉手被攥得有些疼，略微挣了一挣，竟没挣开，暗道不好。她去看贤贵妃和环嫔，见两人脸上俱是笑嘻嘻的。

龙泉女蓦地想起，这三人今日在珍珠门一反常态，话不多，却不时眉来眼去，心中提高了警惕。

龙泉女向贤贵妃行礼，道："贵妃娘娘美意，奴婢心领了。只是今日不巧得很，皇上说要去奴婢那里用晚膳，奴婢得早些回去准备……"

"哎，妹妹那么心急做什么！"环嫔一挥手帕打断她，"这太阳还正当顶呢，回去那么早干什么，干等着吗？"说完，用手帕捂了嘴笑，又道："妹妹年纪小，可能不知道，男人的嘴，骗人的鬼，即便皇上，又有几回是说话作数的。"

"皇上还从没在流彩堂用过膳，奴婢怕考虑不周……"龙泉女继续推托。

贤贵妃脸一沉："本宫还请不动你了。"回头跟郑鸿盛道："你去，扶龙才人去鸟园！"

贤贵妃的骄横霸道龙泉女是领教过的，眼下她既如此，也不好一意违拗。

龙泉女无奈道："恭敬不如从命，臣妾随娘娘们去。"

龙泉女吩咐碧玉好生将装着送子观音的锦匣送回流彩堂，让六儿跟自己去鸟园。

鸟园原只有两间用做鸟舍的平房和一条长廊，现如今扩大了三倍不止。上官泓将这里推平重建。他先在东北角建了一座两层楼阁作为鸟舍，又从阁前向西南方引出一条九曲回廊，西北造了若干大型室外鸟笼，西南则挖出一个池塘。池塘是专供水鸟栖息的，既要活水，又要防止冬天池面结冰，因而专门修了长渠，自附近山间引来温泉，温泉在宫中分流，一部分供帝妃沐浴，一部分流入这池中。

龙泉女跟着贤贵妃等进了鸟园。近午时分，阳光正好，鸟笼都在九曲回廊檐下挂着。一路走来，鸟鸣啁啾，百啭千声，甚是好听。鸟有几十种，大小、羽色、叫声各异，龙泉女认得的只有画眉、百灵、黄雀、鹦鹉等几种，其余的都叫不上名来。鸟笼也几乎没有重样的，材质有竹、木、玳瑁、象牙等，不一而足，装饰则或镂或刻，或贴金银，或嵌螺钿，华丽无比。水罐、食罐也都精致非常，从越窑青瓷、邢窑白瓷到玛瑙、玉石，争奇斗艳。

"龙才人，这鸟园是前几日才竣工的，只贵妃娘娘陪皇上逛过一回，皇后娘娘也还未曾来过呢。"环嫔笑嘻嘻道，"咱们姐妹沾贵妃娘娘的光，今日算是开了眼了。"

"是，"龙泉女顺着环嫔的话说道，"要不是贵妃娘娘，臣妾真不知这世上有这么漂亮的鸟，叫得这么好听。"

"皇上准本宫挑了一只带回去养，"贤贵妃得意道，"是只占婆来的五色鹦鹉，你们要看的话，只能到本宫那儿去了。"说完，转向龙泉女："龙才人，皇上宠你，不如你也要一只回去玩玩。"

"臣妾不敢跟娘娘比。"龙泉女垂目道，"再说，臣妾不会养鸟，看看就好了。"

"怎么，"贤贵妃双眉一挑，"龙才人嫌这里的鸟不够名贵？"

"回娘娘，皇上身边的东西，哪有不名贵的。"龙泉女微微一笑，"臣妾只是觉得，鸟还是在山里、在林里才快活。就好比臣妾剪的鸟，再漂亮，也是飞不起的。鸟还是自由自在地飞才好。"这倒是她的心里话。一路那么多华丽的鸟笼，她越看心情越沉重。

贤贵妃等三人听了这话，只觉不怎么舒服，哪里不妥却又说不出。

环嫔与姝美人对视一眼。环嫔随即撇撇嘴道："哟，龙才人到底是民间来的，与咱们姐妹想的不同。"

"贵妃娘娘，咱们姐妹去看孔雀吧。"姝美人岔开话头。

贤贵妃皱着眉头道："那边晒得紧。再说，本宫也有点累了。"

"那就去看水鸟吧。"环嫔赶紧道，"娘娘不是说池边有水榭吗，正可歇一歇。"

于是贤贵妃带头往池塘去。

环嫔和妹美人一人一边拥着贤贵妃，三人不知在嘀嘀咕咕说些什么。龙泉女在后面默默跟着，只当没看见。

几人来至池塘边，在假山旁一间小亭子里略坐了一坐。

贤贵妃站起来，接过郑鸿盛递上的鱼食，慢悠悠走到池边，将鱼食撒入池中。

"龙才人，你过来，看这锦鲤。"贤贵妃回身向龙泉女招手。

龙泉女走近池边，探头望望，敷衍道："娘娘，这锦鲤又肥又壮，且颜色繁多，很是漂亮。"

"龙才人在宫外也见过锦鲤吗？"

"回娘娘，臣妾在兴隆寺的放生池中见过。"

"龙才人，你再看这红嘴翠额的鸳鸯，宫外也有吗？"

"回娘娘，宫外也有的，不过比较少见，毛色也远不及这里的鲜艳。"

"龙才人，你再看那一对鹤……"贤贵妃向池塘一角指了指。

龙泉女顺着贤贵妃手指的方向望去，只见一对体形硕大的鹤正在池边浅水中立着。丹顶鹤龙泉女是见过的，可眼前这对鹤不但比丹顶鹤高大不少，且翅羽多浅灰色，只脖颈下半、翅尖和尾巴呈白色，也不似丹顶鹤顶上一抹朱砂，而是脸颊至脖颈上半都作赤红。

"回娘娘，臣妾头次见着这么大的鹤。"龙泉女老老实实答道，"臣妾只在滩边见过丹顶鹤，这鹤显然与丹顶鹤不一样。"

"那是，这鹤叫做赤颈鹤，是上官泓着人从天竺搞来的。"贤贵妃终于感到满意，"怎么样，龙才人，天子身边，不一样吧？你可以有新花样剪一剪了。"

龙泉女明白，贤贵妃越是把自己踩在脚下，就越是顺意。为了早点脱身，她愿意顺着贤贵妃，便道："娘娘说的是，臣妾到了这里，方知天地宽阔。"

"龙才人，你得谢谢贵妃娘娘指点。天天剪些俗里俗气的花样，皇上会腻的。"环嫔从身后凑过来。

龙泉女与贤贵妃几乎并排站在池边，但龙泉女的位置要靠后一些，为的是显得恭敬。环嫔不知为何，偏要插到她俩中间，龙泉女待要向右边移一移，却感到一只手已抵在自己腰上，将自己往池中推去。

龙泉女晃了几晃，未能稳住，向池面扑跌下去，与此同时，她心中明了，那三人是商量好的，诱她前来就是要推她落水，气愤之下，不甘心让她们轻易得逞，于是故意发出惊叫并双手乱抓，扯住了贤贵妃的右臂。

贤贵妃万没料到紧要关头龙泉女会拽住自己，心中一慌，脚下一滑，与龙泉女一齐跌向池中。

只听"咚、咚"两声，两人先后落水，溅起偌大水花，泼了环嫔一身。

"贵妃娘娘！贵妃娘娘！"环嫔大惊失色，也顾不得衣服，尖叫道，"快来人啊，快来人啊，贵妃娘娘落水了！"

站在后面的妹美人也急急跑到池边观望。

龙泉女扑腾了两下，呛了几口水，随即稳住心神，双手双脚划水，很快浮上水面。她自幼跟着泉哥在河边玩耍，原是识得水性的，虽然不精。只是时已初冬，饶是有温泉注入，池水还是十分冰冷，再加上宫装又绕又裹，累累赘赘，此刻贴在身上，极为碍事。

龙泉女感到脚碰到了池底的淤泥，马上调整双臂和双腿的姿势，在水中站稳了，这才发现池水仅及半胸。她见贤贵妃仍在水中一边尖叫一边胡乱扑腾，马上按照施救溺水者之法，捉住贤贵妃手腕，一把拽将起来。

贤贵妃好不容易站稳了，神却一时没回来，张着嘴呆呆地立在水中。

贤贵妃今日梳了个华丽的高髻，方才拼命挣扎，此时高髻已塌向一侧，脸上的妆也都花了，偏生还从水中带起了一片浮萍，顶在头顶，十分滑稽。龙泉女想笑不敢笑，拼命忍住。正在这时，一阵冷风扫过池面，贤贵妃一哆嗦，打了个大大的喷嚏，将那一堆发髻直拍到了脸上，登时从小丑变作了实实在在的落水鬼。

贤贵妃原与环嫔、妹美人合计好了，拉龙泉女来鸟园，推她落水，作弄于她，现在自己竟也跌入水中，眼见龙泉女憋着笑的模样，知自己狼狈不堪，顿时又羞又愤，号啕起来。

此时六儿已跳入池中，一步一步向龙泉女蹚去。龙泉女道："六儿，池水冰冷，咱们赶紧将贵妃娘娘弄上去。"

于是龙泉女与六儿一边一个，扶着贤贵妃走到池边。郑鸿盛踩在池边的石头上躬身拉扯，两人在下边推，把贤贵妃弄到岸上。

"成何体统，简直胡闹！"男人的声音响起。

话音未落，大谭谟由福如意等太监陪着从回廊那边走来。

贤贵妃看见大谭谟，立时如被抢了玩具的孩子般委屈，边哭边跺脚："陛下……"

大谭谟走到近前，上下打量两人几眼，绷着脸道："去把衣服换过，都来御书房回话！"又对站在一边的环嫔和妹美人道："还有你们两个。"说罢，拂袖而去。

御书房内，大谭谡端坐于几案后，贤贵妃侧坐在一旁的绣墩之上，兀自抽抽搭搭地哭着。龙泉女与环嫔、妹美人则跪在案前。

"说说吧，怎么落水的？"大谭谡望一眼贤贵妃，"贵妃先说。"

"陛下，臣妾与龙才人在池边闲话，不知怎的，就被龙才人拽着右臂拖下去了。臣妾……臣妾是被龙才人拉下水的！"

"龙才人，你怎么说，何故拉贵妃下水？"

"回陛下，臣妾正与贵妃娘娘说话，不想被人从后面推了一把，站立不稳，故而落水。"龙泉女始终垂着头，但话说得不紧不慢，并不慌张，"贵妃娘娘确是臣妾拉下去的，只因臣妾猝不及防，不由自主想抓住点什么，而旁边只有贵妃娘娘。"

"陛下……"贤贵妃想要插话，大谭谡做个手势制止她。贤贵妃只得收声，用手帕抹着眼泪。

"龙才人，什么人推的你？"大谭谡继续问道。

"回陛下，臣妾怕说错。"

"但说无妨。"大谭谡随即又补充道："抬起头来回话。"

龙泉女抬起头，望着大谭谡的眼睛："环嫔娘娘在臣妾身后。"

"龙才人，你可不要胡说！"环嫔急道。

大谭谡瞪环嫔一眼："朕还没问你。"又向妹美人道："妹美人，其时你在哪里？"

"陛下，不是臣妾，臣妾那时并不在池边。"妹美人急急摇着两只手道。她顿一下，偷瞄环嫔一眼，小声道："臣妾……在水榭台阶下。"

"贵妃，妹美人说的可是实情？"大谭谡问贤贵妃。

贤贵妃点点头。

"龙才人，你又怎么说？"

龙泉女点头道："是，姝美人不在近旁。"

大谵谍把目光移向环嫔，环嫔畏畏缩缩道："是……"

"姝美人，你可看到是什么人推的龙才人？"

"回陛下，臣妾没看到。臣妾听到叫声去看时，贵妃娘娘和龙才人已然都在池中。"姝美人小心翼翼地答道，忍不住又偷偷去瞄环嫔。

"那好，你起来吧。"大谵谍向姝美人道。

姝美人起身站到一旁，用攥着手帕的手抚了抚心口。

"环嫔，"大谵谍转向环嫔，"你可曾推过龙才人？"

"陛下，龙才人胡说！臣妾与她无冤无仇，推她做什么！"

"陛下，臣妾不敢乱说。"龙泉女依旧不紧不慢，"臣妾能感觉到环嫔娘娘不喜臣妾。臣妾想，环嫔娘娘推臣妾落水可能有两个目的，一是给臣妾点苦头吃，一是若臣妾将贵妃娘娘也带落水中，那臣妾尝到的就不止是苦头，而是背上罪名，被陛下惩处。故而环嫔娘娘选择臣妾和贵妃娘娘站在一起的时候推臣妾。"

贤贵妃本来还在抽搭，闻言一下子收声，向环嫔瞪去。

环嫔一看贤贵妃陡然沉下来的脸，登时吓坏了："贵妃娘娘，莫听龙才人挑唆，臣妾绝没想要娘娘落水，臣妾没想到会这样！"话一出口，环嫔自己僵住了，脸色随即变得煞白，看一眼大谵谍，垂了头，连肩颈一齐向下缩去。

姝美人咬住嘴唇，绞紧手帕。不把力气使在这两件事上，她就忍不住要跌足了。

"陛下，臣妾还想，倘今日只是臣妾落水，臣妾不说与陛下，陛下绝不会知道。但今日贵妃娘娘一起落了水，陛下即便不曾亲见，也会有人马上禀告陛下，说臣妾害贵妃娘娘落水，要陛下惩罚臣妾。"龙泉女并不理会环嫔，平静地说着，语气里无一丝波澜。

"这样吗？你却说说，你被人推下水，可会向朕告状？"大谭谋问道，似乎饶有兴致。

"回陛下，若臣妾一人落水，臣妾不会让陛下知道。"

"那却是为何？"

"回陛下，臣妾略通水性，死不了的。"

"受了委屈也不说吗？"

"回陛下，想得通透，便不委屈。"

"怎么个通透法？"

龙泉女略一沉吟，道："回陛下，臣妾想，环嫔娘娘推臣妾落水，不过是因为圣宠珍贵，谁都想要而已。"

龙泉女话音刚落，大谭谋哈哈大笑："确实通透。龙才人，你起来吧。"

贤贵妃急道："陛下，不管怎么说，是龙才人拉臣妾下水的！"

"贵妃娘娘，臣妾拉娘娘您下水是无心的，所以站稳后第一件事就是把娘娘您拉起来扶上岸。没人知道臣妾识得水性，臣妾若有心害娘娘，完全可以装作溺水挣扎，让娘娘您多喝几口水。"

"陛下……"贤贵妃无言以对，转而求助大谭谋。

大谭谋一摆手制止贤贵妃："爱妃，朕以为龙才人所说入情入理。"顿了一下，又向龙泉女道："也罢，贤贵妃落水终究由龙才人而起，你们两个的事，朕做主了，龙才人向贤贵妃告个罪，此事就揭过了。"

龙泉女转向贤贵妃，端端正正叩头："臣妾给贵妃娘娘赔礼，还望贵妃娘娘宽宥臣妾无心之失。"

贤贵妃无法可想，只得道："本宫不怪妹妹，妹妹起来吧。"

"至于环嫔嘛……"大谭谋目光落在环嫔身上，环嫔哆嗦了一下。大谭谋接着道："今日之事，皆由你而起，这样吧，禁足一月，罚俸三月。还有，龙才人年纪比你小，品级也比你低，心胸却比你开阔，你得学着点，今后莫要无事生非才好！"

"是，臣妾谨记。"环嫔又羞又愤，却再无一言可辩。

"陛下，臣妾可是无端落水，臣妾不依，臣妾不依！"贤贵妃仍心有不甘，抽出手帕，又要哭哭啼啼。

"哎，爱妃，朕方才也说了，这心胸嘛……"

"臣妾不要开阔，臣妾就不开阔！臣妾要陛下主持公道！"

"好，好。这样吧，这御书房里，爱妃挑几件喜欢的，朕赏了你就是。"大谇谩苦笑道。

"陛下说话算数？"贤贵妃破涕为笑。

"君无戏言。"

"陛下，臣妾就不打扰陛下和贵妃娘娘了。臣妾告退。"龙泉女趁机道。

大谇谩颔首："去吧。"

龙泉女也不去看环嫔和姝美人，退出了御书房。

第十二章

推说落水着了风寒，身体抱恙，龙泉女这几日将自己关在流彩堂，闭门不出。

此时，龙泉女正披衣坐在床上，思索着这些天来的遭遇。

这次的落水事件让她彻底看清，所谓独善其身原不过是自己一厢情愿。

她愈发觉出这深宫的可怕：它吞噬善良、真诚，逼人防范，迫人算计。

龙泉女觉得疲惫不堪，觉得分外孤单。她思念泉哥，想念他那温暖的怀抱。

"主子，贤贵妃来了。"碧玉急匆匆进来禀报。

"她来做什么？"

碧玉摇摇头："她没说。主子……小心。"

"我知道。"龙泉女边穿衣下床边道，"你先去给她上茶。"

龙泉女到了外间，见一身鹅黄宫装的贤贵妃坐在桌前，妆容一如往日明艳。她注意到，就在贤贵妃放在桌上的手边，有一只锦缎长盒，仿佛画匣。

贤贵妃见龙泉女出来，赶紧起身迎上来："妹妹，身子可好些了？"语气颇为亲热。

龙泉女行礼道："臣妾见过贵妃娘娘。劳娘娘挂怀，好多了。娘娘身子如何，无恙了吧？"

贤贵妃扶起龙泉女，就势握住她的双手，笑道："本宫早没事了。皇上让太医开了汤药，说是驱寒，可把本宫苦死了。别说，倒真管用，当晚就发出一身汗来，顿感松快许多。妹妹要不要，本宫那儿还有不少，让人送过来？"

龙泉女微微一笑，轻轻抽出双手："娘娘无恙就好。臣妾受不住表药，还是自己慢慢调理吧。娘娘今日来，是为……"

贤贵妃满面笑容："一是看看妹妹，二是有事相求。妹妹可能还不知道，两日后便是二皇子生辰，按惯例，各宫都要送贺礼的。贺礼年年送，且各宫大同小异，这次，本宫实在想不出什么不重样儿的来了，脑袋快想破了，最后想起手里有一幅皇上赐的《步辇图》摹本。不过，一幅摹本，纵是出自名家之手，到底没什么大意思。本宫就想到妹妹的剪纸。妹妹给皇上剪的小像，皇上称赞不已，还收在御书房中。本宫想求妹妹照摹本剪一幅《步辇图》，妹妹可愿成全？"

龙泉女心如明镜：阎立本的神韵岂是轻易能剪出的？剪得好，是贤贵妃礼物想得好；剪得不好，是她龙泉女技艺不高。又或许，贤贵妃根本就是借机为难自己。

"娘娘开口，臣妾敢不尽心。只是臣妾风寒未愈，精神不济，怕剪不出《步辇图》的神韵。听说，上官大人又从民间寻来几位剪纸高手……"

"'龙泉府第一剪'若剪不出神韵，本宫难道还指望第二剪、第三剪不成？！"贤贵妃打断道，"妹妹剪纸最是传神，二皇子的生辰礼若非出自妹妹之手，倒是本宫怠慢二皇子了。妹妹，你说本宫说得在理不？"

"娘娘，臣妾好一阵坏一阵的，实在是怕耽搁了。"

"妹妹给皇上剪小像，本宫虽未亲见，宫里可是都传开了，那是半刻便得。妹妹这般推托，莫非……"贤贵妃现出一丝难为情，"莫非妹妹还在怨本宫，怨本宫向皇上告状，说你害本宫落水？"

"臣妾哪敢怨娘娘。再说了，又不是娘娘推臣妾，娘娘还受臣妾连累，一并落水，原是臣妾对不住娘娘。"

"那妹妹便应下嘛！本宫指望着本宫的心思借妹妹的剪纸露个脸。妹妹再不答应，便是怨本宫。"贤贵妃竟用了在大谙谍面前撒娇的语调。

龙泉女只得道："那……臣妾勉力为之。倘无原作神韵，还请娘娘体谅。"

"本宫相信妹妹定能剪好。本宫让琉璃明早来取，就这么定了。"贤贵妃嫣然一笑，转身便走。

"主子，就给一天，画里这么多人，怎么剪得完？！"碧玉皱眉道，"她这是在为难您。再说，您还没全好，累坏了可怎么办？"

龙泉女并不多话，只吩咐碧玉取来剪纸工具放在一旁，自己展开画轴，细细揣摩。

"主子，您真要给她剪吗？"碧玉又问。

龙泉女并不抬头："算了，她在上，我在下，推不了便赶紧打发。你且去吧，让我静静想想。"

将近三更，流彩堂依旧烛火高烧。烛下，龙泉女一刀一刀在纸上刻着。

碧玉和碧桃围着龙泉女打转。

"主子去歇着吧,奴婢替主子刻。这一刀挨一刀,密密麻麻的,成个形就行了,他们也未见得就看得出。"

"主子,您眼里可都是血丝了。要不明早回贤贵妃,让她再宽限一日?"

"不妨事,你们去歇着吧。"

"主子,受寒后熬夜最是不好,引发咳疾就麻烦了!就让奴婢来吧。"碧玉很是心疼龙泉女。

"你们莫要聒噪,现下错一步,当真就是前功尽弃。你们赶快去吧。"

碧玉、碧桃再不敢作声,却也不肯离开。

真如逼债一般,琉璃一大早就来了。

"才人熬了通宵,方才睡下,你且再等些时候。"碧玉将琉璃挡在台阶下。

"啪!"琉璃一巴掌甩在碧玉脸上,碧玉左脸顿时现出红红的指印。

琉璃左冲右突,试图夺门而入,碧玉不顾脸疼,拼命拦着。

琉璃恼怒起来,腰一叉,放开嗓门:"你算个什么东西,竟敢拦我?!我可是贵妃娘娘派来的。"

琉璃的跋扈在宫人中也是数一数二的,就如贤贵妃在嫔妃中一样。

琉璃将嗓门放到极致:"区区才人的一个奴才,敢拦我?!"

里间,龙泉女掀被披衣下床。

碧桃阻止道:"主子别理,接着睡,奴婢去让她住嘴。"

"我去。你去仔细取剪纸过来。"龙泉女穿戴停当，便推门走到院中。

龙泉女径直走向琉璃，端端正正给了她一耳光。

琉璃见龙泉女出来，正要再拿腔作势，不想挨了一耳光，捂着脸后退几步。

"你说得没错，碧玉是我的奴才，轮不到你来教训！"龙泉女正色道。

琉璃眼中现出一丝胆怯。跟贤贵妃入宫以来，她还从未受过如此待遇。且龙泉女一贯柔顺，不敢得罪人的样子，今日竟斥责她，还出手打她，大出她的意料。

定定神，琉璃强辩道："奴婢奉贵妃娘娘之命来取剪纸，这奴才左拦右阻，显是没将贵妃娘娘放在眼里！奴婢让她吃点教训，不过告诉她什么人该敬。"

"你是贵妃娘娘的奴才，碧玉是我的奴才，我在这里，何时轮到你来教训？！说到敬与不敬，方才你大喊大叫，将我吵醒，方才那一巴掌，也是告诉你在流彩堂什么人该敬。"

琉璃语塞。

龙泉女又道："怎么，贵妃娘娘的奴才这么不服气，觉得我不是正经主子？"

"我……我是贵妃娘娘的人！"琉璃结结巴巴道。

"啪！"琉璃又挨一记耳光，这次出手的却是六儿。

六儿瞪着她道："主子面前自称我，以下犯上。"

琉璃再不敢多言。

碧桃捧着装剪纸的盒子过来："主子，剪纸。"

"交给她，别让贵妃娘娘久等。"龙泉女道。

琉璃接过，行了一礼，方才逃一般离去。

琉璃一出流彩堂，赶紧腾出一只手，用袖子遮掩着脸上的红印，饶是如此，一路上没少引宫人侧目。

"谢主子为奴婢出头。"碧玉在龙泉女面前跪下。

"起来吧。"龙泉女拉碧玉起来，"你是流彩堂的人，我当然要护着。"

端详下碧玉的脸，龙泉女道："去厨房拿只鸡蛋敷敷，小心留了痕迹，出宫后配不得好人家。"

碧玉羞道："主子打趣奴婢！"又认真对龙泉女道："奴婢不嫁人，一辈子守着主子！"语气十分诚恳。

龙泉女有些动容。

琉璃将自己在流彩堂如何挨了两记耳光讲给贤贵妃听。

贤贵妃勃然大怒："贱婢，不把本宫放在眼里！本宫是什么主子，她又是什么主子，竟然相提并论！她得意不了几天了。"

各宫陆续将贺礼送至德妃宫中。

龙泉女选了两块贵重衣料，与碧玉、碧桃挑灯夜战，制成衣服，再绣上图案，作为二皇子的生辰礼。因为做工精美，倒也不显寒酸。

只皇长子才有资格大办生辰宴。是以二皇子生辰那日，德妃就只在自己宫里设宴，请皇后及嫔妃们过去。

众人到齐，大容跃才到。

大容跃先恭恭敬敬拜过皇后，请皇后恕自己来迟。又拜众嫔妃："大容跃这里谢过各位母妃。这么多礼物，儿臣看得眼花缭乱，喜得晚上睡不着。"

众人听了都笑，夸大容跃一张嘴讨人喜欢。

皇后道："日子过得真快，转眼间，二皇子都十三了。"说着，含笑打量大容跃。

大容跃道："母后疼爱儿臣，儿臣铭记在心。"

皇后听了，脸上略有些不自然。她向德妃道："妹妹，二皇子这么会说话，真是得了你的真传。"

贤贵妃道："二皇子可喜欢母妃送的剪纸？母妃可是费了一番脑筋呢。"

"儿臣爱不释手，挂床前了，睁眼闭眼都能看到。"

贤贵妃捂着嘴笑。

"说到那幅剪纸，贵妃娘娘真好心思，能想出那么别致的物件。"德妃笑道，"手艺也好，人就像活的一般。"

德妃自然知道剪纸出自龙泉女之手，只是不说破，单夸贤贵妃有心。

众人正说笑，一名宫女匆匆进来，凑到德妃耳边一阵低语。

德妃脸色陡然一变，转向贤贵妃："贵妃娘娘从哪里得来的那幅剪纸？"

贤贵妃诧异道："是本宫命人赶制的。有什么问题吗？"

"那剪纸上撒有藜芦粉！大容跃将其挂在床前，日夜浸染，一年半载，毒便入肺腑了。"

贤贵妃十分震惊，缓缓站起身来："不能吧……怎么可能？"

贤贵妃隔着桌子望向龙泉女。

皇后勃然作色："竟有人胆敢谋害皇嗣！"

贤贵妃急急向德妃道："咱们姐妹十数载，本宫何曾做过此等事。妹妹不要受人挑唆，误会本宫。"

环嫔迟迟疑疑道："德妃娘娘，会不会搞错了？"

德妃一扫平和："搞错？这是太医到大容跃房中闻出来的，不敢隐瞒，赶紧让人禀告本宫。事关皇嗣，借他十个胆子，他也不敢浑说！"

贤贵妃转向皇后："本宫断不会做这等事，还请皇后娘娘明鉴。"她看向龙泉女："剪纸既被混了藜芦粉，本宫不敢隐瞒，龙才人，你来说吧，究竟怎么回事。"

众人齐齐把目光投向龙泉女。

龙泉女迟疑着站起身来。

贤贵妃又道："以剪纸为贺礼确是本宫的主意，剪制是本宫央龙才人代劳，本宫哪想得到会出这样的事情。"

"龙才人，贤贵妃说的可是实情？"德妃正色道。

龙泉女已知自己入了贤贵妃的局，正自责不够谨慎，此时听德妃这么说，只得走到皇后和德妃面前跪下。"回皇后娘娘、德妃娘娘，剪纸确为臣妾所制。"

"你怎会想要谋害二皇子？"德妃一副十分痛心的表情。

"龙才人从民间来，哪懂什么藜芦粉，定是有人指使或挑唆。"环嫔在旁道。

龙泉女再单纯，也知环嫔这话并非主持公道，而是想把波澜再掀得高些。

"臣妾不识藜芦粉，甚至未曾听说过。至于环嫔娘娘所说指使或教唆，更是没影儿的事。贵妃娘娘命臣妾剪纸，臣妾便连夜剪好，次日由琉璃取了去。剪纸上何时、何以有藜芦粉，臣妾全然不知。还望皇后娘娘、德妃娘娘明鉴！"说着，龙泉女深深叩首下去。

贤贵妃道："剪纸是本宫的贺礼，本宫在自己的贺礼中下毒，岂非愚蠢？！依本宫看，此事还须仔细问龙才人。"

"自然须仔细问!"德妃用手在侧几上重重一击,"皇后娘娘……"

"妹妹稍安勿躁。"皇后截住德妃话头。她吩咐平儿:"速去请陛下前来。谋害皇嗣是何等大事,还须请陛下旨意。"

平儿旋去旋回,回禀皇后道,陛下说政务繁忙,脱不开身,二皇子既无事,今日就不过来了,藜芦粉之事着福如意彻查,查明之后,自会给德妃及二皇子一个交代。至于龙泉女,事情水落石出之前暂且禁足,不许出流彩堂,更不许再惹事端。

众人听了,俱是面面相觑,无话可说。

皇后便着人将龙泉女带回流彩堂,让自己宫里的两名太监也跟去,就在流彩堂外守着,不许闲杂人等进出。

对德妃,皇后则好一顿安抚,说陛下圣明,定会查个清楚,替她和二皇子主持公道。德妃固然愤愤,却也无可奈何。

第十三章

"鸟语花香之天国"正在如火如荼地准备着。

龙泉女因为有毒害大容跃的嫌疑，被罚禁足三个月。她倒是乐得自在，整日在宫中忙着剪纸。

在大谟谟问了几次后，上官泓终于把观赏"天国"的日子定了下来。

这日，外面下了好大的雪，御园里却十足温暖，群臣和嫔妃由太监引导缓步踏入御园。

四周可闻啾啾鸟鸣，极其悦耳，可见花团锦簇，美不胜收。

绿茵茵的盖满藤萝的山石，旁有翠竹和珠兰；一口活水傍着假山，活水旁长着各种花草，令人惊奇的是，蝴蝶在花上盘旋。

所有人都停住脚步。这景致在冬日极为罕见。他们似处在一片繁盛的花海中，一个充满鸟语花香的美好的天国里，胜景在寒冬！

这是怎样的胜景啊。

细细看来，花朵有真有假，真假叠加在一起，随风摇曳生姿。

无论是绿绸子剪出来的纤细的花茎，还是水红色绸子剪出来的娇嫩的花瓣，又或是淡黄绸子剪出来的灿烂的花蕊，都是那样的生动可爱。

它们有的是含苞欲放的花骨朵儿，看起来饱胀得马上就要破裂；有的展开两三片花瓣儿，才刚刚露出小脸蛋，像害羞的新娘；还有的花瓣全展开了，粉红色花瓣衬托着黄色的花蕊……

园林织锦，堤草铺茵，莺啼燕语，蝶乱蜂忙。

再走下去，沿路两侧挂着鸟笼，有鹧鸪、鹦鹉、黄莺、杜鹃、画眉鸟、芙蓉鸟等等，有的发出悠长的鸣叫，有的啼出高昂的调子，有的舒缓如同月下的洞箫，有的豪放如东去的流水……这是自然真正的声音，是不经修饰的美好，使人忍不住沉溺其中。

鸟儿们形态各异，有的鸟儿着一身翠绿的绒毛；有的鸟儿长着如玛瑙般的眼睛；有的鸟儿腹部点缀着淡黄色的斑点……

在场的所有人此生都会记得，在这年的寒冬，他们经历了一场无与伦比的视觉盛宴。

这花，永不凋谢！盛开在御园里，盛开在每个人的心里。

大鑫茂一向爽快，他率先打破了众人的惊叹："皇上，这也太美了，花草上怎么还有蝴蝶？这真的是天国吗？"

大谭谡哈哈大笑："你仔细看看！"

大鑫茂凑近一看，才恍然大悟。

上官泓解释道："这是皇上的宠妃龙才人所剪。"

君臣其乐融融，唯独少了一个人，秦方故意称病在家。当然，妃嫔也少了一个人，那就是被禁足的龙泉女。

大谭谡想到了被禁足的龙泉女，笑道："好久不见了，改日朕去看她。"

众嫔妃的眼里闪出嫉妒之色，大谭谡一向喜新厌旧，三个月的时间，足以让这个美人再无东山再起的机会，谁知这剪纸又让大谆谆想到了龙泉女。

大谆谆对如此盛景、如此杰作十分满意，不住点头，当场宣布："上官泓，以后每年冬天都给朕做一个'鸟语花香之天国'。"

上官泓原本轻快的脚步一滞，这一年已是耗费巨大，整个朝堂骂声一片，自己更是殚精竭虑，还要每年？

上官泓面色不改："承蒙陛下喜爱，微臣每年都会竭尽全力。"

他又向东南角轻轻点头，受命的匠人们齐齐扇起了团扇，一阵微风吹来，带来阵阵花香，蜜蜂和蝴蝶随风上下飞动，突然，远处竟然走来一只猛虎，还有犬、狼……

猛兽！

嫔妃席位上传来尖叫，武将们欲拔刀而起。

这自然也是龙泉女的手笔。

大谆谆哈哈大笑，稍作解释后，又着人把猛兽剪纸撤下了。

群臣们一片溢美之词，大加赞赏着"鸟语花香之天国"。

大谆谆与美人、群臣开怀畅饮，大容利止不住地看着形态各异的剪纸，心里不住地想：这是个心思多么灵巧的妙人啊！

这个年在为大谆谆歌功颂德中飞快地过去。

正月二十六是龙泉女的生辰，以往每一次生辰都是泉哥陪伴她过的。

三个月禁足刚过，虽然"鸟语花香之天国"为龙泉女添了彩，但她还是老老实实待在流彩堂。

六儿特地让小厨房做了一桌子菜，龙泉女却食之无味，草草吃了几口长寿面。吃完面，她就遣走了宫女，静静地坐在一旁。

宫女们以为龙泉女睡了，小声谈论起最近宫廷中发生的事。

自从出现了秦方和上官泓朝堂对峙的事，又有"鸟语花香之天国"加持，大谞谟已经把大部分政务交给了上官泓，好几个老臣都被上官泓逼迫得告老还乡了。另外，还出了几件大事。

第一件事，上官泓在朝堂上公然说"立储之事应选贤选能"，老臣们与上官泓唇枪舌剑来了一番，而大谞谟并未表态，但事后大谞谟赏了上官泓好些珍宝，任谁都看出了他的倾向。

第二件事，民间突然有个匪夷所思的流言，当初皇后诞下的真皇子，早就死了，眼下这个皇长子是冒名顶替的假皇子。

龙泉女微微发愣，这分明是有人在针对大容利，看来，立储之事已到了非常阶段。

想到泉哥在大容利手下，龙泉女突然问了句："那大皇子现在怎么样了？"

宫女听了一惊，连忙认罪。

龙泉女摆了摆手："问你话呢，快说！"

"还在宫中，皇上并没有说什么，也没有做什么。"

一切都风平浪静？

龙泉女有些担心，她心中暗暗祈祷大谞谟还不至于心狠手辣到对自己的亲生儿子下手，大容利也不会因自己没什么作用就怠慢泉哥。

夜幕降临后，龙泉女左思右想，还是打算乔装打扮偷偷去趟永合宫。

龙泉女先去正房、书房转了一圈，大容利在书房里写着什么东西。而永合宫统共就他这么一个主子，除了下人们休息的地方，仍有亮灯的屋子就格外可疑。

龙泉女悄悄地打探了几处亮灯的地方，果然在后屋的一间厢房里找到了泉哥。龙泉女轻轻敲了敲门，灵活地推门进屋。

泉哥看到龙泉女，十分讶异，低声问道："怎么是你？你来这里做什么？"

龙泉女道："我看大容利最近不太好，所以来找你。"

"刚被解除禁足，怎如此莽撞？"泉哥比在御园时稳重多了。

龙泉女目光定了定："因为我想你了。"

泉哥抱住龙泉女："雁儿，从你禁足起我就心里慌乱得很，见到你真好。"

短短数月，两人都有所成长。

龙泉女问道："你这儿怎么样？"

"我没事，大皇子对我挺好的，还让我跟苏旭多学着做事呢。"

龙泉女疑惑了，又问："可是，可是我被禁足，丝毫没有帮得上他呀！"

泉哥看了一眼龙泉女，动容地道："大容利虽然是让你帮他，但是好歹从上官泓那里救了我，大道理我懂得不多，但我知道知恩图报四个字。另外，我还知道了一件事，我要为咱爹报仇。"

龙泉女一愣："报什么仇？"

"咱爹是因为珠玉死的，那个歌舞坊就是上官泓名下的。"

"你怎么知道的？"

"有一天上官泓在御园看着我们做事，突然来了个侍从急匆匆找他，我偷偷听见他们说，歌舞坊里两个姑娘有矛盾，一个把另一个打了，另一个竟然放了火，烧死了好几个人，那家歌舞坊就叫平康坊！没想到上官泓私下里还有歌舞坊！咱爹就是被他害死的！"

龙泉女愕然，她万万没想到，原来早在进宫前他们就和上官泓有了这样间接的联系。"这个上官泓，真是当朝第一大奸臣！"

龙泉女又为泉哥着急："那你现在能做什么？德妃蠢蠢欲动，秦侍中自顾不暇，我看大皇子皇位尚且难保。我只有你一个亲人，就想着让你平安，要不我去求求大皇子，让他让你回家吧，你远离这个是非之地。"

"我一个大男人，岂是让你保护的，更何况，家仇未报，你又在宫里，我怎么能一走了之！"

泉哥低声说："我听见歌舞坊的事之后太冲动了，本想冲上去拼了这条命也要拉上官泓给咱爹偿命，他叫了几个侍卫把我狠狠地揍了一顿。你知道他说了什么吗？他简直让人匪夷所思，他说不是他的错，是这个时代的错，若真想报仇，应该杀了所有的达官显贵！他还说，我现在不过蚍蜉撼大树……"

"你说什么？上官泓已经知道你要报仇了？那他怎么会放过你？"龙泉女吃惊极了。

泉哥挠了挠头，懊恼道："都怪我，太冲动了，把心思全都暴露了，可他居然没杀我。"又愤怒地说："事后我想想，他说的也对，这一切不只是他一个人造成的。你就等着吧，皇上肆意任用奸臣，又奢靡至极，总有一天会亡国的。我总有一天会杀了皇上，杀了上官泓！"龙泉女被惊得目瞪口呆。

上官泓竟然这么说？他疯了吧？

他知道泉哥和我必然要报仇，竟然大大咧咧地把泉哥给了大皇子？

上官泓行事如此特别而乖张，究竟是有恃无恐还是另有他因？"上官泓这是疯了呀！你怎么能被他影响到，我去求求大皇子，你快出宫吧！"龙泉女说话时都因泉哥疯狂的神色而有些发抖。

泉哥摇头道："自从你当上了什么才人，我自己的生死已经不重要了，我要留在这里看，看这个昏君是如何倒下的，看那个奸臣是如何倒下的！"

龙泉女还要劝说，泉哥却突然捂住了她的嘴，低声道："有人来了。"他说罢就将龙泉女推上床，让她躲在角落里。

果然，外面传来大容利的声音，隐隐似有醉意："看见你房间的灯还亮着，想必还没睡，本宫能同你说几句话吗？"

泉哥开门请大容利进屋。

大容利坐定后自顾自地说："儿时，母后常常过来看陪本宫，陪着本宫读书、写字，那时候本宫最大的愿望就是能如此和美地过上一生。可是本宫生来就是个悲剧，只能不断去争去抢，争得头破血流，抢得夜不能寐……"

龙泉女听到这样的话，呼吸放得更加轻了。

大容利继续道："你知道本宫为何留下你吗，除了母后，本宫没有真正的家人，可见到你妹妹那一刻，本宫却十分确信，如果拥有了她，本宫会很快乐。那日的'鸟语花香之天国'，本宫夜夜都会梦到，梦到花呀鸟呀，梦到她在剪纸。藜芦粉被禁足？后宫的把戏本宫见得多了，那样良善之人，一定是被人诬陷的。继承大位，也许是本宫唯一能够拥有她的机会，可是现实如此残忍，父皇迟迟不立太子，本宫虽然是嫡长子，但也是岌岌可危……你说，这该怎么办呢？"

屋内屋外陷入一阵沉寂之中。

龙泉女心里很不好受，泉哥这才知道自己因何受到了大容利的厚待。

在一片沉寂之中，苏旭提着一个灯笼匆匆而来，探头探脑说道："殿下，皇后深夜来访，现在正在前殿等您。"

大容利安静了一会儿，恢复平静，说："本宫这就来。"

等大容利走远了，龙泉女握住泉哥冰凉的手，着急地说："这会儿皇后来了，所有人都无暇顾及这里，我要走了。你别光想着复仇了，咱爹最大的愿望就是咱俩好好活着，我现在也只想你好好活着，你离大容利远远的吧，也要离上官泓远远的，他们现在都不是正常人了，为了权力什么都能干出来，你千万保重！"

泉哥并不答应，只是悄悄将龙泉女送了出去。

龙泉女绕了一圈，回到流彩堂。

没等龙泉女坐定，福如意快步走了过来："龙才人！皇上正在到处找您哪！"

龙泉女看到福如意，有些惊慌，问道："皇上什么时候来的？"

福如意回道："皇上出去打猎，赶在日落关城门前回来的，一回来就来找您，可谁也不知您去哪儿了，皇上现正在正殿呢。"

在龙泉女快步往正殿走的时候，福如意絮絮叨叨道："龙才人，皇上还是惦记您的，这不，您一解禁皇上就来了。"

大谭谡风尘仆仆地坐在殿中，身上还穿着打猎的披风。

龙泉女躬身行礼。

大谭谡沉声问道："你去哪儿了？"

"臣妾在宫中待得烦闷，出去走走，因为嫌宫人跟着吵闹，就没和他们说。"

大谭谡心情不错，说道："也是，是不是怪朕不来看你了。朕今日去打猎，想起你的剪纸来，你给朕剪个狩猎图如何？"

龙泉女低头称是，命碧玉去把剪纸的工具拿来。

大谭谡拍了拍腿，说："坐到这儿剪。"

"臣妾怕那样剪不好。"

"'鸟语花香之天国'都剪好了，狩猎图还能剪不好？"

龙泉女只好坐到大谭谡腿上。

大谭谡把头放在龙泉女的肩窝里深深一嗅，说道："好香！"

这时碧玉拿着纸过来了，龙泉女连忙起身，说："还望皇上恕罪，臣妾在您怀中无法安心剪纸。"

211

大谔谟哈哈大笑说："朕只当你是害羞了。"

龙泉女低头认真地剪纸。

不一会儿，狩猎图就剪完了，大谔谟拿起狩猎图左看右看，狩猎图中的自己英姿勃发，挽弓搭箭，别有一番英雄气概，他又命福如意挂到御书房去。

龙泉女本就对眼前的大谔谟升不起任何好感，三个月未见，更觉得疏离陌生，神情也带着怯懦。

大谔谟指着那头书案旁的琴桌笑道："朕进门时就看见了，你将琴拿出来了，可是今日抚过？"

龙泉女点头笑道："是，今日天气极好，臣妾在屋中静坐剪纸时，觉得五心澄明，剪完之后，还觉得兴致极好，便将琴拿出来抚了一曲。"

大谔谟闻言哈哈笑道："爱妃真是好兴致啊！"他转头看了一眼那琴桌上放着的古琴，忽而又对着龙泉女笑道："不如将你的琴借朕一用，可好？"

龙泉女闻言倒是一愣："皇上会抚琴？"

大谔谟笑道："朕七八岁时，缠着母后要学抚琴。母后请了唐人学士来教，但那人称此事终非正道，只肯教朕读书。朕只学了两年，抚琴自然是不如你的。"

龙泉女叫碧玉、碧桃来服侍大谔谟洗手，然后让六儿将琴桌搬到大殿正中。

大谔谟本就有抚琴的兴致，洗手之后，当下就坐在琴桌前，先抚弄一番，让自己与古琴渐渐熟悉起来，然后才开始进入了状态。

大谔谟坐定后，龙泉女就静坐在临窗的桌前，自己拿了茶具在那里烹茶。

一屋子的奴才，在琴音响起的时候，都停止了动作，一个个屏气凝神静立在原处，尽力给大谞谋创造出最好的抚琴条件。

一时间，万籁俱静，整个流彩堂中只有风声穿堂而过，月色很美，和着琴音，铺就了一个风雅迷人的夜晚。

大谞谋兴致很高，一曲后又接一曲，直到整整四曲之后，他才停手，琴音袅袅，经久方散。

龙泉女在琴音散后方才起身，端着烹好的清茶走到大谞谋跟前，亲手奉与他，笑意吟吟地说："皇上，请用茶。"

大谞谋接过来，将那微烫清茶一饮而尽，道了一声"好茶"，才笑问龙泉女道："如何？"

龙泉女接了茶盅，随手递给碧玉，让碧玉去放好；她望着大谞谋笑道："皇上的琴极好，若皇上再学几年，只怕到了大唐，皇上也是一方大家了。"

"别给朕戴高帽！"大谞谋笑道，"对于操琴一道，朕自知用功时日浅，又哪里有你说的这么好呢？别以为朕自己不知道，朕方才弹错了好几个地方，只是不愿停下来，这才糊弄过去了！"

龙泉女抿着唇笑，她目光闪动，又说道："臣妾不止听出这些，臣妾还听出，皇上有心事。琴音时而旷达，时而凝滞，皇上似乎是有烦难吧？"

大谞谋闻言，眸光微微一滞，而后却笑道："眼下虽不是万事顺遂，但事情都有可解之法，朕有什么好烦心的呢？"

大谞谋伸手去牵龙泉女的手，将她带至跟前，笑道："这操琴一道，就由你来教朕吧！来，咱们就先从朕弹错的地方开始教！"

龙泉女从琴音之中听出大谞谋有心事，她之所以说出来，是希望能引大谞谋将心事讲出来，好为大容利说几句好话。可大谞谋偏偏略过这一节不肯说，又要同她研究操琴之事，她也就不再继续追问了。

其实大谞谡确实有心事，准确地说是他心里不痛快，只是这不痛快无法可解，他不愿意说出来，所以才闭口不言，还拉着龙泉女教他抚琴的。

要说大谞谡心里不痛快的根源，还是立储一事。

只是这事，越深想越无解，越深想越气愤。大谞谡心中不舒坦，索性把这事丢开了，倒将一腔心思都用在了抚琴上，渐渐地，心神与琴声相融，心中郁闷也慢慢纾解开来。

弹了琴，看了剪纸，又有美人在侧，大谞谡愈发觉得自己是个风雅之人。

大谞谡将龙泉女抱到床上："朕一看你，就什么烦恼都没了。"

又是一夜春宵。

册立太子之事在大谞谡心中始终是个心结，他频频表现出宠爱大容跃就是为了削弱秦方和大容利。这一点，上官泓看明白了，德妃也看明白了，所以频繁地邀请大谞谡去她宫中品茶用膳。

大谞谡从流彩堂离开，派福如意去通知，要去各宫各处瞧瞧，尤其是两个儿子，让他们准备好。

皇上去永合宫和长庆宫考察两位皇子这件事，也正是皇后深夜去见大皇子的缘由。

大谞谡先去了德妃宫中用了茶，又直接去了二皇子的长庆宫。这个消息很快就传到了大容利宫中。

大容利在听了小太监的禀报后，默然片刻。

苏旭点点头，让小太监继续盯着。

去德妃宫里尚可忍得，又先去了长庆宫里，大容利心里越发不好受了。

大谞谡此举，摆明了就是压制大容利。

珍珠门内，皇后也知道了这个消息。皇后此时不愿去琢磨大谞谞的心思，她只是担心大容利。不知大容利听到这个消息后，该是何等伤心？

见皇后沉吟不语，龙泉女也知道大谞谞不去永合宫直接去长庆宫对于皇后、大容利来说都不好，奈何她没经过这样的事，一时也不知道该说些什么，便也陪着皇后一同沉默，思来想去，都没想出该说些什么好。

不过皇后只沉默了一会儿，察觉到众嫔妃正在请晨安，先恢复了常态，继续说方才的话题；倒是龙泉女有些过意不去，还被皇后看出来了。

皇后笑道："众位妹妹不用忐忑，皇上说各宫各处都转转，但也没有说什么时候会来，咱们只管安心等着就是了，不必着急。已近午膳时辰，本宫已经吩咐厨房准备了，咱们一道用膳。"

龙泉女听着这些话，明白皇后明说珍珠门，实际上想的是大容利那里。她心里倒有些佩服皇后，这种情况下还这般镇静，不愧是皇后。

用过膳食之后，皇后还安排了房间供嫔妃们歇息。

嫔妃们纵是心里焦急，可依旧在此等候。要知道，虽然大谞谞说去各宫各处，可后宫那么多嫔妃，又岂是去得完的，不若在珍珠门等候，皇上迟早会来的。

永合宫中，泉哥伺候大容利用膳，泉哥见大容利如往常一样，由衷赞道："大皇子您神色如常，真是让人佩服！"

大容利淡淡一笑："本宫不神色如常，还能如何，哭天抢地？"

"那倒也不至于，"泉哥道，"奴才始终想不通，皇上为何喜欢二皇子？为何对秦侍中还有您是这番态度？"

大容利闻言就笑了。

泉哥虽然有忠勇，但人情世故见得少，又不曾历练过，阅历尚浅，对于朝廷之事，帝王之心，终究还是没有一点见识的。

哪怕大容利自己，纵然读了些书，知道万千帝王事，也是最近才摸到一点皮毛，又怎能苛求一个长于乡野的人懂得这些呢？

"等你再历练些，自会明白父皇今日用意的。"

泉哥不解："大皇子既然懂得，为何不现在教我？"

大容利移开视线，幽幽目光落于窗外："因为现在，说不得。"

泉哥还待再问，大容利却继续用膳了。泉哥是个容不得心里有疑问的人，见大容利不肯说，便想着，那不如等有机会去问龙泉女，龙泉女也挺聪明的，估计能知道答案。

谁知，大容利就像是摸透了他心中所想似的，他刚一冒出这个念头，大容利就忽而看向他说："你若敢将这个疑问擅自问于旁人，往后，就不要待在永合宫了！"

这话说得很重。只因大容利容不得泉哥将此疑问求教于旁人。

泉哥被大容利眸中冷光震慑，又怕以后真的不能在永合宫，连忙表示他谁也不会问。

见泉哥再三保证，大容利的目光才重新柔和下来。

从正午等到日落时分，才传来大谭谡移驾的消息。

说起来，大谭谡在大容跃宫里待的时间比在德妃宫里的时间还长。听说，大谭谡还在大容跃宫里看了几场戏，玩乐了许久。

只是，这好不容易才传来的移驾消息，却并非是大谭谡到大容利这边来了，而是大谭谡回飞霜殿了。

大谭谡从长庆宫回去，特意遣福如意去和大容利说明不来的原因。

大容利在殿前听福如意传话，苏旭、泉哥和一众侍从在旁相陪。

福如意和善地说："大皇子，皇上在长庆宫里逛了许久的园子，说长庆宫里景致不错，几乎是把长庆宫里都走遍了，用了午膳后歇息了半个时辰，又听了会儿戏，如此忙碌一日，到了日落时分，皇上便有些疲累了。

"皇上说许是吹了风，有些头疼，又记挂着今日奏折尚未批完，就先回去了。皇上还说，今天晚了，就不来永合宫了，明日再来。"

大谭谋不来了，直接打道回去了，白等了一天的大容利又能怎么样呢？他能发脾气吗？他能表现他的不满吗？

大容利只能做一个恭谨的、关切父亲的儿子："父皇回飞霜殿后，可曾宣了太医？不如本宫随福公公看看父皇好了。若父皇实在难受，明日不来这里也是一样的。本宫这里都不要紧，只求父皇能保重龙体才好！"

福如意道："奴才方才来的路上就已经得到消息，皇上回宫后宣召了太医，现在已然好了许多，还派人让奴才与大皇子、二皇子传话，不必前去探望，他身体已无大碍，睡一觉也就好了。"

福如意又对大容利道："大皇子，皇上特意给您留了话，让您不必担心，皇上明日上了早朝，再休息一会儿后，是必会来您这儿的，您只管安心迎驾就是。"

大容利点头道："好，那本宫听父皇的。"

送走福公公，大容利便唤了苏旭近前来吩咐道："派人去同母后说一声，让她不必担忧。"

第十四章

已然天黑，因为等大谞谀，大容利还没用晚膳。

家宴上所需之物都是准备了一天的，大谞谀不来，能明日用的就留着，不能用的，要么分给奴才们吃了，要么扔掉。

从外面请来的戏班子，也候了一天了，这时候自然要安排他们去休息的。此外还有诸多繁杂之事，泉哥都一一想出妥当法子，都给处理好了。

将事情吩咐下去后，泉哥知道，接下来的事情有苏旭盯着，已不需要他再做什么了。

大容利将屋内伺候的奴才们都遣了出去，一人在里面待着。

泉哥进去一瞧才知道，大容利手边的茶都冷了，竟也不叫人添上，可见是心不在焉到了何种程度。

这时，苏旭悄悄过来，对大容利耳语道："龙才人来了。"

"让她进来。"大容利点了点头。

龙泉女进来就看到大容利失魂落魄的样子，心下喟叹，转头就叫苏旭将茶具拿来，而后继续令他们候在屋外。既然茶已冷，她亲手再给大容利斟热茶便是。

泉哥皱了皱眉问道："怎么这时来了？"

龙泉女关切地看着泉哥："我是光明正大来的。早上和皇上提及，想来看看哥哥。皇上说可以来，多余的什么也没说，我试探地提了大皇子，他脸色不大好。"

泉哥听到"早上"这个字眼，觉得是那样的刺耳！

大容利知晓龙泉女来了，可是这个时候，他却不想说话，就想这么默默坐着。只是，他又觉得自己这般坐着，有冷落龙泉女之嫌，他怕龙泉女多想，便转头想要同龙泉女解释一下，或者说让她和泉哥忙去，放他一人独坐，冷静一会儿也就好了。

只未曾想到，大容利刚抬眸看向龙泉女，龙泉女就冲着他温柔一笑，先开了口。

"大皇子不想说话，我们就陪您坐着，留在这里给您斟茶。"

龙泉女的笑容很温柔恬静，声音也很软糯，大容利默默凝视龙泉女半晌，最终默认了她的陪伴。

于是，龙泉女就当真不说话了。

泉哥心里却一股醋意油然而出，起身道："奴才忘了件事，先退下了。"

龙泉女张开嘴，想要说什么，却没说出口。

一室两人，外面很是安静，屋里也很安静，只有龙泉女偶尔斟茶时，茶盏相互碰撞而散发的金玉之声。屋中渐渐茶香弥漫，大容利在这清香之中，飘忽失落的心神不知怎么，竟慢慢平静下来了。

大容利端起龙泉女斟好的热茶一饮而尽，温度正好。

热意顺流而下落入胃中，大容利觉得那热意似乎还蔓延到了心上，不知怎的，忽然就想和龙泉女说说话。

他轻声道："你说，本宫是不是做错什么了？"

龙泉女往小小的茶盏中又添了一汪新茶，而后才轻声道："大皇子没有做错。皇上其实心疼自己的每个孩子，可是皇上终究无法感同身受，亦不能体会大皇子这些年的辛酸难处。"

大容利道："那么，是父皇做错了？"

龙泉女看了看大容利，抿唇想了片刻，最终还是实话道：

"您如今离那个位子只有一步之遥，可皇上正值春秋鼎盛，不会现在就立了太子。不论皇上如何宠爱二皇子，有一点皇上是不会忘记的，您是嫡长子。既是嫡长子，皇上便容不得您在朝中有势力，自然也容不得有人成为您的助力了。"

大容利心里冷笑：好一个春秋鼎盛！父皇这么折腾下去，不知还能鼎盛多久？嘴上道："若本宫和父皇都没错，那谁错了？秦方？上官泓？"

龙泉女道："大皇子，在臣妾看来，大家都没错，只是立场不同。"

"呵，好一个立场不同！"

大容利盯着龙泉女道："你这些话，真戳心啊！"

龙泉女看着大容利，眸光闪动："臣妾不想拿假话哄大皇子，只想同大皇子说臣妾的真心话。"

"你说得对，这真心话，这才是最为戳心的！你就是为了你哥哥吧，才以身犯险，卷入这场纷争？"大容利苦笑一声，"这么多年，做惯了高高在上的皇子，享受惯了万人之上的荣耀尊贵，这件事，本宫还不如你看得清楚！不过，本宫如今看清，倒也不算晚！

"本宫刚出生时，父皇待我如珠似宝。在本宫眼中，与父皇的关系先是父子，而后才是君臣。所以，本宫一心相信父皇绝不会为了任何事情而抛弃我，会永远护着我！只可惜，有了大容跃，有了德妃，本宫还是想错了！

"在父皇眼中，我们先是君臣，而后才是父子！他宠爱本宫的前提是于君臣立场上无碍，若是有所妨碍，他必不会如此。父子之情或许深重，但重不过君臣。"

一通则百通，大容利什么都想明白了。

"秦方那日的话说得对，你说得也对，父皇重用上官泓，抬举大容跃，他做这些不是因为本宫欺负了大容跃，也不是因为本宫忤逆他的意思延缓赋税，是因为前朝后宫都因为这个太子之位起了动荡，是因为他觉得本宫羽翼渐丰，怕压制不住，是因为朝中有太多大臣趋附于本宫这个皇长子。"

大容利说这些时，只觉满心悲凉："可笑父皇竟不知我，竟不信我！本宫身为皇长子，又岂会不知谨守自己的本分？对于那些趋附之人，本宫又何曾鼓动他们做过什么？不过是储备人才而已，没有丝毫二心，父皇竟连这个也容不下吗？那他要本宫如何？要本宫拥立大容跃吗？"

大容利愈发觉得，想登上这个皇太子之位，真的不容易。

"若您真要拥立二皇子，无异自毁前程，自绝后路。"龙泉女看着大容利，"皇上有他的立场，也有他的局限，他无法全知您的心思，更无法尽信您。在他看来，如今所做之事，皆是帝王必要之手段。皇上心中，说不定还觉得您应该能体谅他。"

龙泉女看着眼前这位憔悴但不减英俊的皇子，犹豫再三，继续道："大皇子，臣妾今日斗胆说了这许多实则不该说的话，只望您不要真心错付，皇上既然对您先君臣再父子，那您也如此吧！您将心肠换一换，从此以后，先将皇上看作君，再将皇上看作父。那么，有许多事情，您都会改变想法，做起来也就不一样了。"

不知为何，许是那日听到了大容利的衷肠，又许是眼前之人同自己一样身不由己，龙泉女对大荣利莫名生出一丝悲悯。

大容利闭目深吸一口气，再睁眼时，眸中沉郁伤心之神色都不见了，他认真地看着龙泉女："这世上除了秦方之外，也就只有你能如此真心实意地对本宫说这些话了，旁人又岂敢说这些大逆不道又犯忌讳的话呢？

"你放心，本宫只是一时悲愤才会如此失态，不会真的拥立大容跃的。其实父皇一日不来，本宫就等他一日，有些事情，本宫静坐一日也想通了，只是情感上还有些难以接受罢了。不过没关系，这心肠若换过来了，一切自然就都好了。"

大容利吐出胸中浊气，深深吸入茶香，情绪渐渐平静，思路也渐渐清晰，而后淡淡道："帝王手段无穷，有一便有二，本宫也未必是毫无招架之力。既然如今比不得从前，那么，本宫便将从前种种皆忘了吧。自今日起，本宫便做个全新的皇子。"言罢，他轻声道："不论父皇想要对本宫做什么，本宫奉陪到底就是了！"

眼见大容利对大谭谍的一颗赤子之心在受到了伤害后改换心肠，龙泉女心里稍安。

她就怕大谭谍对大容利已有防备打压之心，大容利却一无所觉，若是那样的话，大容利必是要受伤的。

不过，眼下戳破了这层心思，大容利已然有所醒悟，这也是一桩好事。

可听着大容利此时所言，瞧着大容利眉目之间隐现的凌厉之色，龙泉女又有些心惊肉跳起来："大皇子想要做什么？"

大容利转头看她，见龙泉女眼中光芒闪动，多有担心关切之意，大容利微微一笑，伸手轻轻拍拍她的手背，将眼前小小茶盅里一汪冷透了的茶一饮而尽，而后才对她笑了笑："放心，本宫不会胡来的。只是君臣博弈，进取退弃，总会有的。本宫知道皇太子这条路不好走，君臣父子的界限不好掌握，但此番已是大梦初醒，本宫知道自己在干什么，也知道自己应该干什么。"

大容利的话不多，但话中意思已十分明晰，他眸光坚毅再不动摇，可见是真的跳脱了之前的心境，对往后有了新的打算了。

龙泉女其实还是很担心，但看着明亮光线下大容利坚定自信的眸光，她的心又比之前踏实多了。她与大容利对视了下，眼中的担心忽而全数褪去，取而代之的，是信任的神色。

龙泉女站起来，走到大容利面前，盈盈一礼后道："臣妾与大皇子相知，知道大皇子是有大志向的人，也知道您定不会被眼前的挫折所击倒，无论如何，臣妾和哥哥都会站在您这一边。臣妾亦认定，不论大皇子这条路有多难走，您都是一定会走到底的！"

"好！好一个走到底！"

大容利被龙泉女几句话说得心头大畅。他站起来走到龙泉女面前，凝视她片刻。他想将她紧紧搂入怀中。他心道：终有一天，我会让你光明正大地在我左右。

大容利沉声道："本宫有你这朵解语花相伴于侧，风霜雨雪又有何惧！"

情之所至，大容利突然吻住龙泉女的唇瓣。这一吻，热烈而来势汹汹。

龙泉女错愕，待缓过来神，一吻已终了。

"还望大皇子得偿所愿后，帮我和哥哥实现心中所愿，让我们平安出宫。"龙泉女不知该如何面对大容利，说完，匆匆离去。

大容利挑眉，微不可闻地"嗯"了一声。

龙泉女太过美好，他只要一靠近她，就管不住自己。

大容利转回坐在椅子上，又舍不得龙泉女离开。

龙泉女来到泉哥房间，她刚一关门，泉哥就一把将她抱住说："你明知道大皇子对你的那份心思，你明知道我恨皇上！"

"咱们还要依靠大皇子出宫。"

"那我也生气了。"

龙泉女挣扎道："生气你就放开我，咱们把事说清楚了。"

泉哥不放："我就是想抱抱你。"他本来想和龙泉女理论一番，但龙泉女越想挣脱他的怀抱，他就越贪恋这份温暖。

泉哥忙将揽着龙泉女的手臂紧了紧，并低声警告龙泉女不许乱动，如此一说，怀里的人倒还真的老实了。

龙泉女不挣了，她在泉哥的喘息中慢慢感觉到，现在她脸红似血，耳根子都在发热，她如此坐在泉哥身上，心里羞涩不已。更重要的是，在如此朦胧的接触中，龙泉女才发现自己面对泉哥时有多敏感。

要不是泉哥当真没有动作了，龙泉女几乎都以为泉哥这样是刻意逗她的。

泉哥是真的没有想要怎样，他抱着龙泉女坐了一会儿，觉得温香软玉在怀，要想忍住冲动还真不是一件容易的事。于是他想赶紧说点别的事情来分散一下注意力。

"我一直在想，要有些新意，永合宫才能吸引到皇上。"

龙泉女的注意力果然就被吸引过去，问道："怎样有新意？"

其实能讨大谞谟喜欢的方式就只有那几样，原本宫中都是预备下了的。

要是大谞谟先来永合宫，他必然会喜欢这预备的东西，可他偏偏先去了长庆宫中，预备的东西都是大同小异，又哪里有什么新意可言呢？

"先前还未曾想到，不过，现下却是想到了。"

泉哥看着龙泉女，唇一勾："有样东西，所有人都没有。"

泉哥说得神秘，龙泉女听得好奇："你说的是什么？"见泉哥不说，又道："别卖关子了，告诉我，咱们好帮大皇子，帮他就是帮咱们自己。快告诉我，我好取了去。"

泉哥闻言笑道："这个宝贝你肯定是取不来的。"

龙泉女好奇道："为什么取不来？"

泉哥大笑："我说的这个宝贝，就是你啊！你此时便在我怀中，又要上何处去取来呢？"

龙泉女一愣，随后又撇嘴道："我不是东西，是人。"

泉哥笑着哄她："好好好，你不是东西，你是人！"

两人调笑几句，泉哥言归正传："皇上素来附庸风雅，你又擅长剪纸，我想明天皇上来，看到剪纸必然高兴。"

"棋书画倒也罢了，在园子里寻一处极好的景致，等皇上逛到那里，自有歌姬抚琴，琴曲悠然，剪纸随风而起，毕竟你的剪纸比茶点膳食听戏唱曲都要好。"

龙泉女笑道："好是好，可皇上必然知道这是我剪的。如果再觉得我参与朝堂，岂不是害了大皇子。"

"当然不说是你剪的，再请上一名美人。"

泉哥沉吟片刻又道："有琴有剪纸，若是大皇子能彩衣娱亲就更好了。"

龙泉女重复道："彩衣娱亲？倒是别致。"

春秋时，老莱子很孝顺，七十岁了还穿着彩衣扮成幼儿，引父母发笑。大谍谍打压大容利，大容利还有如此孝心，传出去，朝臣们对大容利的评价必是极好的。只是……

泉哥看了看龙泉女："只是有些委屈大皇子，大皇子不一定能同意。"

"不，"龙泉女道，"若是放在想通之前，大皇子可能真的会觉得很委屈，如今倒不会觉得委屈了。这个时候，彩衣娱亲讨好皇上，对大皇子名声确有帮助，这件事，你去和他说，他肯定能同意。"

大容利自然能从中看到极多的好处，既然有好处，委屈一点也无妨。

两人又讨论了会儿，龙泉女起身道："时候不早了，你也跟着忙了一日了，这会儿也累了，快去洗漱歇息了吧，我也走了。"

泉哥带着龙泉女站起来，龙泉女先往外走，泉哥在后面跟着。

可是泉哥才走了两步就停住了脚步，他停下来也不为别的，就是眼角余光一扫，无意中看见龙泉女的耳根后面都红了。龙泉女本就白皙，此时这块红格外明显。

脸没红，耳根却红了，难道是因为自己？

泉哥只一想，心里便一动。他让龙泉女坐在他身上，永合宫中人多眼杂，他没打算怎么样，可是……

"慢着，你看。"泉哥在龙泉女出门之前叫住了她，一手突然抚上了她的耳朵。

龙泉女被泉哥一碰，红晕慢慢从耳根扩大到了脸上。

泉哥顺势亲了龙泉女一下。

看着泉哥的笑和眼神，龙泉女明白过来，羞得满脸发烫，气恼地捶了泉哥一下。

泉哥见龙泉女害羞的模样，只觉可爱极了，他真想……

泉哥抱住了羞得无所适从的龙泉女，低声在她耳边道："原来你一直在害羞，我很喜欢你这样。"

龙泉女本自脑袋昏昏的，听了泉哥的话，愈发羞得不肯开口。

泉哥瞧她这样，心情大好，拿过架上的披风给她披上。而龙泉女再也按捺不住自己，回身将泉哥抱住。

泉哥热烈地吻着龙泉女，龙泉女亦热烈回应。

泉哥双手一抱，把龙泉女带到了榻上。

龙泉女口中含含糊糊道："不，这里不行，外面有人……"

这番拒绝在泉哥看来是欲拒还迎，他心里更痒。

泉哥捂住龙泉女的嘴，用牙解开她的衣带，轻柔地吻着，低声道："外面听不见。"

第十五章

昨夜，龙泉女回到流彩堂便忙着剪纸，泉哥一夜的绮丽之梦都是关于龙泉女的，大容利想到今日父皇要来便辗转反侧，三人的眼下竟不约而同地都有了青色。

碧玉用剥了壳的熟鸡蛋在龙泉女眼下磙。龙泉女笑着问："怎不用脂粉遮？"

碧玉也笑："主子不知，脂粉太厚了不好看，而且，这样弄起来也快些，算是治本。一个不慎脱妆了，叫人看出主子脸色不佳，那就不好了。"

永合宫中，大容利又确认了一遍接驾时需要做的，还让泉哥和苏旭带着下人各处去查看，而后没过多久大容跃就来了。

大容利笑得格外爽朗："二弟，你来得真够早啊！"

大容跃受宠若惊，平日里大容利总是端着，哪有这样的好脸色，他给大容利行礼道："昨日臣弟就说，要同皇兄一起迎接父皇的，自然不敢怠慢。"

大容利淡淡一笑："既如此，二弟你就陪我坐等吧！"言罢，又对准二皇子妃邱氏笑道："弟妹也坐，咱们一块儿等父皇过来。"

说起来这位准二皇子妃邱氏，大容利也是一肚子辛酸。父皇早早地为大容跃选好了妃，对于自己，却说要仔细斟酌。

渤海国世风剽悍，早有订下婚约就可以住在一起的传统，大容跃便整日和邱氏成双成对，以彰显是如何恩爱。

邱氏也有些受宠若惊，连忙谢了大容利，然后跟着坐下来。说实话，她来入宫多次，在珍珠门也好，在长庆宫也好，遇见大容利的时候屈指可数，但哪次大容利都没对她这么笑过客气过，今儿大容利的态度真的让人受宠若惊。

一旁的苏旭也觉得大容利对大容跃的态度有所转变，但他并不知这其中内情，只以为是大容利为迎接大谭谟的缘故，倒也没有多说什么，心里只有替大容利高兴。

不管怎么说，大容利对二皇子态度转好，总是好事。

大容利自然晓得自己转变态度惹来了他们的不同反应，但他此时心思不同从前，也没打算多解释什么，只是想着，日后再不会像从前那样对大容跃摆脸色了。想着，他便安心坐在那里，等着大谭谟到来。

大谭谟说了今日会来，那自然就是要来的。

用过早膳，一切处理妥当后，大谭谟带着仪仗往永合宫来了。

大容利在得了消息之后，早已带着人在永合宫外相迎了。

大容跃见了大谭谟也是笑意吟吟的模样，大谭谟看见两个笑脸相迎的儿子，自然十分高兴，及至这两个儿子上前来给他行礼，大谭谟一手一个，亲自将两个人扶了起来。

大容利顺势笑道："儿臣看父皇的精神很好，想必昨日的头疼应是大好了。不过，纵是如此，儿臣还是有些担心父皇的身子，父皇可曾带了太医前来？如若没有，不如宣一个候着，儿臣担心父皇又如同昨日那样头疼。"

大容利这话，是关心大谞谟的意思，也是暗讽大容跃不会照顾大谞谟的意思。

大容跃听见大容利这话，脸色就有些不大好看了，奈何此时场合发作不得，大容跃也就只能忍着了。

倒是大谞谟，听见大容利关心他这话十分高兴，笑道："朕已大好了，不必担心。

"昨日之事，也是个意外，朕不过是在长庆宫用了些酒水，又吹了些风，不曾勤更衣，所以才有些头疼，当时朕没在意，回宫后才觉头疼，这才宣召太医的，也是朕没有引起重视之故。今天朕已带了太医随行，但凡有所不适，朕也不会讳疾忌医，不必忧心。"

大谞谟头疼，关心照顾的人自不会少，但他此番虽明明故意"打压"大容利，仍听到大容利的关心之语，心头的高兴程度自然也是高于旁人的，笑吟吟地答了大容利的话，就步入了宫里。

随大谞谟前来永合宫的，还有几位公主。

大谞谟进入宫中，随行的公主们也要同大容利见礼，大公主的礼十分敷衍，二公主倒还好，只是大容利待这二位都淡淡地。

大谞谟瞧着眼前的处处景致层层屋宇，觉得极好。

这宫中的施工图他都是看过的，知道永合宫里有些什么，见眼前实物皆与那图纸上一模一样，没有铺张浪费，大谞谟心中稍觉宽慰。

宫人的住处大谞谟自然是不会去的，起居之所，大谞谟也不会去，好在宫里足够大，能逛的地方极多。大谞谟来了之后，浅浅看过几处，便去正殿休息了小半个时辰，休息好了更衣之后，便带着皇子公主们正式开始逛永合宫。

大谭谍一路与大容利还有其他人说说笑笑的，行至园中，大容跃忽而说道："皇兄，你这儿就没些有趣的？"

这话正好为大容利寻了好时机，大容利神秘道："父皇和二弟只安心游园吧，转过这个假山，等父皇行至那湖边廊下时，就会瞧见，儿臣为父皇在湖心亭中预备的惊喜了。"

大谭谍"哦"了一声，笑道："还为朕准备了惊喜吗？"

大容利笑道："父皇前去一看便知。"

在长庆宫中，大谭谍对于接下来的行程都了然于心，并无什么惊喜出现；如今到了大容利府中，竟还有惊喜可看，大谭谍也不由得生了几分兴致，闻言便率先转过假山，往湖边廊下走去。

湖边廊下尽处，早已为大谭谍和其他人备下膳桌，摆着的皆是江南有名的小点心，清茶也是江南特有的茶水，就着秀美景色，用着爽口的点心和清香的茶水，在这湖边廊下阴凉处一坐，简直是一种极致的享受。

大容跃却有些不以为然，他不爱这些甜腻的点心，见大谭谍用得愉快，到底还是又忍不住开口道："大皇兄，这便是你所说的为父皇准备的惊喜吗？我看，不就是些江南点心吗？算不上什么神秘的惊喜吧。"

大容利笑道："二弟少安毋躁。"他转头又看着大谭谍笑道，"父皇，您瞧，那边，就是儿臣为您准备的惊喜了。"

众人顺着大容利所指引的地方看去，但见飘着帐幔的湖心亭中，竟不知何时出现了一个人，那人身形隐在帐幔之中，隐约能辨得出是个女子，但再多就看不出来了。

那女子端坐在琴桌前，大容利话音刚落，伴着波光粼粼的湖面水色，袅袅琴音便从湖心亭中飘扬开来。

一时湖边寂静无声，包括大谭谍在内的众人都不由得放轻了

231

呼吸，心随着琴音起伏时而沉静时而飞扬，同时又有各色的奇花异草剪纸随清风飘过来，随手拿过一张，竟还带着花香。

一曲罢了，大谭谡久久回味，众人也不敢出声，许久之后，大谭谡回神，笑问大容利，"这抚琴的是谁？宫中琴师不多，竟有此造诣者。"

大容利没有答话，只是笑望着湖心亭处，大谭谡也跟着望过去，才见湖心亭中那女子已走了出来，是位一身淡青衣衫，模样绝色倾城的少女。

大谭谡仅看一眼便笑道："吾儿有心了。"

那少女来了，大谭谡对她和煦地笑，问道："你这曲子，可是《高山流水》？"

少女答道："皇上博闻强记，正是此曲。"

大谭谡点头笑道："巍巍乎志在高山，洋洋乎志在流水。你这曲子抚得极好，深得其中韵味。朕几次出游，倒也听过不少琴师在朕面前抚此曲，却都不及你心境安宁，自然也不如你弹得好听。"

少女忙道："奴婢不敢与琴道大家相比。只是为大皇子一片孝心，想让皇上高兴。"

大谭谡笑道："朕确实很高兴，你也不必过谦，朕看你弹得极好，该赏。"复又问："你叫什么名字？"

少女款款而答："奴婢名叫晚瑜。"

言罢，大谭谡就赏了晚瑜很多东西，还吩咐福如意，将他所藏的那一尾极好的琴拿来赏给晚瑜，还特意说了，那样的古琴，就该给晚瑜这样的懂琴之人。

别人也就罢了，大容跃心里难免闷闷的。虽然昨天大谭谡吃过点心、看过戏后也很高兴，但和眼前比起来，哪个更高兴，一望便知。他想过献美，又觉得臣子给皇帝献美理所应当，儿子给父亲献美，实在是容易被人诟病，没想到被大容利抢了这机会。

大谭谟虽然第二日才来大容利宫，看着好像是被压制了，可大容利如今后发制人，制造的这一出惊喜可谓是非常成功。

大容跃看着大容利唇角那勾起的笑意，默默祈祷，祈祷大容利只准备了这一出惊喜，千万别再整出什么别的惊喜来了，否则父皇愈加高兴，那他昨日的功夫岂不是白费了吗？

听过琴，大谭谟愈加高兴，游园的兴致也高了起来，带着皇子公主们走完了全程，最后吩咐大容利将膳食摆在湖边水榭旁。

"那处敞亮，朕瞧着当作用膳之所便极好，也就不必回去了。"

大谭谟望着大容利笑道："你前几日从朕那里把御膳房的江南来的厨子要走了，想来就是为这次准备的吧。"

大容利道："父皇明察秋毫，什么都瞒不住父皇。"

大谭谟摆摆手笑道："方才那几味江南点心，倒是让朕念及当年去大唐时在江南尝过的膳食了。今日也就不用御膳房的那些膳食了吧！方才听了琴曲，用了点心，接下来，就叫那几个厨子，将他们的拿手好菜做来，叫朕与诸位皇儿都尝尝吧！"

大容利笑着应了声"好"，转头看了泉哥一眼，泉哥对着大容利点了点头，就下去安排了。实际上，他们给大谭谟预备的用膳之所，还有所备的膳食都不是这样的。但如今大谭谟高兴，也就没有必要去扫了大谭谟的兴致，毕竟天大地大皇帝最大。

大谭谟既想在水榭用膳，想用江南风味的菜品，那自是随他。

好在大容利都有心理准备，且府上一干人等都是随时待命的，纵然大谭谟一时改变了主意，也不至于太过忙乱。

泉哥从小厨房内将那几个江南厨子唤来，大厨房中菜品齐备，只要他们过来就能开始。

至于做哪几样菜品，大容利既未明说，那就由泉哥来定了。

泉哥问清他们擅长的菜色，也问了这个时节什么样的菜品最好吃，最后定下来，不过一时半刻。

午膳按时送到，大谚谍用后只觉鲜美无比，心中自是高兴。

一时饭毕，大谚谍自要按照他素来的习惯午睡，大容利亲自引了大谚谍去提前备好的休息之所，而后，再去安置同来的人们。

把众人都安排妥当了，别人能午睡，大容利却还午睡不得，还要筹划下午的事情，力求做到完美，不出纰漏。

时光若流水，一两个时辰就这么在与泉哥、苏旭的筹划和闲话中度过了。大谚谍醒来之前，大容利同晚瑜一起去了大谚谍的安歇之所候着。等了不多时，其他人就到了。

大谚谍悠悠醒来，洗脸之后，神清气爽，于是问大容利下午有些什么名目。

大容利一一说了，还讲了听戏之事。大谚谍淡淡一笑，准了："不错，就这么着吧。"

大容跃听了默默松了一口气：还好还好，只是听戏而已，想来大容利也有不了什么新意，自然在此一项上就超不过自己了。

大谚谍颇爱听戏，大容利请来的梨园子弟在上京名气极大，也曾进宫在大谚谍面前献过艺。大谚谍知晓他们擅长什么，有何种本事，因此大容利请大谚谍点戏，大谚谍直接就点了几折戏，其余的便让大容利自己做主了。

这倒正合了大容利的本意，于是，梨园子弟开锣献唱之后，大容利便不动声色地坐在大谚谍旁边，陪在大谚谍身侧看戏。

就在戏剧的气氛最是热烈，大谚谍全然沉浸在戏中之时，大容利悄悄地退场去做准备了。

等大谚谍回过神来，想要与大容利笑谈一二之时，却发现身侧哪还有大容利的身影！

这回，大谞谇倒是猜到了几分，笑着看向晚瑜道："大容利这是给朕准备惊喜去了？"

晚瑜答道："回皇上，是的。"

大谞谇笑呵呵道："好啊，那朕倒是要看看，大容利能为朕准备什么惊喜！"

令大谞谇没想到的是，下一场戏的开场，大容利竟然出场了。

瞧着大容利身上那扮相，那故作正经又滑稽的动作，大谞谇不由哈哈大笑："彩衣娱亲！大容利这是要彩衣娱亲啊！"

晚瑜从旁浅浅笑道："皇上慧眼，大皇子正是想要彩衣娱亲，只为博皇上一笑。"

大谞谇点头道："朕知道他的孝心。"

一折戏尚未完，大谞谇在瞧出大容利是彩衣娱亲后，就将戏停了下来，叫大容利到他跟前来回话。

大谞谇瞧着大容利身上花里胡哨的装扮，不由得又笑了一会儿，最后感慨道："大容利，朕瞧着你这孩子倒是长大了，越发有孝心了，为朕高兴，如此委屈自己，朕着实感动啊！

"只是你身为长子，威仪气度是必不可少的，你的这份心，朕已经知道了，你快些去更衣，然后陪着朕安安稳稳地看戏吧！"

大容利也不坚持，顺势给大谞谇行礼道："儿臣领命，这就去更衣，过后再来陪父皇看戏。"

观大谞谇神色，大容利就知道，他今日这样忙了一场，目的已经达到了。大谞谇对他的心意和惊喜很满意，今日这一场接驾，只要撑过剩下的几个时辰，便算是完美落幕了。

大谞谇见大容利如今为了博得他的欢心这样挖空心思，心里深切感动之余倒对大容利多了几分怜爱。

待大容利更衣归来，到大谞谇身边坐下，父子俩闲谈笑语几句之后，复又一块儿看戏。

大谭谖看过他自己点的几折戏后，就携了大容利去正殿安安静静地坐着说话，剩下的几场戏，便让其他人依旧坐在那里瞧了。

大谭谖和大容利一走，除了两位公主还能专心致志地看戏之外，其余人都十分关注大谭谖与大容利的离场和单独谈话。

他们都在想，皇上在这个时候，会同大容利说些什么呢？

尤其是大容跃，他已经无心看戏了，恨不得立刻就去把上官泓请来，让他分析一下父皇会同大容利说些什么，只可惜他不能离场，只能憋着，想着等事情忙完再去找上官泓问问。

大容利遣退屋中候着的奴才们，亲自拿了茶具来给大谭谖烹茶。大谭谖让福如意也退到屋外去守着了，屋里，便只有他和大容利父子二人。

大谭谖见大容利烹茶，颇感慨道："朕还从未喝过你泡的茶呢。看你手法娴熟，可是练过？"

大容利笑道："回父皇，儿臣觉得烹茶静心，所以有时候心里不大畅快了，就做这个，过不多久，心自然宁静下来。父皇若觉得儿臣的茶好，儿臣常给父皇烹了喝！"

大谭谖淡淡一笑，指点大容利，说他喜茶浓些。而后望着大容利道："这些日子因为秦方之事，你心里也不大畅快吧？"

大容利手微微一顿，又继续手中动作，垂眸专注烹茶未看大谭谖，口中却道："儿臣不敢。"

大谭谖未置可否，闻着满室茶香，道："朕瞧着你的精神比之前好了，朕是十分高兴的，但与此同时，朕也很担心。""因为秦方是你的师傅，从前你就与秦方十分亲近，朕也从未阻拦过你，现在秦方沽名钓誉，你二人过从过密，不是什么好事。朕，不希望你同秦方太亲近了。朕希望日后，你能同秦方保持距离。"

大容利已将茶水斟入茶盏，此时轻轻将茶盏放到大谭谡面前，望着大谭谡道："儿臣不明白父皇的意思。父皇曾对儿臣说，秦方是先皇直臣，也是您的直臣。"

大谭谡将茶一饮而尽，等口中茶香散尽，才沉声道："不错，朕从前是这样说的。可今时不同往日，现如今，秦方结党营私，在朝中影响极坏，已有尾大不掉之势，朕已容忍数年了！"

大容利又给大谭谡的茶盏中倒入一汪茶水，依旧望着大谭谡道："父皇的意思，是想要就此除掉秦方吗？"

大谭谡忽觉喝进口中的茶有些涩口，微微皱眉道："朕没有这个意思。朕只是希望你不要与秦方走得太近，朕最近让上官泓处置了秦方的几个党羽，就是在给秦方一个警告，警告他不要太过分了。只要秦方肯收敛，又与你保持距离，朕不会动他的。"

大容利默默片刻，没再给大谭谡添茶，而是将自己茶盏中的冷茶一饮而尽，而后才望着大谭谡道："父皇不要秦方再在朝中给儿臣做遮风挡雨的大树，那日后若有风雨，谁来替儿臣挡着呢？"

大谭谡觉得这话极不顺耳，瞪着大容利道："有朕在，还需要秦方替你遮风挡雨吗？！谁又敢给你制造风雨？！"

大谭谡本有些动怒，可当他的目光触及大容利明亮的眼眸，就又叹了口气："听朕的话，朕不会害你的。秦方自诩对国有功，做了许多非人臣所为之事，你不要与他走得太近，不能被他挑唆，更不能被他蒙蔽，知道吗？"

大容利忍了又忍，终究还是没忍住："父皇，上官泓未必就心地光明，父皇为何就允许二弟与上官泓密切来往呢？"

大谭谡闻言，盯着大容利看了半晌，沉声道："上官泓是个忠臣，他全心全意听命于朕。"

好一个"全心全意听命于朕"！那么，上官泓与大容跃走得近，也是父皇的意思了？大容利在心里冷笑。上官泓敛财无度，反倒成了忠臣，真正的忠臣成了奸臣，何其可笑！

大容利沉默半晌，起身跪在大谭谟跟前，叩头道："儿臣感念父皇对儿臣的教诲。父皇放心，儿臣必会听从父皇嘱咐，与秦方保持距离，不会再与他亲近。"

大谭谟点头，俯身拍拍大容利肩膀，示意他站起来："朕相信你。你放心，不管朕如何对待秦方，朕是绝对不会迁怒于你的，往后，你只管本分做事就是了。"

大谭谟该说的话已经说完，对着大容利笑道："朕不在你这儿用晚膳了，一会儿就回去了。"昨日他也未在长庆宫用晚膳。今日在永合宫，一切虽出乎他的预料，不过总体还是不错的。

临出门，恢复慈父模样的大谭谟对大容利道："你也大了，朕琢磨着该给你选妃了。朕还盼着孙儿呢！"

大容利笑着点头。

此时，皇子公主们早就候在门前了，见大谭谟与大容利出来，纷纷给大谭谟行礼。大谭谟含笑登上御辇，起驾回宫。

而晚瑜，早在大容利安排下，坐上了大谭谟随行辇车。

第十六章

永合宫中。

龙泉女闻言心口一跳，问道："大皇子，皇上可是要对秦侍中动手了？"

大容利道："父皇让我同秦侍中保持距离，不要同他交往甚密，只要秦侍中肯收敛，他就不会要他性命。父皇还说，现如今本宫长大了，不用再有人为本宫遮风挡雨了，秦侍中就该知进退，就不该再同本宫有任何往来了。"

龙泉女闻言便觉心疼："皇上不要秦侍中为您遮风挡雨，那日后朝堂之上，又有谁来为您遮风挡雨呢？日后若有风雨降至眼前，难道要您这个大皇子自己抵抗吗？"

大容利淡淡一笑："你这话，本宫也问过父皇。父皇说，有他在，他会护着我。"

龙泉女无言。这话怎么能信？！

大容利目光幽深："他这是嫌我成长得太快了，才要剪除我身边的人。"

龙泉女问："那您要怎么办？"

大容利淡淡一笑："本宫并非没有自保能力，纵然是鹰王，这羽翼也是不能说剪除就剪除的，稚鹰会想办法保护自己的羽翼，更会想办法生出新的羽翼的。羽翼丰硕的那一日，稚鹰也就不再是稚鹰了。"

龙泉女默然片刻，道："臣妾明白了，只是您此后之路会更加凶险，还望善加珍重自身。"

大容利闻言就笑了，走到龙泉女身前，在她耳边轻声道："放心，本宫知道自己在做什么，也知道如何去做。"他虽以稚鹰自比，但鹰就是鹰，他的心中，自己终有一天会长成鹰王的，只是需要时间来继续成长和筹谋而已。

正在此时，苏旭前来奏事，大容利仍看着龙泉女，让苏旭进来说话。

"主子，唐府举哀了。"

大容利一惊："什么意思！你是说，唐师傅过世了？"

苏旭点头道："回主子，是这样的，就是不久之前的事。"

大容利的脸色忽而极难看，皱眉沉默许久，才冲着苏旭挥手道："知道了，你下去吧。"

泉哥担心道："大皇子，您没事吧？"

大容利长出一口气，才恨声道："先前本就吩咐苏旭暗中盯着唐府，就怕唐师傅出事，没想到过了几天，到底还是出事了！上官泓，实在是可恶！可恨至极！"

大容利转头再去瞧龙泉女，见她既担心又有些迷惑的眼神，解释道："唐师傅是本宫出阁读书后的第一位师傅，年老不能胜任之后，便是秦侍中来做本宫的师傅。唐师傅教本宫读书时，秉公办事得罪了上官泓，那时上官泓就曾陷害过唐师傅。眼下秦师傅大权旁落，唐师傅也没了，上官泓还不知道怎么得意呢。"

"这些年唐师傅久病缠身，不过是还想为百姓们做些实事才未主动辞官的，唐师傅见秦侍中屡遭贬谪，上了数道折子为秦师傅说情，父皇前几日把他批了，上官泓又连番动作，指使人告唐师傅的家人贪了田地。年老之人忧思惊惧之下，又岂会不出事？

"本宫本有心维护唐师傅，却怕因为本宫的出面而愈加让父皇迁怒于他，只能隐忍，打算看看情况再说，却不想才几日，唐师傅竟熬不过去……本宫既痛心又悔恨！"

大容利痛心的是师傅的离世，寒心的，是大谭谍助纣为虐，让上官泓挟私报复，致使一位心怀百姓的清流老臣就这么在党争之中冤死了。

龙泉女担心大容利急怒攻心之下伤及自身，连忙让泉哥扶着大容利坐下，又给他泡了宁神静心的热茶来，柔声安慰大容利，要他息怒，好好保重自己的身体。

泉哥用手轻抚大容利脊背，试图帮助他顺气消解怒意。

大容利沉默半晌，饮了一杯热茶，待心中急痛缓解后，才同他们说起他与唐朔的旧事。

大容利眼角又见一点红，可见他心中对唐朔的痛惜、对上官泓的恨。沉默片刻后，大容利又道："近日，上官泓不但在父皇面前攻讦秦师傅的门生，还屡次在皇上面前挟私报复，说唐师傅的不是，外间传闻父皇要将唐师傅的家产全部充公并会降罪于唐府，这些话传到唐师傅耳中，唐师傅极为惶恐不安，上疏请求致仕，却不被父皇所允许，他又席藁待罪，及至皇上将他迁任的圣旨到时，他还磕头流涕地请死，这样的逼迫，实在是令人愤恨！"

泉哥也劝大容利不要伤心愤怒，气大伤身。

龙泉女陪大容利坐着，听着大容利说出心中愤懑，不时柔声相劝，小半个时辰后，大容利的情绪才终于稳定下来。

大容利的情绪稳定下来后，望向龙泉女道："上官泓敢这么做，唐师傅落得如此下场，也是父皇默许的。要想此时为唐师傅讨回公道，恐怕不容易。此事，我还须隐忍，以待来日了。不过，眼下的事情，比如去唐府致祭，本宫还是要去做的。不但本宫要去，秦师傅也要去。"

　　龙泉女闻言便蹙眉道："皇上那边，未必就不知道唐府出事了。适才皇上嘱咐过您，若您与秦师傅同去唐府致祭被皇上知道了的话，岂不是公然与皇上作对？到了那时，只怕对您不利啊。"

　　大容利淡淡一笑："你们不必忧心，本宫不会在这样显眼的时候去，唐府才刚刚出事，想必这时候盯着唐府的人肯定不少。而父皇既然说了那句话，本宫自然不能明目张胆地出入秦师傅府上，总要避过人前，暗中行事。"沉吟片刻，又道："再说了，父皇只说了不要与秦师傅过分亲近，若是现在立刻连正常往来也断了，倒显得本宫心虚。所以，不必做得太过，明面上少些来往就是了。"

　　大容利心中有打算，且还有事情要做，便让龙泉女先走，不必管他了，他还要再静心想一想接下来要如何做。

　　另一边，大容跃有些雀跃："本宫就知道父王是宠爱我的，所以才用了上官泓，眼下唐朔又死了，看大容利拿什么和本宫较量，本宫明日就去吊丧。"

　　大容跃心中主意既定，但乍逢此事，不免心事重重，即便后来睡了，也睡得不怎么安稳，心里总是想着这些事情。

　　今夜难眠的，又何止大容跃一人？

　　苏旭回来复命，将打探到的消息说与大容利，大容利听了只是冷笑。

"话谁都会说，上官泓现在悲痛不已实在是可笑，但看他怎么去做吧！这事就先这样，你派人盯着上官泓，不管他有了什么动向，做了什么去了哪里，都要派人来告诉本宫！另外，如若大容跃进宫找德妃，告诉咱们放在宫里的钉子要盯紧了他们那边，看看他们接下来会如何做，但凡有动静，还是要第一时间告诉本宫，明白吗？"

大容利在宫中多年，从前也就罢了，但近些年，也是暗中培养了一批势力的。其实这些人都是宫中各处的奴才，或明或暗地投靠了大容利，说是要为皇长子效忠。说白了，就是为自己心里未来的主子效忠。

大容利不管这些小事，一概都交给苏旭去筛选，看看哪些人能用的，就收过来，由苏旭暗中调派。

苏旭应后，大容利又吩咐道："本宫去休息，熄灯之后，歇两个时辰，到了后半夜子丑时，你记得叫醒本宫，本宫要出门一趟。记住，不要惊动了宫里任何人，这次出门，本宫要悄悄地，只你跟随就行。"

大容利想过了，唐师傅是他的开蒙师傅，对他的意义非比寻常，今夜若不去致祭，他心头难安，对不起唐师傅。

所以，大容利决定就在后半夜前去唐府致祭，那时，整个京城都还在睡梦之中，且正是睡得最酣熟的时候，若那时出门，最不易被人发现。

去唐府致祭之前，大容利要先去一趟秦府，将秦方一并带上，再前去唐府致祭。

唐朔还有四个儿子，父皇既然让唐朔如此寥落离世，寒了唐家人的心，那么，就让他这个皇长子将唐家人的心给收过来吧！

唐朔的三个儿子都极其出色，皇长子亲临致祭，这番恩德，他们不会不明白的。

到了后半夜，苏旭如大容利吩咐的那样，悄悄叫醒了他。

大容利醒后，就由苏旭服侍着更衣。因为要悄声离宫不能让人知晓，大容利连灯都未点，一切都是摸黑进行。等收拾好了之后，才在夜色掩映之下，带着苏旭悄然离去了。

而宫里，自有泉哥守着，永合宫中所有人，都会以为大皇子还在休息。

大容利深夜来到秦府密会秦方，秦方得知消息后大吃一惊，还以为出了什么大事，连衣裳都是匆匆穿好的。

"大皇子这么晚来老臣处，便是要老臣同您赶去唐府致祭？"秦方有些想不通大容利为何这么急，而且他也不赞成大容利这么晚跑到唐府去致祭，秦方又说，"大皇子便是要去唐府致祭，也不必急于一时，明日去也是一样的。而且，依老臣看来，大皇子此时不应当去唐府致祭，宜装作不知此事比较好。"

大容利皱眉问："师傅为何这样说？唐师傅是本宫的开蒙师傅，本宫为何不应当去？"

"大皇子不要误会，老臣也是为了大皇子着想。便说眼前形势，大皇子实在不宜与唐府过分亲近的，"秦方道，"其实唐朔离世的消息，老臣比大皇子知道得早一些。老臣刚刚得知消息的时候，还派人打听过了，知道了唐朔离世之前的一些内情。

"大皇子是知道的，唐朔前不久迁信部，去勘察楠木，前几日突返家中，同家里人说不舒服，大限将至了，结果没几天，就真的离世了。他骤然离世，家中只有俸银八两，听说是门生致祭时，给了唐家人二十金才将丧事办起来的。"

"大皇子，唐朔年老体弱，迟早是要辞世之人，但此番他的去世却同上官泓脱不了干系，现如今的局势，大皇子当比老臣更加清楚，您应当避嫌的。"

听秦方说起唐朔离世之前的状况，大容利十分心痛："师傅，你所说的局势，本宫又何尝不知？但唐朔是本宫开蒙师傅，本宫必须要去唐府致祭。至于避嫌，本宫也虑到了这一点，所以才在深夜前来，让师傅陪同本宫一起悄悄前往唐府，此时前去致祭，不会惊动任何人。于唐家，也算是有个交代。何况，唐朔的三个儿子，我是必要见一见的，关于他们今后的去处，本宫有话要交代。"

秦方闻言，当下便明白了大容利话中未尽之语，也明白了大容利非要深夜去唐府致祭的原因。

大容利一则是为师生之情，二则是为唐朔那三个儿子。

大容利观秦方神色，便知秦方明白了他的意思，便又道："方才师傅说，致祭之事不急于一时，可本宫没有那么多的时间，何况过后再去，只怕是多有不便，也就只有今夜去了是最好的。往后，只怕本宫也不能光明正大地与师傅一同前去了。"

秦方何等人？大容利虽未明说，他却从大容利话中听出弦外之音来，心中一动，便联想起大谭谖去永合宫一事来。

在此之前，大皇子都比较正常，今日却一反常态，莫非？

秦方一念及此，便直接问："是不是皇上同大皇子说过些什么？是关于老臣的吗？"

大容利看了秦方一眼，并未回答秦方的问题，只道："师傅，时辰不早了，您先同我去唐府致祭，有什么话，我们回来再谈。"

若再与秦方谈下去，天就要亮了，那还怎么趁夜前去致祭呢？

秦方闻言，看看窗外天色，点头同意了。

此时，夜色正浓，他们此刻出去，确实很难被人发现。

秦方安排轻便马车出行，大容利跟在秦方身后，瞧着秦方略有些苍老的背影，目中深幽的眸光闪动，轻声叹道："说到底，还是因为唐师傅做过本宫的师傅，才被上官泓如此攻讦的。本宫去唐朔府上致祭，是想要告诉那些真心追随本宫的人，但凡真心以待，本宫必不会亏待了他们。若是本宫总是为了局势而避嫌，这世上，又有谁还会真心追随本宫呢？"

秦方在前面听着，被大容利的话所触动，心中极其感慨，更颇为动容，不过，因为已经出门了，怕说话惊动了旁人，秦方未再开口说话。

大容利选的时间是不会有人来致祭的时间。

唐朔之前被上官泓攻讦，虽未戴罪，也是待罪了，所以，除几个至交外，来唐府致祭的人，少之又少。

所以，这会儿来了两个不明身份的人，唐府的门童就摸不着头脑了。

不过，门童也并未怠慢大容利和秦方，而是赶紧禀明唐朔长子唐溥。

唐溥不认得大容利，却认得秦方。他一见秦方，吓了一大跳，连忙下跪行礼，被秦方拦住。唐溥不笨，当即让下人们退下。

等周围无人了，秦方说明来意，不过此时，秦方并未告知唐溥大容利的身份。

唐溥就以为秦方身边带着风帽的大容利是秦方的随从，并未多加注意，待听得秦方说他是来唐府吊唁致祭后，唐溥当场感动不已，直接就涕泪横流了。

唐溥二话不说，带着秦方就去了灵堂之中，因顾及秦方的身份，知道他漏夜前来是不愿意被人发现，所以，在秦方到达灵堂之前，唐溥将灵堂中的人都清理了，只留下他的两个弟弟。

秦方身份贵重，亲自来给他们的父亲致祭，他们身为人子，理当郑重回礼。

也正是到了灵堂之中，见无外人，无人会泄露大容利的身份，秦方才同唐溥等三人道明大容利的身份。

唐溥等人这才知晓，秦方竟是陪同大皇子前来吊唁的！他们更是受宠若惊，心中的感动无以复加，谁都没想到老父死后竟能得大皇子亲临致祭。得知大容利致祭唐府的那一刻，三个男人竟哭成一团。

大容利等他们心情平复了些，才轻声同他们道："本宫此番过来，并非是父皇所令，而是本宫感念令尊，师生之情不敢忘，所以避人耳目悄悄赶来致祭。另外，怕你们心生委屈，故此来说一句准话，不管令尊之事父皇如何裁定，你们都要隐忍，总有一日，本宫会给令尊一个公道的。"

唐溥等人闻言又哭起来，唐朔这些时日饱受忧思惊惧之苦，唐家人又岂能幸免呢？三个儿子每天自然也是跟着老父担惊受怕，如今听了大容利一席话，都如同吃了定心丸一样，安心之余，一腔忠诚感念，也都给了大容利。

大容利又道："因上官泓之故，也因为一些不可说的原因，令尊之事恐怕会草草了之，你等估计是不能入朝为官了。若有志向可以同本宫明说，将来，本宫可以给你们一个机会。"

大容利也不另寻地方，就在唐朔灵前，要听唐朔三子的真心话，而他对唐朔三子，自然说的也是真心话。

唐朔三子因为上官泓对其父的戕害，早已恨透了上官泓，他们虽不入朝堂，却也知道朝中风向，如今皇上抬举上官泓，打压秦方和大皇子一系，他们对皇上也心存怨念，如今大皇子既然向他们伸出了橄榄枝，他们便毫不犹豫地接受了。

半个时辰的时间，足够大容利同唐朔三子谈妥一切事宜了。

从唐府离开时，大容利达成了目的，心中自然满意，而唐朔三子往后都有了奋斗目标，心中大定，也不似之前那样六神无主了。

值得一提的是，秦方全程都在旁听。在听完了大容利同唐朔三子的谈话之后，秦方心中感触良多，时不时望向大容利的眸底深处，隐隐有些泪意。他觉得大容利长大了，觉得大容利同之前有了很大的不同。

若换做之前的大容利，又岂会费心去做这些拉拢大臣之子的事情呢？

那么，现如今大容利的转变，是否与皇上今日去大皇子府有关呢？秦方心中越发想知道，皇上去永合宫究竟说了些什么。

第十七章

　　回得秦府，离天亮还有些时辰，秦方看大容利没打算就回宫，正好他也有话要同大容利说，便带大容利到了一处静室。大容利也不要有人在侧，把苏旭等都打发到门外候着。屋中便只剩二人。

　　大容利先开口："师傅早知父皇为什么做了那些事吧？"他以前心中对此始终疑惑不解，曾问过秦方数次，秦方总是推说帝王之心难解，那时他信了，现在想来，秦方压根没有说实话，秦方其实就是知道为什么，却不肯对他明说罢了。

　　秦方现在不撒谎了，点头道："老臣知道。大皇子现今想必知道了吧？"

　　大容利点头："知道了。"他看着秦方，幽幽道："本宫也知道了，父皇对本宫，本就存着一份戒心，他抬举上官泓，抬举大容跃，并非仅仅是本宫为师傅说话，为百姓说话，而是他要利用上官泓和大容跃来打压本宫这个皇长子。

　　"不单单是这个，还包括这一段时日来，上官泓在皇上身边屡进谗言，父皇借势惩处了师傅身边好几个交好朝臣和门生，这就是在借上官泓之手打压师傅，打压本宫。还有这两日，皇上先去长庆宫，最后才来永合宫，都是一样的道理。

　　"师傅，经此一番，本宫才看清了父皇的心，他或许还是很疼爱本宫这个儿子，但在他眼里，本宫首先是一个皇子，一个已经开始对他有威胁的皇子！"

　　秦方默默看着大容利，烛火晦暗不明，秦方却有些无言。

　　之前大容利不明白、看不清形势时，秦方巴不得大容利早些明白；如今大容利看清了，又都明白了，他却又有些心疼，巴不得大容利一直都是那颗赤子之心，从未这般痛过、变过。

　　秦方想着，今夜大容利对唐府的行为，正是看清处境之后才做出的决断吧？秦方沉默片刻，才开口问道："皇上究竟对大皇子说了些什么？方才老臣发问时，大皇子未答，现下唐府事了了，您可以告诉老臣了吗？"

　　大容利道："父皇今天同我说，要本宫同师傅保持距离，不要太过亲近了。若是我同师傅继续过从甚密，对师傅不好，对本宫也不好。"

　　秦方心一下就紧了："皇上的意思，是要对老臣动手了吗？"

　　大容利看了秦方一眼，笑道："师傅不必着急，父皇没有这样说，他说了，只要本宫不与师傅亲近，师傅肯再收敛一些，他就不会对师傅动手的。"

　　秦方这回倒没能看透大容利所想，"什么叫再收敛，我渤海国已经成什么样了，内忧外患啊！不少地方闹饥荒，周围的敌人虎视眈眈！老臣已被上官泓步步紧逼，再紧逼的话，老臣这条老命都要给他了！"秦方又试探道，"那么，大皇子的意思，是要遵照皇上所言，与老臣保持距离？"

　　大容利眼里有光闪动，看着秦方道："我与唐师傅都不肯避嫌，又怎么会因为父皇的几句话就与师傅保持距离呢？

"在父皇心里，师傅只是他的臣子，可是，在本宫心里，师傅是亲人。既是亲人，便是一荣俱荣，一损俱损的关系，岂能说断就断呢？本宫若是真听了父皇的话与师傅保持距离，从此不再亲近，又怎么对得起师傅这么多年来为我遮风挡雨、处处维护我呢？师傅您是知道的，本宫绝不是过河拆桥之人，纵然明面上不能同师傅太过亲近，本宫在私底下也依旧同师傅是一家人！"

之前，在大容利心中，大谞谍比秦方要重要得多。他以为，只要自己一心顺从父皇，就能够获得父皇的宠爱。父皇重用上官泓之流，不过是一时被蒙蔽了。

但大容利在知晓大谞谍心思后，醒悟真正一心为他的只有秦方这个师傅，而大谞谍，终归是对他用上了帝王心术。

"再说了，"大容利淡淡笑道，"父皇的话，又有几分可信？若我与师傅保持了距离，师傅也从此不问政事，父皇就一定不会对师傅动手吗？父皇打压师傅，其中不可能没有本宫的原因，皇上打压师傅，就是在打压本宫。不论本宫失去师傅，还是师傅失去本宫，这后果都是不堪设想的。所以眼前之策，唯有前进，不能后退。"

大容利一席话，说得秦方心头寒意涔涔，却又热血沸腾。

寒意涔涔是因为大谞谍对他忍无可忍了，热血沸腾是因为大皇子终于认清了眼前的处境，也终于有了自己的决断，最重要的是，大皇子不曾抛弃他，这是最让秦方高兴的。

秦方眼含热泪："老臣自当上师傅，曾在心中暗暗立下誓言，定要好好维护大皇子，好好辅佐大皇子。我秦氏一族，为您肝脑涂地亦在所不辞！如今听您一言，老臣这一生都值了！"

秦方随即沉声道："自古以来，这皇子之争，臣子党争，无非只有一条定律。不是东风压倒了西风，便是西风压倒了东风。皇上抬举上官泓，抬举大容跃，无非就是想要用他们压倒您而已。如今，我们如法炮制，再反击一记便是了。我们就是要在满朝大臣面前，好好提醒提醒上官泓和大容跃，他们即使再受宠爱，也不可能真正压倒了大皇子！这些年，老臣为大皇子在皇上面前争取良多，如今，老臣愿意为了大皇子再同皇上争上一争！也得让皇上知道，如今的大皇子，并不是皇上能够轻易打压的！"

大容利先听秦方所言，便问秦方想要定下何种计策；后来再听秦方所言，便微微皱了眉头："师傅要为我同父皇争？"虽是问句，却流露出不赞成。

秦方淡淡笑道："大皇子不遵皇上嘱托，定要与老臣来往，难道不是在同皇上争？大皇子不肯避嫌，明知被人发现今夜所为必然被皇上所不喜，却定要去唐府致祭，这难道不是在同皇上争？大皇子若不同皇上争，就只能继续忍受皇上的打压，直到皇上认为大皇子已完全被他控制，又成了从前那个一无所有只能依赖他的皇子时，皇上才会罢手，难道大皇子还能忍受到那时吗？"

沉了一沉，秦方又道："皇上讲究制衡之术，想要抬举上官泓、大容跃来牵制您。大皇子若想有能力抗衡这种打压，除了向皇上争权之外，还能如何呢？这自古以来，储君等的就是皇权，不向皇上去争，又向谁去争呢？现如今，老臣也不是要大皇子向皇上争皇权，不过是借着这争权给大容跃、上官泓提个醒儿罢了！这权力之争本来就是你争我夺的，既然大皇子想好了要筹谋，那就得反击。若不反击，就只有被动挨打的份儿了！"

大容利沉默半晌，才眸光幽深看向秦方道："师傅想要如何同皇上争？需要我做些什么？"

秦方笑了，他就知道大容利会想通，也会答应。

秦方摆手道："老臣方才说过了，是老臣替大皇子与皇上争上一争，老臣不需要大皇子做任何事情，大皇子什么都不用做。只有一点是老臣特意要嘱咐大皇子的，老臣要替大皇子所做的这件事，还请大皇子装作不知情，一旦出事，或是皇上怪罪下来，大皇子一定要再三表示自己的不知情，并将一切事情都推到老臣的身上！"

大容利不肯："师傅，既如此凶险，为何不愿让本宫与你同担呢？若师傅为此有个三长两短，叫本宫心里如何过意得去？"

秦方淡淡一笑道："当初大皇子年纪还小，还不能与老臣这般筹谋的时候，老臣就曾为了大皇子如此同皇上争权过。当年您读书，需要订立仪仗，在老臣的坚持下，您才有了与太子等同规制的仪仗。您可以细想，这件事难道就没有风险吗？大皇子当时年幼，未曾参与。可如若您与老臣一同承担，一旦事发，或者皇上迁怒，您和老臣，会是个什么处境呢？"

大容利沉吟片刻后便懂了，争权之事，他若不参与进来，秦方所承受的风险就会小很多。一旦他也参与进来，两个人虽然可以同担风险，但随之而来的处境，倒不如一个人方便脱身。

大容利懂是懂了，但秦方到底是他的师傅，让他的师傅去冲锋陷阵，大容利总是于心不忍。

秦方看出大容利心中想法，郑重一拜道："大皇子无须忧虑，老臣不是为您，更不是为自己，而是为了所有百姓。愿大皇子继位后，还渤海国一个太平盛世。"

大容利泪光闪烁，重重点头，郑重地回了一礼。

师徒两人谈妥后，大容利趁着天还没亮离开了秦府，他不能让人发现自己今夜所为，所以还得快些回永合宫去，而且第二日还要去上朝，而秦方也是要去上朝的，耽搁不得。

大容跃一早去唐府致祭，唐溥带着两个弟弟恭敬地向他表达感谢。

大容跃到底年轻，没说几句就开始卖人情："唐师傅虽非本宫师傅，但本宫一直敬他，如今心里十分悲痛。皇兄和唐师傅师徒情深，想必会更加悲痛。"

这句话矛头直指大容利没有先来致祭，唐溥听后不禁在心里觉得可笑，表面却愈发谦卑恭敬："多谢二皇子。"

大容跃刚出唐府，就迎面碰上了大容利，因为唐家正在治丧，两人不便多说，大容跃正欲上轿，大容利叫住了他："二弟，本宫忙着来唐府，没来得及亲自向你母妃表达谢意，请你代为转达。"

大容跃莫名其妙，问道："感谢？"

大容利匆匆进了唐府，未理会大容跃所问。

回到宫中后，大容跃连忙派人打听，自己的母妃做了什么让大容利感谢的事。

这事让他着实吃了一惊，母妃告诉父皇，永合宫的剪纸是大容利请龙才人连夜赶制的，父皇感念大容利用心，赏了他和龙才人好些东西。

大容跃将手头之事全部处理妥当之后，带着一肚子气到了德妃宫里。

德妃见大容跃来了，张罗着让宫人们拿来大容跃爱吃的茶点来给他用，还要留儿子在宫里用膳。

大容跃则让德妃屏退左右宫人，说他有话要单独跟母妃说。

德妃笑道："好端端的又怎么了？这宫里都是母妃的人，有什么话还不能直接对母妃说了？"

大容跃皱眉道："儿子这些话，不便当着奴才们的面说。"

等只剩下母子二人时，大容跃盯着德妃，问道："母妃，儿子听说，大皇子请龙才人剪纸的事情，是母妃同父皇说的，儿子过来，就是想问母妃一句，母妃为什么要这样做？这不长了别人志气，灭了自己威风吗！"

德妃闻言心口一跳，她倒是没想到大容跃来是问这事的，她也没问大容跃是怎么知道的，而是淡淡笑道："皇后身体不适，皇上让母妃处理六宫事务，大皇子一片心意，这是一件好事，母妃既然知道了，为什么不能同你父皇说呢？"

大容跃皱眉："眼下又没有旁人在，母妃何必装傻？明明可以不向父皇提及，母妃知道了，偏偏要去做这个好人，特意跑去父皇跟前说这件事！母妃将此事在父皇面前说破，父皇心中必然对大容利有所感动，母妃此举，根本就不是为了儿子好，而是无视儿子所做的一切努力！"

大容跃这话太重，德妃不悦道："你这话什么意思？难道母妃遵循宫规和自己的准则向你父皇禀报后宫诸事，还做错了吗？其他人怎么想的母妃管不着，但若这样的事情再有下回，母妃还会这样做的！"

大容跃无奈轻叹："就算会搭上儿子和母妃的前程，母妃也还要这样做吗？"

德妃被大容跃这话问得愣住了，半晌，缓缓说道："母妃当然是知道的，你父皇喜欢你，觉得你更像他，但毕竟大皇子有嫡长子的身份加持，纵然大皇子做了很多你父皇不喜欢的事情，也不能够轻易改变这一点。母妃到你父皇跟前说大皇子的不好，皇上反倒会因此对母妃有想法。更何况，这事你父皇现在看来是好事，日后呢，勾结后妃的大罪大皇子他担待得起吗？"说到这里，德妃有些恨铁不成钢："母妃哪件事不是为你好，这都是在给你铺路！"

"可是，可是母妃为什么不借机说他大容利暗通宫妃呢？"大容跃恍然大悟，又有些不解。

德妃闻言叹道："这话不该由咱们来说，若是你我说了，你父皇会信吗？更何况，你当他大皇子就没有后招了吗。皇儿，咱们现在只能为了那个位置争个你死我活了。"

德妃倾吐了自己的心里话后，又说道："母妃因为顾及你的心情，从未对你说过以前的事。何况，有些事情也是尘封往事了，但既然有人故意挑拨你我母子情谊，那母妃就只有同你明言此事了，是非曲直，何去何从，等你听完母妃的话，再自己做判断吧！"

德妃既然决定说了，便不再隐瞒，将往日旧事一一与大容跃说明。

大谭谋后宫早年间发生的事情，对于德妃来说，虽然过去了十年了，但仍旧历历在目。但对于从未听闻这些事的大容跃来说，这信息量就有些大了。

等德妃说完后好一会儿，大容跃才缓过来。

"母妃，您是说，您那两个皇子都是被皇后所害？"

德妃点头："不错，就是她。"

大容跃表示很难接受："母妃，皇后一直体弱多病，在宫中口碑也好，要是她真这么狠毒，这么多年也不会被贤贵妃欺负成这样？您方才不是说，这事当年父皇都已查清是张氏所为吗？您怀疑幕后指使是皇后，可有证据？"

大容跃见德妃摇头，叹道："母妃，您暗中调查了这么多年，还是一点证据都没找到，莫说旁人，儿子也无法信服啊！您就为了这个恨皇后？"

"你懂什么！"德妃皱眉道，"当时后宫情形十分恶劣，早年间生下的孩子都没有活下来，这说明什么？不就是说明她这个皇后当得有问题吗？那时后宫中死了那么多的孩子，就算没有证据，难道她这个皇后就真的那么干净吗？张氏她一个侧妃，能把事情做得这么干净，怎么可能呢？”

大容跃闻言，忍不住小声嘀咕道：“这么说也对。”

“如今，母妃将这件事告诉你，也不是指望你帮助母妃，母妃只是把自己的态度摆出来告诉你，这个皇位，你必须争！”

说句实在话，大容跃是在德妃那两个皇子早夭之后才出生的。对于那两个哥哥，大容跃见都没见过，更别说什么感情了。

他在乎的是他母妃，当然也在意那个大位，要不他也不至于和大容利交恶了。听德妃如此说话，大容跃说道：“母妃，您说皇后与此事有关，可您查了这么多年都没有寻到什么证据，不如儿子查一查吧？如果儿子真能查到此事与皇后有关，寻得有力证据，对我们是大大有利的。”

德妃道：“母妃都查了这么多年了，还一点儿证据都不曾查到，若你去查，就能查到了吗？何况，这是宫闱之事，还能怎么查？”

大容跃闻言道：“母妃，您居于宫中，虽说调查此事也有多年了，可是您真正能查到的东西又有多少呢？儿子直觉，若想查清楚这件事，已经不能局限于宫闱之内了，必要时，还需在宫外查一查，儿子出入宫闱比母妃方便，能查到很多母妃不便调查的人和事，还请母妃相信儿子，让儿子查一查吧。”

德妃调查这事年份虽久，但查到的东西确实屈指可数，她如今已到了瓶颈时期，而且后宫之中盯着她的人多，想要查清楚这件事又不惊动旁人，确实是挺不容易的。

德妃一直深信，只要皇后做过此事，就必然会留下一些蛛丝马迹，不可能在事后处理得这么干净，这也是她这么多年不肯放弃的原因。

如今听大容跃所言，德妃沉吟片刻，还是答应了大容跃的提议。毕竟她是查不出了，让大容跃去查，或许会有转机。

"母妃既愿意让儿子去查，接下来的调查方向便由儿子来定，事情也由儿子去查，母妃就不必管了，省得打草惊蛇。"

大容跃这话，德妃也点头同意了。

大容跃与德妃谈妥之后，就秘密安排信得过的人出宫暗中调查此事了。

大容跃的动作皆被暗中盯着的人报给了苏旭，苏旭又报给了大容利。

大容利问苏旭："只知二弟进宫见德妃，不知他同德妃说了些什么吗？"

苏旭道："回主子，大容跃同德妃娘娘是单独谈话的，便是连德妃娘娘宫里人也不晓得他们说了些什么。"苏旭顿了顿，又补充道："主子，还有一点很奇怪，便是大容跃回长庆宫之后，就悄然派了好些人出去，不知道是要去寻谁，也不知道是要做些什么。不过，奴才已经派人悄悄跟着那些人了，相信很快就有消息传来。"

大容利"嗯"了一声，吩咐苏旭让人盯紧长庆宫，并且也要盯紧大容跃的人，一旦有了确切消息，立刻就要过来告诉他，苏旭当即应了。

大容利这才摆摆手让苏旭退下。他倒是要看看，这对母子在神秘兮兮地搞什么名堂，只要弄清了大容跃现在所做的事情，他就会弄清楚德妃究竟是个什么心思。

苏旭得到确切消息时已经到了晚上了，大容利早已回到宫中，苏旭来回大容利的话。

对于此事，大容利也没想过要瞒着泉哥，所以，在苏旭来时，大容利就让苏旭直接说。

苏旭便道："主子，奴才得到确切消息，大容跃派去的人，隐瞒身份并且悄悄接近那些曾经伺候过皇后娘娘的旧人，说了些闲话。只不过那些人出现得太突然，伺候过皇后娘娘的奴才们都不曾同他们多说什么，那些人待了没多久，就自个儿走了。至于别的，就再没有了。"

大容利问道："大容跃呢？后来都干什么了？"

苏旭道："回主子，大容跃一直待在宫中未曾出去。不过，宫里有消息传出来，说大容跃秘密从太医院相熟的太医那里调了早年间皇子的脉案查看，那脉案已经送到长庆宫去了。"

大容利还未开口，一旁陪着大容利的泉哥笑道："大容跃从太医院调脉案干什么，难不成是要改行做太医？"泉哥调笑两句，忽而心念一动，瞬间想到一种可能，不由得神色一正，向大容利道："主子，大容跃要皇子脉案，莫非是要了解您的身体情况？难道他还有不为人知的筹谋？"

按理说，皇子公主们的脉案，除太医院中的相关太医，旁人是不可以随意调阅的。

听了泉哥的话，大容利的面色也凝重了几分，莫非，大容跃当真要有大动作了？

见主子想岔了，苏旭连忙解释："主子，不是您想的那样。大容跃调阅的是早些年夭折的那些皇子们的脉案，只不过，大容跃为什么要调阅，奴才目前尚不得知，即使在太医院那里也打听不出来。这些脉案尘封已久，大容跃既然要看，也不是不能看的，那太医便也没有多问。"

大容利不由得眯了眼："他这样做，倒像是在调查什么陈年旧事似的。"他心中隐约猜想，大容跃派人接触母后身边的旧人，又调阅了早年间夭折皇子们的脉案，这摆明了就是在调查什么事情，而且还是同他母后有关的事情，既是牵扯到了他母后的事情，自然不能小瞧。

第十八章

秦方的发难势如破竹，声势浩大到大半朝臣联名上奏，请立大容利为太子。浩大到民间都这样流传："假皇子"的消息是德妃和二皇子居心叵测故意为之。

大湮渫认为这明摆着是逼宫，震怒之下处理了几个臣子，但还是堵不住天下人悠悠之口，又不能杀遍所有上奏的官员。在位这些年来，大湮渫第一次意识到自己老了，有些事掌控不住了。

上官泓见势头不好，也收敛了嚣张气焰，可那媚上的劲头依旧很足，四处寻了宝物来宽大湮渫的心。

大容利快刀斩乱麻，处事再不心慈手软，把那些知道旧事的宫人和太医借机全都杀了。这一切，不过是为了阻挡大容跃的路，纵然他连大容跃想做什么都不知道。这位谦谦君子，终于变成了一个满含杀机的皇子。

夜已深。碧玉因服侍主子，一直浅眠，似睡非睡中，突听龙泉女像是坐起来了，正要开口询问，却见龙泉女轻手轻脚地下床，迅速地穿了衣服，向外走去。

碧玉知道，这必是龙泉女做什么事情不愿让人跟随，但又惦记着她的安危，索性悄无声息地跟了过去。

今夜月光皎洁如水，隐隐带着一股清寒。碧玉迈出门的时候，看到龙泉女的身影在花窗侧飞快一闪，似乎是往流彩堂正后的方向去了。

花木深处，一个年轻的男人，此刻已经等在那里了。夜太黑，碧玉看不出他的模样，只是看体型觉得矫健而颀长。

泉哥只知道，他来到这里，是跟随着自己的心；如果不见龙泉女一面，他的心就安宁不了，就静不下来。

碧玉又看到龙泉女先是被那个从暗影里走出来的年轻男人一把抱住，随后，两人紧紧地抱在一起，仿佛在耳语什么。

碧玉的心里立刻全都明白了，就立即返回去。此事事关重大，主子又对我有恩，还是当没看见好。

待龙泉女回来，碧玉似是刚醒，朦胧着眼睛说："主子起夜怎么不叫奴婢，您快睡吧，明天还有皇后的生辰宴会。"

龙泉女点头道："好。"说罢上了榻。

明日的宴会在珍珠门举行。明为生辰宴会，实际上是晚瑜颇得大谭谡宠爱，升了嫔位，成了瑜美人，大谭谡正想趁此机会向众位嫔妃介绍瑜美人呢。

后宫中向来你方唱罢我登场，龙泉女这位昔日所谓的"宠妃"早就不甚在意那些宠爱了；反倒是其他嫔妃，各有想法。这次宴会，她们心里最阴暗处想得最多的便是皇后的生辰，她的儿子所献的美人却将在宴会上大放异彩，何其滑稽，难怪皇后身体常常不好。

龙泉女一早就被碧玉叫起来梳妆打扮。不知怎么着，龙泉女近日愈发贪睡了，碧玉叫了好几遍才把她叫醒。

龙泉女恹恹地坐在镜前，吩咐道："简单收拾一番就好，这不是出风头的时候。"

碧玉心直口快说："这宴会上还有不少王公大臣家的千金呢，主子可千万不能失了仪态。"她又悄悄说，"奴婢听说，皇后娘娘这次还琢磨着给大皇子选妃呢。"

"那就更要简单打扮了！"

龙泉女来到珍珠门时，不少嫔妃都来了。

贤贵妃一行人看向龙泉女的时候，反倒没有了多少嫉妒之意，这多少和大谞谟的新宠瑜美人有关。

嫔妃们落了座，三三两两地说着话，王公大臣家的女眷们早就规规矩矩地坐在嫔妃下侧，她们之中有不少都是为了大皇子正妃和二皇子侧妃而来的。更有甚者，是为了大谞谟而来。

"皇后娘娘到！"一阵尖锐的声音响起。

众人闻言纷纷起身，看着声势浩大的一群人走了过来，为首之人正是皇后，她画着精致的妆容，身着华丽的紫色衣袍，头戴凤簪，一张鹅蛋脸高贵美丽，尽显雍容大度。

跟在皇后身后的是大容利。大容利一身墨色长衣，温润如玉地出现在大家面前，众千金见此，不由掩面藏住羞意。果不其然，大皇子温润儒雅，俊逸异常！

"皇后娘娘，大皇子，万福金安！"众人行礼。

皇后点点头，示意大家不必拘礼，在宴会上尽情玩乐。

所有人都在等待大谞谟以及他那位不凡的新宠。

福如意小跑着过来，走到皇后身旁，低声道："皇后娘娘，皇上有些事情，要晚些来，让老奴带个口信，宴会就先开始吧。"

皇后含笑点头，又环视了一圈说道："皇上还有政务要处理，一会儿再来，怕大家等急了，特意派福公公来，宴会现在开始。"

此话一出，宴会也就开始了。

大谭谖没及时来，对每个人来说意味都不一样。在皇后看来，这明明是驳了自己的面子，对大容利来说，同样是耻辱。然而，对一众嫔妃来说，就是大谭谖被瑜美人那个狐媚子缠住了，她们心里更添了一抹醋意。

嫔妃们纵是内心波浪滔天，表面上也是一副欢喜神色。

倒是那些小姐，没有忧虑之事，兴致勃勃地看着大殿，看着周围，更有小姐忍不住想要引起皇后的关注。

这不，才一会儿，便有一名身着桃红色衣服的女子站出来开口："皇后娘娘今日生辰大喜，臣女没有什么才艺，若皇后娘娘不嫌弃，由臣女为您弹奏一曲，聊表心意！"

说话的这位是智部侍中之女苏晴，声音轻柔，虽然眼眸中透着自信，但是捏紧的双手依旧显露了她的紧张心理。

皇后自然也看到了苏晴的期盼，这个宴会，究竟是为何，她比谁都清楚，听了这句话，她抬眸，感兴趣地开口："哦？你是哪家的小姐？"

见皇后问自己，苏晴一喜，原本紧张的心放下不少，她看着皇后淡笑的脸，只感觉她温柔美丽，不愧是人人称颂的一国之母。

"臣女乃智部侍中苏舟之女苏晴！"

皇后看着苏晴道："原来是苏侍中的爱女，早些时候本宫就听说苏侍中家有一女，品行端庄，今日一看，名不虚传！既然准备了一曲，不妨让大家听听！"

在皇后说话的时候，已经有宫女准备好了琴。苏晴在上京龙泉府也算是数一数二的才女。

苏晴坐在亭席之中，一双纤纤细手拨动着琴弦，琴音温婉动听，犹如潺潺细水一般。那优美的琴艺，让在场的人赞叹，不愧是京城有名的才女，这首曲子的确动听至极！

一曲毕，只见皇后的眼眸带了笑意，对苏晴也是高看了几眼。

"不愧是上京有名的才女，本宫着实喜欢得紧！"皇后赞道。

大容利却面无表情，余光扫向此刻在吃桂花糕的龙泉女。

"皇后娘娘不嫌弃，是苏晴的荣幸！"苏晴对自己的琴艺自然有信心，为了奏好这首《阳春白雪》，她可是请了不少的乐师，甚至去拜访了有名的琴师，就是为了能大放光彩，得皇后赏识。当然，最重要的还是大皇子。

大容利对这琴音丝毫不感兴趣，前有瑜美人在永合宫为父皇献曲，今日竟还有人这么没有自知之明！

"苏卿倒是有个好女儿，这琴音朕听得欢喜！"威严的声音响起。众人一惊，立即站起来跪拜大谭谡。

"参见皇上！"众人恭敬行礼，声音齐声响起。

"今日皇后生辰，大家不必拘礼。"大谭谡笑呵呵开口。旁边那个体型绰约，蒙着白纱的，正是瑜美人。

瑜美人并未说话，只施了一礼，按照福如意的指引就座。

贤贵妃冷哼一声，对着旁边的环嬉说："蒙着面纱，是脸上长了些什么东西，怕见人吧。"

大谭谡即使脸上挂着笑容，也让大家感觉到了拘泥。他到皇后身旁坐定，看了看四周，豪爽地说道："不愧是京城赫赫有名的才女，来人呀，赏！"

福公公高声道："皇上赐珍珠一斛，蜀锦三十匹，玉如意十件……"

大谭谡大手一挥，其他人艳羡不已。

弹一首曲子就能获到这样的殊宠？了解大谭谡的嫔妃都明白，苏晴这是入了大谭谡的眼。

大容利也在心里吃惊，前有瑜美人这个弹琴大家，苏晴的曲子居然能入父皇的耳。

"谢皇上赏赐！"苏晴喜不自胜，连连行礼道谢。

苏晴获赏后，不少闺阁千金都暗暗想着上前表演才艺，博得皇上皇后喜爱。

就在众人心里都打着小算盘的时候，大容利却见龙泉女自顾自地继续吃起了桂花糕，他的眼睛不由带了些笑意。

贤贵妃开口说："本宫知道皇后娘娘喜爱舞艺，特意寻了舞娘，由本宫亲自指导，皇后娘娘莫要嫌弃妹妹的礼物俗气！"

皇后闻言脸色一僵，这个贤贵妃！难道要献美？她随即又挂上了那副宽和的面孔，答道："有劳妹妹费心了，妹妹的心意，本宫喜欢都来不及，怎么会嫌弃呢。"

皇后对贤贵妃的恨意密密匝匝的，贤贵妃仗着太后外甥女的身份，一直不把她放在眼里。也算是老天有眼，这个刁蛮跋扈之人一直无子。

贤贵妃调教出的舞艺果然不同凡响，光是那舞娘就寻了花魁来舞。那妖娆的身段，翩翩起舞的步伐，一颦一笑皆是风情，看的在场的千金小姐们都兴趣盎然。

一曲毕，舞姬得了不少的赏赐，皇后硬着头皮说："这舞倒真是人间难得几回闻，妹妹有心了！"

贤贵妃看到皇后嘴角伪装出来虚伪的笑意，不由笑了："这舞姬可是万花馆之宝，今日一舞能得皇后开心，倒是不枉费本宫亲自调教了！"

皇后的脸再次一僵，万花馆？青楼女子？她平生最厌恶的就是青楼女子，这次生辰宴会，贤贵妃竟然寻青楼女子来给她祝寿，这不是存心羞辱她吗？

贤贵妃却是一脸喜悦，皇后越是怨恨她，她心里头就越乐开花。这些年，她没少受皇后的软刀子，现在能在她宴会上给她添堵，贤贵妃心里头无比得意。

坐在中间的大谞谡哈哈一笑，他的兴致很快从苏晴那里转过来。他看向那舞姬，兴趣满满地问道："叫什么名字！抬起头让朕瞧瞧！"

此话一出，皇后与贤贵妃两人的脸色都一僵，齐齐看向那个身姿妖娆的舞姬。

"奴婢名叫若岚。"

若岚身穿若隐若现的红色衣衫，玲珑有致的身材在衣衫下若隐若现，她的声音带着一抹妖媚，让人听起来就有一股保护的欲望。一张小脸是那种艳丽的类型，在这些稚嫩的千金小姐与后宫佳丽面前，成熟而又带着无助的那种美使她脱颖而出。

众千金看着若岚，都不说话，眼神带着鄙夷：毕竟青楼女子，浑身上下透着一股狐媚劲。

不少后宫嫔妃也是如此，原本看好戏的，现下忽然冒出来一个情敌，怎么能不气。不过，相比他们，最气的应该是贤贵妃吧，毕竟是亲自将人带进来，为了恶心皇后的，现在这份滋味，倒不知道贤贵妃受不受得住。

贤贵妃脸色不好看，她只想着给皇后添堵，若岚的身份摆在那儿，大谞谡再好色，也不会不顾脸面。没想到大谞谡竟公然让这个舞姬抬起头来。

贤贵妃一边在心里骂自己愚蠢，一边眼眸闪过一抹恨意。她朝着身旁明黄色华服的男人开口："皇上，若岚是不是该赏？"

贤贵妃打断了大谞谡的思绪，大谞谡笑了一下道："赏，的确该赏！"

"父皇！"就在众人都猜不透贤贵妃心思时，一声呼唤传来。

"父皇，这个舞姬，您将她赏给儿臣可好，方才的舞真是美极了，儿臣喜欢！"大容利走到大谭谟面前。

只见众人不由提起神色，皇后看了大容利一眼，知道儿子是不愿意让若岚为贤贵妃如虎添翼。可是，若岚即便做个侍寝丫头，也折辱了皇子的身份，更何况大容利尚未娶妻！

大容利这样做目的有二，一是不想让母后在宴会上难堪，二是尚不想娶妻，更不想一会儿被父皇指派娶了哪家的小姐。

大谭谟错愕，他没有想到大容利会提这个要求，这个舞姬他本就有几分兴趣，若是赐予大容利，他会觉得可惜，若是不赐予，怕也不合情理。

若岚也没有想到，她本想吸引大谭谟的。

只见大谭谟抿了抿嘴，平复心里所有的想法，才开口说："朕虽为天子，可也不好决定舞姬的命运，不若你询问询问，若是她同意，朕便准了！"

若岚低下头，脸色红得都能滴下血来："奴婢虽进了乐坊，但一直是清白的……大皇子不嫌弃，奴婢愿意。"

"朕御书房还有折子没处理，先回去了。"话音刚落下，大谭谟就踏着大步离开了，身后跟着一大帮奴才，在众人的"恭送皇上"声中离去。

"只是，奴婢怕是还要去一趟万花馆……"若岚话音未落，便被大容利打断。

"你不用去了，本宫自有安排，你现在就可以下去了！"大容利转身欲回到方才的位置。

皇后道："皇儿，不如你坐母后身边，本宫许久未见你了！"

大容利坐了过去。

皇后品着茶，低声说道："你这是何必呢。"

"母后不要放在心上，儿臣没有觉得委屈。"

"可是，她这身份，岂不是折辱了你。"

大容利带着一抹冷漠的笑："父皇看似生气，可有这么一个纳舞姬做侍从的皇长子，不正好顺了他的意。"

皇后沉默不语。

"母后，即便儿臣不往自己脸上抹黑，父皇也会往儿臣脸上抹黑的。从前儿臣怕，怕不顺父皇心意，为父皇不喜。而现在，儿臣不怕了。"

皇后并未说话，只是伸出手，私下轻轻地抚了抚大容利的手。

宴会并未因大谞谖离去而冷场，几个妃子呈上贺礼后，不少千金小姐按捺不住，想要在皇后和各宫娘娘面前大放异彩。

"臣女乃秦方之女云璟，祝皇后娘娘生辰大吉！"云璟开口，对着坐在主位上的人恭敬地说，她声音不卑不亢，一张小脸尽是落落大方。

"原来是秦家的千金，秦师傅博学多才，千金自然也不会差。"皇后一笑。

"皇后娘娘过奖，云璟不敢当！"云璟开口，声音依旧温软。

皇后点点头，这云璟倒是个不错的！无论是家世还是样貌。

"秦方之女？倒是期待！"大容利带着不明的笑容。

说话间，云璟已经在凉亭里起舞翩翩起舞，那娇弱的身段，如同画中仙一般不染纤尘。那曼丽的舞姿，一跳、一转，皆是魅惑人心的表演。一颦一笑在舞姿里就像是纷飞的蝶儿，美得不可思议。众人屏气凝神，不愿错过这美好的舞姿。

就在众人目不转睛时，御花园的蝴蝶纷纷飞起，为云璟伴舞。

"天哪！蝴蝶都被她迷住了吗？"

"真美！"

众人都赞叹不已。

"好好好！秦小姐不愧是京城有名的千金，这倾城一舞，怕是前无古人后无来者！"皇后先拍起了手掌，言语中带着欣赏，如此小姐，的确不负京城才女的名号！

云璟微微一笑，恭恭敬敬开口："今日是皇后娘娘的生辰，云璟一舞能得皇后娘娘愉悦，实乃幸运！"

就连龙泉女也被面前这位秦家小姐吸引住，心中不禁叹服。

女眷们纷纷开始了各自的表演，但给人留下深刻印象的为数不多。

皇后与大容利耳语道："母后看秦方的女儿最为顺眼，你和秦方又有师徒情分，你觉得怎么样？"

"儿臣的婚事不急于一时。"

两人正说着话，下面突然乱成一团，有人晕倒了。

晕倒的人正是龙泉女。

碧玉一脸慌张说："我家主子刚才好好地，还在吃桂花糕呢。"

大容利眼里也现出着急的神色，如若不是周围有人，他真想抱住她！

贤贵妃厉声道："莫非食物有毒？"

皇后微微蹙眉："传御医！"又郑重道："谁都不能离开，若是珍珠门的食物有问题，本宫自当给你们个交代。"

所有人都被皇后的气势震住了。

贤贵妃又嗤笑一声："这龙才人可真是不长眼睛，赶在皇后生辰晕倒。"

没有人敢接话，贤贵妃却丝毫不觉尴尬，若岚的事情已经解决，自己再次给皇后添了堵，并且很快就有更大的堵了！

这个更大的堵，就是贤贵妃之所以无子还能多年屹立不倒，地位无人撼动的原因：她的姨母回来了！

太后自大谙谡继位后，便时常去寺里吃斋念佛，一年中至多回来一两个月。

早在皇后生辰之前，贤贵妃就特意告诉了太后，求着让太后过来给自己撑腰。

太后早就不愿理这些俗事，只不过架不住贤贵妃再三请求，这才允了。

太后差不多就要到了，看到这里乱成一团，该是何等有趣！

第十九章

果不其然，太医还没到，太后便到了。

"太后驾到——"

除了贤贵妃，所有人都吃了一惊，立即起身行礼。

大容利行礼道："孙儿给皇祖母请安。"

太后头发已近斑白，精神看起来也并未多好，腕上一串古色古香的佛珠，向所有人含笑点头。历经几朝沉淀出的威严就那样散发出来。

太后的声音不急不缓，说道："哀家听说今天是皇后的生辰，特意赶回来的。"

皇后行了大礼，笑道："谢太后垂怜。"

太后环顾四周问道："这又是怎么了？"

"回太后的话，儿臣的生辰上，龙才人不知道怎么竟突然晕倒，儿臣已派人去请太医了。因为怕是宫中的食物出了问题，所以请他们先留在这里，等查明白了再走。"

这时龙泉女已悠悠转醒，她也不知道这是怎么了，最近乏得厉害。

只听耳边传来碧玉的声音："醒了，我家主子醒了。"

太后的眼神扫过来："哦？既然醒了，就让这位才人说说是怎么回事吧！"

龙泉女刚刚醒来，意识还不清楚，只懵懵懂懂地跪下，直到碧玉在一旁说："太后！"龙泉女这才说道，"奴婢参见太后。"

太后看似笑了，可那眼神里没有一丝温度，她说道："哀家不常在宫里了，也是老了，都没人认得哀家了。"

此话一说，所有嫔妃都跪下道："臣妾不敢。"

太后摆了摆手，示意她们都起来，又说道："快起来吧，哀家就是感慨几句，别当真。"

众人这才起身。

龙泉女说道："回太后的话，奴婢自小有腹痛的病，突然阵痛后会晕厥，刚才见皇后娘娘宫里的东西太好吃了，一时贪嘴了些，没想到竟然犯了老毛病。耽误了给太后觐见，也扰乱了皇后娘娘的兴致，奴婢罪该万死。"

眼见龙泉女把一切罪责都揽在了自己身上，贤贵妃开口说："还是让太医查查好，别是这食物有什么问题。"

龙泉女连忙说道："贵妃娘娘，若是有问题，也该是所有人都身体不适，可偏偏只有奴婢身体不适，足以见得皇后宫中的食物并无问题。"

大容利看到小脸煞白的龙泉女倍感心疼，又听见这样识大体的回答，不由又多了一份爱意。

太后点了点头说道："如此甚好，无论是皇后生辰，还是哀家回宫，都讲究个彩头。这在场的所有人，可都是为了你的身体挂心不已呀。"

龙泉女叩首道："是奴婢给太后、皇后娘娘和各位娘娘添麻烦了，奴婢知错。奴婢早就听闻太后体恤各宫，今日一见果然如此。奴婢体弱，恳请回宫休息，明日再去拜见太后。"

太后点点头说："好，那就先回去吧。"

龙泉女恭敬地行了一礼，退出大殿。

太后坐在宴会上喝了几口茶，便说身体乏了，提前走了。

皇后明白众人已经无心宴会，于是简单地说了几句，让他们都散了。

大谭谡其实与太后感情并没多么亲密，他幼时太后忙着争权，根本无暇顾及他，只有乳母待他如亲生孩儿般。

太和殿中，大谭谡给太后请安。

"起来吧，何必多礼。"

大谭谡在一旁坐下说："母后回来也不提前说一声，儿子好去迎接您。"

"哀家看你政务繁忙，就想着不打扰你了。这次要不是哀家那个不省心的外甥女连来几封信请哀家回来，哀家也就不回来了。前一阵子赶上风寒，还没好利索，最容易复发了。"

"母后可要保重身体。"大谭谡故意不接关于贤贵妃的话茬。

"哀家那个外甥女，最近没使什么小性子吧。"

大谭谡最近先是宠幸龙泉女，后是宠幸晚瑜，哪有空管贤贵妃呢，他回道："母后放心，她不是小孩子了。"

太后问："立储一事，民间传得沸沸扬扬，你是怎么想的？"

大谭谡闻言一恼："没想到这事都传到您耳朵里了。"

"你就是皇长子继位，不立嫡立长，不是打自己脸吗？"

"儿子知道母后与秦方有旧交，但没想到这个逆臣竟把您搬了回来！"大谭谡敏感地往阴谋上考虑。

"什么逆臣？！迟迟不立储就不对！"太后恼了。

此话直指大谯谯，大谯谯站起身，阴沉着脸说："儿子还有政事，先走了。"他说完，便匆匆走了。

这时有人从帘后走出来，撇着嘴说道："姨母，您还惦记上立储的事了，您明明向着我，怎么还支持立皇后那个妖妇的儿子，还有，您都那么说了，皇上也不说去看看我。"

太后郑重道："姨母宠你，你小打小闹也就罢了，但不能动摇国本。"她又道，"他是皇帝，又岂是哀家能左右的。"

"可是您是太后啊，您是没注意，那个瑜美人，您来了都没把面纱摘下来，这分明是无视您。还有那个龙才人，怎么就那么巧晕过去了，不够晦气的。"贤贵妃把所有心思都放在争宠上。

太后皱了皱眉头问道："瑜美人是谁？"

"连您都没注意到她，也怪那个狐媚子心眼多，特意带了副面纱去，别说是您，就连我，也不知道她长什么样。"

贤贵妃左一句右一句说着晚瑜和龙泉女的坏话，直把太后说烦了。太后道："哀家让你说得头痛！哀家又不是明天就走，你急什么急？！快先回去吧。"

贤贵妃殷勤地给太后捏着肩说："我的好姨母，您说得对。对了对了，您最后再答应我一件事吧，答应了我就走。"

"快说，哀家的耳朵都快让你磨出茧子了。"

"皇上正宠着瑜美人呢，您就先别理她。龙才人那儿反正也不是大病，您正好身体不舒服，何不让她来侍疾。"

太后明知故问说："那哪里是侍疾！"

"姨母，您就帮我出出这口气吧，您是不知道，您不在的时候，我都被她拽到水里去了，回去风寒了好几天呢。"

"什么？！"这下轮到太后吃惊了，"你还能被人欺负了？"

"如何不能，我可和您说，那个龙泉女，心机深着呢，整个皇宫中，怕是只有您能治住她！"

太后点头道："好，我知道了。"

第二天一早，太后刚醒来，便派人来流彩堂传话。

小太监尖着嗓子传来了太后的口谕："太后说了，龙才人腹痛只是一时的事，料想今天也就好了。昨儿见着龙才人觉得颇合眼缘，恰好身体不适，让她来侍疾。"

龙泉女跪接口谕。

小太监揶揄道："龙才人，这可是殊荣啊，多少人想给太后侍疾，都没这机会呢。"

龙泉女只好说道："谢太后恩宠。"

小太监前脚刚走，六儿就唾了一口："主子，这就是找您的碴儿！谁都知道太后是贤贵妃姨母，肯定是贤贵妃使的手段。"

"别说了，这话是你该说的吗！"

六儿被龙泉女一训斥，不吭声了。

龙泉女让碧玉搀扶着回了屋，边走边说："帮我梳洗打扮。"

碧玉看到主子这副样子，有些担忧："主子，不如咱们告个假，别去了吧，我看您这气色，和昨天一样差。"

"不行，太后刚回来就叫我去，我不去未免太不识抬举了。"

彼时龙泉女根本就打不起精神来，更换衣裳去觐见的时候，就慢了些。

待龙泉女好不容易到得太和殿，见到歪在榻上的太后，就遭到了斥责。

"龙才人，这便摆出架子来了？"太后咳嗽了一声，语气也重了，"侍疾应该什么时候来？连这点规矩都没有，难道是盼着哀家死，见哀家还没死，是否很失望？"

龙泉女哪里敢当得起盼望太后死的罪名，本来在后宫就岌岌可危，再来这一条罪状，她也别想活了。

龙泉女连忙跪下去请罪。

身后突然传来一个熟悉而又轻快的声音："皇祖母这是怎么了，大早上发这么大的火？"

此人正是大容利，大容利听说龙泉女被叫到太和殿侍疾，怕她受欺负，所以连忙赶来了，他又顺势把龙泉女扶了起来。

太后见到大容利，立即换了一副慈爱的面孔，说道："孙儿来了，怎么不通报一声，"又说，"这龙才人，连侍疾都怠慢，哀家能不生气吗！"

"当然是想皇祖母了，没让人通报，孙儿就过来了。皇祖母别生气，现在的嫔妃，哪里懂得侍疾，只懂得梳妆打扮罢了。"

大容利名为劝解太后，实则为龙泉女开脱。

太后听后果然笑了："可不是，现在的嫔妃，可赶不上哀家当年那份尽心尽力了。"

大容利看向龙泉女，不过一夜不见，龙泉女似乎便瘦了些，脸上丁点儿血色都没有，看着也没什么精神。

"皇祖母，孙儿想和您说说话，您先让她回去吧，留一个外人孙儿觉得别扭。"大容利在太后面前，一副天真无邪的样子。

大容利明白，自己在太后面前，表现得与龙泉女越亲近，对龙泉女就越不利。

太后果然允了："快回去吧，别在这儿碍眼了，午膳后再来。"

龙泉女感激地看了一眼大容利，行了礼，离开了太和殿。

在太和殿门口候着的碧玉和六儿，见龙泉女很快就出来，都高兴得不行，上前迎过龙泉女说："主子，您可出来了，我们真怕您的身体受不了。"

碧玉又叽叽喳喳地说："多亏大皇子去看太后，要不太后还得留您好一段时间呢。"

龙泉女勉强笑道："也是巧了。"

六儿要扶着龙泉女上马车，龙泉女却说："走着回吧，来时太着急了些，马车颠簸得我很难受。"

碧玉和六儿一左一右，扶着龙泉女慢慢往流彩堂走去。

龙泉女才回流彩堂不久，泉哥就来了。六儿只知道主子有个哥哥，可上次主子带他去御园，让他守在门口，他只听说过这个人，却没有见过。

于是六儿果断地把泉哥拦在门口。

泉哥再三解释说："我是龙才人的哥哥，听说她昨天晕倒了，特意来看她。"

六儿阴阳怪气地说："我们主子的哥哥多了，谁知道你是真哥哥还是假哥哥，主子身体不适，刚回来就睡下了，我可不敢耽误了主子休息。"

泉哥急道："我时间有限，好不容易和大皇子出来一回，快让我进去！"

六儿又叫了几个小太监一起拦着泉哥，他说："你就是主子的哥哥，也得等主子醒了吧。"

泉哥眼见时间一点一点流走，拽开其中一个太监，怒道："我不管，我今天就要见她。"

泉哥昨日听说龙泉女晕倒，心焦不已，只因宫中有女眷留宿，人多眼杂，强忍着没偷跑过来。今天一早，他就央求大容利让他见妹妹一面，大容利允了。于是，大容利去见太后，泉哥趁机来见龙泉女。

六儿也恼了："你这人怎么回事，敬酒不吃吃罚酒！兄弟们上，打他！"

一群太监围住了泉哥，泉哥虽然有一身力气，可是架不住势单力薄，很快就吃不消了。

碧玉听见外面的嘈杂声，出来一看，一群太监正在围着一个人打，连忙说："都停下，这是干什么呢，把主子吵醒了怎么办？"

泉哥胡乱抹了抹脸，站起来："我要见龙才人，我是她哥哥。"

"哟，都和你说了，主子休息呢！"六儿冲上去，又要打泉哥。

碧玉连忙说："住手！"她认出了这个高大的身形，正是那夜与龙泉女紧紧抱在一起的那个男子。

碧玉不动声色说："这个人确实是主子的哥哥，主子和我说过。"她又对泉哥说，"跟我来吧，我带你去见主子。"

泉哥跟着碧玉到了龙泉女的房门外，碧玉说："你先在这儿等着，主子睡觉呢，我去和她说一声。"她说完，轻手轻脚地打开房门，走了进去。

龙泉女此刻正在睡觉，她睡得昏沉，竟梦到和泉哥在稻田里收稻子，夕阳将要落下，泉哥唱着情歌，背着她回家。

"主子，主子，您快醒醒。"碧玉轻轻地摇着龙泉女。

龙泉女睁开眼睛，双眼仍带睡意，"啊？是要用午膳了吗，还是到该去给太后侍疾的时间了吗？"

"没有，主子，您哥哥来找您了，门外候着呢。"

"我哥哥？"龙泉女一怔，猛地拍了拍自己的脸，"真的？"

碧玉觉得好笑："主子，奴婢说的是真的，奴婢这就让他进来。"她说完，出去叫泉哥进来，自己退了出去。

泉哥进了门，站在门口。

龙泉女以为碧玉是骗她的，却也存着一丝念想。她打开纱幔，与泉哥正好对视。

泉哥只看到一张苍白的小脸，心爱之人眼神楚楚地看着他。

憋了好久的委屈，见到不熟悉的人时总是忍着，见到至亲至爱之人，却再也忍不住了。

只一眼，龙泉女的眼泪便簌簌流下。

只一眼，足以让泉哥肝肠寸断。

两人的爱情之花，虽早已历经风吹雨打，饱受岁月洗礼，但依旧鲜活，依旧没有凋谢。

龙泉女还未坐起身，泉哥就快步走过去，坐在床头，让龙泉女的脑袋枕在他的腿上，给龙泉女拭着泪。

龙泉女哭得更凶了，那是一种无声的哭泣，可给人带来的心酸远胜于有声。

龙泉女也不知怎么了，最近心里格外敏感，一件熟悉的旧物都能引起她的难受，更何况是见了泉哥呢。

泉哥轻柔地抚着龙泉女的头发，一个带着迟来的歉意与爱的吻轻轻落在龙泉女的额头。

泉哥语气中带着愧疚："雁儿，都怪我没能耐，让你受委屈了。"

"不怪你，不怪你，我能见到你就很高兴了。"

"你怎么突然病成这样？"

"我也不知道，过几天就好了吧，别担心。"

两人依偎着，享受着这难得的团聚。

门外突然传来急切的敲门声，是碧玉："主子，皇上来了！六儿看到的，快到了！"

"什么？！"龙泉女和泉哥同时一惊。

泉哥说："我马上走。"

"不行，流彩堂只有一个门，你正好与皇上撞见。"

"那怎么办？我藏起来。"

龙泉女同样着急，却没有失去理智，她说："不行，如果被发现，那就是行刺的大罪！"

"这也不行，那也不行，那我干脆留在这儿，正好杀了那个狗皇帝！"泉哥急得走来走去。

龙泉女灵光一现说："你去偏殿等我，若无其事地等我，我就说我在太后那儿见了大皇子，求他让你过来的。"

"可是……"泉哥还想说什么。

"没什么可是，再不走就来不及了！"龙泉女把他推出门去。

龙泉女回到床上，理好纱幔，气还没喘匀，大谭谭就进来了。

大谭谭之所以来，有一半是因为瑜美人。说起这个瑜美人，真是颇合大谭谭心思，更令他喜爱的是，瑜美人为人宽和，一点嫉妒之心也没有。今儿瑜美人缠着他说，昨天龙才人晕倒在皇后生辰上，若是不去看看，恐怕龙才人会很难过。

大谭谭便半推半就地来了。说到对龙泉女的喜爱，大谭谭觉得还是比其他嫔妃多一些的，这其中有个最难以说出口的原因。

这个原因与大谭谭常看的那幅画有关。大谭谭自小被乳母带大，乳母有个女娃叫穗儿，与他一起长大。穗儿长得粉雕玉琢，又喜欢刺绣和剪纸，两人常常一起玩闹，后来穗儿十岁的时候，不幸得病死了，大谭谭难过了好久。

自大谭谭见到龙泉女第一眼起，便觉得她的气质和穗儿有些相似，尤其是龙泉女在剪纸的时候，有着同样专注的眼睛，同样专注的神采。令他不喜的是，龙泉女见到她时唯唯诺诺，好像是怕他，没有穗儿那副大大方方的模样，反倒是新晋的瑜美人，性格上更加讨喜。

大谞谇隔着纱幔，只看到龙泉女躺在里面。

还没等大谞谇开口，龙泉女便说："碧玉，你让哥哥再等一会儿，我实在没有力气，让碧桃来伺候我更衣。"

大谞谇走到床边说："是朕。"

龙泉女故作才知是大谞谇来的样子，挣扎着起来："皇上怎么来了？"

"朕听说昨天你晕倒，来看看你。"

大谞谇看到龙泉女泛红的眼睛，轻轻刮了刮她的鼻子，笑道："多大的人了，还哭鼻子。"

眼前女子双眼和鼻尖泛红，而穗儿总是一副兴高采烈的笑模样，两人纵使有些相像，可到底不同。

龙泉女擦了擦泪说："臣妾这就不哭了。"又说，"皇上，臣妾犯错了，有一件事没向您禀报。"

看着龙泉女怯怯的样子，大谞谇不由心软："朕知道，是太后叫你去侍疾。你现在也去不了，朕说与太后便是。"

"皇上，臣妾愿意去，能伺候太后是臣妾的荣幸。如果臣妾不去，后宫还不知道怎么想呢。"

大谞谇笑了，他对宫廷中的各路手段早已屡见不鲜，有些感慨道："你入宫没多久，重拾了弹琴、读书，倒也长了不少见识，这样吧，下午你侍疾的时候，朕去一趟太和殿。"

有了大谞谇这句话，龙泉女放下心来。

龙泉女又说："皇上，臣妾说的不是这件，有一件事臣妾擅作主张了。"

病态中的美人更惹人怜惜，大谞谇心里升起些许英雄的豪情，他说："你说吧，什么事？"

"今日臣妾在太和殿遇到大皇子，因为生病更加思念亲人，所以求着大皇子让臣妾的哥哥来看看臣妾。臣妾回到宫里，左等右等不见哥哥来，便躺下休息了，以为大皇子把这件事忘了。没想到刚睡着没一会儿，哥哥就来了。臣妾衣衫不整，于是让哥哥在偏房稍等一会儿，哥哥现在还在偏房等着呢。"

大谭谟道："朕当是什么事呢，好，朕知道了！你现在别收拾了，有收拾的时间，大容利都从太和殿出来了，福如意，让龙才人的哥哥进来吧。"

门口传来福公公的回答："是。"

"皇上，虽是家兄，可臣妾现在只着中衣，没法见人……"

大谭谟笑道："谁说让你们这样见了，这不是有纱幔吗，咱们隔着纱幔和你哥哥说说话，也算是解一解你的思亲之苦。"

泉哥在偏房走来走去，恨不得去杀了龙泉女房间里那个狗皇帝，然而不能。他又担心被大谭谟识破，让龙泉女再受伤害。

惴惴不安之际，福如意走进来，笑眯眯道："龙才人的哥哥吧？皇上和才人宣您进去。"

"进去？莫非是要对质？还是雁儿怎么了？"泉哥脑袋里划过一万种坏的可能。

泉哥再次踏入刚才他已走进过的房间，房间里多了一丝陌生男人的味道。

隔着一层纱，什么都看不真切，泉哥只知道，大谭谟和龙泉女都在纱幔里。

泉哥忍住想要冲进去杀了大谭谟的冲动，缓缓跪下，大声说："奴才参见皇上，参见才人。"

龙泉女还没说话，大谭谟就道："起来吧。"

龙泉女知道跪着的泉哥究竟有多痛苦，可她无能为力，只能用平常的语气问道："哥哥近来可好？"

泉哥答道："尚可，听说才人病了，奴才很是忧心，还望才人珍重身体。"

明明相爱，却因为身份，一个坐在榻上，一个跪在地上，一个自矜本宫，一个自贬奴才。两人明明那么近，却又那么遥远，似乎隔着银河。

就这样简单说了几句，龙泉女便说自己乏了，让泉哥退下。

泉哥出了流彩堂。

方才每回答一个字，泉哥就觉得自己的心被捅了一刀，一刀又一刀，好像要把人给活活地剐了。

龙泉女心里同样不好受，只是强迫自己保持正常的模样。

大谝谔和龙泉女说了一会儿闲话，福如意敲了敲门，语速略快地说："皇上，有急事。"

"什么急事？进来说。"

大谝谔沉浸在温柔乡里，一点儿也不想走。

福公公快步进来，问："皇上，是很重要的事，您还是去御书房处理吧。"

"天下承平，有什么重要的事？哪儿闹了灾还是哪儿起了乱？"大谝谔依旧懒散。

福公公擦了擦额头上的汗："皇上，契丹又来骚扰边界了，旁边回纥也跟着作乱，驻守边关的大将军大鑫茂已率兵前去平乱。"

"这不挺好吗。怎么，难道大鑫茂他平不了？"大谝谔并未往心里去。

"不是……是大鑫茂出兵前上了道折子。"

"说的什么？他已经是战神了，还要什么封赏？"

福如意语气中带着犹豫："皇上，那……那奴才真说了啊。"

"说吧。"

"大鑫茂将军上奏，请求册立皇长子为太子。"福如意咬了咬牙道。他知道自己说完之后，大谞谋必大怒。

"什么？！"大谞谋一下坐起来，捶床怒道："反了！真是反了！敢来要挟朕了！他们一个个的，都想插手朕的家事！"

大谞谋立即起身，对福如意说："去御书房！"又回头对龙泉女道："下午朕会去太和殿跟太后说明。"

大鑫茂这道奏折，就是秦方在争。秦方深知大鑫茂在军中威望甚高，眼下又有战乱，大谞谋不可能不理。

第二十章

龙泉女给太后请了安。

太后微抬眼皮看了她一眼："把宫中摆件都擦了。"

按理说，侍疾是侍奉太后，可太后却有意让龙泉女做宫女干的杂活，足见如何不喜龙泉女。

龙泉女低眉顺眼，洗干净抹布擦了起来。许是水太凉，又或是没休息好，龙泉女再次晕倒了，把闭目养神的太后也给惊醒了。

"怎么回事？"

"回太后，龙才人倒地不起。"宫女道。

"什么？！"太后勃然大怒，"她竟敢在哀家跟前倒下，好大胆子！"

大谞谞来时正看见了龙泉女倒地一幕。他大声呵斥道："来人哪，看看龙才人怎么了！"

福如意快速掀起龙泉女的眼皮看了一眼，只一眼就吓得浑身哆嗦跪了下去说："皇上，龙才人的眼睛……不大对劲。"

"皇上……"碧玉颤抖着道，"奴婢，也不知发生了什么……才人只说身体不舒服，还说过些日子就好了。"

"够了！"太后抚着心口，"这是在哀家跟前演戏啊。"

龙泉女被太后这一吼叫，眼前顿感昏黑。这几天她本就没怎么进食，好不容易才吃些清淡的流食，这下突然嗓子也跟着难受起来，竟然当场吐了。

大谭谡惊慌起来："传太医，快传太医！"

龙泉女此时整个人软绵绵地靠在大谭谡身上。

大谭谡看着龙泉女这副样子，不由想起穗儿死前也是软绵绵靠在他身上，还没说几句话，人就没了。

可太后刚回来不久，身体又不好，大谭谡不得不忍下心中渐渐腾起的暴戾。

"皇儿，你上前来，哀家有话要对你说。"太后见不得龙泉女这么装样子，赖在大谭谡那里寻求庇护。

龙泉女闻言就撑起精神来，对着大谭谡小声说没事，竟然跟跟跄跄准备站起来。

大谭谡命碧玉扶住龙泉女。

"母后。"大谭谡躬身微微施礼。

"该说的，之前母后都已跟你说了。"太后说完一句，便喘一口气，接着道，"母后明白自己岁数大了，活不了多久了。母后告诉你，该立太子了，你这迟迟不立，是在动摇国本。"

"母后！"大谭谡真是忍无可忍，充满戾气地喊了一声。

太后这会儿却是不跟他硬碰硬了，便道："哀家已让人拟好了折子，上头写着龙才人以自戕逼迫哀家，这样的罪名，她可担当得起？要是不这么办，折子便传遍天下……"

龙泉女身子虚，这阵子还焦虑过度，被太后这么一个罪名扣下来，彻底承受不住了，眼前一昏黑就倏地倒了下去。

大谭谡既痛且怒："太医呢？！"

太医们早就候在外边，等着给太后、龙泉女看诊，这会儿大谭谟一声令下，陆陆续续地便提着医箱从外殿进来躬身请安。

大谭谟揽紧龙泉女带到偏殿去，他又感觉到了曾经穗儿骤然离世的惊惧。心想：不，朕曾经是个落魄皇子，挽回不了那个悲惨的结局。但现在朕是帝王，没有谁可以不经朕的允许就死去。

大谭谟轻柔而小心地将龙泉女安置于床上，碧玉细心盖上一张薄被，太医上前诊脉。

前些日子，在龙泉女盛宠时，关于龙才人生皇子的传言甚嚣尘上，太医们自然也是有所听闻，然而据他们以前给龙才人请的平安脉来看，确实是体有寒疾，实在是难以有子嗣。

所以，前头三个太医往龙泉女手腕之上覆了绫纱帕，轮着切脉一遍，都瞪大双目不敢确认，也不敢出声，等着后面的太医切脉后商榷了再说。

毕竟若是诊脉出错，此乃天家，必招杀身之祸。

曾经给龙泉女调理过身子的老太医李木，见前头几位太医都似乎脸有异色，轮到他上前来时，他心里便也有些着急。

毕竟他知道龙才人体质上的大致情况，这会儿看着面容清瘦无血色，也就担心现在的情况是否更糟糕了。

然而当李木手搭上那方绫纱，刚打算好生诊脉一番，看她身子到底已是什么状况时，腕上的脉象便明显呈现出喜脉来。

他年纪都一大把了，顿时心跳加速。

后边的周太医见李木这般神色，也是疑惑重重，此时前面的太医都切完了脉，神色都是大同小异，他带着疑问便上前去切脉。这一切脉惊得周太医也是有些不知所措，他回身与李木对视一眼，心照不宣，便与前面切完脉的太医一样，俯首跪至皇上跟前。

"如何？"大谭谟早就快失去耐心，他最见不得别人在他面前磨磨蹭蹭。

大谞谍回身坐至床榻边上，握紧龙泉女的手，冷眼扫向太医："如实说来！"

大谞谍发现他们在切脉的过程中，神色上有异，他担心龙泉女又要不好了，心里也愈发紧张。

太医们跪在那里小声商讨一番，最后还是由李木出了声："启禀皇上，臣等一致确认，娘娘这是喜脉。"

半晌，整个寝宫落针可闻，周围侍候着的人都屏住了呼吸。

碧玉与碧桃也是目瞪口呆，因为她们清楚地知道，主子每次侍寝后，都让她们备上了以防有孕的汤药，现下！主子居然有喜了！她们再也做不出任何多余的表情来。

大谞谍握着龙泉女的手，入定了一般，人如磐石稳坐，脸上的神色看不出来丝毫波动。良久，他才似乎终于有了知觉，声音低沉，带着几分不确定："当真？后宫已经好久没有有孕的喜事了……"

众太医面面相觑，他们既然都同时诊出了喜脉，那也没什么可怕的了，法不责众，即使后边出了错，那也不是一个人的错。

太医们叩首，异口同声道："恭喜皇上，贺喜皇上。"

李木接着又禀报："已有近两个月身孕，胎象极稳，微臣觉着……是个小皇子。"

整个偏殿等着侍候的人，顿时都跪了下去，齐声道："奴才恭喜皇上。"

恭贺声层层传来，回荡于屋宇上方。大谞谍心口处这才狂跳起来，仅有两个皇子一直是他心里的痛，如今，这个有些像穗儿的女人要为他生儿了！这是不是冥冥之中的天意！朕本就是春秋鼎盛之年，又有小皇子要诞生，立什么皇太子！

一想着又要有皇儿了，这位皇儿身上融合了他十几年来对穗儿的思念，顿时一种圆满的感觉涌上大谭谍的心头。

大谭谍心里满满的喜悦，他颔首示意福如意给太医们发赏赐，打赏整个后宫，再让人传消息给太后。然而他觉得应该还为这个孩儿做些什么，沉吟了一下，便又让福如意去拟旨，旨意内容是为太后祈福，为龙才人所怀的子嗣积福，特减免赋税。

大谭谍吩咐完毕，又让太医们开好补身药膳，让碧玉与碧桃去盯着熬煮，不容出差错，挥退众人之后，大谭谍这才控制不住执起龙泉女的手亲吻起来。

亲吻了一会儿这青葱玉手，大谭谍便抬手怜惜地抚摸龙泉女清减了不少的脸。

看到龙泉女眼底有些乌青，他更是心疼。她这些日子经受的压力必定极大。大谭谍俯身下去亲了一下龙泉女，龙泉女却悠悠地睁开了眼眸。

龙泉女方醒来，柔声道："臣妾没事。"

大谭谍心里更痛，她身边的那两个宫女方才都说了，这么些天她都没怎么吃饭，也没敢宣太医。

大谭谍抚着龙泉女的脸，半晌，轻声道："爱妃，朕要告诉你个消息。"

龙泉女疑惑地看大谭谍，然后就听到他柔声说："我们有孩儿了，你已有将近两个月的身孕。"

龙泉女有些怔愣，完全反应不过来。她呆上好片刻，这才借着大谭谍的手劲坐起来，极是认真地看他："皇上，您实话告诉臣妾，臣妾是否生了重病，时日已不多？"

龙泉女从不期待自己能有身孕，因为刚入宫时太医就和她说过，她先天体寒，极难受孕，后来她又有意服用避孕的药。两个月，两个月，龙泉女有一种强烈的预感：这一定是她和泉哥的孩子。

这会儿乍一听大谉谲这么说，龙泉女自然也是不敢相信，想到自己这几日食欲全无，精神也极差，她就有些心慌。大谉谲听到龙泉女说时日不多之类的话心里愈发难受。

"穗儿，"大谉谲将龙泉女搂入怀里，轻抚她的青丝秀发，"我们是真的有孩儿了，所有的太医都已确诊，是喜脉。"

龙泉女重复道："穗儿？"

大谉谲也是一僵，旋即说道："朕想好了，若是女孩，孩子的乳名就叫穗儿。"

龙泉女还是不敢相信自己有孕了，过了好一会儿，她倏然从大谉谲怀里退出来，两只手些许颤抖地轻抚小腹，片刻后她眼泪"吧嗒吧嗒"地往下掉，哽咽着又哭又笑。

大谉谲抬起另一只手给龙泉女揩着泪珠儿，柔声道："你要当母亲了，可不能再轻易哭，仔细身子。"

龙泉女胡乱点头，泪水仍控制不住地流。

大谉谲忙搂住龙泉女安慰，心道：穗儿，莫非是你在天有灵？

龙泉女痛快地哭上一场后，才逐渐停歇，让心彻底安定下来。

"你说什么？"太后激动得手指端都有些微打战，"龙才人已有身孕？"

福如意躬身正想回话，站于太后榻前的贤贵妃眼底起了怒火："可不能在太后跟前乱嚼舌根，要是发现有假，仔细扒了你的皮！"

贤贵妃想着，莫不是皇上心疼龙泉女被太后逼迫，假称她怀上皇嗣。假称倒是没事，怕就怕十月后，皇上真抱个野种回来当孩儿养！

她是生不了孩子了，可大容利若是登上了大位，那个毒妇岂能容我！还不如帮着德妃，一旦大容跃继位，自己好歹也是个吃穿不愁的太妃。

"奴才不敢妄言。"福如意躬身回话，"太医们都已确诊，贵妃娘娘若是不信，可以问皇上。"

要说这普天下福如意最怕谁，自然是那位喜怒无常的暴戾天子，除却皇上，还有皇上那几个月一换的宠妃。

其余人，包括太后，他都是不怕的。

毕竟他是天子身边的内侍大总管，整个后宫与朝野都得给他几分脸面，贤贵妃若是敢动他，就是与皇上面上过不去。

贤贵妃果然气馁，她哪敢去问皇上，于是她便将主意打到了太后身上。

贤贵妃状似无意地与太后嘀咕："也真是奇了，龙才人刚入宫时，所有人都说她体寒怀不上子嗣，如今您回来才几天，突然就怀上身孕……"

太后听闻自己又要有孙儿，正是喜悦激动之时，想着原来是她错怪了龙才人，还在责怪自己先前待龙才人太过苛刻，这万一伤到她的皇孙，可就追悔莫及了。

听到贤贵妃这么一说，太后的喜悦简直被活生生斩断。以前就有嫔妃为得看重，谎称怀上子嗣之事。

之前那次她也是激动万分，就盼着孙儿早日落地，好让她能见上，结果却是假的，她一时无法接受，又病倒于床榻好些个月。

这次，若龙泉女也是，太后绝对就要气得一命呜呼了！

"传太医进来。"太后脸色有了几分冷淡，"哀家要问他们话。"

贤贵妃见她的挑拨起了效果，连忙挥退众人，连福如意都让退了出去。她这才在一旁小声劝道："姨母别急，依我看，若是皇上有心，太医所说的话又能信得几分？臣妾就怕，皇上为龙才人冲昏了头脑，抱些不三不四的孩子来蒙骗大家。"

太后这么一听，心里又起伏不定起来，她边喘气边咳嗽，这种荒唐事不是不可能发生！

"你可有法子，能辨别龙才人身孕的真假？"

贤贵妃不相信龙泉女是真怀上了，她现在的目的便是不让皇上到时乱抱孩子回来充数，所以揭穿龙泉女的假孕是必要之事。

"姨母，您忘了吗？"贤贵妃道，"咱们在兴隆寺，给您诊治的钟太医，年轻时候便是您钦点的太医，您对他有知遇提携之恩。"

事实上，这位钟太医当初虽是由太后亲口提上来，但更多的是贤贵妃当时找钟太医拿了些醒醒的药，有些用在男女之事上，有些用在防止其他妃嫔有孕上；接着贤贵妃又在太后和皇上跟前，来回说这个钟医师的医术高明，说得多了，太后自然就对这个钟太医有了印象，后来有个头痛脑热什么的，就都传他来看诊，一来二往，也是觉着医术不错，便提上了太医职位。

这一次，正好可以让太后传他来，揭穿龙泉女的假孕。

贤贵妃这么一提，太后便记起来了，这次回来匆忙，倒没有带上这位钟太医。

太后挥挥手道："就说哀家身体不适，传钟太医过来诊脉。"

当晚，大谭谡陪龙泉女回流彩堂。

只是用晚膳的时候，龙泉女又吐了，才喝了一口的汤，就捂着口鼻要起身。

大谭谡看着心疼，命人端来青铜口盂，还轻拍她后背。

龙泉女虽然感觉呕吐得辛苦，可现今的心情却与前几日有了天壤之别，再也不复低落与压抑，甚至还捎带上了喜悦。她愿意为这个孩儿受这个苦，就算没有食欲，时不时还会呕吐，她也强迫着自己吃些东西，她盼着孩子能有营养。

大谭谟看龙泉女忍得辛苦，安慰道："等皇儿生下来就好了。"

龙泉女心里既有感动，又有些愧疚，不由对大谭谟生出一种逃避之情。以前她尚且还能想着泉哥，为以后的生活努力隐忍着。现在她快忍不住了，她想把这一切都告诉泉哥，可又怕泉哥做出什么莽撞之事。

大谭谟的手从后面绕过龙泉女的腰身，抓住她的双手，俯首贴上她的脸问："你说，等皇儿长大了，朕立他为太子如何？"

龙泉女身形微顿：皇上不喜大容利竟已到了这个地步吗？

龙泉女柔声道："皇上，臣妾从不奢求什么，只希望孩儿平安成长……"

大谭谟哈哈大笑，他方才不过是随口一说，就是要看看，宫中有多少人觊觎这个位置。

这边大容利得知龙泉女有孕，命人摆了一桌子的酒菜，对月独饮，本想一醉解千愁，万万没想到，越喝越清醒。

大容利吩咐道："去，把泉哥叫进来。"

泉哥沉默着走进大殿。

大容利举起两杯酒，歪歪斜斜走到泉哥身旁，将其中一杯递给泉哥："这一杯给你，贺龙才人怀上龙嗣！这可是皇弟啊，大喜，大喜！可喜可贺，本宫喜欢的女人有了父皇的孩子……"

泉哥不语，接过酒一饮而尽。

大容利又斟上一杯："这一杯敬普天下所有黎民百姓，敬减免的赋税。敬秦方，敬唐朔，敬大鑫茂，敬所有为了赋税敢于说话的老臣、忠臣、直臣。"

泉哥斟了一杯，再次一饮而尽。

大容利两眼通红："你知不知道，为了这赋税，本宫做了多少努力，可最后都比不上龙才人一个孩子，多么可笑……"

泉哥带着苦笑，他无法描述此时自己的心情，便又举起酒，眼也不眨一下倒进喉咙。

两人一杯接一杯地喝，大容利嘴里直念叨着："不醉不归！"

对于后宫嫔妃来说，这一夜同样是个不眠夜。

贤贵妃宫里，环嫔两手紧握，手指甲都快要嵌入手心肉里面去了。

怎么会这样？！千防万防！太医院早就说那个女人不易有孕，就没多加设防，居然还怀上了！

贤贵妃气不知往哪里发，便朝环嫔发起脾气来："你不是说那个贱人怀不上子嗣的吗！"

环嫔眼里也带着恨意："臣妾也不知道怎么回事，当时太医院都那么说。"

贤贵妃走过来狠狠推搡了环嫔一把："废物！你能干什么！"环嫔被推得一个趔趄，差点就撞到了案桌上去。

环嫔立定，恨声道："娘娘以为臣妾盼着她有子嗣？臣妾恨不得她马上死！娘娘也别怨臣妾，这么看来，都是那贱婢在耍心机，故意对外散布自己怀不了子嗣。这个该死的贱婢！"环嫔说到最后，已是咬牙切齿。

"是本宫错怪你，咱们都是可怜人。"贤贵妃叹了一口气，眼中复带着狠绝，"看看钟太医怎么说吧，她怀上了子嗣也没什么了不起，若是真怀上，本宫也要想法子让她落胎！"

第二十一章

这些天都是李太医亲自给龙泉女调理饮食。

糕点类都是用酸柠檬汁拌着糖粉做出来的，龙泉女每天也能尝上两小块，平时的荤菜也去了腥，开胃醒神，她也能多吃些，还不怎么呕吐了。

大谞谞看到如此，心里一高兴，便要重赏李太医，李太医却说不敢受，只求大谞谞赐些珍稀药材、药书医典，好让他这个医痴深入钻研。

大谞谞看着龙泉女，见她这几天胃口上来，养得脸上也有了些血色，心里便踏实了些。

对于李太医的这一番要求，大谞谞自然豪气应下了，吩咐福如意将东西送来。

李太医欢喜极了，好几箱子的珍稀药材，好多都是这辈子难得一见的宝物，这些东西说是价值连城也不为过！而那些药书经典也有好大一摞，大部分都是世上仅存的孤本，可以说这世上的杏林中人若是得其中一本，医术就能提上好几个台阶。他这种医痴碰到这样的好事，有种一夜暴富的感觉，好些天走路都轻飘飘的。

皇上对他赏赐这么重，他对龙泉女的养胎之事便越发上心起来。

龙泉女也是很信赖李太医，可听说这两天太和殿那边也传来了一位钟太医，医术也很好。太后已让人过来请她两回过去，好让那位钟太医给诊脉。

龙泉女对太和殿那边的氛围不喜欢，而且在太后跟前就感到有压力，她担心母体不安，会给肚里面的孩子也带来影响，而大谭谍也不喜欢她到那边去，所以，龙泉女干脆寻些借口拖延着了。

没想到今儿，太后又让人来请了。

毕竟是太后，这么屈尊纡贵一请再请，龙泉女也不能一直推托，只能应了下来。

从流彩堂到太和殿的路程要走小半个时辰，碧玉与碧桃都不放心让主子走太久的路，便令人备上了辇车。

龙泉女坐着辇车到太和殿的时候，却见贤贵妃领着几个宫女站在殿前台阶之上候着。

龙泉女见贤贵妃竟在外面等候，下了辇车之后连忙上前行礼道："奴婢参见贵妃娘娘。"她又带着几分歉意道，"是奴婢的不是，劳贵妃娘娘久等。"

"说的哪里话。"贤贵妃飞快地仔细打量龙泉女，她见龙泉女身穿一袭高腰淡紫绫裙，衣襟前用绸带打一结，清丽优雅，一副纤腰袅袅的样子，疑心更是重了起来。

"不必多礼，现今妹妹身怀皇嗣，可要当心。"贤贵妃带着笑意连忙虚扶了龙泉女一把，"姨母也是关心你，放心不过，便要亲自看钟太医给你切个平安脉才安心，倒是累你跑这一趟，你也千万不要多心。"

贤贵妃表面上与龙泉女客客气气的，但心里却恨得不得了，为了一击致命，她不得不强迫自己，一直在心里念叨着：忍，一定要忍。

龙泉女见贤贵妃颇为客气，也是以和为贵。太后还靠贤贵妃照料，她更不想得罪贤贵妃，让她给太后吹枕边风。龙泉女便道："贵妃娘娘多虑了，奴婢知道太后有此关怀，只有感激，高兴还来不及呢。只是太后还在休养身子，劳她这般记挂，奴婢都不好意思了。"

龙泉女说话非常得体，令人寻不到错处。

贤贵妃见她这般得体，忍不住多打量了她一眼，就盼着一会儿钟太医能揭穿她的假孕，撕破她的气度。

贤贵妃也设想过，龙泉女若真怀上了子嗣，那便让钟太医神不知鬼不觉地处理掉她腹中的胎儿。

贤贵妃心里千头万绪，脸上却带着笑意与龙泉女一同进了太和殿。

太后的病本就有自己夸大的成分，此时早已好得差不多了，她正躺在一张藤椅上，头发又白了些。那面容虽显苍老，却也不难看出年轻时曾有过的美丽。

龙泉女大方上前，距太后七八步之遥时，便停下要施礼请安。太后微抬手免了她的礼，打量了龙泉女一眼，说话不复以前的刻薄："身子重就不必多礼了，坐下与哀家说说话。"

龙泉女见太后示意身后林嬷嬷给她搬来椅凳，也就略施一礼说："谢太后体恤。"她说完便轻身坐了下去。

太后被贤贵妃的言语挑拨，虽已怀疑龙泉女是假孕，却也不是尽信。这会儿太后要多和蔼就有多和蔼，神色也是慈爱万分。

"哀家往日也是有所担心，一时着急，说出了些不妥当的话，你莫要放在心里。"

龙泉女有礼有节地说："奴婢理解太后的心情，只恨未能为太后排忧解难，又岂敢怪太后。"

太后闻言便赞赏得微微点头："你是个好孩子，能如此想，便是最好不过了。"她又接着道，"前阵子见你昏倒，哀家放心不下，便调了个医术还算不错的太医入宫，让他请个平安脉。"

龙泉女先前已听贤贵妃这么说过一遍，此时便也不拒绝了，她点头应是，同意下来。

很快，林嬷嬷传了钟太医进来，而这边也有宫女搬上来桌儿，摆在龙泉女身边，恭请龙泉女平伸手腕出去，细心覆上一方干净的绫帕。

钟太医是个四十来岁的中年男人，精神矍铄，双目炯炯有神，他趁大家不注意之时，与贤贵妃匆忙对视了一眼，这才向龙泉女躬身问礼，而后便仔细切起脉象来。

贤贵妃微微紧张地看着钟太医，而太后却是目露希冀。

钟太医凝神切了一会儿脉象，便俯首跪到太后跟前。

"如何？哀家的孙儿可好？"太后见钟太医这个模样，心里就七上八下得没个底。

"微臣不敢细说。"钟太医的头垂得更低了。

太后心下一滞，莫非真是假孕？她情急之下，一口气喘不上来，按着心口那里一连咳嗽了好几下，然后拍着椅子扶手道："你就照直说，没人怪你。"

"是，是这样的。"钟太医道，"龙才人怀的子嗣，脉象虚弱，随时有可能滑胎。"

龙泉女闻言拂掉绫帕，急道："你胡说！孩儿好端端的，怎么会滑胎！"

贤贵妃却是微微后退了一步，按钟太医的说法，这贱婢还真是怀上了！至于钟太医说的脉象虚弱会流掉的说法，不过是她原先与钟太医商量好的，若是真有孕，就这么说，给龙泉女心里种下孩子会容易流掉的想法，让她惶惶不可终日。人的精神一旦不好，胎象就越来越差，再寻机会神不知鬼不觉地让她彻底流掉，如此今日的脉象虚弱会流掉的说法到时便得到了印证。

太后仍是高兴，这个结果比起假孕来说，她宁愿是这个，毕竟是真真正正地怀上了，就算脉象虚弱，可能会流掉，也是表示龙泉女怀上了子嗣。而且他们皇家要多少太医与补品都有，只要好好养身子，这一胎未必会流掉。

太后连忙摆摆手对龙泉女说："别激动，坐下来歇着，脉象虚弱没关系，好好养着。"

龙泉女却是不愿别人说她的孩儿虚弱，她扫向仍跪于地上的钟太医，打量了一会，目光便渐渐移向了贤贵妃。

贤贵妃感觉到龙泉女的目光落至她身上，便不自然地朝她笑了一下，连忙道："妹妹，姨母说得对，你不用担心，胎象虚弱也不怕，咱们好好养着就行。"

龙泉女唇边勾起了几分笑，一向张扬跋扈的贤贵妃如何就突然变得体贴好心？她如何就会这么轻易地相信太和殿这边的钟太医？贤贵妃以为她是那等容易欺瞒上当之人吗！

女子本弱，为母则刚。贤贵妃这是打算灭她心智，劳损她心神，让她身子不好，再致使滑胎？

龙泉女正要回贤贵妃的话，却听到身后传来大谞谞冰寒的声音："谁说的胎象虚弱？"

一时间整个太和殿的气流都冷得吓人，众侍候着的太监、宫女们都伏地跪了下去。

龙泉女当着太后的面儿，自然是要给大谞谞行礼，大谞谞却匆匆而入，将龙泉女揽入怀中。

大谞谇继而抬手捂住龙泉女的眼眸，抬起脚就将跪在地上的钟太医踢飞了去。

只听得钟太医被撕裂了一般惨叫了两声，而后似乎撞到了什么重物，"砰"一声滑落下来，便再没有了任何声响。

唯有那浓烈的血腥层层弥漫开来，呛人呼吸。

听到周围人忍不住倒抽一口冷气的声音，龙泉女知道，大谞谇把钟太医杀了……

大谞谇冷声道："这是诅咒，以后，谁敢这么诅咒，便是钟太医的下场！后宫久没有麟儿诞生，现在本是喜事。朕的皇儿，容不得别人说三道四！"

大谞谇的暴戾脾气发作起来就是这么可怕！

整个大殿声息全无，谁也不敢吱声。

龙泉女闻着那血腥味难受，胃里又开始反水要呕吐，大谞谇着人带着她出了太和殿。

太后的声音里带着怒气："皇帝，你这是干什么？"

大谞谇行了一礼："母后，事关皇嗣，容不得别人诅咒。"

"你的意思是，哀家是在诅咒了？"太后气势渐渐显露。

"儿臣绝无此意，只是前有母后劝朕立储，后有母后换太医为龙才人请脉，母后年岁已大，还是少操些心为妙。"大谞谇说完，又行了个礼便走了。

太后脸色僵硬，说到底大谞谇还是为了立储之事发难。

宫女太监们见大谞谇已走远了，才彻底醒过劲儿来，哆嗦着身子跪在原地，怎么都爬不起来。

而贤贵妃也早已吓得花容失色，她的手在不停地颤抖，连看一眼钟太医被摔得血肉模糊的死相都不敢。她颤抖了一会儿，便两脚发软，整个人跌到了地上。

大谭谡来到流彩堂，立刻吩咐传李太医过来。

李太医提着药箱匆匆赶来，见二人神色冷凝，十分惶恐。他听闻龙才人先前到太和殿去了，想可别出了什么问题，要是小皇子有什么差错，皇上赐他的那些宝贝被收回去也还罢了，就怕连他的命都得收走。

李太医连忙让龙泉女伸出手来，覆上绫帕切脉。脉象非常好！怕出差错，李太医又让龙泉女换另一只手。还是很好。就连胎儿性别他都已能准确无误地诊出。

"皇上，才人，"他躬身禀报，"依微臣看，娘娘的脉象很好，怀的是个非常健康的小皇子。"

龙泉女虽然也相信她的孩儿没事，但被那钟太医那样一说，心里还是会禁不住揣上些不安，此时听到李太医这么肯定的话，顿时就舒心多了。

李太医又开了些安胎的药膳方子，碧玉、碧桃便送他出去。

龙泉女轻声道："皇上，您下次不要这么杀人了，至少在孩儿出生之前，不要见太多的血腥。"

"谁让朕不高兴，朕便杀谁！太后的手伸得也太长了！贤贵妃，心术不正！"大谭谡的声音冷得吓人。

龙泉女一听，便知道大谭谡想到钟太医是贤贵妃安排的了。

"以后臣妾离贤贵妃远些就是。"龙泉女抓紧大谭谡的手轻声劝慰，"皇上莫把自己气着了。"

自此，龙泉女向大谭谡告了假，在流彩堂闭门不出安胎。

泉哥知龙泉女有孕后，消沉了好些天才缓过来。此后，他拼命为大容利做事，不再向旁人提及龙泉女。

锣鼓喧天辞旧岁，歌舞升平迎新年，处处挂灯笼，放烟火，渤海国皇宫与普天下所有人家一般，过年时也是热闹非凡。

唯有贤贵妃这里氛围压抑，服侍着的众宫女太监大气也不敢喘一下，就怕一不小心就触着贵妃的霉头，被拖出去打杀。也不怪贵妃郁积，今儿已是大年初五，皇上从大年初一就按照惯例宿在皇后那里，白天又频繁地去看瑜美人，贵妃连见皇上一面都难。

好在大谭谖兴致勃勃，通知各宫嫔妃和他再去赏"鸟语花香之天国"。

大谭谖还没到，嫔妃们便三三两两地到了。

外面飘起了片片皎洁的小雪花，龙泉女穿着一袭素白色镂丝云纹蜀锦裙，外面披着的银缎褙子大氅披风，优雅而高贵。更令人无法忽视的是，龙泉女不过就是简单梳了个流苏双髻，容颜却似月晕般熠熠耀人，眉目如画，肤光胜雪。

太多人都没料到，龙泉女养胎，竟把自己养得如此动人……

贤贵妃心里可不好受，她只觉得浑身不自在，气闷而心慌，看到龙泉女变化这么大，又想到几次派出的人都没下手成功，就恨不得就此撕破龙泉女的脸，往后再也不用见到。

皇后更是死死地把持着自己，她深谙小不忍则乱大谋这个道理。龙泉女有孕，给她带来的冲击着实不小，这意味着，大容利的皇储之位又多了一个潜在的对手。又因为大容利早就说龙泉女和泉哥已经为他所用，所以皇后和龙泉女的关系极为微妙。

"禀报皇后娘娘，大皇子来了。"平儿进来轻声耳语。

皇后情绪虽为不佳，但听到儿子来了，还是打起精神道："传他进来，让他来本宫身旁。"

今日的皇后好生打扮过，藕色宫装透迤曳地，头上飞仙髻，面施薄粉，三十好几的年纪，保养得极好。

如此精心装扮，不过就是为了让皇上多看几眼，这几日皇上虽然留宿于此，但只是因为老祖宗的惯例。想到这儿，皇后就更失落了，她的处境并不好。

大容利进来的时候，就见到他的母后正眉头皱起，情绪颇为低落的样子，稍作一想，便能猜到她为何事而烦心。行礼请安后，大容利就劝慰道："母后不必过于介怀，龙才人的孩子尚未出生，就算是个皇子，离他长大还有好些年呢。大容跃更是毛头小儿，不足挂齿。"

"皇儿切不可轻敌。"皇后示意平儿倒了一杯茶给大容利，又缓缓说，"想当年，你母后也是未曾将那个不起眼的德妃放在眼里，她现在都能跟上官泓勾结在一起了。如今，本宫见了她，还须以礼相待呢。

"母后绝不允许你的皇位动摇！"皇后说完这一句，想到这么多年受的委屈，"你牢牢记住了，现在到了要紧关头，是一场不是你死就是我亡的斗争，半点也松懈不得！"

"是，儿臣都记着了。"不单母后如此，大容利自己也是一心想要谋得那个位置，所以大容跃保证道："儿臣一定竭尽全力。"

那夜与泉哥醉酒后，大容利愈发明白了一个道理，想要的就得自己去争取，靠等，什么都等不来。自此，大容利做事愈发狠绝利落。

大容利简单的一句话，就让皇后逐渐冷静了起来，她闭目寻思了一会儿又问："你和秦方的女儿云璟怎么样了？"

"此前她去兴隆寺住了一个月，儿臣恰好去祈福，与她相遇，聊得甚为投机。"

皇后微微颔首道："按之前说的，云璟有十五岁了，也要及笄了，她又是你师傅的女儿，是个好姑娘。"

大容利却想到了自己一直倾心的龙泉女，神色一暗。他劝阻道："母后不要过于着急，儿臣自有定夺。"

皇后虽然知道大容利是个心里有数的孩子，却也忍不住多说几句："别以为母后不知道，太后、大鑫茂轮番为你说话，都是秦方出的力。就冲这份情谊，你也该早日迎娶云璟。"

大容利垂下头说："是。"

说话的工夫，大谞谡便到了。

御园里的美景优雅动人，上官泓打造出的"鸟语花香之天国"并无寒冷之感，反而带着一股芬芳花香。四周都是些名贵的鸟儿，发出阵阵悦耳鸣叫，还有用各色的纸剪出的小型水榭歌台、飞禽走兽，比之前的"鸟语花香之天国"更为精细和生动。

上官泓向众人介绍，这里的花香，是栽了数万盆鲜花，命匠人们拿着暖炉，轮番给它们取暖，放了一个月才有的效果；这里的鸟儿，是从回纥、契丹、高句丽等地花了大价钱买的；这负栋之柱，因为怕马车磕碰，是用人力从显德府一点一点地背来的……

万千鲜花与剪纸重重叠叠，竞相开放，永不凋谢。

龙泉女看到许久未见的上官泓，他还是风采不减，似乎根本没有因那些不断弹劾他的奏本影响了心情。

大谞谡一行人留宿在御园，夜深了。

龙泉女的住处能看见当初她在御园时所住的后院，她不由想起了那些尘封的往事。

自龙泉女有孕，泉哥就再没出现过。她想见他，却不知以何种方式见；她想告诉他一切，却不知该不该开口以及如何开口。

这夜，龙泉女做了一个奇怪的梦。

浑身鲜血的她抱着同样鲜血淋漓的孩儿奔跑在路上，后面是凶神恶煞的追兵，她死命地往前一直跑一直跑，直到跑至一山崖边，再也没有前路。

追兵步步紧逼，她步步后退……

就在龙泉女抱着孩儿踏空，掉落山崖的一刹那，她猛然惊醒坐了起来。

一身冷汗的龙泉女发怔了一会儿，才稍稍平静，借着微弱的烛光打量着粉色锦帐，借此来安抚自己。

整个人彻底静下来后，龙泉女觉得口渴，刚想开声唤人，想起来她不习惯留人在她身边值夜，就将碧玉碧桃都赶去睡觉了。

龙泉女起来撩开锦帐，跂上绣花鞋，偏头看了眼沙漏壶，知道此时不过三更。她感觉到一身中衣都被汗湿透了，房里的炭火盆也没了火星，一室的清冷。为防止冻着了，龙泉女想起碧玉有替她细心准备好一套中衣放在枕下，她就翻出来拿在手里，又转到暖阁里去。

暖阁里温暖无比，只点一盏朦胧昏黄的小灯，炭盆里的炭还红着，水炉子的水也在温着，龙泉女将水喝完，就解开中衣用帕子慢慢地擦身子，然后换上了另一件干净的中衣。

龙泉女想着，回去冷，不如直接倒在榻上应付到天亮算了，反正榻上也备有裘被。

龙泉女躺下之后一拉起被子盖到身上，就被目前的情况吓坏了，她瞬间后悔得要死！

可后悔又有什么用！

龙泉女连发出尖叫的空隙都没有，就被一双大手蛮力压入一个炽热无比的怀抱，继而唇口便被全然封上了。

第二十二章

　大容利也要疯了，他只在与底下人议事的时候，随口饮了几杯酒。待他们都散去后，看着外头漫天烟火缤纷，微醺的他只觉异常孤寂。

　策马迎风地转了几圈又回来，大容利在等，等人来告诉他父皇可曾给过他什么旨意。

　可等了许久，没有人要传话。大容利自嘲一笑，如此看来，过年期间，举国欢庆团聚的日子，父皇竟连一个口谕也未曾给过，他这个皇长子就如隐形人一般……

　大容利默然泡完澡，仅着中衣披上狐裘，孤零零一个人坐于满桌丰盛的佳肴前，半分胃口也没有，抓起一壶烈酒灌了数口，醉醺醺地向龙泉女的住处走去。

　无数个深夜，大容利都在悔恨，他恨自己甚至读了无数次的玄武门之变，都没有早谋划太子之位。当然，他更想念龙泉女。

　直到悄然翻窗而入，来到龙泉女温暖如春的暖阁里，大容利才彻底感觉自己仍是个有血有肉之人。

　大容利知道龙泉女就在房里安睡，但没想过要唐突进去打扰她，他也就是想借她的暖阁用上一两个时辰，在这里休整一下自己，于四更前就离去。

或许是近日以来，与大容跃的夺储之战有些疲惫，又或许是酒意上了头，大容利倒在榻上，盖着带有龙泉女馨香的被子，醉意愈是厉害，竟渐渐安稳入眠。

可是大容利依然保持着机警，在龙泉女进入暖阁时，他就迅速醒来了。

龙泉女似是没睡好，迷迷糊糊地到墙角那边倒水喝，大容利原本想着她喝完水就会退出暖阁去。

岂料她开始解开中衣用帕子慢悠悠地仔细擦汗，动作优雅而迷人，而比她的动作更为醉人的，是朦胧灯影之中的身子。

大容利虽然只瞥到了个半侧面，但为免冒犯于她，就以强大的自制力强迫自己闭上了双眼，可他已血冲脑门。

让大容利彻底放弃挣扎逃避的是，龙泉女竟然就迷糊地过来躺到他身旁，并拉起他身上的被子盖到了她自己身上。

大容利觉着他此时此刻一定是疯了！

他自从尝到她口中的清甜后，已是完全失控，他知道他不该如此，他本打算浅尝辄止。可当听到她的声音，他忍不住抬手就将她使劲推打着他的双手反剪于头顶，另一手稳托住她摇晃着欲躲避他亲近的头，俯身压下去加深这个亲吻，肆意地亲吻着龙泉女。

龙泉女脑中一片空白，她越是奋力挣扎，他掠夺得越是凶猛，待她清楚地感觉到他的欲望和热情时，一种无力与受伤的感觉让她的泪水瞬间就盈了眶。

龙泉女放松下来迎合上去，以自己的唇勾勒着大容利的唇。他有一瞬间的诧异，然后就更加痴迷地与她共舞。

赶在这个好时刻，龙泉女猛然咬下去，血腥味瞬时就在二人唇齿之间弥漫开来。

大容利此番突然吃了痛，终于放开对龙泉女的掌控。

大容利的唇上带血，给他整个人平添了几分异色。大容利几许笑意勾起："本宫第一次见你时，你也这般伶牙俐齿！"

可待大容利看到龙泉女带着倔强神色的小脸上，有着晶莹的泪珠儿滑下时，心顿时就疼了，修长的手指温柔地替她揩着泪水，声音低沉："别哭，这是我不对，你别怕。"

龙泉女坐起身，"我是你父皇的妃子，你这是要干什么！"

龙泉女现在确实有些怕大容利，大容利雷厉风行的作风已传至后宫，虽然大谭谡仍不立储，但在老臣眼里，大容利就是储君。

若说大谭谡是个贪图享乐之人，那么，他这个儿子便是一只潜伏起来的鹰。

大容利能随机应变地收了一个花魁，也能与大容跃周旋多年，龙泉女甚至不知道，眼前的大容利和她在假山下结识的那个皇子究竟是不是一个人，以及大谭谡这么多年对他的打压究竟只是单纯的不喜还是有所顾忌。

更让人心惊胆战的是，前一阵子，大容利带兵抵御契丹，连他的表兄违了军令他都冷面寒霜毫不留情。

这样一个全新的大容利，是如此让人出乎意料，可他居然这般哄她……

龙泉女愣了半晌也不知该作何反应，毕竟他是真的轻薄了她，要说不介意也是假的。

"别怕，等本宫登上大位……"

龙泉女闻言却像被蜇了一般，那种命运握在别人手里的慌乱感觉又涌上了心头，连忙扭头避开他手指的触碰："不！我和我的孩子都不会和你争皇位的，咱们的约定还算数，到时候你放我们回家。"

龙泉女瞬间就感觉到大容利起了怒意，只见他脸上寒气聚拢："你就这么讨厌我？"

龙泉女向后退了下，就怕一个不慎就得死在暖阁里。

大容利看龙泉女如此神色，瞬间理智全没了，他想到过她或许会不喜欢他，但却接受不了她的厌恶。

大容利不顾龙泉女有孕在身，伸手将她一把拽过来强行压于身下，俯身便又堵上了她粉嫩的双唇。

开始的时候，大容利完全无视龙泉女的抗拒，控制不住的怒火侵占着她的口舌，狠狠地惩罚着她的不识抬举。慢慢地，他沉浸下去，就变得不舍得了。

大容利和风细雨地含着她的唇，轻轻撬开她的齿，温柔而细致地一点点搜刮，缓缓地与她唇齿相依……不知过了多久，渐渐地，龙泉女似乎真的忘记了如何挣扎，眸中带着些许雾气与迷茫。

大容利被她这般模样迷得七荤八素，鼻息间全是她清甜异常的香气。他的手禁不住隔着薄薄的中衣开始摩挲她的整个后背，继而漫延至她的香肩。

龙泉女一巴掌打到大容利脸上："我怀着你父皇的孩子。你身为皇子，竟如此大逆不道！"

大容利骤然停下，"本宫不介意，日后咱们还会有很多孩子。"

半晌，谁也没有动，也没有说话。

龙泉女有孕在身，实在乏力，抵抗不了大容利，眼见着四更都已要过去，就忍不住开口道："你，还不走？"

大容利猛然翻身而起："你就这么想我走？"语气间颇为恼怒。

龙泉女冷冷道："是。大皇子，你要是还不走，咱俩就都身败名裂了。"

这模样真可爱，大容利心都要化了。

青丝乌发柔顺地垂肩散开，白瓷玉似的细腻娇嫩肌肤因先前的亲密，微微透着一层粉红，平时清澈的眸底此刻还有些许迷茫，俏挺的琼鼻之下，就要生气的小嘴似是要嘟起来了。

大容利用手抚着龙泉女的发丝低声哄道："别叫什么大皇子，叫我的名字。"

龙泉女僵硬着不说话。

大容利忍不住抬手捏了下她的粉颊："你叫一声我听听？"

龙泉女真的气着了，她强调道："别碰我的脸！"

"那要碰哪里？"大容利一本正经道，扫视着她的全身。

龙泉女顿时感觉全身都要被看透，已是无处可逃，她忙拉起被子紧裹着自己，都有点语无伦次了："你，你别这样。"

"别哪样？"大容利逐渐逼近龙泉女，暧昧地问道，"嗯？"

话音未落，隔壁突然有了脚步声。

大容利倏地抽身而起，抓起他自己的狐裘披上，回身看到龙泉女，有些微怔，温声道："莫要怕，终有一日，本宫会光明正大地和你在一起。"

大容利说罢，没待龙泉女回话，便已旋身翻窗而去，唯留一室的冷清。

龙泉女一动不动地躺着，如坠云里雾间，要不是她感觉到身旁另一侧的榻上仍有温热，她都怀疑先前不过是做了一场梦。

清晨，碧玉带着宫女们进来服侍龙泉女起床，见她恹恹的，没什么精神，就责怪起自己来："都怪奴婢昨晚没往火盆里加多些炭，害得主子半夜被冻醒，还得挪到暖阁里来睡。"

"不关你的事，是我自己做了梦睡得不踏实，晌午时候再好好睡一会儿就好了。"龙泉女由着碧玉穿衣裳、梳头，心不在焉地用了些早饭。

看着龙泉女肚子一天比一天大，贤贵妃有一种近乎疯狂的偏执。这种偏执自她多年未有子嗣开始便如影随形，她恨后宫中所有有孕的人，所有有子嗣的人。在贤贵妃看来，自己有着绝世之姿，又有姨母做后盾，如此高人一等的条件，却全都被无子打败了。她不甘心，她不甘心那些事事都比自己差的人，仅凭一个孩子便能走到自己的前头。

贤贵妃忍了再忍，可还是忍无可忍地大发雷霆。她将龙泉女曾送给各宫的剪纸扔到地上又踢又踩，嘴里还骂着贱人，似乎骂龙泉女是贱人，她就真的变为了贱人一样。

"郑鸿盛！"贤贵妃发泄一番，冷静了些，就唤郑鸿盛过来，"你去太医院看看，那个贱人到底喝的什么灵药？"停顿了一下，贤贵妃声音就压低了些许，她阴恻恻地道，"想法子将药换了，她的药煎好后，拿来让我喝，我的药罐就煎带着麝香的那个方子，好了后送给她喝。"

"贵妃娘娘，"郑鸿盛劝道，"这样会被发现的，药的味道会与平日不同。"

"药味都差不多的，喝的时候一般都加蜜饯，怎么就会被发现？让我们的人劝她喝药时放颗蜜饯。"

"贵妃娘娘，这样，这样好吗？"郑鸿盛担心会出事。

"你是在等本宫换人吗！郑鸿盛，你替本宫害的人可不少，还差这一个。"贤贵妃愈发来气。

"可是，前面钟太医……"郑鸿盛颇有些犹豫，又被贤贵妃冷冷地扫了一眼。

郑鸿盛心一横："奴才一定想法子替主子把这件事办好。"

贤贵妃这才点头说："做事仔细点。"

"是，奴才会注意。"

连续好一阵子，龙泉女在喝保胎药的时候，年前新提上来的二等宫女悠悠随侍在一旁，都会笑着提醒她加颗酸酸甜甜的梅子，说这样就当酸梅汤喝了，省得每天喝药苦口遭罪。

龙泉女惦念着泉哥，又被大容利扰乱了心神，所以对于喝药放不放梅子这样的小事，就觉得无所谓。

碧桃心疼主子，也就在一旁做主给加了。

碧玉却发现煎药那丫头最近有些不对劲，容易走神打盹儿，常常坐在那里看煎药，看着看着就犯困。

有的时候药煎好了，那丫头因为中途眯着了，就有厨房里的人帮忙将药汁都倒出来，装进药盅里了。

碧玉抽了个空隙，私下将情况禀报给龙泉女听。

龙泉女立即警惕起来，又觉得钟太医丧了命，居然还有人不怕死！

"知道了。你不用怕，也不用理他们，以后保胎药拿进来，就倒进花盆里。"龙泉女略一沉吟，又道，"让你跟着受苦了。"

碧玉眼眶就红了，她在家里是老大，家里兄弟姊妹多，穷得揭不开锅，为了养活弟弟妹妹们，父母就把她卖了，这么些年，她心里也曾有怨恨，好在来了皇宫。

这位主子对她也好，从来不曾打骂，琉璃打她时还不惜得罪贤贵妃帮她出头，知道她家里情况不好，还时常赏些钱，让她用那些钱养活了一大家子人还绰绰有余。她为人奴婢，现在做的事，就是应该的本分而已。

碧玉跪了下去说："奴婢不苦，奴婢愿意一直跟着主子，直到主子嫌弃奴婢粗笨了为止。"

龙泉女抬首看到门帘之外隐约有一身影,她又淡淡笑着加了句:"只是我可是丑话说在前头的,在我身边,就千万记得要跟我一条心,有什么难处及时跟我说,我自会想办法替你解决。你待我好,我自会加倍待你好,要是做出背主的事情来,那就别怪我不留情面了。"

碧玉机灵,也是看到了外面似乎有人在偷听,知道主子这些话看似是对她说,其实是对外面那人说的。

碧玉配合龙泉女,说道:"是,奴婢知道了。奴婢若是不忠不义,就请主子将奴婢处置了事。"

那帘外的影子一晃,就渐隐了去。

悠悠即使快步走出了老远,心口处也"扑通扑通"跳个不停。自她晋升为二等侍女,贴身服侍龙泉女之后,总觉着龙泉女已将她看透了一般,龙泉女现在倚重碧玉、碧桃两个丫头,她想近身侍候都难。

可她没有退路,昨天就又接到了那人传来的话,让她想法子加大麝香的剂量。现在龙泉女对她有戒心,她根本就不可能完成任务,又想到那人拿她的家人来威胁,悠悠就心慌得六神无主。

可龙泉女方才说的话……她想着要不要主动去坦白,可是那人的身份,龙泉女又怎么可能拧得过?

要是一个不慎,她家人的性命丢了怎么办?

悠悠急得团团转,拿不出个方法来,想着想着就靠在流彩堂外头的一棵大树后面偷偷哭泣,哭得快背过气去。

要说她对龙泉女没感情,那是不可能的,龙泉女一直体恤宫人,可再怎么,也没有她自己的家人重要啊。

悠悠现在就如活在夹缝间隙里，连透口气都难。

"悠悠？"碧玉已得了龙泉女的吩咐寻来，果然看到悠悠在这里抹泪，她说，"主子叫你，有话要说。"

龙泉女屏退众人，默然坐着。方才悠悠听完那些警告的话，或许心里会承受不住，毕竟她只是个宫女，眼界也就那么点儿，再趁热敲打敲打，也许就能解决掉身边这个大隐患。

龙泉女不想再留悠悠在身边，对她不仁不义的人，她要一个一个解决或者打发掉，于是让碧玉出来寻她过去说话。

"啊？"悠悠一张圆脸上吓得没了血色，脸上的眼泪都忘记擦了，"主，主子找奴婢？"

"快去吧。"

碧玉能感觉到，悠悠也许出了问题。此时她的脸色就不大好看，可毕竟也一起服侍了龙泉女好些日子，于是提点了两句："你毕竟也是陪着主子好些时日的人了，等会儿将话如实告诉主子，也许主子还能与你讲些情面，你自己看着办吧！"

悠悠俯首跪地，一动也不敢动。

她听完碧桃的话后，在外面琢磨了一会儿。

她想着，既然龙泉女都已对她起疑，那她再继续捂着，只会两边都不讨好。

悠悠进门见到龙泉女后，就将贤贵妃如何派人抓了她的家人，她如何被胁迫，如何接到话，让她想法子加大麝香剂量的前后所有事情全都竹筒子倒豆般说了出来。

悠悠以为她说完之后，就差不多是表明自己仍是忠心于龙泉女的态度了，龙泉女怎么也会接纳，甚至还能安慰她一两句。

结果什么都没有，龙泉女一句话也没说，也没有让她起来，屋子里静悄悄。

悠悠忍不住偷眼望去，唯见一只好看的青葱玉手捏着白玉盏好半天也没落下，而龙泉女悠闲地坐在那里，似乎在想着些什么。

"你是说，贤贵妃让你加大麝香的剂量？"就在悠悠又跪上半晌，终于忍不住想要出声提醒一下的时候，龙泉女忽而就出声问话了，声音清淡无波，让人分不出情绪来。

"是。"悠悠颔首道，"主子，那，那奴婢的家人……"

"来人哪，把她送到贤贵妃宫里。"龙泉女一眼都不想多看。

悠悠愕然道："主子，您不是说，您不是说……"

龙泉女笑道："本宫会留着一个想要谋害我孩儿的奴婢吗？"

悠悠膝行到龙泉女身旁，抱住龙泉女求饶道："主子，奴婢知错了，您别赶我走，奴婢也是迫不得已……"

她还没说完，就被六儿和几个太监拽了出去。

大容利背手站在窗前，迎着月光，回味着与龙泉女的一切。

若岚敲了敲门说："大皇子，您开一下门，奴婢烧了壶茶水给您送来。"

这个是常事，以前若岚也常烧茶水送来，大容利就直接打开了门。

可若岚闪身就进了屋内，她将水壶放于案几上，边拿杯倒茶水边道："有些烫，我先给您晾上一杯。"

大容利也就随她了。

看若岚倒完茶水，还愣站着不出去，大容利蹙眉道："怎么了？有事？"

若岚身形微抖，强笑着道："没事。"她说着就将茶水递给大容利，见大容利毫不犹豫接过杯子一饮而尽，若岚内心欣喜不已，压着心跳，楚楚可怜地说道，"自从被大皇子收到宫中，若岚一直感激不尽。"

大容利也没说话，不知道想些什么，半晌他才道："等时机到了，本宫就让你出宫，找个人嫁了，好好过日子。"

若岚来之前有好好打扮过，她原本就长得娇媚，今日头上斜插几朵珠花，蛾眉如黛，红唇娇艳欲滴，翠烟色束腰裙裳让她的身形无比袅娜动人。她媚眼如丝，似是不着意地朝大容利身边趋近了两步，抬手轻扶一下脑袋，轻声说道："嗯，那往后就听您的安排吧，不早了，大皇子也早些歇下。"

若岚说完就要退出去，经过大容利身前时，她突然脚下一打滑，跌入了大容利怀里。

大容利也不知道怎么了，抬手把着她肩膀欲将她扶正。隔着衣裳，大容利感觉到若岚滑腻的肌肤，竟然有些心猿意马。

若岚娇声道："谢谢大皇子。"

大容利低头看着面前这个娇媚水润的女人，看着看着，眼前的女人就变成了他心心念念的龙泉女的模样，他的眼睛越来越幽暗，渐渐失了清明。

手不住地摩挲着面前浮现的"龙泉女"的臂膀，猛然就将她紧箍入怀里，低声道："那夜和你哥哥饮酒，我才知你闺名叫雁儿。"

"雁儿，雁儿。"

若岚本来已被大容利撩得情动，但闻言就脸色一滞：雁儿是谁？她心里苦涩涌起，原来他是真的已将另一个女人放在心上了，她要嫉妒疯了，这到底是什么时候发生的事？他们是怎么认识的？她一直关注着他的一举一动，从未发现一个叫雁儿的人！

可是，那又怎么样，她若岚就算得不到他的心，这辈子也要成为他真正的女人！

若岚娇声回应，就抬手以指划拉着他，于他身上点火。

待手心从衣襟边沿探入他的锦袍内，抚摸着那胸膛之上结实的肌理时，她忍不住脸红心跳起来。

大容利一把便抱住若岚，大踏步过去把她压倒在了床上。

大容利脑袋埋入她修长滑嫩的脖颈，深深嗅着，可是恍惚间他便有些清醒：这不是那夜的清甜！

他将若岚甩了出去。

若岚尖叫一声，撞到壁墙再滑下，痛得直不起腰来。待她回过神来，转头看到大容利已趴在床上。若岚心里更痛，连忙手脚并用地爬至大容利身旁，扒拉着他的手说："大皇子……"

大容利挥手再次将她推至地上，冷漠地看着她："为什么要这么做？"

若岚颤抖不已，哭道："这么多日子，大皇子就没感觉到奴婢对您一丝一毫的情意吗？您收了我，就是若岚的天，是若岚的全部，可是若岚，在大皇子的心里算什么？即使现在，大皇子还是不愿沾若岚分毫，若岚真就这么差劲吗？"说罢，嘤嘤哭了起来。

大容利看着这个娇媚的女人在他跟前这般，他感觉到体内气血上涌——是那杯茶的原因！

大容利起身，大踏步拉开门冷声吩咐道："来人，将她带走关起来，无本宫的吩咐不得放出来。"

"是！"一直候在外面不远处的侍卫赶紧回答一声，就进来将哭得死去活来的若岚带了出去。

殿内安静下来，大容利又着人备上冷水，坐进浴桶。他脑海里一直浮现着龙泉女的模样。

第二十三章

泉哥终于来见龙泉女了，却是离别。

数月不见，泉哥清瘦了许多。他站在流彩堂门口，深深地看着龙泉女，笑容中带着苦涩，"雁儿，我已经求了大皇子，他准了我去军营，这次我是来向你道别的。"

"什么？你为什么要去军营，眼下战乱频仍，有多危险你不知道吗？"龙泉女顾不得自己笨重的身子，连忙站起来。

泉哥的眼神里既带着爱，也带着痛，他缓慢说道："你知道的，我为什么去。"

龙泉女忽地叹了口气，她知道，泉哥为何而去，也知道，泉哥对她的误会有多深。她的嘴巴张开又合上，无数句挽留的话都在嘴边，却怎么也开不了口。

半晌，龙泉女终于开口说道："如此，便去吧。"她的眼中有盈盈泪光。

"雁儿，不为别的，我只想有朝一日能保护你。"

"我，我……"龙泉女几欲开口告诉泉哥，腹中的孩子是他的，可这话，绝不是现下能说的。

外面传来福如意的高喊："皇上驾到——"

"战场上刀剑无眼，你一定要活着回来。"

泉哥郑重地点了点头。

大谭谋走了进来，泉哥连忙行礼。

龙泉女行礼道："皇上，哥哥来看看我。"

大谭谋点了点头，并未多加理会。

泉哥再一次深深地看了龙泉女一眼，起身告退，再没回头。

大谭谋唇边带着几分笑意，"边关吃紧，朕没来得及多来看你，看来将来咱们要多生几个皇儿，还能帮朕理政。"

对于这话，龙泉女只觉得冷，大谭谋说话一向如此，毫不犹豫且不走心地说出来，偏偏不少可怜的女人竟都当了真。她不动神色地回道："现在肚子里这个还不知道能否安然生下。"

女人生产，几乎都是一脚踏进鬼门关，龙泉女也是有着惶恐与不安。

腹中的孩子似乎感觉到自己父亲的离开。

龙泉女正说着，顿时感觉腹部之间有了几分坠痛，一下子脸色就有些发白。

大谭谋听着她说的话，就觉得不吉，这转而就见她脸色异样，手还按肚子，霎时感觉心里一慌，他紧抱住龙泉女，朝外就吩咐："让御医来流彩堂等候！"

福如意得了令，派小太监往太医院奔去，又通知嬷嬷准备好一应需要的物品。

大谭谋这边也是压不住地心慌，哪怕是九五之尊，面对此事也是无能为力。

碧桃轻拍着龙泉女的后背给她安抚。

可不一会儿，龙泉女的额上与背上就出了汗，在这冷峭的秋天，竟发汗如此，可想而知她得有多痛。

"皇上……"待一次阵痛过去后，龙泉女极是不安地抓住大谭谡的手，想着趁自己尚有力气，赶紧叮嘱几句。

"臣妾，臣妾……"

龙泉女方说完这两个字，又一阵疼痛袭来，她连忙紧咬下唇忍耐着，却是再也说不出话来。

"别伤到自己。"大谭谡见她唇咬得血般殷红。

碧玉顾不得尊卑，连忙抬手抚上去说："主子，要是痛，您就咬我手。"

龙泉女只紧咬着自己的嘴唇不松口，额头上的汗珠紧跟着滴下来。

"臣妾先前的话还没说完……皇上一定要听臣妾的，要是，要是臣妾熬不住了，御医要皇上决定，一定要将孩子保住！"

大谭谡没想到龙泉女会说这个，震怒非常，怒吼了一声。

这一怒吼吓得外头正急匆匆准备着的福如意都抖了几抖，心里就怕是龙泉女出事了。好在他战战兢兢侧耳细听，却又听见龙泉女似乎还在说话，虽是听不出什么来，至少让人心安许多。

大谭谡搂紧龙泉女："不会的，不会的，这一次朕不会眼睁睁看着你走！"

穗儿与龙泉女再一次重叠，大谭谡生怕悲剧再次发生。

龙泉女知道大谭谡接受不了这样，连忙说道："臣妾只是说如果，如果真的是这无奈的结果，皇儿是我的命，他要是没了，臣妾也会活不了……"

"朕不会让你这样！"大谭谡冷着脸保证，掷地有声，"绝对不会是这样的结果！"

太医院的御医这时都来了。

福如意连忙说："都进来给龙才人切平安脉，集体会诊，根据娘娘的身子尽快商议出个办法来。"

事关皇嗣，众人皆不敢耽搁，连忙伏身应是，紧接着就起来跟进去。

这期间龙泉女好几次阵痛袭来，身子都忍不住蜷缩了起来。

御医们见着龙泉女这般疼痛，也是害怕，虽然妇人产子，这是必然过程，可宫里近十年没有皇嗣诞生，皇上把龙才人这一胎看得极重，就怕皇上一个忍不住暴怒，让人拖他们出去斩首。

好不容易都一一切完脉，几位御医就与熟悉龙泉女状况底子的李太医小声商讨起来。

众人一致认为，娘娘虽为身子有些弱，但只要喝些参汤补足体力，定是能顺利生下小皇子。就怕后面会大出血，一旦发生崩漏，那后果就不可预想。

他们将这个情况如实禀报给大谭谭听，却见大谭谭冷着脸不说话，顿得片刻，他才暴戾地吼道："将一切可能会发生的危险都给朕除掉，否则朕让你们陪葬！"

此话一出，众人吓得后背都冷汗直落，连忙跪地道："臣等自当尽力。"

此时老嬷嬷就道："还请御医们都到外间等候，若有情况，老身自会通知你们商议，这里就由老身带着宫女们看着。"

她说着就让宫女去吩咐人备参汤，又请示大谭谭："皇上，娘娘怕是要生了，还请您……"

大谭谭俯身与龙泉女柔声道："朕等你们母子平安的消息。"

龙泉女忍着又一阵的疼痛袭来，轻轻点了点头。

大谭谭在外面走来走去，心里错乱地念叨着：穗儿，穗儿，你一定要保佑，保佑龙才人母子平安。穗儿，穗儿，你已经离开朕一回了，你不能离开朕第二回……

使唤的嬷嬷宫女心里禁不住惶恐，就怕一会儿龙泉女生产不顺，皇上狂怒，当真就让他们陪葬。

龙泉女迎来好几波的疼痛，实在是忍不了，抓住碧玉的手就咬了上去。

大谞谞刚来到前厅，就见得太后由贤贵妃扶着进来，皇后和一众嫔妃也都在。大谞谞知道太后也是挂心孙儿，就向前请安，搀扶着她到椅上坐。

"龙才人怎么样了？"太后未待坐下就发问，声音有些激动，"哀家的孙儿可还好？"

"都还好，母后应当先歇着，一会儿就能有消息。"大谞谞执起桌上的茶壶要给她倒茶，太后却是抬手按下，"哀家现在连水都喝不下，能不过来看看吗？"

大谞谞闻言也是有所感慨，因为此时此刻，他也是连水都没法喝下。

屋内时不时传来龙泉女忍着疼痛的低呼，想起她说的那些保孩儿之类的话，大谞谞心下更是焦灼，撇下茶壶，负手而立于太后一旁。

这一等就等了近两个时辰。

正当大谞谞心头慌乱之时，就听到嬷嬷携带着一身血腥味冲出来："娘娘没力气了，昏昏沉沉要睡去，如何是好？"

大谞谞心里一痛。

太后虽也是焦急，但毕竟处理过许多次后宫女人的生产之事，有些经验，连忙制止大谞谞："龙才人此时最容不得有人去分散她心力，皇上莫要激动！"

太医们也是连忙躬身行礼表示认同，"当下之急，是让娘娘口含参片,将耗散的元气聚回来。"李太医在后边补充了一句,"暂时先含参片,后边最好再去熬半盏参汤,让娘娘服下效果更佳。"

龙泉女感觉没气力之时,突感有人往她嘴里塞了参片。

那甘苦的滋味在嘴里弥漫散开,蹿入肺腑间,顿觉力气增加了不少。

"主子,主子,您醒醒。"她听到碧玉带着哭腔在唤她,那声音虽是似乎从远处传来,但却令她觉着心安。

若是混有听命于别人的宫女对她动手,只要碧玉在,她肯定第一个不会同意。

事实上,流彩堂确实也混进一些起了异心的宫女,不过都事先被碧玉和碧桃处置打发掉了。

这时候来来回回帮忙端热水、擦洗与熬汤药的宫女,都是她们信得过的。

龙泉女擦洗的热水变成的血水,需要端出去倒掉,大容利忽而发觉其中一个干活的宫女目光有些闪烁。

按理说嫔妃生产,大容利本不该来,可他一直放心不下龙泉女,便携着两个公主来了。

果不其然,皇后看到大容利来了,立即说:"皇儿,这不是你待的地方,赶快回去。"

太后也三番四次让大容利赶快回去。

大谭谟面色不善坐在椅上,没看大容利一眼,在群臣逼迫立储后,他愈发憎恶这个大儿子,此时连句话也吝啬给他。

大容利却厚着脸皮说:"儿臣连行军打仗沙场白骨都不怕,怕这做什么!"

大容利此时就站在门外。因为实在是担心龙泉女,在嬷嬷取了参片进去的时候,他就也跟着来到了门口。

有个端着血水出来的宫女，数着双鬟，看起来脸容稚气。可从大容利面前躬身行礼而过时，那宫女的目光就有些躲闪。

大容利眼眸微眯了起来，待她倒完血水回来，直接一掌就将她扫荡出去，扔至了厅堂之上。

众人见着都吓得一跳，俱不知发生何事。

"这是怎么了？"所有人都看向大容利，大皇子今日的举动着实不太正常。

大谞谞勃然大怒，站起来指着大容利咆哮道："你这个逆子，在朝堂上兴风作浪，连你的母妃生产都要来插上一脚，给朕滚出去！滚！"

皇后脸一僵，急忙跪下，想要为大容利说情。

大容利却是没回答，对另一旁躬身候着的福如意说道："她的脸和脖子不太一样，你去看看。"

福如意吓了一跳，这看着稚嫩的丫头子竟是……在龙才人生产之时，她也在内室打下手，到底都做了些什么！

大谞谞脸色一僵，究竟是怎么回事？在众人面前，竟有如此胆大包天之人！

福如意心惊胆战地走上前去，检查这已被打得半昏的小宫女，竟发现这个小宫女化着极浓的妆，他又拿着湿帕子一擦。

这一擦，众人都惊了，竟是先前贤贵妃身边的琉璃。

贤贵妃身后时常跟着那几个侍女，众人见得多了，早都熟识。

贤贵妃登时变了脸色。

大容利吩咐太医们上前检查一下，看看这小宫女身上可藏有对产妇有影响的药物。

而这一查，太医们吓得腿直打战，这宫女袖口里撒满了会让产妇血崩的药粉！

难怪龙泉女先前喝了参汤，仍是会没气力，这就是滞了气，而按这情况来看，即使小皇子能安然产下，龙泉女也极有可能出现血崩。

太医们唇齿间都打着颤抖，根本不敢如实禀报。

倒是李太医还算镇定，依他来看，发生这种事必定要让大谒谳知悉，才能及时商议如何疗治。

大谒谳见一众太医哆嗦着身子不敢说话，一个克制不住就想让人拖这帮废物下去处死！他忍了又忍，这才指着还算淡定的李太医，让他一五一十道来。

大谒谳方一听完，心中的戾气再也无法压制，原本要直接结束这小宫女的性命，他抬起的手顿然又收回来，声音放得极轻极轻："福如意，把她喂给海东青。"

谁也不敢出声，唯有福如意说"是"的声音，还有太监将半死的琉璃拖出去的声响。

太后失望地看了贤贵妃一眼，贤贵妃因此事已吓得浑身瘫软，靠环嫔扶着才没有倒下去。

大谒谳冷笑一声，看着太后道："这就是您的好外甥女！后宫怎会有这等毒妇！"又冰冰地下令："削去她的妃位，贬为采女，朕不想再看见她。"

贤贵妃出身高贵，贬为采女又不得再见皇上，岂不是要了她的命。

"皇上！皇上！"贤贵妃身子向前倒去，她匍匐到大谒谳脚下，痛哭流涕道："臣妾只是太爱您了，臣妾一时糊涂呀……"

"姨母，姨母，您帮我劝劝皇上，您帮帮我……"贤贵妃这下才知道什么叫绝望。

"皇上——"

太后刚说了两个字，就迎来了大谭谟冷飕飕的目光，他对福如意说："还愣着干什么！别让朕再看到她。"

"皇上，这么多年的情分您都忘了吗？整个后宫，只有臣妾是爱您的，皇上……"贤贵妃牢牢攥住大谭谟的衣摆不放，依旧痛哭流涕。

福如意走到贤贵妃身旁，挽住她说道："老奴失礼了。"他说罢，就与几个太监一齐把贤贵妃拖了下去。

龙泉女在房里却不知道发生了何事，她含了参片，后又喝掉半盏百年参汤，觉得精力回来了大半，在又一次阵痛来临之时，跟随着嬷嬷的指挥使劲，就听到碧玉与碧桃惊喜地呼叫："主子用力，奴婢看到小皇子的头了。"

龙泉女虽已是痛得快失去了知觉，但听闻这一句，顿时力气倍增。

在嬷嬷按着她的腹部推拿着，又一次让她使劲之时，她忍着那巨大的疼痛，咬牙猛地使劲。

就在龙泉女感觉自己即将昏死过去前，突然感到肚子一松，遥遥就听到了碧玉与碧桃充满欢喜的喊叫："生了，生下来了！是个小皇子！"

龙泉女闻言心中喜悦，可她此时却已是连手指动一下的力气都没有了，既困又疲倦，她努力想要睁开双眼，想看一眼她与泉哥的孩儿再睡去，可那眼皮沉重得怎么也打不开。

在渐渐陷入迷糊之时，只听嬷嬷惊恐的声音传来："不好，娘娘血崩了！"

在这之后龙泉女便再也没有了知觉。

碧玉、碧桃哭喊着："娘娘——娘娘——"

突然，碧玉似想到什么，她快步走到外面大厅，连连磕头，额头都沁出了血。她哭着说："皇上，主子她血崩了，奴婢怕主子挺不过去了。"

"不可能，这不可能！"大容利一下子站了起来。

皇后狠狠地剜了大容利一眼，大容利这才意识到自己的失礼，他又道："有上天庇佑，父皇祈福，龙才人一定没事的。"

大谭谋怒吼道："若是挺不过去，朕要了你们的脑袋！"

碧玉又磕头哀求道："皇上，奴婢知道这于礼不合，主子最看重亲人，若是有亲人陪伴说不定还能度过这一劫，奴婢求求您，求求您，让主子的哥哥来看看她……"

碧玉的哭声中夹杂着悲恸和哀求，在场之人无不动容这主仆深情。

"朕准了，传他过来！"

龙泉女这一昏死过去，似乎就再也醒不来了一样，明明知道自己是在昏睡，可就是提不起力气醒来，沉浸在一个黑暗的世界里，不知道哪里才是出路。

迷糊之间，她似乎能想起自己有一个孩儿，偶尔还能听到耳边有孩儿的哭声。

听一会儿那孩儿的哭声，她不由自主地感觉到心中悲苦，眼角边渐渐有泪水滑下。

然后就有人用温暖的手指给她揩去眼泪，声音低沉而温柔地与她说着些什么。

可她再怎么努力听，想要听清楚那人在说些什么，都集中不了元气，没一会儿就又完全陷入昏沉的黑暗之中。

昏昏沉沉不知过了多少天，期间龙泉女感觉到有人断断续续喂自己喝汤药，由开始的不会吞咽，到渐渐地能小喝上两口。

慢慢地，身上的气力似乎增加了些。

又接连喝了两天药，龙泉女的神志终于恢复，所有发生过的事情一下子都记了起来，她意识到自己这是产后昏迷了。

龙泉女心里着急，也不知道她的孩儿怎么样了。她感觉到身边有人，双眼都没来得及睁开，抬手就抓住那人的一角衣袍说："孩子，孩子……"她已是用尽力气说话，声音却是细如蚊声，微弱到不仔细听根本就不知道她在说话。

龙泉女勉力睁开了眸眼，映入眼帘的是泉哥，他双目满是关心与忧虑，还夹杂着几分小心翼翼。

"感觉可好些？还有哪里不舒服？"泉哥的声音轻柔而小心。

此人竟然是泉哥，龙泉女用诧异的眼神看着泉哥，她甚至怀疑眼前是一场梦！

"是碧玉，她说你惦记亲人，求了皇上让我过来看看，你醒了就好，明天我就走了。"

龙泉女的眼睛渐渐湿润了，看着这个她深爱的男人，泪水缓缓流淌下来。她努力地抬起手，想要摸一摸泉哥的脸，却抬到半空就无力地垂了下去。

泉哥的声音里带着颤抖："你醒了就好，你如果醒不来，我所做的一切都没有了意义。"他在龙泉女额上轻轻一吻，又道，"你醒了，得有人去禀告皇上了，我回去了。"

泉哥一步三回头。只见他张了张嘴，无声地说出三个字："我爱你。"

泪水顺着两颊流入龙泉女的嘴里，又流进她的心里。

两个人的爱情，是那样的跌跌撞撞。

待碧玉到寝宫门外招人前来吩咐什么之时，龙泉女这才发现这里的布置换了许多。锦帐与被褥都换了全新的，干净而清新。

龙泉女静躺于床上往门口那边看去，见得那帷幔珠帘也换了两扇新的，珠帘上的珠子和着窗口投进来的几许温暖阳光，晶晶莹莹地闪着亮光。她静等一会儿，就见大谭谡先行进来了，后面跟着李太医。

碧玉给龙泉女覆上一方帕子让李太医切脉。

李太医凝神仔细地把完脉，禀道："皇上，娘娘已无大碍，只是失血过多，需要好生调养，莫要落下病根子才是。"

大谭谡闻言心里放松多了，对李太医道："这阵子你暂时住在这里，随时根据情况调整龙婕妤的饮食与药膳，让她早日恢复。"

原来皇嗣诞生，龙泉女已晋了婕妤。

李太医连忙就躬身领命，又嘱咐了一句："娘娘刚醒来，宫女们这两天熬着的乳鸽药膳汤正好适合喝。"

碧玉连忙躬身请示道："主子，奴婢这就去厨房取来。"

龙泉女知道自己已无碍，心思就全部都放在了孩子那里，李太医说的什么，她也已听不进去，碧玉说什么，她也是随意点一下头，赶紧朝大谭谡道："臣妾要见孩子。"

大谭谡道："皇儿还在睡着，乳嬷嬷一会儿就抱来。"

龙泉女倔强着起来，避着大谭谡的手说："不要，臣妾现在就想看看，一刻都不想等。"

"好，你别急，这就看。"大谭谡见龙泉女刚刚转醒，不忍心拂了她的意思，他说着就朝外吩咐，让乳嬷嬷抱小皇子过来，福如意一直就在外边候着，听到大谭谡吩咐，连忙就应声前去。

不一会儿，就有两位年纪二十出头，样貌秀丽端庄的乳嬷嬷进来。

其中一位带着些暖笑、脸颊上有两个浅酒窝的乳嬷嬷，怀里

330

小心地抱捧着个锦绒襁褓。

"参见皇上、参见娘娘。"

龙泉女未待大谭谡颔首说话，就已是迫不及待地抬手："快，把孩子给我看看。"

龙泉女贪婪而怜爱地看着襁褓里的小孩儿。

饱满而有光泽的额门，挺直的小鼻梁，微抿着的小薄唇，虽然眼目闭着在甜睡，但那小模样，一看就非常令人喜欢。

龙泉女嘴边忍不住就有了笑意，眸眼都亮起来，抬手用指背轻碰一下那嫩滑的小脸，带着慈母般的笑意："明明我生的，居然不像我。"

大谭谡闻言也忍不住低笑起来说："待他醒来，你就知道，那眉眼之间有你的影子。"

"真的？"龙泉女眸眼更是晶亮，手指往上移，轻抚一下孩子的眼，"他一般什么时候醒来？"

乳嬷嬷偏头望了一眼梳妆台那边挂着的沙漏，见是午时刚过一点，就道："大概小半个时辰后，应该就会醒。"

每天的这个时候，小皇子醒来就会哭闹，乳嬷嬷哄也哄不住，说来也是奇怪，一般泉哥抱着与他说上几句话，他就会很乖地停下哭声。

龙泉女也跟着看了一眼沙漏，感觉还有许久，此时体力就已渐渐有些不支，目光却不舍得从孩子的小脸上移开。

大谭谡说："累了吗？待会儿喝完汤就再歇上一会儿。"

龙泉女却是依依不舍，"还没见到孩儿醒来呢。"

"来日方长，不急在一时。"大谭谡劝道，"身子要是不好，将来陪孩儿的时候岂不是更少？"

龙泉女听也是这么个理，就应了下来。

正好此时碧玉提着汤盅进来了，她将汤盅轻手从篮子里端出，搁至寝宫正中的案桌上，利索地从篮子里拿出小碗，将乳鸽药膳汤盛好晾着，再过来躬身行礼请示："皇上、主子，汤已盛好，现在就喝吗？"

龙泉女点了点头。碧玉将汤端过来，喂给龙泉女。

碧玉心里也是很欢喜，盯着看小皇子，想着这几乎是她家主子以命换来的孩儿，就更是怜惜与疼爱。

只是，龙泉女才喝上几口汤，就吩咐道："把小皇子放在我床榻上睡吧，这样我一边喝药，一边还能多看他一会儿。"

乳嬷嬷连忙"喏"了一声，就将小皇子抱过去，轻手轻脚放于床榻里侧。

龙泉女喝着汤药的时候，目光就没移开过那小襁褓，神色间俱是满足。

龙泉女只坐了一会儿就有些犯困倦，毕竟刚苏醒不久，体力还跟不上。

这说困就困，没一会儿，竟就这么睡着了。

大谔谔感觉龙泉女没了动静，呼吸均衡，扶着她一看，竟已睡着了，就轻轻将她放平，盖上被子陪着她一块儿躺着，准备一起小睡一会儿。

只是不过小半个时辰，就传来孩子哇哇的哭声，两人顿时被惊醒，尤其是龙泉女，慌得手脚无措。

睁眼看到孩儿哭得小脸通红，龙泉女连忙侧身往里拍哄起来："孩儿乖，不哭不哭啊，娘亲在陪着你呢。"

她哄上这么两句，就转头问大谔谔："对了皇上，孩子叫什么名字？"

大谔谔就道："朕想了许久，大容庭，叫庭儿怎么样？"

"庭儿？"龙泉女低声唤得一下，"这倒是个不错的名字。"

这个庭里面是朝廷的"廷"，想必不少人都为这个名字忧心忡忡吧。

小皇子突然意识到面前不是那两位熟悉的乳嬷嬷，顿时就止了哭声，睁着亮晶晶的眼眸看着眼前之人。

龙泉女笑了："庭儿这是喜欢这个名字才不哭了。"

她探身过去看孩子，果然见得眉目之间的神情有她熟悉的模样儿，与她在镜子里看到的自己差不多，嘴边就染上了几许笑意："哎呀，庭儿，你长得真俊。"

小皇子听闻这柔软动听的声音，他那乌黑的眼珠子滴溜溜地就往龙泉女那边看去，似乎对龙泉女很感兴趣的样子。

龙泉女就与他相看着，抬手以指轻碰着他的小脸逗他玩。

日子过得飞快，这十来天，龙泉女都按李太医开的方子调养着身子，汤汤水水的就没离过，出了月子就已感觉精神大好。

小皇子的满月宴就定在了三天后。

这孩子得来不易，龙泉女也为此遭了许多的罪，加上皇宫又添新丁，大谞谞自然是要将这满月酒大肆操办起来，更难得的是朝臣也一致上奏请旨。

大谞谞批过奏章，又拟一份旨，把军中的泉哥也升了职。

龙泉女才知月子酒的详细安排，就有人来报说小皇子醒了。

龙泉女的神色霎时就温柔得很，连忙道："让乳嬷嬷抱过来。"

碧玉应声去了一会儿，遥遥就传来庭儿震耳欲聋的哭声，一听就是中气十足。

乳嬷嬷将庭儿抱上厅堂的时候，额头上已都是汗珠。自从龙泉女醒来，陪伴着庭儿的时候多了，庭儿越发不愿意离开亲娘了。

小皇子每天睡醒午觉，就像已寻到了窍门一般，都要这么号哭一场，他似乎已经知道如此这般必定就能见到母妃。

而她细细观察过，小皇子几乎是光打雷不下雨，眼底根本就没泪水。除非他母妃有事一时不在，他号哭得久了一些儿，没见着娘娘，才会真的有些泪光。

才出月子的小婴孩就这么机灵，实在是让她们两个乳嬷嬷惊讶，于是照顾得越发仔细。

龙泉女听着那哭声，震得心口都有些疼，连忙就迎上去，从乳嬷嬷手里将小皇子接过来抱好。

"庭儿乖。"龙泉女搂着小襁褓轻拍两下，"娘亲抱抱就不哭。"

那哭声立马就停了下来，睁着炯炯有神的双目看着龙泉女，微抿着的小薄唇微勾，露出了笑意。

"哎呀，你个小坏家伙。"龙泉女嗔怪道，"一点都不像哭的模样，还笑呢。"

"小皇子这么快就认人了呢。"碧玉站在一旁见着了，心里也是欣喜得很。

六儿也在一旁附和，"听说大皇子、二皇子当初还是两三个月之后才认人，咱们小皇子好聪明呢。"

不管他们夸得真假，龙泉女都爱听，脸上的笑真得不能再真。

大容庭的满月宴如火如荼地开展着，在宫里设了隆重的筵席，文武百官都奉上厚礼，当晚京城中百姓还自发地燃起烟花、响起炮仗，齐齐贺喜。

满月宴当晚，一直有一道目光追随着龙泉女，这目光便来自大容利。

大容利望向龙泉女，见得他的心上之人因为喜庆的日子，穿了一身紫粉锦绫的华服，头上插起了金钗，面容仍是那样清澈美好，但更是多出了几分母性的温柔。

"本宫能看看三弟吗？"大容利颇有几分摩拳擦掌。

龙泉女看了大谭谍一眼，见得他神色间不是特别反对的样子，就回身与碧玉道："让乳嬷嬷把庭儿抱与大皇子。"

乳嬷嬷连忙应声前去，大容庭此时在大红褴褓里睡得香甜。

大容利探身过去打量了几眼，顿时心里就生起羡慕和嫉妒的情感。这种种感觉让他心里很痛：若是，若是我早登上大位，如今，她是否已经是我的人，也会给我生下一个这样可爱的孩儿？

大容利心里有痛楚，甚至气息都有些不畅，脸色却如常，面带笑意地说道："恭贺父皇！"他又吩咐左右拿出一个锦盒来，说是送给小皇子的见面礼。

龙泉女让碧玉上前接过。打开看时，却是一颗硕大的夜明珠。

这么大的手笔！龙泉女微怔，可大容利却不再看她。

满月宴结束了。

大容利飞快地回到寝宫的偏殿。那里面，有件他偷来的龙泉女换洗的衣裳。他缓步过去，坐于床上，愣愣地发呆了许久，抬手碰了一下她的衣物，带着几分小心地摩挲着。

"如果我们有孩子，会像谁？"大容利双目微湿，自言自语道，"要是儿子的话，会不会有几分似我，若是女儿，"他唇边却有了丝笑意，"一定会像你那样，眼睛清清澈澈的，有着灵气，本宫一定会很疼她，她就是我们的掌上明珠。"

大容利说完这一句，再也忍不住痛楚，弯下腰，双掌捂紧脸。

苏旭进了偏殿，看到眼前这一情形，连忙退了回去。

确实，外头候着的宫女和太监们见大皇子匆匆回来，神色严肃，表情沉郁，都不敢踏进这里半步。

　　大容利沉浸在这巨大的痛苦中，却只能依靠时间，慢慢消解。

第二十四章

年年春草绿，年年秋风起。一晃数年过去。

渤海国在大谞谟的纵情挥霍享乐下，国库早已空虚，整个国家只剩下一个巨大的空壳。

纵是肱骨大臣想要力挽狂澜，却也回天乏术。

所有忠直之士，都把期望放到了大容利身上。

大谞谟终于熬不住了，封了大容利为太子。

皇后这些年，拖着孱弱的身体在强撑着，如今心愿已了，在大容利受封太子后，没到半年就去了。

天灾人祸不断，内有起义，外有强敌。

许是皇后把重心放在了儿子身上，贤贵妃又贬为采女，瑜美人顺利地诞下一子一女，瑶美人诞下了一女，还有新晋的齐充仪诞下一子，后宫子嗣渐渐充盈了；环嫔和姝美人受到贤贵妃的牵连，见到其他嫔妃自发矮了一截；德妃和大容跃激起的那点水花儿被大容利不着痕迹地按了下去……

铁打的营盘，流水的宫妃。宫中的宠妃换了一批又一批，龙泉女被册封为嫔，她从一个不经事的小姑娘变成了宫里的旧人，好在她早就看开了，当有人提起当年的殊荣，她也不过淡淡一笑，所有心思都放在庭儿身上。

龙泉女挚爱的男人泉哥据说打仗时死了，连尸骨都没找到。

眼下，所有人都惊慌不已，因为契丹人打过来了，已经打到了扶余。

这些年来，渤海国与契丹一直纷争不断，如今竟然打过来了，耶律阿保机命令惕隐安瑞为先锋，率领五万精锐骑兵开路东进。

大谞谍得知扶余将要失守，震怒之余，受上官泓怂恿，决定御驾亲征。他豪情满怀："不打得契丹叩首求饶，朕誓不回来！"

可不少人却觉得此次形势不容乐观，契丹号称二十万人，来势汹汹。

龙泉女每日照料庭儿，并不理会其他俗事。好在太后对庭儿还算喜爱，想来大谞谍走后出不了什么岔子。

大谞谍走了，留下大容利监国，可不几日就传出了渤海国要亡国的流言，闹得人心惶惶，就连嫔妃们的钩心斗角都少了。

不出老臣们所料，大谞谍到了扶余，扶余已被契丹人占领，西部防线崩溃。

大谞谍已带军攻了好几次城，但都失败了，心里恼怒后悔恐惧五味杂陈。

此时，阵阵箭雨袭来，兵将拿盾挡着，但死伤还是多起来，大谞谍连忙下令全军急退。

突然，不知何物从城上飞下，摔在地上发出一声闷响。大谞谍一众定睛一看，竟是一具尸体，汩汩地冒着鲜血。

城上的人大笑道："我乃肖阿古只，下面的渤海国小老儿听好了，这是你们守城的太守。"

渤海国众将士逃得更快了。

回到大营，大谞谍刚在大营里坐定，突然有人慌慌张张地来报："皇上！不好了，不好了！"

"什么不好了，大惊小怪，成何体统！"

大谞谍本就一肚子邪火，恨不得杀了面前这个小兵解恨。

小兵上气不接下气："皇上，皇上……"

大谞谍十分不耐，"你快点说！"

"契丹的耶律阿保机，率领一队人马，攻打上京龙泉府去了。"

大谞谍眼前一黑，他没想到这次危机如此之大。

"皇上，"福公公连忙扶住大谞谍，"上京有皇太子监国，他一向稳重，您别担心。"

"如何能不担心，眼看，眼看就要守不住了……"大谞谍脸色煞白，一种恐惧涌上心头，他吩咐道："让众官员速来商议此事。"

大营里众人听到消息，全都变了脸色。

大谞谍问道："说说怎么办？"

没有人吭声，全都低着头。

大谞谍气急，吼道："都说呀，平常一个一个邀功请赏的时候嘴都不停下，现在怎么不说话了！"

还是没有人说话，军中大营死一般的沉寂。

大谞谍拔出剑，对着案几就是一挥："一个一个地说，谁要是说不出来，朕就斩了他。"

众人被大谞谍的失态吓得不轻。

半晌，上官泓道："皇上，微臣以为扶余易守难攻，我军现在需要保存实力，不如退到中京显德府，伺机攻打。至于上京龙泉府，皇上若是现在回去，一者耗费军力，二者契丹军若再东进对我军不利。微臣以为耶律阿保机来势汹汹，皇太子不一定能守住城，不若命他们速来，迁都显德府，集合兵力与契丹一战。"

迁都？这明明是弃城而逃。

可悲的是，听了上官泓的话，不少大臣纷纷应和："微臣以为上官侍中说得有理呀。""回去我们也没有契丹军行得快。""不如保存实力呀，皇上。"

这时，秦方严肃地说道："皇上，微臣以为不可。上京龙泉府是渤海国之本，怎可弃城中黎民百姓于不顾？更何况，如今我们已陷入被动局面，若是继续一退再退，恐怕退无可退。臣以为可派一支军队，截杀耶律阿保机，挽回此局面。"

大谭谖看向大鑫茂。

大鑫茂有"渤海战神"之称，十三岁便有了军功，这么多年更是立下无数战功。

大鑫茂道："皇上，臣愿阻断耶律阿保机，与他一战！"

大谭谖沉思不语。

下面更是议论纷纷。"万一打输了怎么办？""再激怒契丹可就不好了。""臣以为应该派个人去议和。"

秦方越听越恼，怒不可遏，指着众官员怒骂道："祖宗的百年基业，海东盛国的百年辉煌，就要毁在你们这些鼠辈手里了！"

多年过去，秦方还是一片赤诚。

上官泓顶道："一意孤行要打，根本不懂得量力而行！你口口声声说祖宗基业，光顾着求全，你以为全是那么好求的吗？眼下人心惶惶，你还诅咒我渤海国国灭，是何居心？！"

"你，你，"秦方气得手已颤抖，"你这个卑鄙小人，要不是有你，渤海国何以走到今天！"

大鑫茂跪地再请："皇上，末将请求领兵与契丹一战。"

一群保守派老臣全都跪倒在地，齐声说："皇上不可。"

看着这群人，秦方只觉得心里一阵悲凉。

大谭谡怕了，真的怕了。他害怕渤海国亡在自己手里，害怕大鑫茂若是败了，渤海国再无可用之将。这几日与契丹军的交战，他看到了契丹军的强和狠，那具城门上掉下来的血淋淋的尸体，在他心里被无限放大。

"大鑫茂！"

"末将在！"大鑫茂的眼中迸发出期盼。

"你带人，抄小路走，去把皇子和嫔妃们接到显德府。其他人，明日一早退兵到显德府。"

"皇上……"大鑫茂绝望了。

"不必多说，就这么定了。"大谭谡不容异见。

福如意快步走进来，对着大谭谡耳语了几句。

大谭谡脸上迸发了些许希望，急道："让他进来！"又对帐中将士官员道："朕派到黑水靺鞨求援的顾文华回来了。"

顾文华风尘仆仆地走了进来，跪下行礼道："微臣参加皇上。"

大谭谡迫不及待地说："快起来，娉婷怎么说的？"

英义可汗在去年病逝，黑水靺鞨大乱，可敦和两个夫人竟接连意外离世，左贤王年纪尚小，娉婷一跃成为摄政可敦。现在，大谭谡把大半希望都寄托在娉婷身上。

"回皇上，娉婷可敦说愿意出兵救援，但有一个要求。"

大谭谡连忙问："什么要求？"

"娉婷可敦想让上官侍中出使，上官侍中一到黑水靺鞨，她便立即发兵救援。"

大谭谡迅速下令："好，上官泓，你明天一早就去黑水靺鞨。"

上官泓在听到娉婷的要求后，心一直往下沉，他想起娉婷和亲前的那一夜，他丝毫不觉得娉婷仍然爱慕他，只觉得娉婷是在报复。

上官泓上前道："微臣为渤海国为皇上甘愿出使，但皇上您知道娉婷的性格，她向来行事乖张，即便是答应救援……"

大谞谡草草打断道："娉婷是渤海国的人，你只需记住这一点，明天一早你就去！"

"微臣遵旨！"上官泓只好遵命。

上京龙泉府，监国的大容利此时也有了紧迫感，他每日都盼着大谞谡能够凯旋。可他迎来的，却是大鑫茂。

听闻大鑫茂是来接他们的，大容利死活不走，誓与龙泉府共存亡，底下的人也不走，坚决要同大容利一样死守到底。

那是龙泉女和大容利最后一次相见。大容利默然地看着龙泉女收拾东西，轻抚了龙泉女的头发，只说了句"照顾好自己"。

龙泉女眼前的这位皇子，做了一个长揖礼，她不知道该如何回馈这位皇子对她的爱慕，更不知道在这样一个糟糕的状况下，该说些什么。龙泉女在心里默念：要是大容利早些继位就好了，渤海国就不会如现在这般了。

令人吃惊的是，龙泉女在大庭广众之下，走近了他，双手环抱了他，在他耳边轻声低语道："你多保重。"

大容利很想问上一句：若有来世，你会和我在一起吗？

罢了，罢了，今生都修不好，何谈来世。

这一抱，大容利觉得这么多年也算圆满了，他深深地注视着，看着龙泉女上了马车，缓缓地走了。

这个新年再也没有了年味，只剩下逃亡的落魄。

一行人不停地赶路，行了四五天，到了一个叫灵峰的地方。穿过前面一处盘山路，就能到中京显德府的地界了。

此时已至傍晚，天色昏暗又隐约带着暗红，寒风凛凛，明显是快要下雪了。

大鑫茂询问龙泉女后，一行人决定到近处的驿站过夜。

虽然火炉等取暖之物都在龙泉女所坐的马车里，可她还是感觉冷，庭儿也是一样，龙泉女抱着他，母子二人互相取暖。

已经晓事的庭儿紧锁着眉头说："母妃，我觉得这战该打，这样逃来逃去何时是个头！威风颜面扫地不说，总有一天契丹会欺负到咱们头上！"

龙泉女有诸多感慨，却又不方便和庭儿诉说，只道："小孩子不要操心这些事情。"

"怎么能不操心呢，母妃，您常和我说，要关心国事。眼下战事一天比一天紧，前面总打败仗，后面四处逃窜，这不是亡国之兆是什么！"

龙泉女被"亡国之兆"这四个字吓得心惊肉跳，她狠狠地瞪了庭儿一声，庭儿这才闭上嘴。

这会儿终于到了驿馆，许是驿馆的位置过于偏远，看起来格外老旧，朱漆栏杆都斑驳破损了。好在馆内的火还算旺，比外边暖和得多。进来后，大家紧绷的心总算松弛了些。

龙泉女让六儿给了驿丞些银两，请他派人去买些酒和肉来。

驿丞诚惶诚恐，对龙泉女道："贵人，这可使不得，这是奴才的本分，哪敢要您的银两。"

龙泉女回道："眼下这时候，不必拘礼，大家都不容易。"又对着大鑫茂道："将军一路辛苦了。"

大鑫茂并未多言，只微微颔首。

来往的人驿丞见得多了，本以为龙泉女是个矫情事多的嫔妃，谁想竟如此体恤人。驿丞行了礼，亲自去买了酒肉回来。

龙泉女带着庭儿回房休息，众人在前厅吃酒暖身，气氛一下子热烈起来。

唯独大鑫茂站在驿馆门口，望着外面乌沉沉的天，神色中透着忧心忡忡，仿佛有无尽的顾虑。

往年都在皇宫，龙泉女已经多年没再经历过严寒了。

孩子的脚娇嫩，庭儿坐在马车上就吵着脚冷，此时脱了鞋袜，白嫩的脚已被冻得红肿，泡了热水后便开始发痒，惹得他又捏又揉，龙泉女给庭儿抹上冻疮膏，又来回按揉，折腾了半宿，深夜才睡着了。

龙泉女一大早就被碧玉叫醒，说外头下雪了，大鑫茂将军早就起身，这会儿打发人来催了。

龙泉女和庭儿都困得不行，抓紧梳洗后，带着宫女们一起来到前厅。

大鑫茂本就是个急脾气，不时看看天色，此时见龙泉女出来了，随意地行了个礼，闷声说道："下雪了山路难行，早些走，也好早些到显德府。"说完他就吩咐将士准备出门。

龙泉女知道大鑫茂急着把自己送到显德府交差。龙泉女走到驿馆外的门槛下向外望，这才一夜，天地就成了银装素裹的世界，道旁沟渠里已经积起了深过小腿的雪，远处白茫茫的，一阵风呼啸袭来，她整个人打了个哆嗦。

马车已经停在门口了，龙泉女正要上去，对面路上急匆匆地来了四五个人，看样子像是一早上路的商人。他们跑到了驿馆门口躲雪，一边跺着脚上的积雪，一边道："将军是要往显德府去？前头阻了山道，过不去了！"

大鑫茂便问究竟，商人七嘴八舌地解释，说他们一早出门，到了山前，见山上石头坍塌下来，堵塞了去路，根本无法通行。

"堆得跟小山似的！"一个商人比画着。

"唉，怕要被堵在这里了。"他的同伴连声叹气。

大鑫茂一怔，带了个随从起身上马，顶风冒雪便要去看个究竟。不消片刻，大鑫茂蹙着眉回来，说道路确实被落下的石头堵死了，请龙泉女回去稍作休息。

龙泉女一听，遮住脸打了个哈欠转身进去了。碧玉将铺盖打开重新铺好，她便钻了进去搂过庭儿补觉。庭儿却不困了，好奇道："母妃，山路什么时候能通呀？"又说："母妃，好大的雪，儿子想去玩雪。"

龙泉女不理会他："快睡，后面有你累的时候。"

这一觉睡得很足，待两人起来已经是午后了。

驿馆前厅也比早上热闹了许多。眼下还在外奔走的，不是商人便是逃难的，都暂时落脚在驿馆取暖。

驿丞好心，想着大雪天他们无处可去，就没有赶他们走，只强调了不许随意闯到后面去。

大鑫茂一心尽快把龙泉女送去显德府，与契丹作战才是他心里的头等大事。不料这才几天，就遇到了道路受阻，他心焦不已，唯恐今夜若再下场大雪，山路堵得更加严实，到时再想除去，就更困难了。眼下，雪有了渐小的趋势，他立刻组织士兵前去清理。

商旅和百姓也盼着早些上路，见大鑫茂带头了，纷纷呼应。大鑫茂数了人，带好清理的用具，仅留下两名亲兵，命他们在这里照应着，便带着大队人马走了。

屋子里炉火正旺，外面雪渐停。

反正今天是很难出发了，庭儿在一旁规规矩矩地练字，龙泉女和宫女们做起了针线。

忽然有人叩门，原来是驿丞送来了一盘刚做好的胡饼，香甜扑鼻，咬上一口焦香酥脆。

龙泉女便让宫女们分食，宫女很高兴，一边吃着胡饼，一边小声地说着闲话。

碧玉洗净手，抱着庭儿，往他嘴里放了块胡饼，庭儿是第一次吃这胡饼，好奇地问了做法，龙泉女便细细地讲了，兴致到了，又开始讲大唐诗人白居易在《寄胡麻饼与杨万州》一诗中这样称赞胡饼："胡麻饼样学京都，面脆油香出新炉。寄予饥馋杨大使，尝看得似辅兴无？"

"母妃，这诗是什么意思？"

"这诗是说杨国忠……"

"着火了！着火了！"外面忽然传来高喊。

碧玉急忙前去，见不远的一间屋子竟然真的着火了，火舌和浓烟被风一吹正四散开来，数人正在用雪扑火。

驿丞此时也赶了过来，连声向龙泉女赔不是，说莫名其妙地空屋里着了火，风又大，怕烧到这里，请她先到前厅避一下。

六儿带着宫女迅速收拾了东西，一行人随龙泉女到了前厅。

两名亲兵紧紧跟在龙泉女左右，龙泉女吩咐道："你们去帮忙救火吧。"

亲兵不为所动，拒绝道："保护主子才是我们的要务。"突然，几个商旅打扮的人向龙泉女冲了过来，他们手持短刀，来势汹汹。

两个亲兵快速反应，一人与他们缠斗，另一人机警地护在龙泉女身旁，众宫人也围了上来。

碧玉因护着庭儿安危，悄悄地向后退了几步，躲在一旁。

缠斗的亲兵厉声喝问："你们是何人？竟敢冲撞我们主子？"

就在这时，门外传来了一阵急促的马蹄踏雪之声，几乎就在眨眼间，大门口竟闯入了一匹白马，马上高高坐了一个男子，头戴斗笠，身披蓑衣，帽檐压得很低，看不清楚脸，但从身形判断，应该是个男子。他骑术精绝，骑马闯入后，片刻不停，卷裹着一阵风雪的寒气，朝着龙泉女便直驱而来，护卫挡不住，白马转眼到了龙泉女近前，撞开了前头的六儿和碧桃，随着碧桃发出的一阵尖叫，龙泉女已被马背上的男子俯身捉上了马。

电光之间，龙泉女看向碧玉，大声叫着："庭儿——"

只可惜周围嘈杂，庭儿又被碧玉挡着，什么都没看见。

骑马之人马术极高，只见白马驮着两人便冲出了大门，那些扮作商旅手持短刀的人转眼也都退了。

这一切发生得太过突然，从开始到结束，连一刻都不到。

两个亲兵先行一步，六儿和碧桃不顾被马冲撞的疼痛，都跑到门口，此时白马已奔出近一里地，一众人只能干着急，眼看着白马在雪地里愈行愈远。

"哇"的一声哭打破了沉寂。是庭儿，他不住地哭喊："母妃，我要母妃……"

寒风裹挟着雪花，对着龙泉女的面门砸来，龙泉女几乎无法睁开眼睛，她在马背上只觉得天旋地转，双手双脚用力挣扎之时，一个熟悉的声音传来："雁儿，是我！"

漫天风雪中，龙泉女看到了泉哥！竟然是多年未见的泉哥！泉哥较当年清减了不少，脸上也有了被岁月侵蚀的痕迹。

这一惊非同小可。龙泉女做梦也没想到，狠狠地捏了下自己，颤声道："他们说，他们说你已经死了……"

泉哥匆忙说道："我没有，只是打仗失血过多晕厥了，我在前面安排了马车，先上马车！"

泉哥面带紧张，他来不及与龙泉女细说，不时回头看后面有没有人追赶，白马不停地向前奔去。

龙泉女在认出泉哥后，有一瞬间的惊喜，紧接着又想到了当前的现实："现在我不能和你走，庭儿还在驿站！"

寒风凛冽，把人的声音都刮得轻飘飘的，泉哥只听到了一句"不能和你走"，他并不理会这话，反而夹紧马腹，催促着马儿更快地奔跑。

早已安排好的马车就在眼前，两个车夫打扮的人极为伶俐，一人从泉哥手中接过缰绳，打马疾驰而去。另一人见泉哥将龙泉女抱上马车，不等吩咐，便催马前行。

车厢干净整洁，泉哥拿出早已备好的披风，给龙泉女披上："冻着了吧？雁儿，咱们终于见面了！"

龙泉女终于止住了咳嗽，直起身体，避开了他环着自己的手。

"你不能这样把我带走！我必须回去！"

泉哥仿佛怔住了，定定地望了龙泉女片刻，忽然苦笑了下，从怀中掏出玉佩的另一半。

"雁儿，多年不见，你对我竟也生疏了？这些年我无时无刻不在想你。"泉哥目光苦涩。

过往的记忆从龙泉女的脑海里浮现了出来，如果没入宫，他们两个可谓是天作之合。

得知泉哥战死后，龙泉女多少次夜不能寐，泪湿锦帕，多少次看到庭儿像极了泉哥的眉眼，转过身偷偷抹泪，又有多次后悔进了这皇宫……

还有庭儿呢，不能就这么被泉哥给挟持走，龙泉女的心里只有这一个想法。

"你把我送回去，或者就近放我下去也可，大鑫茂将军应该很快就会找过来的。"

泉哥依旧定定地望着龙泉女，忽地紧紧地抱住了她，"你在说什么？回去？你竟要回去？我带你走不好吗？天高地阔，咱们去一个没人能找到的地方！"

龙泉女眼中含泪，想和泉哥解释，又觉得现下不是好时机，她轻轻摇了摇头："泉哥，你这样带我走了，大鑫茂怎么可能善罢甘休？往后你又能带我去哪里？庭儿怎么办？"

"庭儿？庭儿？你是爱上了那个昏君吗？"泉哥说着，神情变得激动了起来。

龙泉女道："时间紧急，来不及和你细说了！我不会和你这样走掉的，你让我回去，往后我再和你仔细说！"

泉哥清俊的面孔之上，原本因为激动而泛出的红晕慢慢地消退了下去。他就这样看着龙泉女，心里带着失望，他一动不动，也不说话，仿佛入定了一般。

马车飞驰，周遭安静。

"泉哥。"

泉哥回过来神，露出勉强的笑容："雁儿，刚才你是害怕了才那样说的吧。你不必害怕，这次我一定能护你周全！"

龙泉女仍旧惦念着庭儿："我走了，庭儿怎么办！你快把我放下来！"

泉哥勉强的笑容再也撑不住了。他忽然一字一字地说道："雁儿，你不能这样对我！

"雁儿，你知道我对你的感情！你知道我的心！多少个深夜我在皇宫外徘徊，恨不得冲进去给你掳回来。现在我终于见到你了，你却不跟我走？我虽没有什么能力，可也拼尽全力想给你个避风的地方。今日大鑫茂通路，驿馆着火，这是上天对我这片痴心的垂怜！告诉我，你没有变心！你没有变心！

"雁儿，我知道你有很多顾虑，但你放心，有我在，你的一切顾虑我都会解决。"

龙泉女闭上眼睛，深深吸了一口气。

"庭儿是你我的孩儿。"龙泉女话音未落，马车仿佛遇到了什么意外，忽然硬生生地减缓了速度。因为惯性，龙泉女整个人朝前扑摔了过去，泉哥一把扶住了她。

马车停了下来，泉哥从窗中探头出去，喝问道："怎么回事？"

泉哥忽然怔住。正前方数丈之外的雪地里，一排弓箭手横在了路中间，拦住去路，弓弦已经张满，蓄势待发。

泉哥神色微微一变，命车夫掉头。周围瞬间赶上了七八个弓箭手，接着侧旁出来一匹大宛马，马上坐了个披甲执戟的年轻将领，姿态狂放，以戟指着马车，放声大笑："我乃契丹肖阿古只！你把大鑫茂的妃子留下，我可饶你不死，绝不为难于你！"

肖阿古只，契丹名将，素来心狠手辣，曾攻打扶余时活剁人心炒之下酒，民众惧之。这人却偏偏一副男生女相，人们背后都称他为"玉面将军"。

月前一役，大鑫茂大败了契丹将领，肖阿古只对大鑫茂更是不服已久，这次接到密报说大鑫茂护送嫔妃去显德府，便亲自带领军队，势要雪耻。

肖阿古只派探子尾随着大鑫茂，自己只是远远地跟着，因忌惮大鑫茂，忖度了几次都不敢动手。没想到天公作美，一伙草台班子又为自己打了前站，如此良机，他当然不可能放过。

马车里一点动静也无，肖阿古只不耐烦，抬手示意，弓箭手立即拉满弓。

"再不下来我可就不客气了！"他说罢，弓箭手纷纷放箭，车夫惨叫一声，倒下马车。

马车骤停之时，龙泉女还在暗自吃惊，大鑫茂怎么这么快就赶到了。此时随着车夫惨叫倒地，泉哥的脸色也变得极为难看，他一只手护着龙泉女，另一只手紧紧地攥着剑柄，手背筋骨凸现。

龙泉女心里不禁开始发毛，契丹和渤海国可谓是死敌，若是自己不幸落到契丹人手里，还不如跟着泉哥走了。

脚步渐渐逼近，来人粗鲁地打开厢门，探进来了一张白净脸庞，二十五六的年纪，仅前额两侧有一小绺长发编成发辫，其余地方全部剃尽。当看到龙泉女时，眼睛一下子就亮了，只愣愣地饶有兴致地盯着龙泉女。

泉哥被这轻薄举止气得怒火中烧，拔出长剑指向肖阿古只道："滚！在渤海国岂容尔等狂徒放肆！"

这肖阿古只也听闻过大谞谞的嫔妃美貌如云，只是没想到竟美到了这等地步，一见之下，几乎魂飞魄散，见泉哥拔剑怒指自己，这才回过了神，也不恼，以指推开剑身，扬了扬下巴调侃道："我带的兵数倍于你，要不是看在你今日给我创造了时机的份上，焉能留你性命？"

肖阿古只的弓手围上来，纷纷张弓搭箭对准泉哥。

"我劝你还是识时务为好，这美人本也不是你的，我带走，也不算对不住你，你且下来，留马车给这位美人，天寒地冻，我可舍不得让她冻着了。"

肖阿古只劈手夺下了泉哥的长剑，几个弓箭手爬上马车，将泉哥强行从马车上拽了下来。肖阿古只再看了一眼龙泉女，哈哈大笑，"砰"的关上厢门，翻身上马道："此地不可久留！走了！"

"肖阿古只！你敢动她，我让你……"泉哥目眦欲裂，追了上去，可双脚哪敌四蹄，最后只能眼睁睁地看着一众人马夹着马车在雪地里疾驰而去。他向前狂奔，追出去了数十步，脚下一个趔趄，最后扑在了地上。

良久，泉哥慢慢爬起，半跪于雪地，望着马车消失的方向。

第二十五章

连日赶路，上官泓终于到了黑水靺鞨，娉婷早已等候多时。

帐内铺了兽皮，红烛高烧，熏香缭绕，温暖如春。

上官泓只觉异香扑鼻，他一抬头，看到娉婷斜倚在王座上，整个大帐只有他们二人。

娉婷的打扮充满了大唐的风情，上披鹅黄色的袒领短襦，下着宽大的石榴裙，裙上绣着大朵大朵的牡丹花，每一支牡丹花的颜色都是不一样的，海棠红、银红、妃红、樱桃红……绣线泛着丝丝光华，一看便知价值不菲。

许是因为牡丹是权力的象征，娉婷最终和大谞谡一样，成了独爱牡丹之人。

上官泓行礼道："微臣渤海国上官泓，拜见可敦。"

娉婷不语，细细打量上官泓，他依旧是那个面若冠玉的男子。

"微臣已到，请可敦出兵救援。"

娉婷从王座款款走下，她用双手轻轻地环住上官泓的脖颈，却并不说话。

上官泓身子一僵，用手一挡，再次说道："微臣已到，请可敦出兵救援。"

"黑水靺鞨不可能出兵。"

娉婷的语气柔柔地，这话却如同惊雷，炸在上官泓耳旁。

"为什么？"

娉婷的神情带着娇媚和狂傲："我恨死父皇了，恨死渤海国了，怎会出兵，你当我疯了吗？！"

上官泓略带错愕地看着娉婷。

娉婷近乎癫狂地发泄着心中的仇恨："父皇把我送到了英义可汗那个又老又丑的男人床上；母后口口声声说疼爱我，却没有为我求情半句；我的真心被你狠狠地踩在脚底下，偏偏你还把我当成个戏子耍……这些我都记着呢，一直没忘。"

上官泓神色复杂地看着娉婷，他已然知道，娉婷不再是那个骄纵任性的郡主了，而是一个一心想着复仇的女人。

上官泓什么都没说，半晌，他倏地叹了口气，道："既然可敦不愿帮助渤海国，微臣就告退了。"

"慢着！"娉婷再次靠近上官泓，她浓密的长发如水草般缠住了上官泓，唇上鲜红的胭脂也格外亮丽，散发着悠悠暗香。

娉婷把脸埋进上官泓的肩膀，声音里带着不谙世事的天真和饱经世事的恶毒："多少次我在黑水靺鞨活不下的时候，唯一的动力就是有朝一日让你匍匐在我脚下。"

娉婷面带讥笑和薄凉，气定神闲："你走不了了，从今天起，你就是我的男宠，咱们还要一起看渤海国亡国呢。"

大鑫茂得知龙泉女被劫的消息后，带着一队人，顺着亲兵指的方向火速追赶。追赶到泉哥与肖阿古只发生冲突的地方时，很多痕迹已被大雪覆盖，只能隐约推测出方才发生过打斗。

待大鑫茂回到驿站，一个霹雳正等着他！

皇三子大容庭也被掳走，连同龙泉女！皆是契丹人所为！

大鑫茂起初不相信，如果是契丹人，何不将两人一起掳走，可宫女碧玉碧桃一口咬定自己没看错。

又有路人说有神秘人让他转告，掳走贵人的是契丹肖阿古只。大鑫茂立即修书向大諲譔请罪。

大鑫茂自责愤怒，怪自己太过大意，恨契丹人狡诈阴险。这时派出去的人回来了，说有人看到那辆马车往扶余方向去了。

第二天傍晚，肖阿古只赶到了扶余。

扶余位于渤海国西，背靠契丹。自从契丹费了好大力气攻下扶余，耶律阿保机就派长子耶律倍在此驻扎，为攻打渤海国的军队做后援。

肖阿古只素有残暴之名，但耶律倍却有声望，对治下官员和百姓也爱护，颇得人心。

就在数个时辰之前，肖阿古只刚来到城下叫门。

耶律倍本以为肖阿古只早随大军攻打上京了，没料到他此刻忽然冒出来跑到自己这里，于是开门迎他进来。

肖阿古只面带疲乏，告诉耶律倍自己昨夜未曾合眼，连夜往这边赶路。耶律倍便问他来路，他却支支吾吾，并不言明，又见同行有辆马车，四壁遮得严严实实，也不知道里头是什么人，再问，肖阿古只依旧含糊其辞，只说是个女眷，害羞不愿露面。

耶律倍知道肖阿古只生性贪色，房中姬妾如云，见他像吃了败仗跑路还不忘带个女人在身边，心里不快，教训了两句，叮嘱他不许滋扰城中百姓，当时见他应下，便让人带去安置，事情也就睁只眼闭只眼过去了。

肖阿古只到了住处，立即让人都散了，他从马车里抱下龙泉女径直进屋，连门都顾不得关，匆忙拿掉堵在她嘴里的布巾，再解开龙泉女手脚上的麻绳，眼见美人的纤纤玉腕被勒出了一圈瘀痕，他捧着龙泉女的手腕连吹带揉，急急忙忙地说道："美人不要见怪！我可不舍得对你动粗，只是方才实在是怕你喊叫出来，惹得别人注意。"

龙泉女避开肖阿古只的手，不发一言，只用双手互相慢慢揉着被捆得麻了的手腕。

肖阿古只眼睛发直，先是盯着龙泉女的手腕，又盯着龙泉女的脸，只觉得两双眼睛不够用。

马车颠簸，手脚又被捆着，龙泉女此刻面容憔悴，眼下隐有乌青，鬓发散乱，却是引人怜爱之态。

肖阿古只之前见到的多是契丹女子，她们大都像个男儿一样，坚硬有余柔美不足，今日见了这柔柔弱弱似有江南风味的女子，只觉得别有一番风味，愈发喜欢起来。

肖阿古只心里痒得要命，身上也燥得厉害，似是眼前的美人才是自己的玉露琼浆，解渴良药。他冷不丁地把龙泉女扑倒，胡乱地嗅着她的味道，口不择言道："没想到渤海国还有你这等美人儿，美人儿，你就从了我吧，不日渤海国就要被契丹打下来了，我可不忍心看你无家可归……"

龙泉女大惊，连忙躲闪，既要躲避他的嘴，又要躲避他的手，慌忙之间衣衫竟被肖阿古只扯开了，半个雪白的肩露了出来，细腻得好似上等的羊脂玉，灯光下，玉般温润。

肖阿古只两眼直勾勾地看向龙泉女的肩膀，不自觉地吞咽着口水，他略微迟疑，拔出身上的配刀，厉声吓道："美人儿，休怪我无情，你若不从了我，就只能香消玉殒了！"

龙泉女但见肖阿古只眼里只有女色，在自己面前丑态全露，无外乎是逼迫自己从了他，她此时慢慢稳住了心神，脸上带着凛然之色，怒道："我乃后宫嫔妃，皇三子之母，岂容你践踏，你若再逼我，我情愿去死。"

龙泉女说罢，把脸一转，闭上眼睛，似是在等待肖阿古只手中的刀结果了她。

美人的喜怒哀乐，无一不是美的，龙泉女的"怒"带着高贵忠贞之美，若不是战乱，肖阿古只哪能接触到这样的美人。

"哐当"一声刀落地，肖阿古只口气软了下来："是我该死，唐突了美人，我现在只有几个妾，无妻，不如我娶了你！"

大鑫茂深感有负皇恩，连护送这么简单的事都给办砸了，他命队伍快速前进，自己则先行一步，一路疾驰，昼夜未停，在傍晚赶到了显德府。

站在墙头的守城将士远远看见一位将军打扮的人骑马疾驰而来，便觉得是大鑫茂，又询问了其他将士，尚未来得及定神细看，此人飞奔至了城门口，正是大鑫茂！

待城门开了，大鑫茂匆匆入城，众人见他行色匆匆，一脸煞气，纷纷让道。可进了大营，却是层层通禀，说大谞谟正用晚膳。

过了好一会儿，才得以面见。

大鑫茂进门便跪，连连磕头："末将失职，有负皇上重托，以致贵人被契丹掳去。如今末将不敢说请皇上恕罪，请允许末将带兵攻下扶余，迎回贵人，再自裁谢罪。"

大谞谟神色平静，喝了口茶，叹气道："朕同样着急上火，契丹是要把他们当人质，不会要他们性命的。你看现在这样子，你不去攻契丹，契丹都来攻你，怎么去打扶余？大鑫茂，打仗不是逞匹

357

夫之勇的。"

大鑫茂错愕地看着大谞谟说："士可杀不可辱，如若苟且行事，我渤海国国威何在？"

大谞谟被这句话噎到："你当朕不着急，前线战事不着急？朕从龙泉府出来就没有了国威！"

"皇上，"大鑫茂不住磕头，"末将有罪！末将现在寝食难安，求皇上给末将拨些兵，末将定将贵人迎回来！"

直到大鑫茂将脑袋都磕出血了，大谞谟这才动了些许恻隐之心，他摆摆手说："朕准了，下去吧。"

肖阿古只满心满眼都是龙泉女的样子，吩咐下去，立刻将喜堂布置起来，预备自己和龙泉女成婚。

耶律倍正好奇肖阿古只怎在此时有了成婚的念头，不想这会儿却有城门守卫来报，说大鑫茂突然率兵前来，距城仅五十里，因事出突然，之前毫无风声，耶律倍吓了一跳。

大鑫茂是渤海国猛将，耶律倍自然听过他的名声。

扶余和契丹边界战乱一直不断。数年前，大鑫茂少年气盛，挟雷霆之势，一心从扶余攻入契丹。上官泓得知消息，生怕大鑫茂功高盖过自己，于是上表，说百姓人心思定，如今风闻战事再起，拖儿挈女，四下奔逃，苦不堪言云云。加之保守派老臣都认为应当以稳固现有地盘为先，西进时机还未成熟，且师出无名，不得人心。因而大谞谟不准，大鑫茂听从了上意，契丹的长岭就此逃过一劫。

耶律倍慌忙点了兵将登上城墙应对，探子又来报，大鑫茂只带着数千随从而已，并无千军万马，这才稍稍放下了心，又疑惑渤海国上京已自身难保，为何前来。

肖阿古只正欲对龙泉女上下其手，忽然外头一阵脚步声响起，接着传来拍门声。是随从在叫他。

肖阿古只懊恼不已，转身正要出去，忽然又停下，回头对着龙泉女低声道："别让耶律倍知道你是宫妃！他若知道了，定会让你充了军妓！"

城墙上，耶律倍来回踱步。他自知将才不如大鑫茂，又害怕显德府有后援。如果前脚龙泉府被打下来，后脚渤海国就从扶余攻进契丹，那一切都前功尽弃了。

见肖阿古只来了，耶律倍皱眉问道："你前脚来了，后脚大鑫茂就带兵来了，怎么回事？"

肖阿古只稍收敛了下姿态说："末将在路上遇到了大鑫茂护送的女眷，想挫挫他的威风，便抢了过来。"

耶律倍很敏感，问道："什么女眷？"

"哪个大臣家的女子，我也记不清了。"肖阿古只故意装糊涂。

"什么？这时候你还添麻烦！"

肖阿古只仗着自己在军中地位颇高，登时变了脸色，说："末将这是扬我国威，怎叫添麻烦！人都被我掳来了，岂有送回去之理。扶余易守难攻，若是大鑫茂攻城，我下去与他一战！"

耶律倍一时哑然，现在这形势，确实不适合把女眷送回去。

肖阿古只现在就等大鑫茂打来，只要败了大鑫茂，不但能立下功劳，而且得以在美人面前也扬眉吐气，谅她再不敢轻看自己。

肖阿古只胸臆间满是豪壮，命弓箭手一排站好，一会儿准备逼退大鑫茂，又对耶律倍道："等我和美人成亲之后，再好好地会一会大鑫茂，与他大战三百回合！"

耶律倍见肖阿古只狂笑而去心里气恼，不敢有丝毫大意，在墙头随时调遣。

以肖阿古只的本性，看上了一个女子，何况还落到自己手里，便如羊入虎口任他宰割了，哪有耐着性子迁就的道理？只是这一回也不知道怎么，竟就对她狠不下去心，心想大不了再等一天就是了，等过了喜堂，不管她愿不愿意，就成自己的人了，到时再抖擞精神拿出男子气概，等她尝到自己的本事，不怕她不臣服。

所以这几日肖阿古只就在龙泉女跟前转悠，命人不断捧着珠宝绸缎送到龙泉女面前，百般讨好她。眼下一切准备停当，新房布置得有模有样，这肖阿古只也正儿八经地等到了吉时，命人去房里强行将龙泉女带出来要行婚礼之仪，正在这时，急报传来，说大鑫茂很快就要逼到城下了。

肖阿古只暂停婚礼，派探子再去探。探子回报，说大鑫茂大军已经不足五里。

肖阿古只一边大骂大鑫茂坏他好事，一边脱去礼服，命人取铠甲和兵器来。正要抖擞精神领军应敌，忽然迟疑一下，匆匆奔回到房中。他对龙泉女说道："美人，你等我一会儿，待我斩了大鑫茂，用他的人头做聘礼！也算不枉你我今日大婚之仪。"

他说完便用麻绳将龙泉女的手脚绑起来，又对着龙泉女的脸胡乱亲了几口："美人莫要怪罪，我只是对你放不下心，你若是想不开自尽了，我连后悔都晚了！"

肖阿古只又再三吩咐仆人看守好龙泉女，才匆匆翻上马背，催马跑到城门。

待到了城门口，与耶律倍点了点头算是打了声招呼，即刻点选兵将，一马当先引兵出了城门，威风凛凛，就等着大鑫茂到来。

大鑫茂遥望对面，阵头处，见肖阿古只高坐马背之上，画戟横于马背，两边排开了四位健将，身后竖一面丈余高的旌旄大旗，上绣斗大的契字，迎风飘展，威风八面。肖阿古只拍马而出，正朝自己放声挑衅，姿态狂妄无比。

大鑫茂未拿正眼瞧肖阿古只，旁边士兵递上擘张弩，大鑫茂弯臂贯满，凝神屏气，"嗖"一声，铁箭破空，直奔肖阿古只而来。

肖阿古只挑衅得正欢，没料到大鑫茂动作如此之快，电光火花之间，竟看到箭头直扑面门，此时已经来不及用戟挡，他急忙仰身，只是动作太慢，后背还未贴于马背，铁箭擦着下巴过去，紧接着他亲眼看见两支箭带着劲风过去，吓得他不敢乱动，竟如同静止一般仰于马上。

直到传来渤海国军队的"嘘"声，肖阿古只以为是在"嘘"自己，他快速起身，回头一看，三支铁箭直直插入手腕粗细的木头中，箭尾正在不停颤着。

一阵寒风卷袭而来，旗杆"咔嚓"一声，折成了两段，那面方才还威风凛凛的"契"字大旗，如今已然覆于地面皑皑白雪上。

大鑫茂一方以盾抢地，齐齐发出叫好声，一时声若惊雷。

契丹一方则面面相觑，鸦雀无声，肖阿古只方才被大鑫茂的三箭射得狼狈不堪，又见大旗落地上，怒气冲冲势要挽回颜面，坐直身体催马出列，大声向大鑫茂挑战。

大鑫茂慢慢收了弓，面色冷凝，并未加以理睬，副将已经催马出列，朝着肖阿古只迎去道："黄口小儿，先赢过我再论别的！"

早有肖阿古只边上的副将拍马迎了上去，却哪里是对手，才几个回合，便被斩于马下，又有另一副将出列，依旧不敌，重伤跑马而归。

扶余本属渤海国，此刻对阵，前有大鑫茂一发强弩震慑两军，大旗落地，先失士气，现有副将一个死，一个重伤，后有城内百姓欢呼为本国鼓劲儿。其余人哪里还有心思应战，纷纷面露犹疑，再不肯有人出列。

若论单打独斗，大鑫茂生平极少败仗，这回马前失蹄，在自己手上丢了贵人，视为奇耻大辱，恨不得立刻杀进城池夺回，见对方无人应战了，他怒吼一声，竟然单匹马朝着肖阿古只而来。

众人惊骇于大鑫茂的气势，纷纷后退，肖阿古只无奈，自己挺了出去，两人马上一个照面，大鑫茂一把大刀砍杀而下，力如千钧，肖阿古只竟然手臂发沉，勉强才格开脱身，骇于大鑫茂神力，这才有些后悔自己轻敌，心知缠斗下去应该讨不了好。

肖阿古只脑筋转得极快，再应对片刻，一个虚晃，拍马转身掉头朝城池奔去，号令退守城内，死守严防。众人见他掉头拍马往城池去了，阵脚顿时大乱，军士也不顾阵法，争相跟着往城内涌去，泉哥等人还有渤海国将士就是趁着这个机会进的城。

大鑫茂下令擂鼓追击，一口气追到城墙之下，肖阿古只命火速关闭城门，这时依旧还有落后士兵没来得及进城，转眼就被渤海国军追上来围剿了个干净。

大鑫茂立于旗门之下，下令强攻入城。肖阿古只定下心神，登上墙头。

耶律倍一直站在城墙上，肖阿古只方才带的乃是本城精锐，却铩羽而归。

"末将向太子请罪。"

耶律倍沉声说："眼下守城要紧。"

大鑫茂攻城有序，前有将士们操纵投石车，大石块密集地撞击着城门，声如震雷，箭矢如雨般在空中纷飞，后有紧迫的击鼓声，将士们齐声唱起了渤海歌曲，城内的渤海国人听到此歌，有暗自落泪者，也有跟着唱的，更有甚者，不顾性命高声喊道："杀了契丹人！"

地动山摇，当头棒喝，这是所有契丹将士们最直观的感受。

扶余城墙高耸，守城将士平日也训练有素，随了肖阿古只退入城池后，心知没了后路，一个个也只能打起精神拼尽全力护城，大鑫茂攻势凌厉，一时却也拿不下。

这场恶战已胶着两个时辰，此时天色已黑，大鑫茂的攻势不减，命人连续使用车弩，又亲自登上云梯，将士们看到连大鑫茂尚且奋不顾身，士气更为高涨。渤海国军的攻势竟然一波又一波丝毫没有停歇！

扶余的契丹守军大骇，他们何尝遇到过如此凶悍的攻击？军队士气渐渐低落，更有甚者想要丢盔弃甲而逃，耶律倍当机立断，斩杀了几个逃跑的士兵，又传令，后退者斩！

虽是这样，也挡不住涣散了的军心，耶律倍大声呼喊道："将士们，他们之所以急于攻城就是因为粮草不足，而我们坐拥扶余城粮库，我们没有什么怕的，只要拖住他们，我们就赢了，等这仗打完了，每个人都加官封赏！你们每个人都是契丹的功臣！"

守军原本已有些人心涣散，耶律倍的鼓舞又使士气重新振作起来，竟又抵住了来自大鑫茂的一次攻击。

耶律倍询问肖阿古只有何良策，肖阿古只此时也被大鑫茂吓得不轻，含含糊糊地答道："末将只擅长行军打仗，不擅长守城！"

耶律倍眼里冒火，心里动了杀机，自己本来守城有功，大鑫茂还不是你肖阿古只引来的，他冷哼一声，眼中杀意更浓，"若是扶余守不住，休怪本宫拿你的命祭死去的契丹将士！"

肖阿古只脸色一白，说不出话来。

奈何大鑫茂攻势实在凌厉，耶律倍心知再这样下去，必然无法守住城池。焦急之时，忽然想到了那个女眷，立刻命肖阿古只将她带上墙头，威胁大鑫茂退军。

不想此时肖阿古只竟然不见踪影！

耶律倍突然听到身后城中有嘈杂之声，回头一看，火光冲天，竟起了大片的火，再定睛一看，火竟像是从粮库起来的，并蔓延到了太守府。

火势连成一片，借着大风愈燃愈旺，映红了夜空，耶律倍不由得心里一慌，太守府和粮库挨着，前者是自己征用的住处，后者关系行军打仗的根本，若是粮库烧了，即便是能抵住大鑫茂，也守不住扶余！

又有人来报："城内百姓反了，放火烧粮了。"

耶律倍只想把消息按下，可这消息抬头即可看到，又怎能瞒得住众人。他派出一队人救火，自己继续带军死守。守城门的将士先是被大鑫茂灭了士气，又因火势分神，眼见对方攻势愈发猛烈，不由得军心涣散，自顾不暇。

城门口忽然传来"轰"的一声巨响，那扇城门已被巨木生生破开，呐喊声中，城外人潮涌入，双方展开最后的肉搏之战。

不说这近身肉搏的惨烈，只说那肖阿古只趁乱慌忙逃脱，路过太守府时，一下子想起里面还有即将和自己成亲的美人。太守府此时也是人来人往，一片嘈杂，他心知带着美人跑不了多远，却想着逃跑也未必逃得掉，不若做个风流鬼。索性一咬牙，冲进了太守府。进去后才发现，自己布置的新房火光冲天，烧得正旺，火苗直燎面门。

肖阿古只心知龙泉女已经命丧火海，痛苦地大叫了一声："美人命薄！"身边突然传来骚动，伴着数人的呐喊，借着冲天的火光，肖阿古只勉强辨出是大鑫茂攻下了扶余，一大队人正策马朝着自己而来。他再次大惊，慌不择路地逃跑。

鏖战终于结束。

耶律倍和肖阿古只均不见踪迹，守在扶余的契丹将士归降了大半。

大鑫茂麾下的将士们顾不得身上的伤，面对扶余复归激动不已，军心大振。

副将清点死伤人数，又安排士兵扑火，大鑫茂大步进了太守府，一位将士匆匆走来，报告已派人捉拿耶律倍和肖阿古只，但并未找到龙泉女。根据太守府下人说，龙泉女当时就被关在那间布置好的新房里，而起火源头就是新房。当时，看守龙泉女的仆妇见室内火光起，开门察看，但烟火旺盛以致迷目，匆忙叫人来扑火，奈何火势过大，很快就引燃了整座屋宇。料想龙泉女极有可能已经葬身火海。

将士报完，望着大鑫茂，神色有些不安。

大鑫茂停在原地，微微仰头，遥望不远处那片依旧冲天的熊熊大火。他的脸上身上都还沾着大片血污，铠甲映照着对面的火光，令他神情里几分狰狞。他似乎微微出神，也不知在想什么。

"传我的令，太守府女子为营妓，兵卒活埋，一个不留！"大鑫茂一字一顿道，语气却颇为平淡，不带任何起伏。

将士一惊，见大鑫茂脸色冷峻，语气决然，就要上前劝阻，可还没开口，大鑫茂抬起手："我意已决。"

另一位紧跟大鑫茂的副将劝道："坑卒不祥，望将军三思。更何况，将军收复扶余本有大功，岂可如此行事。"

"大功？我有何大功？"大鑫茂仰天长叹，"知道今日攻城将士为何如此之盛吗？皇上只给了我五千人。"

副将疑惑不已，说："五千人？方才五千人打头阵，其他人相机而行……"继而恍然大悟："将军，您……"

"没错。一旦上京被攻陷，耶律倍必带兵攻打显德府，前后夹击，渤海国休矣。我打扶余，不只是为了皇上的那位妃子，而是为了整个渤海国。”

“将军，这，这……”副将震撼地说不出话来。

“过了今夜，我就回去向皇上请罪。今夜，把咱们所有能做的事都做了。”

副将双膝跪倒，磕了一个头，痛哭流涕道：“将军之心，日月可鉴！”

肖阿古只翻墙而逃，趁乱逃到另一个城门，只见士兵们把守森严，来往的百姓都用火把仔细照着，自己岂不是一出现就会被抓了去！

突然有人从后面拍了拍他！

肖阿古只一惊，迅速回身掐住了对方的脖子，对方的脸瞬间涨得通红，仔细一辨才知道，是耶律倍身边的一个随从。

肖阿古只松开手，做了个抱歉的笑容，揽着此人肩膀，小声问道：“你家主子呢？”

该人咳嗽了几声，喑哑着嗓子道：“走散了，求大人带上我！”

“那是自然，你先往那面走，我在你后面。”

待那人走入人群中，肖阿古只随手抓了一个百姓，低声道：“前面那人是契丹逃兵。”

扶余百姓早对契丹人恨之入骨，立时扯着嗓子大叫：“契丹人！契丹人在前面！”

士兵和百姓将该人团团围住，肖阿古只趁乱经过了数个士兵。只剩最后一个士兵了！他捺住心中的慌张，若无其事走了过来。

“哎——你停下！把幞头摘下来！”

肖阿古只心里一慌，猛地打翻了士兵，又劈手夺下旁边的一匹马，跨上马飞身而去。

肖阿古只拼命打马，不要命了一样地狂奔，眼见离追赶他的士兵越来越远，这才松了口气。他的喘息声与身下的马一样，愈发沉重，怕把马累死了耽误自己逃跑，肖阿古只翻身下马，坐在地上喘息了还没有片刻，突然又听到声音，后面的人追上来了！

今夜的月亮格外明亮，四野空旷，肖阿古只隐约认出来，在前面带头策马狂追的正是当时马车上的男子。他只恨自己当时让美色迷了心智，没有把他杀了。

肖阿古只心里一惊，还没消退的冷汗又冒了出来。他起身上马，扬鞭一抽，马儿感觉到疼痛号叫了一声，随意地冲着一个方向飞奔，竟跑到了一大片荒坟场。

飞奔的马儿在荒坟遍地之处格外显眼，后面追兵逼近，肖阿古只知道，此人想必是恨毒了自己，一定不能被他抓住！可这样跑下去，迟早被他抓住。肖阿古只索性快速下马，拿起随身佩戴的短刀，对着马屁股就是一捅，马血霎时汩汩流出，只听马儿哀鸣一声，竟不管不顾地向更深处跑去。

肖阿古只匍匐在地上，四下张望寻找藏身之处，看到不远处的一座荒坟有个大洞，似乎可以容下他，连忙翻了几个身滚入洞中。洞内漆黑一片，可他连看都顾不上看，将洞口用石头和杂草堵好，然后使劲儿蜷缩着身子，压低声音，大口大口地喘着气。

泉哥早已顺顺当当接回庭儿，一切还要感谢龙泉女身边忠实的婢女。

此时龙泉女已被安置妥当。

由于放火时间有误，龙泉女被熏得晕了过去。泉哥想，众人都以为雁儿已死，现在虽可趁乱出逃，但一旦让人发现，误以为是契丹人，被穷追猛打就得不偿失了。目前，扶余才是最安全的地方。

泉哥为报当日之仇，带人追赶肖阿古只未曾停歇片刻，一行人经过坟场，不一会儿便追赶上那匹马，那马靠在一棵老树下，血好像快流干了，马屁股上剩下了个碗大的血窟窿。

泉哥命人仔细搜查肖阿古只，可连半点痕迹都没发现，才想起来刚才经过了一片坟场，又带人回去搜查。

一无所获。

泉哥沉吟片刻，回望一眼城郭，惦记着龙泉女，随从也早已疲累。他迟疑了下，最后看了一眼望不到尽头的荒坟场，下令回城。

肖阿古只蜷缩在洞里一动不动，留意着外面的响动。起先好像听到有好几个人经过，好在那些人没发现什么，走过去了。

又等了许久，外面再也没有了响动，肖阿古只才深深地呼出一口气，仔细看了一下近旁，有一团黑色的东西，散发着幽幽腐烂的味道，洞里太黑，他摸了一把，却吓得赶紧缩回了手。缩在黑漆漆的坟洞里，伸手不见五指，一动也不敢动，只竖着耳朵听外头的动静。许久后，外面一直没有别的响动了，肖阿古只推断泉哥一行人应该已经走了，终于长长地松了一口气，这才意识到鼻中尽是腐烂气息，一时作呕。连连说着"晦气"，他推开石块要爬出去，身后衣角忽然被人牢牢扯住，竟无法挣脱。

肖阿古只立即想到了蒙冤受辱、暴尸荒野的那些脏东西，莫不是趁着我倒霉，都找上门来了？他耳畔感觉到阵阵阴风，杂草簌簌窣窣似有呜咽之感，肖阿古只汗毛立起，脊背发凉，平白打了好几个寒战，他双手合十，连忙求了佛祖求祖宗。

过了一会儿，肖阿古只察觉到周围没有异常响动，便壮着胆子回头一看，原来是衣角被一根野棘挂住了，他用力一扯，唾了一口："天大地大，老子命最大！"连忙爬出坟洞，迅速地环顾了下四周，靠着星斗勉强辨清了方向，匆忙向契丹方向逃去。

龙泉女慢慢醒来，她缓缓环顾四周，心里松了一口气，她明白，自己总算安全了。

这几日，她一直战战兢兢，费尽心思与肖阿古只周旋，记挂着庭儿的安危，又害怕泉哥再出什么事情。

周围十分安静，龙泉女回想着近日里发生的一切，思绪愈发杂乱，许是被大火所熏，身体尚未恢复，她迷迷糊糊又睡了过去。

泉哥轻手轻脚地走进来，烛光穿过帐幔，映到龙泉女的侧脸上，她睫毛依旧浓密，如两把小扇子般俏皮，眼角却有了细细的纹路，这大概是多年来岁月在她脸上留下的风霜。他款款地注视着龙泉女，有大梦一场之感。

龙泉女在睡梦中眉头都是似蹙非蹙的，好在抿起的嘴角微微上扬，呢喃了些让人听不清楚的梦呓。

泉哥这样注视了她片刻，待他转身要走时，龙泉女却像感到了什么似的醒了过来，模糊之中感觉前面有个熟悉的人，再一细看，是泉哥。她连忙起身，语气焦急，出于本能地问道："庭儿呢？庭儿在哪里？"

"就睡在你旁边的屋子里。"

泉哥伸手抚了抚龙泉女的头发，问道："你刚才喃喃自语，似是做了什么梦？"

龙泉女忽地红了眼眶，倚靠在泉哥怀中，垂泪道："梦见流彩堂了，还梦见了朱雀大街和兴隆寺……"

泉哥看着眼前自己朝思暮想的人，却怎么也看不够，他柔声说道："既然梦到兴隆寺了，就许个愿吧。"

龙泉女闭目沉思了一会儿，道："愿所有相爱之人永不分离。"

"好，永不分离。"

龙泉女和泉哥的手紧紧地攥在一起。

两人的爱情之花，历经风吹雨打，饱受岁月洗礼，但却熠熠生辉，永不凋谢。

公元九二六年春，渤海政权灭亡。接着，安边、郑颉、定理等府及诸道节度、刺史纷纷降附，渤海国全境遂为契丹人控制。自公元六九八年至是，渤海国存续二百二十九年，历十五王。